왕자이우

조선왕조의 마지막 자존심

왕자 이우

김종광 장편소설

다산책방

차례

이우 실록

이우 외전

이우(李鍝) 실록(實錄)

한반도는 유사 이래 왕조의 나라였다. 마지막 왕조인 조선 이왕가가 통치한 세월만 무려 519년이었다. 이씨왕조는 아이러니하게도 대한제국 13년으로 마감되는데, 나라를 빼앗긴 책임을 면할 길이 없다. 그럼에도 불구하고 일제강점 36년 이후, 해방공간에서 이왕가의 인물들이 정치권에서 철저히 배제된 것은 기이한 일이다. 세계 역사에서 이처럼 깨끗한 '왕조 청산'은 드물다. 우리와 비슷한 식민지 역사를 가진 여러 나라에서, 해방 이후 구왕조의 인물이 새 조국의 중심인물로 활약하는 예를 적잖이 찾을 수 있다. 구왕조의 인물이 대중의 지지를 받아 새 조국 건설기에 각계각층 세력의 조율자 역할을 했던 것이다. 우리 역사에도 대중의 지지를 받을 만한 구왕조의 인물이 있었다. 그가 바로 이우(李鍝)다.

이우는 일제로부터 '공(公)'이라는 칭호를 받아 공식적으로는 '이우공'이었다. 하지만 조선 대중에게는 '이우 왕자'로 통했다. 이우는 흥선대원군의 가계를 계승한 적통이었으며, 광무제(고종)의 5남 의친왕의 차자였다. 이씨왕조의 마지막 인물로 널리 알려진 영친왕 이은은 대중의 지지를 받기 어려운 생애를 살았다. 반면에 (이은의 조카인) 이우는 대중의 지지를 받을 만한 여러 조건을 갖추었고, '조선 왕조의 마지막 자존심'이란 평가를 받을 만한 족적을 남겼다. 그가 해방을 눈앞에 두고 요절하지 않았다면, 역사는 달리 흘렀을 테다. 일제강점기 신문과 각종 문헌에 기록된 단편적인 사실에 근거하여, 이우의 생애를 복원한 팩션이 「이우 실록(實錄)」이다.

지금까지 발굴된 사료로는 이우의 사상과 구체적인 활동에 대해서 거의 확증할 수가 없다. 그러나 소설 형식을 빌려, 이우를 광무제와 융희제(순종)의 유지를 받든 왕조의 후계자로, 고뇌하는 청년으로, 대중을 사랑했던 지식인으로, 나라의 자주독립을 위해 투쟁했던 유일한 이왕가의 인물로 그리고자 했다. 이우의 진짜 생애가 팩션의 생애와 닮았기를 바랄 뿐이다.

의친왕(義親王) 망명 실패기

/

운현궁의 어린 주인이 되는 리우공자는 매우 영리하고 활발하여 유희이든지 창가이든지 큰 아해보다 조금도 못지 아니할 뿐 아니라 극히 자미스러웁게 생겨서 수료증서를 타가지고 와서 코로 맛을 보고는 '여기서 고린내가 난다' 하며 나이 몇 살이오 물은즉 왼손의 다섯 손가락에 오른손의 두 손가락을 겹쳐놓아 일곱 살이라는 대답을 하고 증서는 타다가 무엇을 하나 물은즉 '어머니께 보여드리지' 하는 대답이 천생 효심이 있는 듯하야 비탄 중에 계신 리준공비의 위로도 매우 적지 아니하시겠더라.

—「매일신보」 1918년 3월 29일자

이우(李鍝)는 아침 풍경에 취했다. 광도(廣島,히로시마)가 한눈에 들어왔다. 일곱 줄기의 강물이 도시의 투명한 혈관처럼 흘렀다.

1945년 8월 6일 오전 8시 15분. 햇빛보다 수억 배 강렬한 푸르스름한 빛이 번쩍했다. 동경대지진 때보다 억 배는 거대한 소리가 들렸다. (혼절한 이우는 볼 수 없었지만) 태양이 폭발이라도 해야 생겨날 것 같은 무시무시한 빛살무늬(방사선과 열로 만들어진 폭풍)가 히로시마를 뭉개고 휩쓸어버렸다.

이우는 의식을 되찾았다. 부러진 나무들이 잔불 붙은 채 처참했다. 하늘에 창대한 구름덩어리가 솟았다. 만화책에서도 보지 못한 기이한 형상이었다.

이우는 히지야마(比治山) 언덕을 내려갔다. 아득해졌다. 믿을 수가 없었다. 아름다운 히로시마가 사라지고 없었다. 검은 하늘과 잿더미만 보였다.

새까맣게 타서 유령처럼 걸어오는 형체들. 코와 귀가 흉측히 문드러진, 머리통이 으깨진, 눈알이 빠져나간, 팔다리가 떨어져나간, 배 밖으로 창자가 흘러나온, 살갗이 벗겨진 두 팔을 앞으로 나란히 한…… 애고 어른이고 넋이 나갔다.

"도대체 무슨 일이 벌어진 건가?"

아무도 대답하지 않았다.

"어디로 가는 건가? 어디로?"

누구도 반응하지 않았다. 달팽이처럼 움직일 뿐이었다.

혹독한 갈증이 찾아왔다. 이우는 시원한 물을 마시고 싶었다. 이성과 감각은 마비되었고, 그저 본능을 따라 강으로 향했다.

무수한 주검은 시커먼 나무토막 같았다. 살아 있는 사람도 한순간에 죽은 사람이 돼버렸다. 우두커니 앉았다가 숨이 끊어졌고, 걷다가 풀썩 쓰러져 미동이 없었다.

세찬 바람(후폭풍)이 불어왔다. 잔불은 큰불로 번졌다. 불덩이끼리 만나 더 큰 불덩이가 되었다. 불붙은 나뭇조각이 날아와 이우의 가슴을 때렸다. 고꾸라져 한동안 일어서지 못했다. 시뻘건 회오리바람이 미친개처럼 날뛰었다. 불바람은 아직까지 타지 않은 것을 태웠고, 아직까지 죽지 않은 사람을 죽였다. 이우는 불길 속에서 어떻게 빠져나왔는지 기억할 수 없었다.

이우는 살아서 강가에 닿았다. 강은 시체 반 물 반이었다. 석유색깔 강물은 마실 수가 없는 상태였다. 살아 있는 사람들은 강가에 돌멩이처럼 박혔다. 더는 갈 데가 없었다. 갈증을 견뎌내지 못하고 강물을 마신 사람들이 곧 죽었다.

누군가 강물 속으로 뛰어들었다. 지옥에서도 자살하는 사람이 있다는 것을 증명하듯.

후폭풍은 잦아들었다. 불덩이가 비행을 멈췄다. 이우는 무작정 걸었다.

하늘을 뒤덮은 검은 구름에서 물이 내려왔다. 새까만 빗방울은 (사람들은 몰랐지만) 방사능 알갱이나 다름없었다. 갈증으로 미친 사람들이 주둥이를 한껏 벌리고 비를 받아먹었다.

이우도 입을 열었다. 잿물이 혓바닥에 떨어졌다. 갈증이 가시는 기분에 황홀했다. '황홀감'을 느낄 수 있다는 게 참 끔찍했다.

조선인들이 분주히 움직였다. 활기차 보일 정도였다. 남자들은 불탄 것들을 걷어내고 흙을 긁어내고 돌을 치웠다. 땅 밖에서 죽지 않은 이들이, 땅속에서 살아남은 이들을 구했다. 부상자들은 더러운 가마니에 뉘어졌다. 몰골이 엉망인 여인들이 부상자들을 돌보았다. 상처를 닦아주고 물을 먹여주었다.

한 소녀가 이우에게 물병을 주었다. "조금만 마셔요. 조금만!"

이우는 배가 터지도록 마시고 싶었지만 딱 두 모금만 마셨다.

"여기는 죽은 사람은 없나보군. 참말 다행이야."

소녀가 가냘픈 손가락으로 서쪽을 가리켰다. 가지런히 눕혀놓은 시체들이 빽빽했다.

"기력이 있으면 사람을 구하러 가세요. 아직도 땅속에 조선사람이 많아요."

이우는 고개를 세 번이나 끄덕였다.

이우는 안간힘을 보탰다. 구해낸 사람이 살아 있을 때는 그지없이 기뻤고, 죽어 있을 때는 그지없이 슬펐다.

"전하, 살아계셨군요!"

듬직하고 푸짐하게 생긴 여자가 반색했다.

대춧빛 얼굴, 추얼이었다. 달빛에 탐스럽게 빛나던 그녀의 머리카락은 마구 뒤엉켜 새까만 거미줄 같았다.

"너도 살았구나!" 이우는 추얼을 와락 안았다. 살아 있다는 것이 감사했다.

조막개가 조아렸다. "전하, 다행입죠. 살아계셔서 고맙죠."

이우는 조막개를 부둥키고 글썽거렸다. "조 동지도 무사하구나. 참말 다행이다…… 이런 참변을 당하고 보니 모든 게 부질없구나."

"전하, 나약해지시면 안 됩죠…… 지금 탈출하셔얍죠!"

이우는 절규했다. "이 상황에서 뭘 어쩌란 말인가? 이 참화를 당하기 전까지만 해도 내 야망이 정당하고도 훌륭한 것이라고 믿었다…… 지금은 다 부질없단 말이다."

조막개는 떼쓰는 아이 겁주듯 쏘았다. "전하를 고대하는 대중을 생각하셔얍죠."

유령들이 걸었다. 그들은 분명히 살아 있었지만, 살아 있는 인간 같지가 않았다. 유령들은 무작정 지옥 히로시마로부터 멀어지려는 것이었다. 아무리 걸어도 여느 날과 같은 청량한 하늘은 나타나지 않았다. 지옥을 만든 광탄의 위력이 도대체 어디까지 뻗어 있는지 가늠할 수 없었다.

이우가 주저앉았다. 추얼은 제 허벅다리에 이우의 머리를 얹었다.

"쉬세요, 쉬고 나면 다시 힘이 솟을 거예요."

"나를 버리고 가라. 너 혼자 가라."

"저는 함께 갑니다." 추얼은 다섯손가락으로 이우의 볼을 쓰다듬었다.

"만주에 몇 번이나 다녀왔느냐?"

"스물세 번요."

"죽을 고비를 수없이 넘겼겠구나. 무섭지 않았느냐?"

"무서운 만큼 재미도 있었지요."

"독립운동을 재미로 했단 말이냐?"

"제가 한 일이 뭐 독립운동씩이나 되었겠어요. 돈 좀 나른 것뿐이지요."

"나는 틀린 것 같다." 이우는 눈을 감았다.

무의식의 영역에서, 그가 살아낸 만 삼십삼 년의 생애가 불꽃처럼 펑펑 터졌다.

*

1919년 11월 9일 오후. 의친왕(義親王) 이강(李堈)의 궁궐 사동궁(寺洞宮). 후원 연무장에 늦가을 햇살이 간신히 오글댔다.

목검을 곧추세운 두 아이는 이복형제였다. 단단하고 야무지게 생긴 아이가 이우. 깡마르고 물러 뵈는 아이가 이용길. 우의 눈은 기어이 이기고야 말겠다는 승부욕으로 짱짱했다. 용길의 눈은 억지로 싸움판에 끌려나온 순둥이 개처럼 흐리터분했다.

이우가 고함을 지르며 솟구쳤다. 용길은 우의 검을 겨우 막아내고는 몇 발짝 물러섰다. 우가 내달리며 검을 세차게 휘둘렀다. 용길은 혼비백산했다. 우의 검이 용길의 몸뚱이를 들입다 패댔다. 용길은 무릎 꿇고 제 머리통을 감쌌다. 용길은 "항복이다, 항복!" 죽는 소리를 지르며 땅바닥을 굴렀다.

이우는 목검을 내던졌다. 두 팔을 힘차게 흔들며 외쳐댔다. "만세, 만세! 내가 이겼다! 내가 용길 공자를 이겼다!"

두 아이에게 칼싸움을 붙인 아버지 이강은 손뼉을 치며 껄껄댔다. 기대했던 그대로를 보았다. 그는 차남 우를 노골적으로 편애했다. 장남 용길은 아무리 보아도 자신을 닮은 것 같지가 않았다. 광무제(고종)와 융희제(순종)가 우를 큰댁(흥선대원군 집안)에 양자로 내놓으라고 했을 때 쓰라렸다. 장자인 용길을 주고 싶었으나 법도 때문에 어쩔 수 없었다.

시종들은 용길 공자의 패배에 슬퍼할 수도 없고, 이우의 승리에 기뻐할 수도 없어 애매한 낯꼴이었다.

집안사람들 말고 구경꾼이 둘 있었다. 후작 박영효(朴泳孝)와 그의 손녀딸 찬주(贊珠). 이강과 영효는 나이 차이에도 불구하고 술친구였다. 영효는 사동궁을 찾을 때마다 손녀딸을 대동했다. 영효는 자식들 싸움 붙여놓고 희희낙락하는 이강을 이해하기 어려웠다. 쓴웃음을 짓고 찻잔을 들었다.

찬주가 쪼르르 달려가더니 "공자님, 괜찮으셔요?" 용길의 몸뚱이에 들러붙은 흙먼지를 털어주었다. 이우에게는 쏘아붙였다. "오라버니는 나빠요! 어떻게 사람을 때릴 수가 있어요?"

두 살 터울의 이우와 찬주는 소꿉장난깨나 하는 사이였다. 우는 소꿉각시의 사나운 말투에 당황했다. 승리를 축하해줄 줄 알았는데, 패배자의 옷 먼지를 털어준 것도 모자라, 나쁘다고? 이긴 내가 왜 나빠.

우는 홧김에 소꿉각시의 이마에 딱밤을 먹였다.

찬주는 그렁그렁한 눈으로 또박또박 말했다. "오라버니는, 아주 아주 나빠요!"

"이년이 어디서 감히!" 이우는 발광한 강아지처럼 찬주에게 손찌검을 했다.

손녀딸을 세상의 으뜸 보물로 아는 박영효는 경악해서 찻잔을 떨어뜨렸다.

용길이 무슨 용기가 생겼는지 이우에게 덤벼들었다.

이우는 찬주를 버려놓고 용길을 짓밟았다.

영효가 시종들에게 소리 질렀다. "뭐하고 있나, 어서 말리지 않고!"

이강이 박장대소했다. "놔두세요, 애들은 싸우면서 큰다잖소!"

그날 저녁, 이강은 명월관으로 놀러 가던 길에 대동단(大同團)을 만났다. 단장 전협(全協)은 망명을 요구했다.

이강은 마음을 쉬이 정하지 못했다. 후일에 확실한 준비를 갖추고 망명할 것인지, 아니면 지금을 유일한 기회로 알고 결행할 것인지.

아버지가 갈팡질팡할 때, 이우는 생모 수인당(修仁堂) 김흥인(金興仁)과 밤을 보내고 있었다. 한상 그들먹하게 차려졌고, 이우는 이것저것 맛나게 먹었다.

수인당은 버릇처럼 넋두리를 했다. "만날 귀하고 좋은 것만 드시니 이 어미가 차려놓은 건 음식도 아니라고, 입에도 대지 않을까봐 밤잠도 못 자게 걱정했더랍니다. 어미가 돼서 제 새끼 생일날에 생일상을 못 차려주고, 도둑괭이 밥 주듯 생일상을 먹이니, 이게 참 무슨 어처구니없는 신세랍니까."

일주일 뒤가 이우의 생일이었다. 창덕궁 다음으로 번드르르한 사동궁과 운현궁에서 우의 생일잔치가 성대히 차려질 것이었다.

이우는 생모가 낯설고 어려웠다. 길러준 어머니 의친왕비 김덕수(金德修)와 양어머니 이준공비의 허락 하에, 생모를 한 달에 한 번 만났다. 생모는 자식 못 보고 사는 한을 일박이일에 싹 풀려고 했다. 줄기차게 먹이고 쓰다듬고 끝없이 푸념했다. 사동궁과 운현궁에서는 명랑하고 발랄함이 지나쳐서 까불이 소리까지 듣는 아이였지만 생모 앞에서는 돌부처처럼 굳어 있기 일쑤였다.

"의친왕 전하는 어디가 편찮으신 겁니까? 이년을 찾지 않은 지가 벌써 석 달이 넘었네요. 이년을 버린 걸까요? 서러워서 못 살겠습니다. 아들 뺏긴 것도 서러운데 사랑도 빼앗겼군요. 요새는 또 어떤 년 치마말기에 꽁꽁 매였단 말입니까? 아이구, 내 신세야……."

"요새는 사동궁에만 계셔요. 건강하셔요."

"건강하시다니 다행입니다만 참 무정한 어르신입니다. 전하는 그러시면 안 됩니다. 어머니가 참 천하게 뵈지요? 사동궁 어머니랑 운현궁 어머니랑 이 어미를 비교해보세요. 참 천박하지요? 그렇지만 전하를 이 어미가 낳았다는 걸 잊으시면 안 됩니다. 그러면 못써요. 이 어미는 전하만 보고 사는 거예요."

"어머니한테 잘 할게요. 걱정 마세요."

"그래야지요, 그래야지요!"

수인당은 감정을 주체 못하고, 아들을 다시 배 속에 집어넣겠다는 듯 끌어안았다.

이강은 대동단 단장 전협이 미리 준비해둔 옷으로 갈아입었다. 협수룩한 양복에 낡은 중절모를 눌러썼다. 노란 수염까지 붙였다. 거울을 보고 혼잣말을 했다. "왕자가 거지가 되었군!"

이강은 스물세 살 때 '대한제국의 의친왕'이 되었다가, 서른세 살 때 '일제 치하 조선 이왕가의 공'으로 격하되었다. 실의에 빠져 십 년 세월을 방황했다. 비로소 새로운 삶에 도전장을 내민 것이었다.

인력거 두 대에 나눠 탔다. 한 시간쯤 어두운 밤을 달렸다.

"전하, 황공하옵니다만 이제부터는 걸어가셔야 합니다."

미명 무렵, 고양군 은평면 구기리에 닿았다. 자두밭에 초가집 한 채가 있었다.

"전하, 좀 쉬십시오. 여기서 수색역까지는 얼마 멀지 않습니다. 수색역에서 오전 11시발 안동(중국 단둥)행 기차를 탈 것입니다."

"너무 단순한 방법이지 않은가?"

"인천으로 가서 기선을 타는 방법도 생각했습니다만, 요즘 수상 경찰서의 감시가 무척 심합니다. 기차는 위험한 것 같지만 검문만 무사히 피한다면 예상외로 안전한 방편입니다."

"내가 망명에 성공하면 자네들은 어떻게 되는가?"

"상관없습니다. 전하만 무사히 해외로 나가신다면, 저희 같은 것들은 아무렇게 되어도 상관없습니다."

차라리 쉴 틈이 없이 수색역으로 나가 기차를 탔다면, 이강은 복잡한 생각을 하지 않았을 테다. 모든 것을 운명에 맡기고 따랐을 테다. 한숨 돌릴 시간이 생긴 게 문제였다.

대동단원들은 잠깐이라도 주무시라며 이부자리를 깔아주었다. 피곤하기는 하였다. 전날 저녁 먹고 나와서 꼬박 열 시간을 부산히 움직였으니 말이다. 허나 눈을 감는다고 잠이 올 상황이 아니었다. 곰곰이 따져본즉, 무작정 떠나서는 안 될 일이었다.

이강은 전협을 불렀다. "아무리 생각해도 빈손으로 망명할 수는 없다. 가져가지 않으면 안 될 물건이 있다."

전협은 이강의 저의가 의심스러웠다. "망명이 두려워지신 겁니까?"

"두려워서가 아니다. 자네들은 내가 몸만 가도 될 것처럼 말하지만 그게 그렇지가 않은 것이다. 내가 몸만 가면 식객으로 가는 것과 뭐가 다른가. 나는 임시정부에 자금과 명분을 가져가야 한다."

"돈은 알겠는데…… 명분이라니요?"

"자네들은 광무제를 원망하겠지. 허나 광무제께서는 최후까지 나라를 되찾으려고 애를 쓰셨다. 황제의 힘만으로 될 일이 아니었지…… 자네들이 지금은 독립을 위해 싸우는 대동단이라지만 과거에는 친일매국노 일진회(一進會)였으니 더 잘 알 것이 아닌가."

"부끄럽습니다."

"황제께서는 파리강화회의에 밀사를 파견하려고 하셨다. 헤이그 때처럼 실패하면 황제께서 몸소 망명하려고 하셨다. 내가 황제를 모시기로 하였지. 프랑스 채권 백이십만원어치는 황제께서 망명을 위해 마련해둔 자금이다. 문서들은 대한제국이 일제로부터 강탈, 병합되었음을 증명할 수 있는 극비의 것들이야. 나는 일제가 그것을 알고 광무제를 독살한 것이라고 믿는다…… 다행히도 채권과 문서들은 내가 은닉하고 있다. 그러니 채권과 문서들을 꼭 가져가야 한다. 알겠는가? 내가 그것을 상해 임시정부에 전해준다면, 임시정부는 광무제의 유지를 받드는 명실상부한 정통 정부가 될 수 있을 것이다."

"말씀을 듣고 보니, 꼭 가져가야 하는 것이겠습니다. 제 소견이 짧았습니다."

이강은 수인당 김흥인에게 전할 편지 한 장을 써주었다.

'상의할 일이 있으니 겁내지 말고 이 하인을 따라서 오되 다락의 황금색 가방 두 개를 가지고 오라.'

오전 열시가 되었다. 기차 시간이 한 시간밖에 남지 않았다. 수인당 김흥인이 아들 이우와 간호사까지 데리고 황급히 들이닥쳤다.

수인당은 사람들이 보건 말건 이강의 품에 안겼다. 그녀는 이강의 안색과 몰골을 살피더니 울먹였다. "왜 이리 초췌해지셨습니까? 멀리 가신다고 들었습니다. 저희도 같이 갈 것입니다. 전하는 간호사가 꼭 필요하십니다. 그래서 효신이도 데리고 왔습니다."

"그래 같이 가세. 군부인도 이해할 걸세…… 우야, 너도 왔구나!"

이우는 아버지가 반갑기는 했지만, 심상치 않은 분위기에 좀 얼었다. 어제 낮에 사동궁에서 뵌 아버지가 왜 이런 시골집에 있는 것인가. 아버지를 둘러싼 험상궂은 사내들은 어떤 작자들인가? 평소처럼 어리광 섞인 인사를 하지 못하고, "아버님, 아침은 자셨습니까!" 큰절을 올렸다.

이우는 허리를 곧추세우고 또박또박 물었다. "아버님 전하, 어디를 가십니까?"

"큰일을 하러 간단다." 이강이 자랑스레 대답했다.

이우는 세는 나이로 아홉 살이었지만 그간 '큰일'을 많이 치렀다. 양아버지 영선군(永宣君) 이준용(李埈鎔)이 별세했을 때 맏상제 노릇을 한 게 여섯 살 때였고, 금년 초 광무제가 서거했을 때도 의젓하게 국장을 치러냈다. 수많은 대중이 만세를 부르는 것도 보았다.

"저도 가는 것입니까?"

"너는……."

이강은 선뜻 대답이 나오지 않았다. 사랑하는 여인을 데려가는 것은 당연한 일이라고 생각되었지만, 아들까지 데려가는 것은 당연하게 생각되지가 않았다.

전협이 버릇없이 나불댔다. "전하, 안 되옵니다. 이런 막중대사에 아녀자와 꼬맹이까지 데리고 가다니요."

이우가 빽 소리 질렀다. "나는 꼬맹이가 아니다!"

전협은 꼬마의 표정이 하도 매서워서 간담이 싸했다.

이강이 둘러댔다. "수인당은 내 소실이지만 하찮은 여인네가 아니다. 군부인 다음으로 내게 소중한 여인이야. 망명지에서 내가 홀아비로 활동하는 것보다는 부부로 활동하는 것이 더 나을 것 아닌가…… 그리고 우는 황실의 최고 적통이 아닌가. 나를 생부로 두었고, 홍선대원군의 장손, 고 이준공(이준용은 일제로부터 '공' 지위를 받을 때 이준으로 개명했다)을 양부로 두었으니……."

"수인당 마마의 명성이야 저도 들어 알고 있습니다. 꼬맹이…… 아니, 이우 왕자님의 위세도 잘 알고 있고요. 하옵니다만 지금 동행한다는 것은 우리 지금 탈출합니다, 광고하는 것과 마찬가지입니다. 여행증명서도 석 장뿐입니다. 달리 방법이 없습니다."

수인당이 품에서 석 장의 여행증명서를 꺼내들었다.

"그럴 줄 알고 저희가 따로 준비를 해왔어요."

이강은 한가히 감탄했다. "수인당은 헤아림이 깊구나."

전협이 뱀눈을 치켜뜨고 불퉁댔다. "그래도 안 됩니다. 너무도 위험합니다. 지금 수인당 마마를 어떻게 변장시킬 수도 없고 벌써 기차 시간이 촉박합니다. 어서 떠나셔야 합니다."

"그렇다면 나는 못 가겠네."

나중에 수인당을 따로 데려오도록 하면 된다, 한동안 보지 못한 것이 좀 더 길어지는 것뿐이다, 생각했는데, 막상 얼굴을 보니 도저히 떨칠 수가 없을 듯했다. 이 사랑스러운 여인과 석 달이나 떨어져 지낼 수 있었다는 것이 신기했다.

전협이 애걸했다. "전하, 제가 목숨을 걸고 약속드리겠습니다. 최대한 빠른 시일 내에 수인당 마마를 상해로 모시겠습니다. 오늘은 전하만 가셔야 합니다."

"이왕 위험한 일 아닌가? 세 명 더 동행한다고 해서 얼마나 더 위험해진다고 그러나."

"전하는 탈출에 실패한다고 해도 무슨 별일이 있겠습니까. 왜놈들이 전하를 죽이겠습니까 고문하겠습니까? 그러나 저희 대동단은 목숨을 걸고 하는 일입니다. 위험해질수록 저희 목숨은 죽음에 가까워집니다. 전하, 통촉하소서!"

이우가 별안간 외쳤다. "아버님, 제가 어머니를 잘 모시고 있겠습니다. 아버님 혼자 가셔요!"

이강은 당혹스러웠다. 아버지랑 함께 가겠다고 매달려야 할 어린애가 정떨어지는 소리를 하다니.

"너는 나랑 함께 가고 싶지 않다는 것이냐?"

"함께 가고 싶습니다. 그러나 함께 가면, 아무도 못 가게 될 것 같습니다! ……백제 계백 장군은 황산벌에 싸우러 나가기 전에, 처자를 베었습니다. 어머니와 저를 주렁주렁 매달고 가시면, 아버님께서 무슨 큰일을 하실 수 있겠습니까?"

이강은 어째 창피했다. 수인당은 무슨 말인가 어리둥절했다. 전협은 박수라도 치고 싶었다.

느닷없이 어린애가 나대는 바람에, 이강은 냉정을 되찾았다. 혼자 가기로 하였다.

수인당은 검질기게 매달렸다.

보다 못한 이우가 수인당에게 외쳤다. "어머니, 왜 아버님의 앞길을 가로막습니까? 아버님이 큰일을 하게 놓아드리세요! 어머니 때문에 아버님이 큰일을 못하면, 그 책임을 어떻게 지시려고요? 어머니는 제가 잘 모시겠습니다."

수인당은 뒤통수를 두어 대 맞은 듯 무르춤해졌다. 어안이 벙벙해서 아들과 지아비를 번갈아보다가 떼쓰기를 그만두었다.

결국 열한시 기차를 놓쳤다. 대동단원들은 칙칙폭폭 멀어져가는 기차를 보며 한숨을 길게 내쉬었다. 다시 구기리 초가집으로 돌아왔다. 당일로 출발할 수 있는 여러 가지 방법을 강구해보았으나 대책이 나오지 않았다. 어쩔 수 없이 내일 기차를 타기로 결정했다.

이강은 이럴 줄 알았으면 수인당을 머무르게 할 걸 그랬다고 후회했다.

이강은 밤에 '유고(백성들에게 알리는 글)'를 작성했다. 만주에 도착하는 즉시 기자들을 불러놓고 발표할 것이었다.

통곡하며 우리 2천만 대중에게 고하노라. 오호(嗚呼)라. 이번의 만주행은 무슨 이유인가? 하늘과 땅 끝까지 이르는 깊은 원수를 갚으려 함이오, 뼈가 부서지고 창자가 찢어지는 큰 수치를 씻으려 할 따름이라. 지난 날 선제 폐하의 밀지를 받들어 바로 일어나려 했으나 형연극벽(荊延棘壁)의 체자를 생각하여 이를 숨기고 아직 수행하지 못했더니 희세의 대흉한은 선제를 그 독수로 시해했도다.

희(噫)라. 생명을 보전하여 무슨 일이 있으리요. 오직 스스로가 죽지 못함이 한이었도다. 이때를 당하매 개세융운(闓世隆運)의사(私)가 없으며 우리 2천만 민족의 생사가 중대한 시기를 맞이하여 앞의 함정도 뒤의 채찍도 돌보지 아니하고 궐연히 나는 궐기했노라. 오로지 민중은 한 뜻으로 나와 함께 궐기하고 분발 전진하여 3천리의 응기(應器)를 극복함으로써 2천만의 치욕을 설하고 공통적 세운(世運)의 도래를 맞이함에 후퇴하지 말라. 오호 만세. 건국 4252년 11월 9일 의친왕 이강.

유고를 마치자, 이강은 불안하지도 초조하지도 않았다. 그렇다, 망명에 성공하면 용 되는 것이고 실패해도 미꾸라지 신세밖에 더 되겠는가.

상해 임시정부 내무차장으로서 국내에서 암약 중인 강태동(姜泰東)이 찾아왔다. 강태동은 지금 떠나는 것은 위험하다고 만류했다. 우리를 못 믿는 것이냐며, 전협이 화를 냈다. 강태동과 전협은 티격태격하더니 거친 말을 주고받았다.

이강은 어이가 없었다. "그만들 둬라. 임시정부와 대동단은 같은 뜻을 지녔지 않나? 그토록 서로 못 믿으면서 무슨 독립운동을 하겠다는 건가…… 나는 이미 쏜 화살과 같은 몸이다. 여기서 집으로 돌아간다면 우습지 않은가. 나는 가기로 결심하고 나섰다."

이강은 몇 번이나 경찰의 검문을 받았다. 경찰들은 촌 농부로 변장한 이강의 여행서를 짯짯이 훑어보았지만 별다른 의심은 하지 않았다. 이강은 검문 받을 때마다 간장이 오그라들고 심장이 펄쩍 펄쩍 뛰었다.

경찰이 이강의 잠적을 안 것은 10일 오전 열시경이었다. 이강이 사랑하는 여인 김흥인과 동행하느니 마느니 실랑이할 즈음이었다. 경무국은 총비상이 걸려 이강을 찾았다.

일본 형사들은 설마 이강이 망명을 했겠는가, 그 술주정뱅이, 어느 계집 치마폭에서 진탕 놀아나고 있을 테지 뭐, 유흥업소와 여관으로만 찾아다녔다. 이강이 평소에 자주 그런 모습을 보여 이번에도 그런 것이리라 여겼다.

조선인 형사 중에 악명이 드높은 김태석(金泰錫)이라는 자가 있었다. 그는 뛰어난 능력과 악랄한 수법으로 무수한 독립운동가를 체포했다. 3대 총독 사이토(齋藤)에게 폭탄을 던진 강우규(姜宇奎) 노인을 검거한 자가 바로 김태석이었다. 조선인에게 김태석은 악귀와도 같은 이름이었다.

김태석은 종일 뛰어다닌 끝에, 최근 이강과 강태동이라는 자가 몇 차례 만났다는 것을 알아냈다. 강태동은 김태석이 점찍어놓은 요주의인물이었다. 그가 임시정부가 임명한 내무처장이라는 것까지는 아직 몰랐지만, 임시정부와 연락이 가능한 인물이라는 것은 확신했다.

11일 오전, 김태석은 강태동이 투숙 중인 여관을 알아냈다. 강태동의 신발이 젖어 있었다. 김태석은 여관방 그 자리에서 강태동을 고문했다. 강태동이 실토한 게 별로 없었지만, 김태석은 그가 수색역 근처에 다녀왔음을 파악했다. 즉각 본서로 돌아온 김태석은 수색역 부근에 경찰을 풀게 하는 한편, 신의주 경찰서에 전보를 쳤다.

전보를 받은 신의주 경찰서 요네야마 경부는 이강의 얼굴을 알았다. 요네야마는 급히 역으로 차를 몰아 막 떠나는 열차에 올라탔다. 조금만 전보를 늦게 받았어도 탑승하지 못했을 테다.

기차가 안동역에 닿았다. 승강장은 경찰로 가득했다.

이강은 개찰구에 버티고 선 요네야마 경부를 보고 심장이 내려앉는 듯했다. 저놈이 저기에 있다니! 요네야마는 종로경찰서에 근무할 때 사동궁을 수시로 드나들었다. 내가 저놈 얼굴을 기억하고 있는데 저놈이 내 얼굴을 기억하지 못할 리 없다. 이강은 개찰구로 곧장 가지 못하고 역내 찻집으로 들어갔다.

요네야마가 다가왔다. 놈이 한 건했다는 기쁨을 한껏 드러내며 물었다.

"전하, 어디로 가십니까?"

이강은 순간 어떻게 처신해야 할지 오만가지 생각이 들었다. 요행을 바라보기로 했다.

"전하라니유, 사람을 잘못 보셨구먼유."

"전하, 여행은 끝났습니다."

요네야마는 이강 검거의 공을 인정받아 경시로 승진했다. 서울 종로경찰서 부서장에 임명되었다. 그가 첫 출근한 날이었다.

이왕가 전통 무복 차림의 꼬마가 나타났다. 경찰들은 그 꼬마를 잘 아는지 기립해서 인사하는 시늉을 했다. 꼬마는 살기가 등등해서 빙 둘러보았다. 신임 부서장을 보더니 곧장 다가갔다.

"네놈이 요네야마냐?"

"뭐야, 이 빠가야로 새끼는?"

"네놈이 요네야마냐고 물었다. 안동역에서 의친왕 전하를 체포한 놈이 맞느냐 말이다?"

"맞다, 내가 그 훌륭한 경찰이시다."

이우는 목검을 뽑아서는 요네야마의 머리통을 팼다. "네놈이 아버님의 뜻을 꺾은 놈이냐, 나한테 죽어봐라!" 발광하듯 휘둘렀다.

요네야마는 되게 맞았다. 정신을 차리고 아이를 제압했다. 쓰러진 아이를 군홧발로 밟을 참인데, 부하들이 팔다리를 붙잡고 놓아주지 않았다. "놔, 놔, 저 새끼, 저거 뭐야? 저거, 죽여버릴 거야!"

버르적거리다 일어선 이우는 요네야마의 거시기에 "평생 고자로 살거라!" 박치기를 먹였다.

나를 나한테 팔아라 /

리우공 전하는 그동안 동경학습원에 유학중이든바 이번에 서중휴가로 조선으로 돌아오는 길에 지나간 22일 오후 40분경에 대판(大阪)역을 통과하였는데 그때 대판에 있는 조선 사람 백여 명이 어떠한 일을 계획한다는 소문이 있어 증근긔(曾根崎) 경찰서에서는 크게 활동하여 다수한 조선사람을 검속하였다더라.

—「동아일보」 1922년 7월 24일자

1922년 7월 22일. 대판(大阪, 오사카)역 부근의 소금 창고. 바닷가 짠 냄새가 물씬 풍겨왔다.

조막개가 눈가리개를 풀어주었다. 이우는 눈이 부셔 찡그렸다. 조막개는 우의 입에 쑤셔넣었던 헝겊뭉치도 빼주었다. 우는 거친 숨을 컥컥 뱉어냈다. 추레한 몰골의 사내 대여섯은 우의 잘생긴 얼굴을 물끄러미 바라보았다.

이우는 조금도 겁먹지 않은 듯 당돌한 낯꼴이었다. 우는 사나운 눈빛으로 사내들을 둘러보았다. 우가 조선말로 근엄히 물었다.

"너희들은 누구냐?"

조막개가 한바탕 껄껄대자 나머지 사내들도 따라 웃었다.

조막개는 짐짓 청승맞게 대답했다. "왕자님, 지들은 부두 노동자입죠. 조선에서 먹고살 게 없잖습니까. 왜놈땅까지 와서 막노동으로 먹고사는 가련한 인생들입죠, 허허허."

"조선사람들이 맞군!"

"맞습죠. 전하처럼 조선사람입죠."

"그대들이 나한테 왜 이러는 건가?"

이우는 동경학습원에 입학 수속을 마치고 귀선 중이었다. 시모노세키 행 열차로 갈아타기 위해서 기다리는 동안, 우는 오사카 역 광장에서 사람들을 구경했다. 보호자들이 한눈을 파는 사이에 유괴당하고 말았다.

이우는 웃어대기나 하는 놈들에게 성질이 났다. 우는 두목으로 뵈는 조막개의 뺨을 찰싹 때려주었다.

조막개는 흐물흐물 웃었다. "아우, 손이 매우시네."

한 사내가 이우를 발로 찼다. "이 새끼가 죽을라고 환장을 했나."

이우는 더러운 돗자리에 나동그라졌다. 우는 "이놈, 내가 누군 줄 알고 감히!" 사내에게 달려들었다. 사내는 우의 몸뚱이를 붙잡아 훅 패대기쳤다. 우는 판자때기 벽에 쿵 부딪히고는 질펀한 바닥으로 떨어졌다. 고급 양단 학생복이 축축해졌다. 사내들은 우의 꼬락서니를 보고 막 웃어댔다.

이우는 분노로 부들부들 떨렸다. 참기로 했다. 신분 대접을 바랄 수 있는 놈들이 아니다! 우는 그나마 점잖아 뵈는 조막개에게 따졌다.

"당하더라도 알고는 당하고 싶다! 너희들은 나를 왜 납치한 것이

냐?"

조막개는 조금도 움츠러들지 않고 나대는 꼬마가 흥미로웠다. 대한제국이 일제에 병합된 이후에, 광무제는 '이태왕'이 되었고, 융희제는 '이왕'이 되었고, 황태자 이은(李垠)은 '이왕세자'가 되었다. 그다음으로 높은 신분이 '공'이었다. 공은 일제가 귀족으로 만들어준 자작, 남작, 백작, 후작보다도 높았다. 공은 단 두 명밖에 없었다. 광무제의 생존 아들 중에 차남인 이강, 그리고 이강의 아들 이우. 그토록 높은 신분을 가진 아이라고는 하지만, 조선도 아닌 일본땅 한구석에서 납치범 어른들에게 둘러싸여 있는데도 맹랑히 구는 것이 가상했다. 철철 울면서 살려달라고 빌어야 정상 아니냔 말이다. 까부는 꼴이 귀엽기까지 했다.

조막개가 놀리듯 말했다. "알려드립죠. 우리는 돈이 필요합죠. 먹고살기가 퍽 힘들거든요. 전하를 팔 것입죠."

"팔아? 나를 누가 산단 말인가?"

"상해 임시정부라고 들어보셨습니까?"

"물론, 들어보았다. 훌륭한 사람들이다."

"상해에는 임시정부뿐만 아니라, 독립운동을 한답시고 별의별 사람들이 다 모여 있습죠. 그중에는 왕이 필요한 운동가들도 있습죠. 근왕파라나! 전하를 근왕파 사람들에게 팔 겁니다. 그러니까 전하는 왕이 되는 것입죠. 상해에서 말입니다. 좋은 일이잖아요? 독립운동가들의 왕이 되시는 것입죠. 축하드립죠."

"무엄하다! 광무제께서는 승하하셨으나, 융희제께서 계시고, 동경에 이은 전하도 강건하시고, 내 아버지 의친왕 전하도 정정하시거늘, 나를 두고 왕이라니! 미친 소리가 아니더냐?"

"그분들은 납치할 수가 없잖아요. 상해로 데려갈 수가 없단 말입죠. 데려가봐야 다 큰 사람을 허수아비로 세워놓고 무슨 일을 마음대로 하기도 어렵죠. 그래서 전하가 만만한 콩떡으로 선택된 것입죠. 전하는 상해에 가서 허수아비 왕이 되시는 겁니다. 허수아비 왕이 좋은 거예요. 먹고 놀기만 하면 되니까, 팔자 늘어지는 것입죠."

이우는 뒷짐을 지고 차분히 걸으며 생각에 잠겼다. 사내들은 아이 하는 꼴이 같잖아서 또 웃어댔다.

유괴범들은 슬그머니 웃음기가 가셨다. 왜놈들이 갖다 붙인 '공'이라는 칭호가 조선시대로 치면 대충 '왕자'쯤 될 거라고 생각했다. 이 개명시대에 왕자 따위가 무슨 대수란 말인가, 아이놈을 쉬이 여겼다. 시나브로 조선시대에 상놈이 왕자님 만난 것처럼 주눅이 드는 것이었다.

이우가 불쑥 물었다. "나를 얼마에 팔 건가?"

"많이 받을수록 좋습죠."

"나를 어떻게 팔 건가?"

"날이 어두워지면 거룻배를 타얍죠. 바다에서 그 사람들 큰 배로 넘겨얍죠. 밀무역하듯 말입죠, 흐흐."

"자네들은 참 어리석구나! 지금 나를 찾는 경찰들이 오사카에 쫙 깔렸을 테다. 여기서 한 발짝도 못 움직일 것이야."

"별 걱정을 다해주시네."

이우가 거래를 제안했다. "차라리 나한테 팔아라!"

조막개는 무슨 말인지 알아듣지 못했다.

이우가 고쳐 말했다. "나를 나한테 팔란 말이다. 내가 나를 사겠다. 돈은 달라는 대로 주겠다."

조막개는 왠지 화가 났다. "야, 이 새끼야! 전하, 전하 불러줬더니 눈에 뵈는 게 없냐? 어디서 이래라 저래라 지랄이야. 말도 안 되는 헛소리나 지껄이고. 확 주둥아리 처닫고 잠이나 처자라. 어린애는 많이 자야 쑥쑥 자란다!"

이우가 은근히 웃으며 대꾸했다. "자네는 좀 쓸 만한 사람인 줄 알았는데, 형편없군!"

조막개는 피가 거꾸로 도는 듯했다. 이우의 머리통에 알밤을 세게 먹였다. "쬐끄만한 게 어른한테 못하는 소리가 없어!"

이우는 무척 아팠지만 꾹 참았다. 하나도 아프지 않다는 표정을 짓고는 계속 종알댔다. "이대로 가만히 있다가는 자네들도 다치고 나도 다치겠지. 경찰한테 발각되면 자네들이 할 수 있는 일은 나를 인질삼아 버티는 것밖에 더 있겠는가. 인질극은 서로에게 도움이 안 돼!"

"야, 시끄럽다! 이 새끼 주둥아리 좀 막아라!"

한 사내가 걸레를 이우의 입에 쑤셔 넣었다.

밖에서 들어온 사내가 바깥의 상황을 알렸다. 항구 일대에 경찰이 바글바글하다!

사내들은 불안해졌다. 이우를 데려오면 십만원을 주겠다는 근왕주의자의 말만 믿고 무턱대고 저지른 일이었다. 엄청난 벌집을 건드린 듯 후회막급이었다.

또 한 사내가 들어와서 도저히 거룻배를 구할 수 없다고 알렸다. 사내들은 암담해졌다.

조막개는 이우를 의자에 앉혔다. 쑥스럽게 청했다. "왕자님, 아까 하던 얘기 좀 자세히 해봅죠?"

"하기 싫다!"

"지가 잘못했습죠. 노여움을 푸시고……."

"간단하다. 오만원을 주겠다. 너희들은 나를 아무 데나 데려다 놓으면 된다. 어시장 구경을 하다가 길을 잃었다고 말하겠다. 너희들 이야기는 절대로 하지 않겠다."

"그 말을 어떻게 믿습죠?"

"믿어라. 너희들이 할 수 있는 일은 나를 믿는 것뿐이다."

"더 좋은 생각 없습니까?"

"나를 믿을 수 없단 말인가?"

"발랑 까진 열 살짜리 애새끼 말을 어떻게 믿어?"

"나는 조선의 독립을 위해 이 한 목숨을 바칠 것이다."

"엥? 갑자기 무슨 귀신 씻나락 까먹는 소리……."

"내 가슴속 웅지를 처음으로 발설했다. 그래도 나를 못 믿겠는가? 나는 지금 이 순간부터 너희들을 독립군 동지로 생각하겠다."

"이 꼬맹이가 진짜 웃기네."

사내들은 경쟁하듯 웃어댔다. 억지로 웃었다. 웃음은 계속되지 않았다. 사내들은 괜히 낯부끄러웠다. 거침없이 거창한 말을 지껄여대는 꼬마 앞에서, 돈 때문에 이러고 있는 어른이라니.

조막개가 민망히 물었다. "……돈은 어떻게 주실 건데요?"

"다달이 오백원씩 주겠다. 너희들이 무슨 동아리인 줄 모르겠으나 운영비는 될 게다."

"전하는 소꿉장난이라도 하시는 줄 아는 모양인데……."

"자네들이야말로 내 말을 꼬맹이 헛소리로만 아는 것 같네."

사내들은 옥신각신했다.

조막개가 인심 쓰듯 말했다. "왕자님을 믿기로 했습죠. 이제 지들 목숨과 운명은 전하 입에 달렸습죠."

이우는 환히 웃었다. "잘 결정했네, 참 잘 생각했어."

동경 학습원은 일본 최상류층의 자제만 다니는 학교였다. 천황의 자식과 형제인 '황족', 일가친척인 '화족' 학생이 일부 있었고, 대개의 학생은 '귀족'이었다.

1922년 9월. 초등과 삼년생들은 조선에서 온 편입생을 매스껍다는 눈빛으로 맞이했다.

이우는 틀림없는 일본말로 자기소개를 했다. "나는 조선에서 온 이우다. 내 나라를 떠나고 싶지 않았지만, 부득이 여기로 공부하러 왔다. 이왕 함께 공부하게 된 사이니 잘 지내보자! 나는 너희들을 존중할 테다. 너희들도 나를 존중으로 대접해다오. 잘 부탁한다."

귀족학생들은 화가 단단히 났다. 조센징 놈이 초면에 굽실거려도 시원찮을 판에 어디서 고개를 빳빳이 쳐들고 존중을 찾아?

이우도 학생들의 싸늘한 반응에 분이 났다. 다이쇼 천황은 '일본 황족에 준하여 조선의 왕과 공을 대우하라'고 했다. 이 교실에 내가 존대를 하거나 자세를 낮출 사람은 하나도 없다. 천황의 친족 두세 명 빼놓고 나머지 녀석들은 다 나한테 조아려야 될 놈들인데, 째려봐?

담임 여교사가 나가자, 귀족아이들이 이우를 둘러쌌다. "조센징 놈, 첫인사가 싸가지 없구나!"

이우는 싸워보자는 투로 부라렸다. "네놈들이야말로 예의가 없구나. 어디서 귀족따위가!"

어린아이들답게, 곧바로 주먹질 난장판이 벌어졌다. 이우는 다섯 살 때부터 수련해온 태껸 솜씨를 마음껏 발휘할 생각이었지만, 몇 대 때려보지도 못하고 된통 얻어터졌다. 정신없이 맞으니 아프지도 않았다.

"꼬맹이들, 조용히 못하겠나!" 누군가 빽 소리를 질렀다. 귀족아이들은 후닥닥 제자리로 돌아갔다. 다들 벙어리가 된 것처럼 입을 다물었다. 맨 뒤 구석자리에서 한 소년이 험악한 표정을 지었다.

이우는 코피를 흘리면서 소년에게 다가갔다. "너는 뭐냐?"

"요시나리 히로무라고 합니다. 이우공 전하!"

히로무는 삼학년생 중에서 나이가 가장 위였다. 성적은 꼴찌였지만 싸움은 제일 잘했다.

"누가 내 편을 들어달라고 했나!" 이우가 날린 주먹이 히로무의 볼따구니에 박혔다.

누구한테 맞아본 적이 없는 히로무는 참지 못하고 이우의 넓적다리에 발길질을 했다. 우는 휘청대다 쓰러졌다. 히로무는 사색이 되었다. 내가 지금 무슨 짓을 한 거지. 나는 죽었다, 바보같이! 이우공인지 뭔지를 학교에서 챙기는 대가로 전액 장학금과 육군사관학교 진학까지 약속받았다. 굴러들어온 복을 차버렸구나.

이우는 혁대를 빼서 빙빙 돌렸다. 귀족아이들이 비명을 지르며 비켜났다. 검술스승은 늘 검을 가지고 다닐 수는 없다, 비상시에는 무엇이든지 무기로 삼을 수 있어야 한다며 혁대질을 가르쳐주었다. 무방비인 히로무를 향해 휘둘렀다. 히로무는 목덜미를 얻어맞고 나자빠졌다.

귀족아이들은 손에 잡히는 대로 아무 거나 던지고 휘둘렀다. 이우는 요리조리 피하면서 혁대를 쌩쌩 날렸다. 누군가 던진 의자가 우의 머리통을 때렸다. 넘어진 우를 아이들이 짓뭉갰다.

히로무가 고함쳤다. "비켜, 개자식들아!" 아이들이 물러섰다. 아이들은 히로무가 최소한 조센징 놈의 다리 하나는 분질러놓을 줄 알았다. 히로무는 이우 앞에 무릎을 꿇고 "전하!"를 불러댔다. 번쩍 안아서는 양호실로 달려갔다.

담임 여교사가 이우를 불러 훈계했다. "싸우신 얘기 들었습니다. 전하, 싸우러 오신 게 아니잖아요? 천황폐하의 황은으로 본토에 신학문을 배우러 오신 겁니다. 성심껏 배우고 익혀서 천황폐하께 보은하시고, 나아가 조선인을 위해 훌륭한 일을 하셔야지요. 전하는 우선 마음가짐부터 가다듬으실 필요가……."

그놈의 천황폐하 소리 지겨워 미치겠어. 짜증이 솟구친 이우는 냅다 질렀다. "작작 해둬. 내가 여기 오고 싶어서 왔어? 나를 화나게 하지 말란 말이야!"

"어머머, 제가 선생님이에요. 선생님한테 말버릇이……."

"선생님이니까 참는 거라고. 나 화나게 하면 선생이고 뭐고 없어." 이우는 두 주먹을 불끈 쥐고 악을 써댔다.

여교사는 무서워서 쩔쩔매다가 겨우 말했다. "……전하는 정말…… 대차시군요."

학습원은 신분이 모든 것을 말하는 학교였다. 교실 밖에서 마주치면 학년에 관계없이 높은 신분께 경례를 붙이거나 고개 숙여 인사해야 했다.

이우는 첫날 한 번의 싸움으로 조선의 '공족'이 일본의 '황족'과 맞먹는 위치임을 주지시켰다. 교정에서 귀족 학생들의 경례를 받는 아이가 되었다.

이용길은 이우의 형이었으나, 신분이 아우보다 낮았다. 공식 칭호가 '공자'였다. 일본 귀족아이들뿐만 아니라 극소수의 조선 귀족 아이들에게까지도 무시받는 처지였다. 용길은 학습원에서 우를 마주치지 않으려고 안달복달했다. 멀리서 아우를 발견하면 잽싸게 숨었다.

늘 피할 수는 없었다. 그날, 육학년생들이 담소 중이었다. 이우가 축구공을 따라서 왔다가 그들과 딱 마주쳤다. 귀족아이들은 일제히 일어나 성질 고약하기로 소문난 삼학년 이우에게 경례를 했다. 의젓하게 인사를 받으려고 폼을 잡던 이우는 당황했다. 그들 사이에 용길이 끼어 있었다. 단둘이 만났다면 경례를 하지 않았겠지만, 용길은 할 수 없이 경례를 붙였다. 용길의 팔뚝이 파르르 떨렸다.

이우는 형의 눈을 보았다. 그토록 살기어린 눈을 처음 보았다.

이우는 박준상에게 바둑을 배웠다.

박준상은 대한제국시대 때 훈련원 장교였다. 망국 후 시골에 은둔했다. 이강의 부탁으로 이우의 무예스승이 되었다. 일본에도 동행하여, 이우공저의 시종들을 관리하는 집사로 있었다. 스승 노릇도 계속하였는데, 그는 무예뿐만 아니라 다양한 잡기까지 가르치려고 했다.

검은 돌이 어쩌고 흰 돌이 어쩌고 듣던 이우는 갑갑함을 못 참고 두 손으로 바둑돌을 쓸어버렸다. "스승님, 내가 왜 이딴 것까지 배워야 됩니까? 대체 어떤 한심한 사람들이 이따위 짓을 하며 노는 겁니까. 재미가 하나도 없어요. 검술이나 가르쳐주세요."

박준상은 허허 웃었다. "배워두면 다 쓸모가 있을 것입니다. 사람을 사귀고 아는 데 수담만 한 게 없어요."

1923년 9월 1일, 오전 11시 58분.

바둑돌이 솟구쳐 올랐다. 바둑판도 튀어오르더니 공중에서 한 바퀴 돌고 떨어져 내렸다. 마룻바닥이 강물에 흔들리는 배처럼 움직였다. 장식품이 우수수 떨어지고 책장이 엎어졌다. 이우가 기가 막혀 "이게 무슨 조화랍니까?" 물은 것과 동시에 천장이 부서져 내렸다.

박준상은 "전하!" 비명 지르며 이우를 덮었다. 우를 안고 밖으로 내달렸다. 시종시녀들도 허둥지둥 뛰쳐나갔다. 날아다니는 사물들이 박준상의 몸뚱이를 퍽퍽 때렸다.

땅이 갈라지고 뒤집혔다. 사방에서 울음소리가 들려왔다. 이우를 땅바닥에 내려놓고 박준상은 숨을 헉헉 몰아쉬었다. 방금 빠져나온 저택이 폭삭 주저앉았다. 무너진 자리에서 불길이 일어났다. 주변에 보이는 저택도 다 부서져 불탔다.

이우가 정신이 반쯤 나간 상태에서 물었다. "뭔가, 이게 뭔가?"

사무장 나카사키가 뛰어와서 연신 절했다. "아이구, 전하 사셔서 고맙습니다. 살아주셔서 고맙습니다. 엉엉엉……."

박준상이 냉정히 말했다. "지진인가봅니다."

이우가 되뇌었다. "지진이라고?" 우는 초주검인 시종시녀들에게 소리쳤다. "다들 무사한가?…… 나카사키 정신 차려! 다들 무사한지 살펴보란 말이야!"

나카사키는 이우를 데리고 왕세자 부부의 저택으로 갔다. 이은과 이방자는 이우의 두 손을 부여잡았다.

"네 걱정을 얼마나 많이 하였는 줄 아느냐. 참으로 다행이다, 다행이야."

"조카님, 얼마나 놀라셨을까, 어린 분이 얼마나 무서우셨을까."

이우가 차분한 어조로 여쭈었다. "두 분께서도 많이 놀라셨지요? 이곳은 별 피해가 없었습니까? 저도 두 분 걱정을 많이 했습니다."

이은은 대견스레 바라보았고, 이방자는 이우의 어깨를 어루만졌다. "참 의젓하기도 하시지. 경황 중에도 우리 걱정을 해주셨군요."

이우는 밖에 나가보겠다고 떼를 썼다. 이은은 이우가 위험한 바깥세상으로 절대로 나가지 못하게 하라는 엄명을 내렸다.

이우는 박준상에게 물었다. "스승님, 솔직히 말씀해주세요. 누가 죽었습니까?"

박준상은 머뭇거리다가 일러주었다. "키노가 빠져나오지 못했습니다."

이우는 처연히 말했다. "키노한테 너무 미안해요. 키노, 나한테 욕도 많이 먹고…… 키노 뺨을 때린 게 열 번이 넘어요…… 장례라도 잘 치러줘야 할 텐데. 언제 어디서 보낼 거죠? 나도 가겠어요."

"죽은 사람들이 너무 많습니다. 수습이 되면 다 같이 보내줄 겁니다. 그때……."

"키노, 미안해, 미안해……." 이우가 되뇌었다.

도쿄 시내가 붉게 탔다. 불덩이들이 날아다녔다. 이은의 저택 가까운 산언덕에까지 불이 옮겨 붙었다. 이은과 이우는 이방자의 친정집으로 피신했다. 헌병 1개 소대가 대저택을 둘러쌌다. '불령선인과 사회주의자 들로부터 전하를 보호한다'는 것이었다.

도쿄 시내에 다녀온 박준상이 이은 부부 앞에 부복했다. "전하, 지금 거리에서 조선사람이 살육되고 있습니다."

"그게 무슨 소리냐? 알아듣게 얘기를 해봐."

"해괴한 소문이 퍼져나가고 있습니다. 조선사람과 사회주의자들이 불을 질렀다는 것입니다. 우물에 독약을 풀었다는 것입니다. 이 어처구니없는 소문에 왜인들이 미쳐 날뛰고 있습니다. 조선사람을 닥치는 대로 죽이고 있습니다. 죽창으로 찔러 죽이고 우물에 빠뜨려 죽이고……."

"그럴 리가 있느냐?"

"참말입니다." 박준상이 통곡했다. "전하, 거리로 나가셔야 합니다. 전하가 거리로 나가시면 조선사람을 한 명이라도 더 살릴 수가 있습니다."

"거리로 나가라고?"

"전하가 나가시면 헌병들이 호위할 것입니다. 전하가 거리에 계시면 학살을 조금이라도 막을 수 있을 것입니다."

이방자가 호통을 쳤다. "박 집사, 정신 나간 게요? 전하를 그 위험천만한 곳으로 나가라니. 전하는 존엄한 분이십니다. 옥체를 지켜드릴 생각은 안 하고, 거리로 나가라고요? 박 집사, 당신 뭣하는 사람입니까?"

이은이 말했다. "나가자. 거리로!"

"안 됩니다, 전하!"

"부인, 당신도 같이 나갑시다. 우리는 안전합니다. 우리는 조선의 왕세자 부부예요. 조선사람을 살립시다."

"전하, 안 됩니다. 옥체를 보존하셔야……."

이때 이우가 뛰어들어왔다. "전하, 저도 가겠습니다. 저도 나가겠습니다."

이우의 고집을 꺾을 수 없었다.

그들은 거리를 돌아다니다가 농기구로 무장한 왜인 한 떼와 마주쳤다. 왜인들이 이은을 알아보고 떽떽댔다. "저놈이 시킨 일이다. 저놈이 일본사람 다 죽이라고 명령했다." "왜 저놈을 극진히 보살피는 것이냐." "불령선인은 다 죽여야 돼. 왕세자고 뭐고 다 죽여."

헌병들이 총을 겨누었지만, 미쳐버린 왜인들은 돌진해왔다. 헌병들이 이은 부부를 둘러싸며 공중에 총을 쏘아댔다. 왜인들은 멈춰선 대신 돌멩이를 던져댔다. 이은 부부는 헌병의 보호를 받으며 달아났다. 또 한 떼의 광란 무리와 맞닥뜨렸고, 뒤엉켰다.

이우가 한 무리에 둘러싸였다. 박준상은 붕붕 날며 광란 무리들을 쓰러뜨렸다. 우를 보호하면서 날아오는 것들을 막아냈다. 광란 무리는 박준상 한 사람을 공격했다. 헌병 1개 소대가 와서 광란 무리를 흩어냈다.

옆구리에 죽창을 세 방이나 맞은 박준상은 가까스로 헐떡였다.

이우는 두 손바닥으로 박준상의 상처를 틀어막고는 파르르 떨었다. "스승, 죽지 마. 죽으면 안 돼. 죽지 마, 나 때문에 죽으면 안 돼……."

박준상이 허허 웃었다. "전하, 부디 훌륭한 사람이 되셔야……." 박준상은 말을 끝맺지 못하고 숨을 거두었다.

1924년 5월. 이우가 또 시종시녀들을 괴롭혔다. 채찍을 들고 쫓아다니면서, 사정없이 때려대었다. "전하가 또 미쳤다!" 시종시녀들은 집 밖으로 달아났다. 나카사키 사무장은 2층에서 그 꼴을 내려다보다가 학습원으로 전화를 걸었다.

"전하가 또 무슨 사고를 치셨습니까?"

담임 여교사는 징징댔다. "말도 마세요, 갑자기 왜놈들 냄새가 지독하다면서 발광하시는데, 그걸 누가 말려요. 주먹질하고 발길질하고, 유리창 깨고, 선생님한테도 박치기하고, 정말, 못 참겠어요. 툭하면 그러시니. 이게 벌써 몇 번째냐고요. 아이들이 참다 못해서 힘을 합쳐 싸우니까, 그래, 일본개새끼들 다 죽여버리겠다 소리치면서 더 발광하시더라고요…… 히로무가 전하 편을 들지 않았으면, 전하, 맞아죽었을 거예요. 히로무도 미치죠. 말려주면 고맙다고 하나요? 전하는 아이들이 안 뵈면 히로무만 괴롭히는걸요. 오늘도 히로무 되우 맞았어요. 내가 불쌍해서 못 볼 정도야…… 나카사키 사무장님, 어휴, 제발, 전하, 학교 안 보내시면 안 돼요? 전하 한 사람 때문에 정말 미치겠다고요. 지진 때 조선사람들 죽은 걸 많이 보고 머리가 어떻게 되셔서 그렇다니까 이해는 해드려야겠지만, 그래도 진짜 전하 한 사람 때문에 학교가 개판이라니까요……."

이우는 괴상한 짐승소리를 내며 방 안의 집기를 때려부수었다. 지진을 겪은 후, 우는 너무도 조용한 아이가 되었다. 넋이 나간 것처럼 늘 멍했다. 그렇게 없는 것처럼 고요하던 아이가 갑자기 발광하여 사람들을 놀라게 했다. 우는 저택이건 학습원이건 때와 장소를 가리지 않고 손에 잡히는 아무 거나 들고 날뛰었다. 살인을 낸 적은 없지만 지난 가을부터 올 봄까지, 쉰 명도 넘는 사람들에게 크고 작은 부상을 입혔다. 증세가 하도 유난스러워 지난 겨울방학에는 조선에도 다녀오지 못했다. 이은의 저택에서 쫓겨나다시피 한 것도 심심치 않은 발광 때문이었다. 우는 왕세자비한테까지 "왜년, 죽어버려!" 주먹질을 해서 이은을 경악케 했다.

이우는 뚜벅뚜벅 다가오는 나카사키를 보고 앙칼지게 쏘아붙였다. "원숭이 같은 놈, 죽어봐라."

이우가 휘두른 채찍이 휙 소리를 내자 나카사키의 뺨에 붉은 자국이 생겼다.

"그렇게 일본사람이 미우십니까?"

"그래, 밉다."

"그래요, 차라리 절 죽이세요. 저 하나 죽이는 걸로 끝냅시다."

"흥, 내가 못 죽일 줄 알고!"

이우는 채찍을 세차게 휘둘렀다. 나카사키는 꿈쩍도 하지 않고 참아냈다. 돌아온 시종시녀들이 멀찍이 지켜보며 "아이구, 저걸 어째!" 동동거렸다.

이우가 채찍질을 멈추고 거친 숨을 몰아쉬었다.

나카사키가 비웃었다. "왜요, 벌써 지쳤습니까?"

"네가 오늘 진짜 죽어보자는 거구나?" 이우는 다시 채찍을 휘둘렀다.

나카사키가 맞으면서 소리쳤다. "더 세게 때리세요, 더! 힘이 그것밖에 없나요? 전하의 원한이 그것밖에 안 되나요? 고작 그 정도 원한 가지고 어리광인 거예요? 우리가 떠받들어주니까 눈에 뵈는 게 없죠? 전하는 우리의 볼모라는 걸 모르십니까? 복수하고 싶습니까? 원한을 풀고 싶습니까? 이따위 어리광으로 뭘 어쩌게요? 원한을 풀고 싶다면 멀리 내다보세요. 깊게 바라보세요……."

"죽어라, 죽어!" 채찍질을 멈추면 절대로 안 돼. 멈추면 내가 지는 거야. 멈출 수 없어. 멈추면 내가 지는 거라고. 이상한 오기에 사로잡혀 이우는 채찍질을 멈출 수가 없었다.

나카사키는 피범벅이 되어갔다. 나카사키는 소리 지르기를 멈추지 않았다. "……전하가 본 것은 일본사람이 아닙니다. 그들은 미친 사람들이었어요. 일본사람이나 조선사람이나 미치면 나쁜 사람이 됩니다. 일본사람이나 조선사람이나 원래는 다 착하다고요. 보세요, 착하디착한 전하가 미치니까 아주 나쁜 사람이 되었잖아요. 전하는 아주 나쁜 사람입니다. 자기 마음을 풀겠다고, 다른 사람들한테 억지를 부리고 있어요. 안하무인이라고요. 자기만 안다고요. 전하만을 위해 살아가는 시종시녀들한테 왜 지랄을 하냐고요, 지랄을…… 그래, 시발, 전하고 뭐고 너 진짜 나쁜 꼬맹이새끼야. 내가 마흔 살씩이나 처먹고 너 같은 조센징 꼬맹이새끼 뒤치다꺼리하며 사는 것도 짜증나 죽겠는데, 이렇게 맞는다, 맞아. 그래, 더 때려라. 더! 왜 벌써 힘이 빠졌어?"

멈추면 나카사키한테 진다. 나를 둘러싼 감옥의 총대장 나카사키, 저놈한테만은 질 수 없다. 이우는 죽을힘을 다해 채찍질을 계속했다.

열두 살짜리 아이의 채찍질이었지만 나카사키는 초주검이 되어갔다. 나카사키는 휘청거리는 몸뚱이를 버티며 악을 썼다. "……전하는 좋은 사람이 돼야 합니다. 좋은 사람은 어떤 사람이냐, 조선사람도 일본사람도 미워하지 않는 사람입니다. 일본사람도 알고 보면 좋은 사람들이 많아요. 지진 때 그 사람들은 일본사람이 아니었다니까. 미친 사람이었다고! 너처럼 미쳐버렸던 거라고. 너는 왜 미쳤지? 왜 너 미친 걸 나한테 풀고 있지? 그 사람들도 그랬던 거라고……."

나카사키가 쿵, 고꾸라졌다. 눈치만 보던 시종들이 달려왔다.

이우는 채찍을 떨어뜨리고 뒤로 벌러덩 나자빠졌다.

이우는 사흘 동안 고열에 시달리며 끙끙 앓았다.

머리가 맑아진 이우가 물었다. "나카사키는, 나카사키 사무장은 어떻게 되었나?"

아직까지 혼수상태라고 했다.

이우는 나카사키의 병상 앞에서 덜덜 떨었다. "미안해요, 미안하다고, 그러니까 제발 깨어나라고……." 우는 나카사키의 상처투성이 몸뚱이를 꼭 끌어안고 펑펑 울었다.

*

1925년 10월 경성.

이우를 태운 세단이 달려가자, 아이들이 환호성을 지르며 좇아왔다. 경성 아이들에게도 자동차는 자꾸 봐도 질리지 않는 구경거리였다. 운현궁을 나와서 사동궁으로 아버지 이강을 뵈러 가는 길이었다. 교동을 지나갈 때였다. 차가 급정거했다. 안전띠 없이 앉아 있던 이우는 붕 떠올랐다가 머리를 천장에 찧고는 뚝 떨어졌다.

이우가 깨어나보니 병원이었다.

이우의 세 어머니가 다 모였다. 생모 수인당은 "우리 아드님 사셨네, 사셨어!" 덩실덩실 춤을 추었다. 길러준 어머니 의친왕비 김덕수는 가만히 이우의 이마를 쓰다듬었다. "고생이 많았구나!" 양어머니 이준공비는 손수건으로 눈물을 자꾸 찍어냈다.

"뭐라구요?" 이우의 차는 여중생을 발견하고 급정거를 했지만, 여학생을 치고 말았다는 것이다. "죽었습니까?" 죽지는 않았으나 위독하다고 했다.

운전사가 떠들었다. "제 잘못이 아닙니다. 그년이 갑자기 뛰쳐나왔어요. 하마터면 그 몹쓸년 때문에 우리 전하가 잘못되실 뻔했잖아요. 우리 전하 머리 찧으셔가지고 머리 나빠지면 어떻게 해요. 에이, 죽일 년, 확 죽어버려라."

이우가 주사바늘을 뽑아던지더니 침대에서 뛰어내렸다. 이우는 다짜고짜 운전사의 뺨을 때리고 하반신을 발로 차댔다.

"왜, 그러셔요, 전하, 제가 죽을죄를 지었습니다, 운전 잘하겠습니다, 제발 살려주세요."

"우리 때문에 사람이 죽게 생겼다! 내 목숨만 귀하고 여학생의 목숨은 안 귀하냐? 너는 운전만 잘하면 되는 거냐? 생각이 틀려먹었어. 너, 당장 해고야. 나카사키, 이놈 당장 잘라."

세 어머니가 말렸지만 이우는 기어이 여학생에게 갔다.

얼마나 울었는지 눈이 퉁퉁 분 여자가 이우 앞에 주저앉더니 통곡했다. "전하, 전하, 우리 딸 좀 살려내세요. 다 죽게 되었습니다. 제발 살려주세요. 제발, 제발, 살려내란 말입니다. 우리 딸년 이제 열네 살입니다. 열네 살밖에 안 됐다구요. 어떡하실 겁니까. 어떻게 하실 거냐구요. 살려내세요."

여인이 이우의 바짓가랑이를 붙잡고 흔들어대자 나카사키가 떼어냈다.

이우가 간신히 물었다. "이름이 뭔가?"

"죽여놓고 이름은 알아서 뭐 하시게요. 왜요, 왜 알고 싶은데요? 향심입니다, 향심이에요. 향심아, 향심아, 우리 향심이 불쌍해서 어떡하니, 향심아. 향심아……."

이우는 병상 가까이 다가갔다. 붕대에 감겨 보이지 않는 얼굴을 망연히 바라보았다. 우는 희망에 차서 말했다. "향심아, 너도 살 수 있어. 나카사키도 살아났다고!" 우는 의사들에게 성화를 부렸다.

"살려내라. 향심이를 살려내. 돈은 얼마든지 줄게. 어떻게든 살려내라!"

향심의 심장박동이 곧 멈추었다. 이우가 장례식을 치러주겠다고 했으나 여인은 거절했다. "빨리 묻고 싶어요. 빨리 묻어버리고 잊어버릴랍니다." 이우는 여인의 집 가까운 야산에 묏자리 다섯 평을 샀다. 향심은 거기에 묻혔다. 봉분에 뗏장이 다 덮일 때까지 이우는 여인과 함께 있었다.

이우가 무덤에 큰절을 두 번 했다. "부디 좋은 곳에 가다오."

"전하, 향심이가 많이 고마워할 거예요." 여인은 들썩이는 이우의 등을 토닥토닥 두드려주었다. "괜찮아요, 괜찮아. 전하께서는 우리 향심이 몫까지 오래오래 살아주시면 돼요."

황실의 미래 /

동경 육군유년학교에 재학 중인 리우공 전하께서는 4월 경성에서 지낼 순종황제 1년제에 참렬키 위하여 19일 오전 아홉시 15분에 동경을 떠나시어 귀경하시기로 되었다더라.

—「동아일보」 1927년 3월 21일자

리우공 전하께서는 지난 29일 아침에 부산에 오셔서 동 열시 사십분에 부산잔교를 출발할 연락선 덕수환(德壽丸)에 승선하셨다가 하리증(下痢症)으로 인하야 도로 상륙하신 후 부산철도 호텔에서 철도병원에 있는 고야 박사의 진단을 받으신 결과 장가답아(腸加答兒)라는 병의 증세를 보아 급히 차도가 없으면 다시 경성으로 환가하시리라더라.

—「동아일보」 1928년 8월 31일자

1926년 3월. 융희제가 위독하다는 전보가 왔다.

"당장 조선에 가야겠소."

나카사키 사무장은 곤혹스러웠다. "전하가 창덕궁 이왕 전하를 생각하는 마음은 알겠습니다만, 무리십니다. 조선에 갔다온 지 한 달밖에 안 됐는데 또 간다니요. 유년학교 입학 준비도 하셔야 되고……."

이우는 단호했다. "오늘 출발하겠소."

급히 행장이 꾸려졌다.

조선에 갈 때마다 늘 그랬듯이 이우는 빈손이었다. 나카사키는 서류가방 한 개만을 들었다. 왜인 시종시녀 8인은 짐가방을 두어 개씩 들었다. 그들은 무예실력도 출중한 경호원이기도 했다.

오후 8시 30분, 동경발 하관(시모노세키)행 급행열차를 탔다.

이우는 눈을 감았다. 여행할 때마다 소년은 외로웠다. 스승 박준상이 살아 있을 때는 하나도 외롭지 않았다. 스승은 뭘 물어보아도 애써 대답해주었고, 아무리 철없는 얘기를 해도 귀담아 들어주었다. 수다를 떨다보면 시간이 휙휙 지나갔다. 조금도 지루하지 않았다.

나카사키가 흔들었다. "전하, 밥은 먹고 주무셔야지요."

식당차에서 계란비빔밥을 먹는데 한 신사가 다가왔다. 시종들이 막아섰다.

신사가 중절모를 벗고는 허리를 숙였다. "왕자님, 저는 동대문시장 상인 이백호라 합니다. 늘 뵙고 싶었습니다."

나카사키가 역정을 냈다. "장사치 따위가 무례하다. 꺼지지 못해."

이우가 물었다. "나를 어떻게 아는가?"

"신문에서 뵈었지요."

"내가 신문에 났었나?"

"몇 년 전 사진입니다만 워낙 잘생긴 얼굴이셔서 알아보는 데는 별 지장이 없었습니다. 전하, 적적하시면 제가 말벗이 되어도 괜찮겠습니까."

얼굴이 돌아가신 스승을 닮았다.

"일단 앉게."

나카사키가 눈을 부라렸지만, 이백호는 넉살좋게 맞은편 의자에 앉았다.

이백호는 자기를 소개했다. 동대문시장에서 '백호당'이라는 가게를 하고 있다, '박가분'으로 유명한 박승직의 가게 못지않다, 뭐든지 다 판다, 전하와 전하를 모시느라고 고생하시는 사무장님 및 시종시녀 분들께 뭐라도 선물을 해드리고 싶다, 꼭 동대문시장에 들러달라.

이우가 물었다. "동대문시장은 어떤 덴가? 종로 남대문시장과 다른가?"

이백호는 동대문시장의 역사를 청산유수로 지껄였다. 말하는 방식이 판소리하는 것 같았다.

"판소리를 할 줄 아는가?"

"한자락 들려드릴까요? 판소리보다 타령이 더 재미있습니다."

신사는 중절모를 바가지처럼 들고 오두방정 각설이타령을 했다. 이우는 실컷 웃었다. 이처럼 속시원히 웃는 게 가능하다니. 조선말에 서투른 나카사키도 껄껄 웃고, 조선말을 잘 모르는 시종시녀들도 배꼽을 쥐고 웃었다.

이백호는 이우의 객실까지 따라왔다. 아무도 막지 않았다.

이우가 아무거나 간단히 물으면, 이백호는 이렇게 저렇게 장광설로 엮어 대답했다.

이우가 하품을 해대자, 이백호는 물러갔다.

이우는 침대로 올라갔다. 그토록 오지 않던 잠이 푹 왔다. 스승 박준상을 잃은 이후, 기차여행 중에 악몽과 흉몽에 시달리지 않고 꿈 없이 잔 것은 처음이었다.

오후 한시가 돼서야 잠에서 깼다. 이미 경도(京都, 교토)를 지났다. 식당에 가니 이백호가 기다렸다. 오사카, 고베, 히로시마를 거쳐 시모노세키에 도착한 것은 오후 여덟시 십분경이었다. 꼬박 하루 동안 기차를 탄 노독을 푸느라 산양여관에서 하루를 묵는 게 보통의 여정이었다. 이우는 한시도 지체할 수 없다고 고집을 부렸다. 산양여관에서 요기만 했다. 이백호는 기어이 따라와서 식대를 지불했다.

나카사키는 일등실 선표를 끊었다기보다는 받아냈다. 이왕가 인물들은 연락선의 일급 고객이었다. 나카사키는 여행증명서를 내밀지도 않았다. 검표원들이 이우를 알아보고 기립하여 경례를 했다.

이층 귀빈실에 들었다. 선실은 독립되어 있었고 이우와 나카사키 두 사람이 쓰기에 충분히 넓었다. 시종시녀들은 아래 이등선실에 머물며 이우를 경호하고 수발을 들었다.

이등표를 끊은 이백호는 여행증명서를 내밀었다. 일명 딱금나리(검표원)가 건성으로 훑어보고 도장을 '딱금' 찍어주었다. 검표원 뒤쪽에 늘어선 경찰들이 여행자의 얼굴을 뚫어볼 듯 관찰했다. 일층의 이등선실은 칸막이가 되어 있는 다다미방이었다. 이백호는 기웃거리다 이우의 시종들을 발견하고 넉살좋게 끼어 앉았다. 시종들은 '웃기는 조센징'을 반겼다.

삼등표를 끊은 사람들은 검표 받을 때부터 도떼기시장 같았다. 이고 지고 든 채로 기다랗게 줄을 서서 왁자지껄했다.

열여섯 살짜리 소년이 여행증명서와 삼등표를 내밀자, 검표원이 타박했다. "아휴, 냄새…… 이놈아, 좀 씻고 다녀라!" 소년은 검표원을 무섭게 노려보았다. 검표원은 "뭘 째려봐, 눈알을 확 파줄까?" 머리통을 한 대 때리고, 딱금 찍어주었다.

조선인 순사가 소년을 붙잡아세웠다. "참 불량하게 생긴 녀석이로군. 꼭 사마귀처럼 생겼어. 어디를 가는 게냐?" 소년은 어디를 가도 이름 대신 사마귀라는 별명으로 불렸다. 누가 봐도 사마귀를 연상시키는 외모였다.

"동경에서 전문학교를 좀 다녔소. 도저히 학비를 마련할 길이 없어 때려치고 돌아가는 중이오."

사마귀의 학생복은 너절했고 때가 묵어 반질반질했다.

순사도 사마귀의 머리통을 한 대 툭 쳤다. "이놈, 눈깔 깔지 못해?"

갑판 아래층은 칸막이 없이 마루방에 다다미가 깔려 있을 뿐이었다. 온갖 군상이 자리를 빠르게 채워나갔다.

부산에서 출발하는 연락선 승객이 대개 조선인이라면, 시모노세키에서 출발하는 연락선 승객은 대개 일본인이었다. 조선인들은 먹고살 것을 찾아 일본으로 떠났고, 일본인 역시 먹고살 것을 찾아 조선으로 만주로 떠났다. 농사꾼 가족, 광부, 공장노동자, 장사치, 기녀, 창녀, 성공한 지인을 찾아 무작정 나선 이들…… 일본에서 먹고살 것을 구하지 못하여 돌아가는 조선인들도 있었다. 많은 일본인처럼 만주로 가려는 것이었다.

갈 때나 올 때나 고르게 흔한 부류가 있다면, 조선인 학생들이었다. 배우겠다고 일본으로 떠나는 학생들이 끊이지 않았다. 별의별 까닭으로 귀선하는 학생들도 끊이지 않았다.

선실 바닥에 빈 공간이 없어 보였다. 뒤늦게 들어온 사람들은 기어이 비집고 들어갔다. 여기저기서 엉덩이 붙일 한뼘을 빼앗고 지키기 위한 실랑이가 벌어졌다. 사람의 몸뚱이가 사정없이 붙어버렸다. 남녀노소가 아무렇게나 뒤엉켜 한덩이가 되었다. 공중에 붕 뜬 이들도 숱했다. (그나마 3월이어서 다행이었다. 여름에는 살인적인 더위가 함께 하니까) 아예 더러운 통로에 자리 잡은 이들도 있었다.

오후 열시, 기적이 길게 울었다. 관부연락선 6500톤급 경복환(景福丸)이 출항했다. 갑판에도 승객들이 빼곡하였다. 선원들이 위험하니 들어가라고 소리를 질러대지 않아도, 출렁거림이 심해지고 바닷바람이 칼날처럼 매서워지자 모두들 지옥 같은 선실로 기어들어갔다.

사마귀는 홀로 버텼다. 제가 무슨 『오디세이』의 율리시스라도 된다는 것처럼 극렬한 파도와 추위를 견뎠다.

이백호는 이우의 선실을 찾아가 또 한바탕 수다를 떨고 내려왔다. 계단을 내려오다가 전등빛 사이에 웅크린 짐승 한 마리를 보았다.

"이봐요, 학생, 거 춥지 않소? 낭만인가? 낭만도 좋지만 그러다 죽어요. 어서 들어갑시다."

"방해하지 마쇼." 사마귀가 씹어뱉듯 대꾸했다.

"허 참, 혈기가 좋소. 부럽소이다!"

연락선을 탈 때마다 이우는 기필코 일출을 보았다. 새벽 여섯시에 일어나 갑판으로 나갔다. 일등승객 전용으로 꾸며진 전망대로 올라갔다.

또래로 뵈는 한 소년이 삼등승객을 막기 위해 설치된 차단막을 훌쩍 뛰어넘는 것이 보였다. 사마귀는 거침없이 올라왔다.

두 소년은 눈빛이 마주쳤다.

이우는 광대한 바다 위에서 벌겋게 일어나는 해를 바라보는 것이 크나큰 기쁨이었다. 해돋이를 보노라면 꿈이란 것도 생기는 듯했다. 꿈은 구체적인 형상이 없었다. 모호한 꿈의 편린들은 머리를 뜨겁게 했고, 가슴을 울렁거리게 했다.

먹구름이 끝내 물러가지 않았다.

"젠장, 일출 보기 되게 어렵군." 사마귀가 침을 뱉었다.

이백호가 전망대로 올라왔다. "전하, 여기 계실 줄 알았습니다. 안타깝지만 어쩌겠습니까. 날마다 볼 수 있다면 그게 일출이겠습니까. 쉽게 보여주고 싶지 않겠죠. 그래, 전하 잠은 좀 주무셨습니까?"

"전하? 좆나게 웃기네. 씹어먹어도 시원치 않을 왕실버러지들인가?" 사마귀는 낄낄대더니 난간을 뛰어넘어 바다를 향해 몸을 날렸다. 이우와 이백호는 놀라서 내려다보았다. 공중에서 몇 바퀴를 돌아 갑판에 무사히 착지한 소년은 나는 듯이 달렸다.

이백호가 감탄했다. "태껸을 제대로 익힌 것 같습니다. 동작이 보통 날래지 않군요."

연락선은 여남은 시간의 항해를 마치고, 오전 아홉시경 부산항에 닿았다. 이우 일행은 숨 돌릴 틈도 없이 융희호에 탑승했다. 시속 40킬로미터로 달렸는데 서울까지 열한 시간이 걸렸다. 기차에서도 이백호는 계속 동행이 되어 별의별 이야기를 다 지껄였다.

수원역에서 이백호는 내렸다. 장사일로 부득불 먼저 내려야 한다고 했다. 이백호는 헤어지기 전에, 나카사키 몰래 종이딱지 같은 것을 한 개 주었다.

"전하, 이게 아주 귀한 신문입니다. 지금으로부터 육 년 전에 나온 신문이지요. 중국 상해에서 나온 신문입니다."

"임시정부가 있는 곳 말인가?"

"제가 이 신문을 육 년 동안 간직하고 있었습니다. 전하께 꼭 보여드리고 싶어서요…… 전하, 언제라도 찾아주십시오. 소인, 전하를 늘 기다리며 살겠습니다."

이우는 종이딱지를 폈다. 과연 신문지 한 쪼가리가 되었다.

> 오늘부터 영친왕이라고 존칭하기를 폐하리라. 영친왕이던 이은은 아비도 없고 나라도 없는 금수인 까닭이다. 죄악 많은 이조의 역사는 오늘로써 영원히 정죄함을 받았다. (……) 적자 이은으로 인하여 이씨조선은 영원한 정죄와 저주를 받았다. (……) 우리 민족의 피와 땀으로 된 모든 영광과 찬란한 문화의 집적과 우수한 국민성과 모든 부력과 지력과 원기가 다 이씨의 손안에서 소진되

었다. 얼마나 많은 충신의 피와 애국자의 눈물과 영웅의 한이 이씨의 종묘를 에워싸고 통곡할 것인가.

기왕 죄는 어쩔 수 없다 해도, 경술년(1910) 8월 29일에 왜 광무와 융희가 한번 죽음으로써 그들의 조상이 그리도 숭배하던 명나라 숭정의 뒤라도 따르지 못하고 치욕스런 더러운 목숨을 구차하게 보존하였으며, 그렇게 못했다손 하더라도 민국 원년(1919) 3월 1일에 왜 그들 조상의 희생이 된 인민으로 더불어 독립만세를 부르고 적의 흉도에 순국하지 못하였으며, 그렇게는 못했다 하더라도 전 대한제국 황태자로 순국하지 못하였으며, 그렇게는 못했다 하더라도 전 대한제국 황태자로 하여금 2000만 민족이 적의 칼에 피를 흘리며 조국의 광복을 위하여 한창 분투하고 있는 중간에 나라의 원수요 임금의 원수요 아비의 원수인 왜국 군주의 일족인 여자애와 불의한 혼인을 못하게 하지 못하였는가.

이은은 도적 이등박문에게 끌려서 적의 서울로 갈 때는 12세의 유년이라, 동포는 그가 인질로 잡혀감을 슬퍼하였거니와, 지금은 이미 25, 6세의 성년이니 그를 아직 지각이 부족한 아이라고 생각해서 용서할 수는 없다. 「구국일보」는 분개하여 이르되, "아비가 죽으며 서러워할 줄 모르고 형(의친왕)이 잡히매 슬퍼할 줄 모르고, 이제 원수의 여인을 아내로 맞으니 이은은 금수이다"라고 했다.

아아, 그는 과연 금수이다. 금수가 아니라면 어찌 차마 그 부황과 모후를 시해하고 그 황위를 빼앗고 그의 동족을 해친 원수의 여자를, 그의 2000만 형제와 자매가 조국을 위하여 피흘려 싸우고 있는 오늘날에 아내로 맞을 심장이 있을 것인가. 500년 이씨의 죄악은 이은에 이르러 그 극에 달하였다. 영원한 정죄와 저주의 도장을 받았다.

— 상해 임시정부 기관지 「독립신문」 1920년 5월 8일자

이우는 전율했다. 세상에 이토록 무서운 글이 존재하고 있었다니. 장사꾼 놈은 내게 왜 이런 걸 보여준 것인가?

*

1926년 6월 10일. 화려해서 한층 애잔한 상여가 창덕궁을 벗어났다.

융희제는 1907년 대한제국의 2대 황제로 즉위했으나, 경술국치 이후 '이왕'으로 격하되었다. 십육 년간 창덕궁에 유폐되었다가, 한 달 보름 전에 붕어했다. 길고 긴 국상 끝에 마침내 남양주 무덤으로 가는 중이었다.

이백여 명이 상여 하나를 짊어지고 앞서갔다. 상여를 따르는 첫 번째는 영친왕(英親王) 이은과 의친왕 이강이었다. 두 번째는 이우와 이용길 공자였다. 네 사람 뒤를 서열 낮은 종척집사 여남은 명이 뒤따랐다. 그 뒤에 왕가의 고귀한 여인들이 종친들이 외척들이 신하들이 귀족들이 줄을 이었다.

천여 명의 헌병과 경찰이 호위했다.

하얗게 입은 대중이 끝없이 이어졌다. 남녀노소 가릴 것 없이 땅바닥에 무릎을 꿇고 상여 쪽으로 머리를 조아렸다. 눈물을 흘려주고 울어주는 이도 많았다. 소리 내어 통곡해주는 이도 있었다. 통곡소리가 강물처럼 흘렀다.

긴장감이 감돌았다.

자꾸만 두리번거리는 이우에게 이용길이 속삭였다. "경성에 깔린 육해군이 칠천. 부산과 인천에 함대까지 정박시켜놓았다지. 만세 같은 것은 없을 거야."

오전 8시 30분경, 종로3가 단성사 앞을 지날 때였다. 학생복에 흰 저고리를 덧입은 남학생 삼백여 명이 솟구쳐 일어서더니 격문을 뿌리며 소리쳤다. "조선 독립 만세!"

단단히 준비하고 있었던지, 헌병들이 학생들을 삽시간에 제압했다. 만세를 따라 부르려고 눈치를 보던 이들은 포기하고 말았다.

관수교 부근에서 오십여 명이, 을지로 경성사범학교 부근에서 세 명이, 훈련원 부근에서 학생 한 명이, 동대문 근처에서 세 명이, 신설동 부근에서 한 명이, 동묘 부근에서 십여 명이 격문을 뿌리고 만세를 불렀다.

만세를 부르자마자 무참히 맞으며 체포당했다. 만세를 따라 부른 자도, 만세를 따라 부를 것 같은 몸짓만 보인 자도, 이우가 볼 수 없었던 곳에서 만세를 부른 수백 명도, 흠씬 두들겨 맞고 경찰서로 끌려갔다.

시외로 나가자 만세를 부르는 사람이 더는 나타나지 않았다.

남양주 금곡동에 융희제가 묻히니 그곳이 유릉(裕陵)이다.

왕실 인사들은 자동차와 버스로 창덕궁에 돌아왔다.

국상의 최종 절차인 '현궁의'를 남겨두었다. 융희제가 침소로 쓰던 현궁에 고별의식을 가짐으로써 남아 있을지도 모르는 티끌 같은 원혼마저 떠나보내고자 함이었다.

이강이 이우를 은밀히 불렀다.

이우는 아버지가 자기만 부른 것이 싫지 않으면서도 마냥 좋지만은 않았다. 어린시절에는 세 살 위인 이복형보다 자기가 편애 받는 것이 기쁘기만 했으나, 나이가 먹어갈수록 찜찜했다.

"아버님, 이용길 공자는 왜 부르지 않으셨는지요?"

"그놈을 왜 부른단 말이냐?"

"아버님의 장자는 누가 뭐래도 이용길 공자입니다."

"아니다, 나는 그 녀석을 장자로 생각하지 않는다. 내 장자는 너다."

"아버님, 그러시면 안 됩니다."

"올해 네 나이가 몇이냐?"

"……세는 나이로 열다섯입니다."

"다 컸구나. 다 컸어. 벌써부터 아비를 가르치려 들고. 기특한 일이다. 아비 앞이라고 할 말을 못한대서야 사내대장부라 할 수 있겠느냐."

이강은 큰아들 이용길의 모든 언행이 탐탁지가 않았고 얼굴만

봐도 억지 짜증이 났다. 작은아들 이우의 언행은 하나에서 열까지 어여쁘기만 했다.

장남은 어렸을 때부터 있는 듯 없는 듯 조용하며 시키면 시키는 대로 다 했다. 눈 밖에 날 일을 저지른 바가 없었다. 한데도 별 까닭 없이 정이 안 갔다.

반대로 이우는 사고뭉치였다. 예의범절도 부족했고 시키는 일에 토 달지 않고 따른 적도 없었다. 왕실 어른들의 귀에 들어가 큰 걱정을 끼친 엉뚱한 일도 셀 수 없이 저질렀다. 그런 차남이 걱정되기는커녕 '나를 닮았어. 역시 내 아들이야!' 외려 흡족해하며 더욱 애정을 갖게 되는 것이었다.

이강은 감개무량하다는 투로 하문했다. "보았느냐? 낮에 만세 부르던 백성들 말이다."

"울어줄 백성이 수만 명은 있었겠지요. 만세까지 불러준 백성도 천 명쯤은 있었겠지요. 하지만 나머지 일천구백구십만 대중은 고소하게 여겼을 것입니다."

이강은 허, 신음하고는 반문했다. "고소하게 여기다니? 지존이 돌아가셨는데, 어떻게 고소하게 여긴단 말이냐?"

"나라를 빼앗기고, 나라를 빼앗은 자들에게 의탁하여 겨우겨우 살아온 왕이 무슨 지존이란 말입니까?"

큰아들의 말이었다면 재떨이를 던져 면상을 깼을 테다.

이우가 한 말이라 그런지 이강은 웃음만 나왔다. "네 속생각을 미루어 짐작하겠다마는…… 황손으로 할 수 있는 말이 아니다."

이우는 작정한 듯 나불댔다. "나라를 빼앗긴 뒤에 고생하는 건 대중입니다. 우리 이씨왕조의 살붙이들은 잘 먹고 잘 살고 있지 않습니까? 대중을 보십시오. 가렴주구에 시달리는 대중이 누구를 원망하겠습니까?"

"허어, 그래도 이놈이!"

이우는 못을 때려박듯 이었다. "일제보다 이씨왕조를 더욱 원망할 겁니다. 나라를 빼앗겼다는 이유만으로도 이씨왕조 사람들은 다 자살하는 게 마땅했습니다."

"지금 이 아비더러 죽으라는 얘기냐? 융희제의 무덤 속으로 함께 들어가라는 게야? 이은의 손목을 잡아끌고 함께 불구덩이 속으로 뛰어들까?" 이강은 노기를 가까스로 참아내며 자조적으로 물었다.

이우는 좀 수그러들었다. "뻔뻔하게 황손입네 호의호식하는 제 주제가 참 파렴치해서…… 저도 모르게 그만 말이 막 나온 듯싶습니다."

이강이 작은 짐가방 하나를 탁자에 올려놓았다. 손잡이가 비취빛 옥돌로 만들어진 것 빼고는 평범해 보였다. 이강은 가방 안에서 두툼한 서책 한 권을 신성한 제물 다루듯 꺼내었다.

"……아버님, 나라를 빼앗긴 덕분에, 아버님도 이용길 공자도 저도 목숨을 부지하며 잘 살고 있는 겁니다. 나라를 안 빼앗겼으면, 우린 다 죽었을 겁니다."

"그건 또 무슨 소리냐?"

"이 나라가 온전히 대한제국이었다면 새 황제가 되었을 이은 숙부가 우리 삼부자를 모조리 역적으로 몰아 죽였을 거란 말을 하는 것입니다. 왕조에 흔히 있었던 일 아닙니까."

이강이 서책을 말아 쥐고는 일어섰다. 서책으로 이우의 머리통을 석 대 힘껏 때렸다.

태어나서 아버지에게 처음 맞아보는 이우는 묘한 쾌감을 느꼈다.

이강은 자기가 매타작 도구로 사용한 물건이 뭔지 깨닫고는 깜짝 놀랐다. 무릎을 꿇고 서책을 짐가방 옆에 놓았다.

이강이 궐련 한 대를 다 피는 동안, 이우는 이글이글 타는 눈빛으로 아버지를 노려보았다.

이강이 차분히 말했다. "네 말대로, 대한제국 황실이 잘못한 게 많다. 하지만 아직도 황실을 따르는 백성들이 많다. 지금이라도 황실이 황실답게 처신한다면 백성들은 황실을 따를 것이다."

"황실이 없지 않습니까? 어디에 황실이 있단 말입니까? 대한제국이 없어진 지 십육 년째입니다. 황실 따위는 없습니다."

"그래, 대한제국이 없어진 지 십육 년이 되었다. 그렇다면 대한제국이 다시 일어설 때가 된 것 아니냐? 일본 저들이 이십 년, 삼십 년까지야 가겠느냐?"

"아버님께서는 언제까지 헛꿈을 품고 계실 작정입니까."

이강이 버럭 소리를 질렀다. "……이놈아, 그만 찡찡대고 아비 말을 귀담아 들어라." 이강은 밖에서 숨어들을 쥐새끼를 의식하여, 목소리를 도로 낮추었다. "……그날은 오고야 말 것이다. 너는, 그날을 준비해야 한다. 명심하거라, 그날을 기다리라는 것이 아니다.

기필코 오고야 말 그날을 대비하라는 것이다."

아버지 표정이 하도 비장하여 이우는 더는 까불 엄두를 못 내었다.

"명심하거라. 돌아가신 융희제께서는 대한제국의 미래를 네게 맡기기로 하셨다."

이우가 아무리 애늙은이처럼 굴어도 불과 열다섯 살이었다. 아버지의 엄청난 말에 아연했다.

"……어인 말씀이신지요, 이은 숙부가 엄연하신데…… 아버님께서도 정정하시고……."

"이은은 일제가 원하는 허수아비 왕이 될 수는 있어도, 조선의 진짜 왕이 될 수는 없다. 그리고 나는 늙었다…… 융희제는 유언하셨다. 이우에게 조선의 앞날을 맡기겠다고…… 이 책을 보면 자세히 알 것이다. 언젠가 이 책을 보게 되거든, 융희제의 존엄한 뜻을 받잡도록 하여라."

이우는 그저 멍하니 아비의 입만 바라보았다.

이강이 다짐 두듯 말했다. "공부해야 한다! 알겠느냐? 공부해야 한다. 네 가슴속에 원한과 분노가 가득하다면 그것을 공부의 동력으로 삼아야 한다. 네가 미워하는 자들을 동지로 만들 수 있는 아량을 길러야 한다. 옥석을 가려 너의 손발과 같은 신하로 삼을 혜안을 키워야 한다. 정세를 정확히 판단하고 최선의 전략을 찾아낼 수 있는 지혜를 연마해야 한다. 참을 때는 참을 줄 알고 물러설 때는 물러설 줄 알며 나아갈 때는 나아갈 줄 아는 품성을 닦아야 한다…… 그 모든 것을 누가 가르쳐줄 수 있겠느냐? 스스로 배우는 수밖에 없다. 알겠느냐?"

사흘 후, 이우는 운현궁에서 쉬었다.

종로경찰서 경시 요네야마가 순사 여섯 명을 데리고 들이닥쳤다. 요네야마, 국내를 탈출했던 아버지 이강을 안동역에서 체포했던 자였다.

"오래간만에 뵙습니다. 이우공 전하! 참 빨리도 크셨네요. 내 거시기에다 박치기하던 꼬맹이가 두 배로 커졌어요."

"그때도 경시 아녔소? 남들 진급할 때 뭐 하셨나."

"그게 다 겁대가리 상실한 조센징 놈들 때문이죠. 독립운동한다는 정신 나간 놈들 말입니다. 한 놈 잡아서 진급하겠구나, 하면 또 사고가 터져서 견책 받고, 그놈 잡으면 또 사고 터지고, 뭐 그런 식이지요. 이번에도 만세 부른 놈들이 몇 있었잖습니까. 그 송사리 몇 놈 때문에 또 물먹었다니까요. 제 팔자가 그렇죠 뭐."

요네야마가 방문한 이유를 밝혔다.

틀림없는 정보통에 의하면, 고종과 순종이 대를 이어 극비리에 기록한 비서가 있다. 고종과 순종이 제멋대로 기록한 아주 불경스러운 내용으로 가득하다. 창덕궁을 샅샅이 뒤졌지만 그 비서를 찾아내지 못했다. 창덕궁에 유숙했던 왕실인사들과 그 시종시녀들이 궁궐을 나갈 때 짐 뒤짐은 물론 몸수색까지 했는데도 못 찾았다. 다만 의친왕 이강의 트렁크 하나가 없어졌다. 이강은 트렁크에 '옷

가지와 문방구와 현금 백팔십원'이 들어 있었다며 훔쳐간 놈 잡아 오라고 야단이다.

"그 말을 어떻게 믿느냐 말입니다. 이강 전하께서는 대일본제국의 은혜를 저버리고 망명까지 시도했던 분이잖아요? 뻔한 거 아니겠어요. 이강 전하가 트렁크를 빼돌리고는 적반하장이신 거죠. 그 트렁크에 비서가 숨겨져 있고."

"참 쉽소이다. 그럼 그 트렁크를 찾으면 될 게 아니오?"

"맞습니다. 제가 여기 온 이유가 트렁크를 찾기 위해서죠."

"나를 의심하는 거요?"

"이강 전하에게 공범이 있다면, 이우 전하밖에 더 있겠나 싶은 거죠."

"나도 나올 때 철저히 뒤짐 당한 걸로 아는데. 발가벗기까지야 안 했지만 어떤 놈인가 그 추잡한 손으로 내 사타구니까지 만져보더라니까."

"전하의 짐 중에도 트렁크가 몇 개 있었더군요. 그중에 이강 전하가 잃어버리셨다는 트렁크와 모양새가 아주 똑같은 것도 있었고요."

"트렁크 생긴 게 거기서 거기 아닌가."

"전하가 들어가실 때에는 트렁크가 다섯 개였는데, 나오실 때는 여섯 개였단 말입니다."

"이봐, 나는 지체 높은 이우공이야. 나처럼 지체 높은 사람은 내 물건이 몇 개인지 그따위 거 알 수가 없어. 시종시녀가 다 알아서

해준다고. 부럽지?"

"그래서 부탁드리는 겁니다. 허락만 해주시면, 짐 조사를 다시 한 번 잘해보고 싶습니다."

"그때 충분히 뒤진 걸로 아는데, 또 하겠다?"

"……결정적인 증거가 있단 말입니다. 창덕궁 이왕의 인산일, 현궁의가 있던 바로 그 시각에, 이강의 숙소에서 누가 작은 트렁크 같은 걸 가지고 쥐처럼 슬그머니 빠져나온 것을 본 사람이 있단 말이에요. 본 사람 말로는 이우공 전하가 틀림없다는군요."

"그놈이 누군가? 누구기에 억지소리를 지어내서 사람 귀찮게 하는 거야?"

"그것까지는 말씀드릴 수가 없고……."

"……이봐, 요네야마 경시. 여기가 네 집 안방인 줄 알아? 여기는 운현궁이야, 운현궁! 나는 이우공이다, 이우공! 꺼져. 당장 나가. 네 마음대로 하고 싶다면 천황폐하의 윤허를 받아가지고 와. 알았어?"

"이봐, 어린 친구, 장난이 아니라니까."

"나카사키 사무장, 총독한테 전화 좀 걸어. 총독한테 직접 물어봐야겠어. 운현궁이, 듣도 보도 못한 경시 따위가 와서 강아지처럼 왈왈대도 되는 데인지 내가 직접 물어보겠다."

요네야마가 당황해서 두 손을 훼훼 내저었다. "아, 제가 잘못했습니다. 제가 잘못했어요. 고정하시고…… 아우, 성깔이 장난 아니십니다."

요네야마는 어떻게 해야 할지 판단이 서지 않았다. 정황상 이강이 분실했다는 트렁크를 이우가 가지고 나간 게 틀림없었다. 그냥 돌아갈 수도 없고, 이우가 이렇게 팔팔 뛰는데 막무가내로 뒤져볼 수도 없고 난감했다.

이우가 어른처럼 짐짓 껄껄댔다. "까짓것, 마음대로 하쇼. 이보세요, 나카사키 사무장, 경시 나리를 도와드리세요. 뭘 찾는 모양이야. 그게 뭔지 모르겠으나 도와드리라고."

이놈이 지금 장난하나? 요네야마는 헛웃음이 나왔다.

요네야마는 문제의 트렁크를 손쉽게 찾아냈다. 그 트렁크를 옮긴 시종을 닦달했다. 시종은 창덕궁의 이우가 쓰던 숙소에 아무렇게나 놓여 있던 트렁크를 다른 트렁크와 함께 옮겼고, 창덕궁을 나올 때 경찰에게 뒤짐도 받았고, 자동차에 실어 운현궁으로 가져와서 옷방에 다른 트렁크와 함께 놓아두었을 뿐이라고 했다. 사흘 전 그 트렁크를 조사한 경찰은 '아무것도 들어 있지 않음'이라고 기록해두었는데, 여전히 아무것도 들어 있지 않았다. 먼지뿐이었다.

운현궁을 지키는 상시 병력이 열 명이었다. 그들은 운현궁을 보호한다는 명목으로 운현궁을 감시했다. 네 명씩은 정문과 후문을 지켰고, 두 명은 궁궐을 빙빙 돌았다. 운현궁의 서른 명도 넘는 시종시녀 중에 일본인이 절반이 넘었고, 그중에 다섯 명은 전문 첩자였다.

모두의 말을 종합하건데, 이우는 트렁크에 손 댄 적도 없었고, 트렁크가 있다는 옷방 근처에 가본 적도 없었다. 첩자들은 입을 모아 말했다. "이우 전하는 그런 트렁크가 있는 줄도 모르는 게 확실합니다."

요네야마는 끝까지 이우를 의심해보기로 했다. 그 트렁크를 책상에 던지듯 올려놓았다. "전하가 창덕궁에서 나온 지 사흘째입니다. 트렁크 속 물건이 어디론가 숨어버리기에는 충분한 시간이죠."

"그렇게 뻔히 잘 알면서, 뭐 하느라고 헛고생을 하셨소?"

"전하, 비서를 내놓으세요. 그거 정말 위험한 물건입니다."

"도대체 어떤 놈한테 무슨 소리를 듣고 그러는지 모르겠으나, 그 놈을 의심해보는 게 어떻소? 그놈이 엉뚱한 것을 바라고 모두를 힘들게 하는 것인지도 모르잖소?"

"어린 사람이 무서운 어른 상대로 장난치고 그러는 거 아녜요. 제가 누군 줄 아세요? 현미경눈깔 요네야마 겐지란 말입니다. 제 눈은 못 속여요. 전하는 분명히 뭔가 숨기고 있습니다."

이우가 가만히 일어서더니, 고려청자를 거느리고 장식품으로 놓여 있던 진검을 집어들었다. 칼집에서 날선 칼을 빼들었다. 나카사키가 '또 무슨 장난을 치시려고!' 걱정스러운 낯꼴이 되었다. 요네야마는 하나도 겁먹지 않은 체했다.

"내가 제일 싫어하는 말이 뭔지 알아? 어리다는 말이야, 어리다는 말!" 이우는 짚단 베듯 휘둘렀다. 가죽트렁크가 조각조각 베어져 응접실 바닥에 흩어졌다. 요네야마는 제 눈앞에서 작렬하는 검기에 얼어붙었다.

나카사키는 요네야마를 배웅하러 나갔다.

이우는 트렁크 조각 사이에서 부서진 옥돌손잡이를 주워들었다. 칼등으로 내리치자 옥돌이 부서지고 황금열쇠가 나왔다. 창덕궁의 비밀금고 여덟 개를 딸 수 있는 황금열쇠였다. 비밀금고에는 광무제와 융희제가 진실을 기록한 서책을 비롯해서, 두 황제가 목숨을 걸고 지켜낸 문서와 귀물과 보물이 들었다.

이우는 황금열쇠를 손아귀에 꼭 쥐고, 아버지가 해준 말을 되새겼다.

'네가 대한제국 황실의 미래다!'

일본 황족 화족 귀족 남자들의 정통 엘리트 코스는, 학습원 유년학교 육군사관학교 육군대학을 거쳐 장성이 되는 것이었다. 유년학교 때부터 병영이나 다름없었다. 군대막사 같은 기숙사에서 기거했고, 교복 대신 군복을 입고 군인과 진배없는 하루를 보냈다. 오전학과는 보통 중학교에서 배우는 일반적인 학문을 배웠지만, 오후에는 온통 군사적인 것만 배우고 수련했다.

유년학교를 다니는 동안, 이우는 전혀 다른 사람으로 변했다. 일본 아이들과 불알친구들처럼 다정히 어울렸다. 일본 아이들은 자존심만 건드리지 않는다면 이우가 참 놀기 좋은 친구임을 알게 되었다.

이우는 유도와 체조에서는 그저 그랬지만, 검술과 승마에서는 실력을 자못 뽐냈다. 동급생들이 지치고 힘들어 뵈면 교사를 귀찮게 해서 오락시간을 얻어냈다. 사회자를 자처해 급우들을 실컷 웃겼다.

일요일은 아침식사 때부터 저녁 일곱시까지 외출이 가능했다. 부유한 소년들은 당연히 집에 다녀왔다. 귀족 중에서도 가난하거나 챙겨줄 동향 선배가 없는 소년들이 있었다. 이우는 의지할 데 없는 학우들을 제 저택으로 데려갔다. 음식을 배터지게 먹였다. 동경 시내를 우르르 몰려다녔다. 영화도 보고 연극도 보고 스포츠 구경도 했다. 모든 비용은 이우가 계산했다.

학년이 높아지자 이우는 간덩이가 부었는지 평일 자습시간에도 땡땡이를 쳤다. 자습시간에 담을 넘어가서는 취침 점호 전에 돌아왔다. 아예 밖에서 밤을 보내고 아침 점호 직전에 돌아오는 때도 있었다. 밖에서 대체 뭘 했는가. 아무렇게나 돌아다니며 되는 대로 구경했다. 호기심 나는 곳이라면 어디든지 들어가 기웃거렸다. 유흥업소와 유해업소에도 보란 듯이 드나들었다. 한동안은 댄스홀에 푹 빠져 아주 출근 도장을 찍었다.

싸돌아다니다가 조선인 막노동자를 만나면, 십오전짜리 우동 한 그릇을 꼭 사 먹였다.

"누구신데 우동을 사주시나요? 귀하신 분 같은데, 성함이래두……."

"이성길('우'로 개명하기 전의 이름)이라고 하오. 우리 아버지가 조선에서 겁나게 부자요. 나 돈 많은 사람이니 아무 때라도 나를 보면 밥을 사달라고 하시오. 가만 있자. 내가 학생은 학생이라 그리 큰돈은 없소만, 이거라도 받으시오." 일원짜리 한 장을 쥐어주기도 했다.

교사들은 이우 때문에 골치가 아팠다. 자습시간에 제멋대로 돌아다니는 것만 문제가 아니었다.

이우는 곧잘 수업을 방해했다. 없는 듯 조용하다가 '조선' 얘기만 나오면 살벌한 눈빛을 했다. 교사가 조선에 대해서 부정적으로 이야기하면, 기를 쓰고 따졌다. 교사가 얼차려를 주거나 훈육매를 때리려고 하면 '체벌은 구시대의 악습'이라며 따졌다. 교사가 기어이 강행하면, 이우는 교실을 휙 나가버리거나 광인처럼 조선노래를 불러댔다. (이우가 이십대에 즐겨부른 노래는 〈황성옛터〉지만 십대 때 애창곡은 상해 임시정부에서 제정한 것으로 알려진 〈독립가〉였다.)

> 동포들아 일어나라 용맹하게
> 적수공권(赤手空拳)뿐이라고 두려울쏘냐
> 정의인도(正義人道)의 광명이 비치는 곳에
> 원수의 천군만마 능히 이기리

고집 센 교사가 학생들에게 세 시간 동안 각종 얼차려를 준 적이 있었다. 이우는 얼차려를 거부하고, 세 시간 동안 혼자 〈독립가〉를 불렀다. 일주일 넘게 목이 잠겼다.

사상적으로도 문제였다. 이우가 수업시간이고 쉬는 시간이고 하고 다니는 말 중에, 평범한 학생이 했다면 불령선인이나 사회주의

자로 찍혀 경찰서에 잡혀갈 만큼 신랄한 게 숱했다.

교사들 중에 용감무쌍하게도 이우를 통제해보려고 한 자들이 있었다. "네놈이 지체 높은 조센징이라는 건 안다. 그러나 여기는 학교다. 보통 학교가 아니라, 천황폐하에 목숨 바쳐 충성하고 대일본제국을 이끌 육군 장성을 기르는 위대한 유년학교다. 조센징 놈 따위가 개망나니 짓을 하라고 있는 데가 아니야."

이우는 "그러서?" 조롱하듯 내뱉고 내빼는 것이었다. 잡아놓고 패려고 하면 맞서 싸우지는 않았지만 요리조리 피하면서 달아났다. 교사들과 이우의 추격전은 학업에 지친 소년들을 한바탕 웃게 해주었다.

다른 학생 같으면 벌써 퇴교 조치 당했을 테다. 유년학교 당국은 '나를 퇴교시켜서 조선으로 돌려보내달라'고 시위를 하는 것 같은 이우에게 소원대로 해주자는 결정을 여러 번 내렸다. 궁내성에서 허락이 떨어지지 않았다.

한 번은 학교를 찾아온 궁내성 관리 세키야가 교장을 야단쳤다. "그 녀석을 놓아둘 데가 이 학교 말고는 없어. 아시겠어? 그 사이코가 무슨 짓거리를 하든 신경 쓰지 마. 그저 놔두란 말이야."

이우와 함께 자습시간에 마음대로 땡땡이치고 놀러 다닐 수 있게 된 두 학생이 있었다. 나카사키가 학습원 때부터 이우의 보디가드로 점찍은 요시나리 히로무. 황족인 아사카 다케히코.

그림 그리기가 취미인 아사카는 워낙 내성적이고 예민해서 규율에 얽매인 유년학교 생활을 무척 괴로워했다. 이우가 제 마음대로 하고 다니는 것을 부러워하더니, 어느 날부터 같이 붙어다니게 되었다.

몇 달 못 가서 아사카는 우정을 끊자고 했다. "육사 입학시험에 합격하지 못한다면 나는 너를 죽일지 몰라! 나는 어렸을 때부터 육사에 모든 미래를 걸었다고. 불쌍한 내 아버지의 한을 풀기 위해서. 황족이라고 다 같은 황족인 줄 아나. 나처럼 아비가 일찍 죽은 황족은 아무것도 아니라고. 사람답게 살기 위해서, 이 세상에 태어난 보람을 찾기 위해서, 나는 일단 육사에 들어가야겠다…… 네 덕분에 참말로 잘 놀았어. 고마워! 고맙지만 너랑 나는 달라."

히로무가 이우 대신 화를 내주었다. "야, 전하가 언제 놀아달라고 했어? 우리 노는 데 네가 붙어다닌 거잖아."

*

쓰시마(對馬島, 대마도)에도 닌자 가문이 있었다. 1927년 6월, 22대 영주 하루키는 크게 출세한 선친의 친구를 맞이했다. 히로히토 천황을 지근거리에 보필하는 자들은 시나브로 권력을 독차지하게 되었다. 그들 궁내성 실세 인물들은 대개 히로히토의 어릴 적 스승이었다. 세키야 테이자부로는 히로히토에게 역사를 가르쳤던 자로, 천황 직속 비밀정보부의 수장이었다. 천황의 이빨 노릇을 하는 자니 실세 중의 실세였다.

세키야가 서류뭉치를 내밀었다. "자네 집안에 평생 일거리를 주려고 왔네. 사람 하나를 보호하는 일이네."

"죽이는 게 아니라 보호하라고요?" 하루키는 서류뭉치를 찬찬히 살펴보았다. "잘 모르겠는걸요. 왜 이따위 어린 조센징을 보호하겠다는 건지."

"일본과 조선의 평화를 위하여, 공존을 위하여, 조선 왕공족은 죽어서는 안 되네. 특히 그 어린 공족이 위험하네. 녀석이 작년에 죽은 순종한테서 뭘 물려받았어. 그걸 빼앗으려고 하는 놈들이 암살자를 풀었다는 게야."

"뭘 물려받았는데요?"

"죽은 순종이 끼적거린 낙서 같은 거. 이왕가의 보물을 숨긴 지도도 들어 있다지. 보물 욕심이 난 놈들과 낙서에 자기 추악한 행위가 기록돼서 제 발 저린 매국노들이 연합해서 암살자를 모았다는군."

"『보물섬』 같은 얘기네요."

"또 있네. 상해에 있는 정신 나간 조센징들. 그 아이가 열한 살 때도 납치를 시도한 놈들이지. 아이를 납치해다가 허수아비 왕으로 세우겠다는 게야. 말은 멋있으나, 죽이겠다는 말과 똑같은 말이네. 허수아비 왕이 제 명대로 사는 걸 봤나?"

"이왕 이은을 납치하려고 했던 놈들하고 동류인가요?"

한 달 전, 이은과 이방자 부부는 유럽여행을 떠났다. 첫 기항 예정지는 중국 상해였다. 상해 일본영사관으로부터 '상해 독립운동가들이 이은을 납치하려는 흉계를 꾸미고 있다'는 급전이 왔다. 이은 부부를 태운 군함은 상해를 들르지 않고 그대로 동중국해로 나아갔다. 아무런 실체 없이 전보 한 장만 존재했던 사건이었으나, 떠들썩하게 소문이 났다.

"동류일 수도 있고 다른 놈들일 수도 있네. 상해에는 워낙 많은 놈들이 몰려 있으니까…… 이우, 그 아이를 죽이려는 놈들은 우리 일본인 중에도 있네. 그들은 조선 왕공족을 제거하면 큰 분란이 생길 것이고, 분란이 계속되면 우리 일본 정부가 조선 지배를 포기할 거라고 믿는 게지. 빠가야로! 왕공족 따위가 죽는다고 대일본이 조선 지배를 포기하겠는가. 지금까지 퍼부은 희생이 얼마인데!"

"대충 알겠군요."

"또 있네. 조선 이왕가에 원한이 있는 놈들. 우리 일본에 나라를 넘겨준 매국원흉이라고 죽이고야 말겠다는 놈들."

"을사오적을 죽이려고 했던 자들과 비슷하군요."

세키야는 또 있다면서 열거했다.

이우가 탄 자동차가 여중생을 치어죽인 일이 있다. 그 여중생의 오빠 되는 놈이 이우를 죽여버리겠다고 떠들고 다닌다…… 운현궁의 소작인들도 이우에게 원한이 깊다. 중간에 토지를 관리하는 놈들이 심한 농간을 부렸다. 소작인들이 운현궁에 쳐들어가서 동학난 비슷하게 난리를 피운 일이 있다. 그걸 진압할 때, 몇 사람이 죽었다. 이우는 아무것도 모른다. 일본에 볼모로 잡혀 있는 아이가 뭘 알겠나. 허나 부모형제 억울하게 잃은 소작인들은 운현궁 주인 이우에게 앙심을 풀려고 한다…… 이우가 학습원 다닐 때 일본 귀족아이들을 몹시 괴롭혔다. 옛날 같으면 무사 집안의 수치라 하여 할복자살을 명받았을 정도의 굴욕을 당한 아이도 있었다. 그 집안들도 이우에게 원한이 깊다.

하루키는 듣다가 질렸다. "아예 이 세상 사람들이 그 애새끼를 다 죽이려 한다고 그러지요…… 도대체 그 많은 놈들한테서 어떻게 보호하라는 건지."

"그러니까 자네 같은 유능한 사람을 찾아온 거 아닌가. 이강이 늙어갈수록 이은이 무능해질수록, 표적은 커가는 젊은이에게 집중될 걸세. 이우 그 아이가 뭘 하든지 신경 쓸 거 없어. 그저 죽지 않도록 보호하기만 하면 되네."

"보디가드를 하라는 거네요?"

"보디가드는 멍청이 경찰 놈들로 충분해. 자네 집안은 이우를 죽이려고 하는 놈들을 죽이란 말일세. 소리도 없이 소문도 없이…… 물론 나도 아무 일이 없기를 바라네. 모든 것이 과민한 내 기우이기를 바란다. 아무도 그따위 아이에게 신경 쓰지 않고 살기를 바란다. 하지만 대비를 해야지."

"헤이, 그럼 우리 집안은 평생 그 애새끼 똥구멍이나 쳐다보고 살아야겠네요. 좀 있었으면 좋겠어요. 그 애새끼를 죽이려고 하는 놈들이." 하루키가 징그럽게 낄낄댔다. "한 가지만 묻겠어요. 닌자 집안이 수두룩한데, 하필이면 이름도 별로 없는 우리 집안을 선택했을까요."

"쓰시마이기 때문이네. 조선과 일본으로부터 자유로운 사람이 필요해. 조선인 일본인 가리지 않고 살인할 수 있는."

하루키는 기분 나쁘게 웃어댔다. "좋아요, 좋아! 제가 명성을 떨쳐보도록 할게요!"

사막의 오아이스 /

이우의 새 저택은 밖에서 보면 유럽 동화에 곧잘 등장하는 성채 같았다. 일층은 아기자기한 서양식이었고, 이층은 다다미방이 미로 같은 일본식이었다.

1928년 6월. 이우는 말을 타고 한참을 쏘다니다가 저택으로 돌아오는 중이었다. 대문 앞에 싸움판이 벌어졌다. 덩치가 엄장한 사내가 시종 여섯 명을 상대로 격투하는 솜씨가 보통이 아니었다. 시종들은 얼굴 여기저기가 터져서 피를 철철 흘렸다. 경찰들이 총을 들고 몰려왔다.

사내는 총을 보자 사납던 기세는 온데간데없이 무릎을 꿇더니 두 손을 높이 들어올렸다. 시종들은 분이 풀릴 때까지 사내를 짓밟았다. 경찰들이 시종들을 가까스로 떼어냈다.

"무슨 일인가?"

나카사키가 고했다. "글쎄, 이 미친 거지 조센징 새끼가 전하를 뵙겠다고 지랄을 떨었잖습니까."

그렇게 맞고도 정신이 남아 있었던지, 사내는 이우를 보자 희희낙락했다. "전하, 저입죠! 저예요, 저! 오사카에서 뵈었던 바로 그 놈입죠. 제발 저 좀 살려줍쇼!"

이우는 사내의 얼굴을 기억했다. 육 년 전 대판역에서 자신을 납치했던 유괴범 두목이 아닌가? 유괴범이 제 발로 찾아오다니!

"내가 잘 아는 사람일세. 무슨 오해가 있었던 모양이야. 나카사키, 술값이라도 좀 드리게." 이우는 경찰들을 돌려보냈다.

사내의 이름은 조막개였다. 조씨 성 가진 양반의 서자였는데 이름부터 '막개'라고 막 짓고 홀대했다. 일찍이 가출하여 경성 막노동판에서 뼈가 굵었고, 일본에 건너와 노동한 지도 십 년이 넘었다.

나카사키와 하인들의 잡아먹을 듯한 눈초리에도 불구하고, 조막개는 스스럼이 없었다. 상전처럼 치료를 받았고, 당당하게 집안을 구경했다. 조카 집에 놀러 온 숙부처럼 천연덕스러웠다.

밥상을 보고 조막개가 불퉁댔다. "반찬이 이게 뭡니까? 평소에도 이렇게 먹는 건 아니겠습죠? 괄시가 심합죠."

"원래 이렇게 먹는다."

"거짓말 참 잘합죠."

"소박하게 먹는 게 조선 대중께 예의라고 생각한다."

조막개가 같잖다는 표정을 짓고 껄껄댔다. "허허, 이상스럽게 말하는 버릇은 여전합죠."

조막개는 사흘 굶은 거지처럼 먹어댔다. 술도 대접에 따라 벌컥벌컥 마셨다. 조막개가 나불댔다. "전하, 빚을 받으러 왔습죠. 전하께서는 분명 한 달에 오백원씩 주신다고 했습죠. 근데 뭡니까. 한 번도 안 주셨어요. 우리가 전하 때문에 얼마나 고생했는 줄 아세요? 전하가 입 꾹 다물고 한마디도 말 안 한 걸 압죠. 하지만 경찰놈들이 어떤 놈들입니까? 우리 조선 노동자들을 닥치는 대로 붙잡아다가 줘패면서 불라는 겁니다. 한 백 명 정도 끌려가서 된통 얻어터졌습죠. 그 보람도 없이, 손에 쥔 돈은 하나도 없고 이게 뭡니까. 전하한테 완전 속았죠, 뭐."

"주객전도가 따로 없구나."

"사실 그때 전하 때문에 엄청 감동 먹었습죠. 어린애도 큰 생각을 하는데, 다 큰 어른이라는 우리는 뭔가. 전하는 우리 대가리를 개조해주고 가셨습죠. 그 뒤로 우리 막노동 조선인들, 떳떳하게 살려고 굉장히 노력했습죠."

"자네들을 잊은 적이 없어."

"저희도 왕자님을 잊어본 적이 없습죠."

"돈을 전할 방법이 없었다. 내 돈이라지만 내 돈이 아니니까."

"농담이에요. 그저 전하가 보고 싶었습죠. 그 어린애가 이제 다 컸을 텐데 아직도 그런 엄청난 포부를 갖고 있나, 뭐 그런 게 궁금했습죠. 허허, 그저 한 번 뵙고 싶었다구요."

이우는 자기가 어릴 때 했던 말을 잊지 않았다. 겨우 여남은 살아이가 어떻게 그런 당돌한 말을 할 수 있었을까. 스스로도 놀라웠다. 그 후로는 그런 말을 감히 해보지 못하고 비굴하게 살아왔다.

지금은 왜 그렇게 말하지 못하는가. '나는 조선의 독립을 위해 이 한 목숨을 바칠 것이다!'라고. 볼모로 잡혀 있는 주제에. 겁쟁이, 위선자, 비겁한 놈…… 너 같은 게 감히 '조선의 독립'을 운운할 수 있겠는가.

이우는 자기가 했던 말을 기억한다는 조막개를 보자, 창피해서 견딜 수가 없었다.

"나도 술 한 잔 주게."

"그러믄입쇼, 술 배울 나이입죠."

이우는 술을 처음 마셔보았다. 다섯 잔을 연거푸 마시더니 뻗어버렸다.

일주일 후, 이우와 나카사키는 또 귀선에 나섰다. 동경역은 인산인해였다.

"운현궁 토지문서도 챙겼소?"

"예? 그걸 왜요?"

"내가 토지문서를 좀 봐야겠어. 재작년에 무슨 난리가 났었다면서. 이제 내가 직접 관리를 해도 될 나이가 아닌가."

"그렇기는 합니다만 왜 지금 갑자기……."

"지금 생각이 난 걸 어떻게 하오. 아직 시간이 남아 있는걸, 얼른 다녀오세요. 이번에 가서 내가 운현궁 주인임을 분명히 할 겁니다.

어머님도 그리하기를 바라실 거예요. 질서를 바로잡겠어요…… 아, 지갑은 날 주고 가세요. 책도 사고 과자 좀 사먹게."

나카사키가 지갑을 꺼내 지폐 몇 장만 꺼내주려고 하는데, 이우가 지갑을 채갔다. "얼른 다녀오세요. 그러고 보니 어머님들 선물을 안 샀네. 선물도 좀 살게요."

이우는 지갑을 들고 저쪽으로 뛰어가버렸다. 시종 둘이 황급히 따라갔다.

이우는 양과점으로 갔다. 조막개의 모습이 보였다. 집을 찾아왔을 때는 상거지 차림새였는데, 양복으로 쫙 빼 입었다.

조막개와 이우가 부딪혔다. 조막개는 이우의 호주머니에서 지갑을 빼내었다. 조막개가 속삭였다. "좋은 일에 씁죠."

나카사키가 돌아오자, 이우는 거짓말했다. "어떡하지, 어떡하지! 소매치기 당했어. 과자를 사먹고 있는데 어떤 놈이 스쳐갔거든. 하도 빨라서 잡을 수가 없었어. 돈이 얼마나 들었었어? 어떡하지, 어떡하지?"

나카사키는 이우를 달래느라고 횡설수설했다. "아이고, 걱정하지 마세요. 그거 오만원밖에 안 돼요. 오만원, 그거 석 달 내내 쓸 경비인데, 경비가 없으니, 귀선 일정을 미뤄야겠군요. 아하, 전하, 좀 조심하시지 그랬어요. 참 이해가 안 되네. 다른 분들은 전하가 참 믿음직스럽고 똑똑하다는데, 왜 제 앞에서는 만날 철부지처럼 구시는지……."

이우는 이왕 이은 앞에서도 고분고분하지 않았다. 아잇적에 그렇게도 잘 따르던 이우가 머리가 굵어지면서부터 자꾸만 개갰다. 한 달에 한 번씩 찾아와서는 불편한 말을 해댔다.

"송구하오나, 조선 대중이 그립지 않으십니까. 어떻게 해서든 조선에 가보셔야지요? 융희제 장례 이후 조선에 안 가고 계십니다. 궁내성에서 못 가게 합니까? 전하가 가신다고 고집을 부리면 어떻게든 갈 수 있지 않겠습니까. 대중이 전하를 잊을까봐 걱정이 돼서 그럽니다."

"유럽여행을 떠나시던 중 상해 임시정부 사람들에게 납치될 뻔했다는 소문을 들었습니다. 참 불경스러운 말씀이오나, 그때 납치되셨으면, 전하의 삶이 많이 달라지셨을 겁니다. 지금보다 더 영광스러운 삶을 사실 수도 있지 않았을까요?"

"외람되오나, 방자왕비님이 일본여자라는 것을 잊으시면 안 됩니다. 훌륭하시고 아름다우신 숙모님이십니다만, 일본인입니다. 대중이 그걸 절대로 잊지 않을 겁니다."

"전하, 혹시, 조선의 독립을 꿈에서도 바라지 않는 것입니까?"

아픈 데를 골라서 서슴없이 째는 면도칼 같은 녀석이었다.

듣기 힘든 말을 거침없이 해놓고는 어김없이 용돈을 달라고 졸랐다. 저도 돈 많은 놈이면서 채신머리없이 "용돈 주셔야지요!" 칭얼대는 꼬락서니를 보면 영락없이 철없는 소년이었다.

어쨌든 그런 이우가 밉지 않았다.

이은은, 이우 조카는 정신자세가 올바르고 매사에 착실해서 아무 걱정이 없는데, 용길 조카는 매사가 걱정이라며 끌끌대고는 했다. "형을 누가 챙겨주겠느냐? 신분은 네가 더 높다고 하나, 형은 형 아니겠느냐? 너라도 자주 찾아보고 우애 있게 지내거라."

이왕은 궁궐 같은 곳에 살았고, 이우도 궁궐 못지않은 대저택에 살았다. 아직 '공자'에 불과한 이용길은 하숙집에 거처했다.

이용길은 한없이 가난하기도 했다. 이왕과 이우는 이왕직에서 나오는 돈이 어마어마했다. 이우는 운현궁이 독립적으로 소유한 재산에서 나오는 돈도 있었다. 이용길은 아버지 이강이 대주는 돈으로 살았다. 이강이 돈을 보내주지 않으면, 장남은 하숙비도 밀리는 신세였다.

1928년 10월. 이용길은 찾아온 아우가 하나도 반갑지 않았다. 언제나 그렇듯, 아우만 보면 화증이 솟구치고 질투심이 끓어올랐다.

이용길은 아침부터 술을 마셨다. 요즘 술이 아니면 살지 못했다. 그는 한 여자를 사랑했다. 카페 여급으로 일하는 일본여자였다. 청혼까지 했었다. 거절당했다. 대한제국의 황손이 일본 평민 여자한테도 능멸을 당했던 것이다. 그때부터 술을 마시게 되었다. 사랑에 실패한 게 비감한 건지, 자존심을 다친 게 억울한 건지 알 수 없었다. 술을 마시니 참 좋았다. 취하면 자신을 괴롭히는 모든 문젯거리들이 사라져버리는 것 같았다. 술이 깨는 것이 두려워서, 잠에서 깨자마자 또 마시는 것이었다.

이우는 제가 윗사람이라도 되는 양 삼강오륜 같은 소리를 해댔다. 정신 차리고 술을 끊을 때도 되지 않았느냐, 조선 대중을 생각해서라도 모범적으로 살아야 한다…… 형이 아무런 대꾸도 안 하는데, 저 혼자 소 가르치는 농부처럼 열심히 횡설수설했다. 그러다가 '형님이 아버지께 더욱 잘해야 된다'는 말을 하기에 이르렀다.

이용길은 폭발했다. "오는 정이 있어야 가는 정이 있다. 아버지가 나를 그리 박대하는데, 내가 어찌 아버지를 사랑으로 대하겠느냐? 너도 지켜봐서 알잖느냐? 아버님이 나를 한 번이라도 제대로 된 자식으로 대접한 적이 있느냐? 아버님은 너를 늘 사랑으로 대했다. 나한테는 그렇지 않았어. 늘 모질게 대하셨다…… 어릴 때 아버지는 내가 타고 있는 유모차를 발로 뻥 차버린 적이 있다. 우는 게 시끄럽다고 말이야. 유모가 온몸으로 유모차를 안 막아냈다면, 필시 나는 계단 밑에 박살나 죽었겠지. 아버지는 내가 죽기를 바랐던 거야."

이용길은 회한에 북받쳐 그렁그렁했다. 그는 이왕 입을 열었으니 아버지에 대한 억하심정을 다 토해내겠다는 듯 중절댔다. "나만 일본식 교육을 받았다. 일본에 유학가기 전에, 너는 조선인이 다니는 소학교에 다녔다. 하지만 나는 일본인이 다니는 소학교에 다녔다. 나를 유치원에 들어가기 전부터 보살핀 사람들도 일본인 부부였다. 나는 아기 때부터 일본 옷을 입고 일본말을 했다. 아버님은 나를 완전히 왜놈으로 키운 거야. 우리 밑으로도 형제가 몇이냐? 그 누구도 나처럼 일본적인 양육을 하고 있지 않아. 나만 그랬다. 나만! 장남인데도 그랬다. 왜 그랬을까? 왜?"

이용길은 아버지랑 밥 먹을 때가 제일 괴로웠다. 아버지는 저녁 식사 때 항상 반주를 했다. 두세 시간씩 천천히 술을 마셨다. 장남은 꼼짝도 못 하고 서서 아버지가 술 마시는 걸 쳐다보아야 했다. 아버지는 멍청히 서 있는 장남에게 살가운 눈길 한 번 안 던졌고, 다정한 말 한마디를 안 붙였다. 불쑥 내지르기나 했다. 얼른 일본으로 가버려라!

이우는 위로랍시고 말했다. "아버님께 뭔가 깊은 뜻이 있지 않았겠습니까? 아버지와 장자는 늘 반목하기 마련이랍니다. 겉으로는 그렇지만 마음속으로는 장남을 가장 사랑하는 게 아버지의 마음일 것입니다. 형님께서……."

"시건방진 놈! 네가 형님이라고 부르는 것도 듣기 싫다. 그만 꺼져라!"

이우는 멀고 먼 거리감을 느꼈다. 지갑에서 숙부 이은에게 받아온 돈을 봉투째 꺼내었다. "이왕 전하가 형님께 전해주라 했습니다."

이건은 술잔으로 돈봉투를 방아 찧었다. "고맙군, 그래. 참 고마운 일이야! 그래, 내가 이 돈으로 죽도록 마셔주지. 으하하, 마시자, 마시고 말자. 나 같은 건 술 마시다 죽어버려야 한다."

이우는 가슴이 먹먹했다. 만약 내가 '이용길'로 태어났다면 어떻게 견뎠을까. 형이 '이우'로 태어났다면 어떻게 살았을까.

육사학생 이우는 학습원과 유년학교 시절의 동급생들이 도저히 믿을 수 없는 학생으로 변했다.

모든 눈에 띄는 짓을 그만두었다. 일부러 시도 때도 없이 조선말로 욕하고 노래 불러대는 짓도 그만두었다. 교사들에게도 반항하지 않았다. 수업시간에 교사들이 조선에 대해서 듣기 싫은 말을 해도, 잘 인내했다. 저녁 자습시간에 학교를 탈출하는 일도 없었다. 이우가 규율을 제멋대로 위반하고 이유 없는 반항을 일삼을까봐 염려했던 학교당국으로서는 크게 다행한 일이었다.

이우는 교과목 공부에도 나름대로 성의를 다했다. 책도 열심히 읽었다. 특히 소설에 탐닉했다. 소설에서는 안 되는 일이 없었다. 그게 마음에 들었다.

유년학교 출신들은 유년학교를 다시 한 번 다니는 것처럼 육사 생활이 만만했다. 일반학교를 나온 학생들은 군대나 다름없는 육사 생활을 힘들어했다. 유독 힘들어하는 동급생 중에 조선인 학생이 있었다.

경술국치 직전, 대한제국 무관학교가 폐교되었다. 그 학교 재학생 사십여 명이 국비로 유학, 유년학교를 거쳐 육사를 졸업했다. 경술국치 이후엔 영친왕 이은과 귀족의 자제 몇 명이 동문수학하여 육사를 다녔다. 이은이 29기 졸업생이었다. 이후 조선인 학생은 죽 없다가 이용길 공자가 다녔다. 이용길이 42기생으로 졸업한 그 해에, 이우가 육사에 입학했다.

조선인 학생 이형석은 귀족도 아니고 평민이었다. 이우는 놀랍고 반가웠다. 공족 체면에 선뜻 아는 체를 할 수가 없었다. 인사해 오기를 기다렸다. 한 달이 지나도록 모르는 체하는 것이었다. 괘씸

한 놈이잖아.

1929년 5월, 이우는 답답한 나머지 먼저 다가갔다. 이형석이 언제나처럼 외톨이로 식당밥을 먹었다. 우는 형석의 맞은편에 식판을 내려놓았다. "나는 이우다. 이형석, 반갑다."

이형석은 이우를 못마땅하다는 듯 째려보았다.

히로무가 성질을 냈다. "아니, 이 조센징 새끼가. 전하께서 반갑다고 하면 황송해하지는 못할망정 싸가지 없게……."

"전하로 모셔달라는 거냐? 난 그럴 수 없다." 이형석이 당당히 말했다.

히로무가 주먹을 들어서 때리는 시늉을 했다. "개새끼가 말하는게 아주 지랄이잖어. 전하, 이 조센징 새끼 버릇 좀 가르쳐줄까."

"히로무, 나도 조센징이란 말이다. 그놈의 조센징 소리 좀 그만두지 못해."

"아, 내가 또 조센징이라고 그랬네. 아이구, 이놈의 주둥이!" 히로무가 숟가락으로 제 입을 땅땅 때렸다.

이우는 이형석이 마음에 들었다. 전하 어쩌고 굽실댔으면 싫었을지도 모른다. "동무 하자는 거다."

"동무?" 이형석은 의외였다. 대단한 지위를 가진 녀석이 이처럼 살갑게 다가올 줄은 몰랐다.

이형석이 일어서서 한 손만 내밀었다. 이우는 그 손을 잡았다. 형석이 힘을 주었다. 우는 아팠다. 마주 힘을 주었다. 둘은 힘자랑을 했다.

아사카가 식판을 내려놓았다. "그게 조선식 악수인가?"

네 사람은 절친한 동무가 되었다. 일요일이 되면 넷은 종일 붙어 다녔다. 이형석의 누나가 하숙을 사는 고또 씨네가 근거지였다.

이형석은 경북 선천이 고향이었다. 집안이 만주로 이주했고, 신의주고등보통학교를 다녔다. 고보 4학년 때, 다른 조선인 학생들은 꿈도 안 꾸던 일본 육사에 지원하여 기어이 합격해내고야 말았다. 형석의 입지전적인 입학은 조선 내에서 대단한 일로 회자되었다.

이형석의 누나 이지숙은 문과대학 재학생이었다. 지숙은 요리로 세 학생을 열광케 했다. 형석은 이우 저택 요리사의 음식이 훨씬 뛰어나다고 했지만, 우는 지숙의 음식이 백배는 맛있었다.

넷은 동경 거리를 예정 없이 쏘다녔다. 말을 타고 산야를 달리기도 했고, 영화를 보기도 했다.

고또 씨네는 옛날 대한제국 무관학교 출신 육사생도 선배들이 묵었던 하숙집이기도 했다. 선배들이 남겨놓는 '사막의 오아시스'(사진첩)가 있었다. 히로무와 아사카는 그 사진들에 별 흥미가 없었지만, 두 조선인 학생은 볼 때마다 감개무량했다. 옛날에도 우리와 마찬가지로 육사에 다니던 조선 청년들이 있었다니.

하루는 이우가 이형석에게 물었다. "자네는 왜 육사에 들어온 건가? 진짜 목적이 뭐지?…… 나부터 말하지. 나는 볼모로 들어와 있는 거야. 내 의지와는 아무 상관없이 유년학교 사관학교 육군대학을 코스로 밟게 되어 있어. 나는 일본 육군에 인질로 잡혀 있는 거야. 병자호란을 당하고 심양으로 끌려가 인질살이를 했던 소현세자와 봉림대군 같은 신세지…… 아무리 이런 식으로 생각을 해봐도, 내가 일본 육사학생이라는 것이 부끄럽단 말이야. 나라를 강탈한 놈들의 군복을 입고 있으니까. 그런데 자네는, 자네는 왜 육사에 들어온 건가? 자네는 굉장히 멋진 친구 같은데, 하필이면 육사에?"

이형석은 깊은 생각을 털어놓았다. "내일 당장 조선이 독립된다고 해보자. 어떻게 될까? 다시 너희 이왕가에 통치해주십시오, 그럴까?…… 내 생각엔, 아주 난리가 날 거야. 독립운동 좀 했다는 인간들은 다 나서서 자기가 통치를 해야겠다고 설치겠지. 그러면 나라꼴이 되겠어? 강력한 군인만이 혼란을 수습하고 진정한 독립을 이룰 수 있어. 프랑스 대혁명 때 나폴레옹 장군처럼, 이탈리아를 통일한 가리발디 장군처럼, 중국의 장개석 장군처럼. 너희 이왕가에도 그런 분이 계셨지. 태조 이성계 장군이라고."

"나라를 훔치려고, 육사에 들어왔다는 거냐?"

"훔칠 나라가 어디 있나? 찾을 나라가 있을 뿐이지…… 왕자님, 뭐 어렵게 생각해. 지금 일본 학교 다니는 조선 학생이 수만 명이야. 그런데 다 문학, 경제학, 법학, 예술 이따위 것만 배우고 있어. 이게 옳은 일이라고 봐? 군사적인 것도 배우는 놈이 있어야지. 그날이 오면, 군사장교가 절대 필요하단 말이야. 나라의 기본은 군사력이야. 똘똘한 장교라도 몇 있어야 군사를 기를 수가 있겠지. 그래서 나는 선구자가 되기로 한 거야. 내가 나폴레옹 같은 장군이 못 되어도 좋아. 하지만 나를 본보기로 해서, 비굴하고 치욕스럽고 수치스럽더라도 인내해서 이놈의 육사를 졸업하고야 마는 후배들이 많이많이 나오기를 바란단 말이야. 그날이 오면, 우리 육사 졸업생이 욕 좀 먹겠지. 이놈의 더러운 군복 때문에. 하지만, 그 나라를 지켜내려면 나 같은 놈이 필요할 거야."

이우는 이형석의 포부에 감동했다. 그의 생각이 올바르지 않을 수도 있다. 하지만 분명한 생각과 원대한 희망을 갖고 구체적인 삶의 양태를 설정하고 그 길을 투쟁적으로 밟아가는 청년의 모습이 아름다웠다.

이우는 자괴했다. 나는 뭔가! 나는 왜 이형석처럼 명료하지 못한가.

*

이정옥은 '조선 최초의 여자 택시운전사'라는 타이틀을 가진 유부녀였다. 택시회사 사장님이기도 했다.

1928년 8월, 이정옥의 사무실에 학생복 차림의 청소년이 나타났다. 잘생긴 얼굴에서 빛이 나는 듯했다. 어떤 놈인가 하고 멀뚱히 바라보던 이정옥은 화들짝 놀라서 몸을 일으켰다. "혹시, 이우 왕자님이십니까? 전하께서 이런 데를 어인 일로……." 이정옥은 황망히 고개를 주억대었다.

"택시 타러 왔지, 뭐 하러 왔겠소."

"전화로 부르시면 재깍 달려갔을 텐데, 친히 여기까지 오실 이유가…… 운현궁에는 훨씬 좋은 차가 있지 않습니까. 그 좋은 차를 놔두시고 왜 택시를…….”

“나는 운현궁 차가 싫어…… 내 아버지 의친왕께서도 사동궁에 고급 세단이 두 대나 있으시지만, 그대의 단골손님이잖소!”

이강은 새 여자와 정분이 나면 이정옥의 택시를 불러 타고 어디든지 다녔다.

이정옥이 손수 모는 택시는 미국 GM사의 ‘뷰익’이었다. 8기통 엔진에 앞뒤 네 개의 유압 브레이크가 장착된 그 차는, 조선 땅에서 유일무이한 차였다.

이우는 수원으로 가자고 했다.

“여자 몸으로 운전사가 되다니 그 사연이 궁금하오.”

“그 사연 안 묻는 손님이 없습니다만, 별 재미없어요.”

이우가 재차 묻자, 이정옥이 늘어놓는 얘기는 다음과 같았다.

그녀는 스물넷에 결혼했다. 부잣집에서 태어나 신식교육을 받고 자란 신여성으로서 집안에만 틀어박혀 있는 것을 못 견디었다. 보통학교에서 애들을 가르쳐봤지만 별 재미가 없었다. 의학교육 받은 것을 밑천으로 신식 산파노릇을 한 이 년간 했는데, 그도 별 재미가 없었다. 자동차 타고 다니는 사람들 보니까 되게 재미있을 것 같았다. 겁쟁이 남편 닦달해서 집 담보로 잡히고 크라이슬러 두 대를 월부로 구입했다. 전세료 백원씩 받고, 온천 같은 데로 장거리 여행을 뛰어 수개월 만에 차값 육천원을 모두 갚았다. 망해가던 동양택시를 인수하여 열 대의 택시를 부리는 큰 사장이 되었다. 사장이 돼서도 계속 운전을 했는데 여자만 보면 사족 못 쓰는 남정네들이 무던히도 추근댔다. 짜증이 나던 차에 구미 당기는 제의가 들어왔다. 프랑스 영사가 중국으로 전출가면서 뷰익 처분할 데를 수소문했다. 이강이 다리를 놓아주어 이정옥이 싼값에 뷰익을 넘겨받았다. 뷰익을 허니문택시로 꾸며서 신혼부부만 손님으로 태웠다. 좀 산다는 집안의 자녀들은 이정옥의 허니문 택시를 타고 신혼여행을 가는 것이 꿈이었다.

이우는 진정으로 감탄했다. "참 대단한 여인이시오…… 결국 그대가 오늘날의 여장부가 된 것은 '재미' 때문이라는 건가?"

"그게 그렇게 되나요? 뭐, 재미나게 살아야지요! 전하는 사는 게 재미없으세요?" 이정옥이 핸들을 돌리며 깔깔댔다.

이우는 '재미'라는 것에 대해 생각했다. 재미가 무엇인가? 내 생애에 재미라는 것이 있었던가? 재미라고 착각하며 즐긴 시간이 숱했다. 그 시간이 지나면 늘 공허하고 쓰라렸다. 내가 진정으로 즐거워해본 적이 있었나.

허니문택시가 두 시간을 달려 당도한 것은 깡촌이었다. 겨우 비바람만 피할 수 있도록 판자때기로 얼기설기 지은 날림 교회 뒤편에, 오백 년 묵은 정자나무가 있었다. 정자나무에 흑판이 걸렸다. 경기여고보 학생인 박찬주가 한글을 가르쳤다. 둥그렇게 둘러앉은 아이들이 가갸거겨 아야오유 합창하는 소리가 매미소리보다 컸다.

한 아이가 뛰어와서는 "자동차다!" 외쳤다. 아무리 공짜 공부고, 배우고 싶은 한글이라지만 한창 놀 나이였다. 아이들은 막 몰려나갔다. 이정옥은 떼거지로 달려오는 아이들에 진저리를 쳤다.

박찬주는 다가오는 이우를 보고 흠칫 놀랐다. 십 년 만에 보는 얼굴이지만, 단박에 그가 누구인지 알 수 있었다.

이우가 에둘렀다. "브나로드운동이라지?"

찬주는 『조선어독본』을 꼭 껴안았다. "운동은요…… 한글 가르쳐주는 거예요."

"찬주가 이러고 있을 줄은 꿈에도 몰랐어."

"웬일이셔요?"

"보고 싶어서."

찬주는 뭐라고 대꾸할 말을 찾지 못했다.

"잠깐 시간 좀 낼 수 없나. 드라이브 시켜줄게."

아이들은 나란히 걸어오는 이우와 찬주를 신기하게 바라보았다. 한 아이가 휘파람을 불자 다른 아이들이 일제히 외쳤다. "얼레리 꼴레리!"

이정옥이 사탕이 가득 담긴 종이상자를 내밀었다. "하나씩 나눠 먹어라!"

아이들이 사탕을 두고 아귀다툼을 벌이는 사이에, 이우와 찬주는 허니문택시에 탑승했다. 부릉부릉 하던 택시가 움직이자 사탕을 입에 문 아이들이 우르르 쫓아왔다.

*

육사 기숙사를 감옥이나 지옥으로 알고 살았다. 이제 보니 기숙

사는 천국이다.

1929년 11월. 생존귀환훈련을 다녀왔다. 우리는 센다이 지방 어느 바닷가에 떨어뜨려졌다. 중무장한 채로. 쌀 한 톨 물 한 방울 주지 않았다. 도보로 최단시간에 학교로 복귀하는 것이 훈련과제였다. 민간에게 어떤 피해라도 끼치면 낙제였다. 덕분에 태평양 구경 질리도록 했다. 동북지방 산천 경치를 눈터지도록 누렸다. 아무 데서나 아무렇게나 잠깐씩 잤다. 우리가 잡아먹은 물고기, 쥐, 토끼들에게 미안. 우리 조는 240시간의 기록으로 복귀에 성공했다. 히로무, 아사카, 이형석 등은 바위처럼 잠들었다.

나는 왜 못 자고 이렇게 펜을 잡았는가. 내가 생각했던 것을 기록하기 위함이다. 지금 기록하지 못하면, 다시는 기록할 수 없을 것만 같기에.

찬주는 내가 쓰러지려고 할 때마다 부처님처럼 나타나 죽비를 때렸다. 나쁜 계집애.

지금 일본을 지배하는 세력은? 내각? 군부? 의회? 대중? 아니다, 천황이다.

124대 천황 히로히토, 만으로 28세. 이은 숙부보다 네 살이 적다. 나보다 열한 살이 많다.

히로히토는 과묵하다. 목소리가 날카롭고 높다. 근시다. 꾸부정하다. 생긴 것은 미덥지 않으나 지능이 뛰어나다. 태어났을 때부터 제왕교육을 받았다. 일본 최고 석학들이 별의별 걸 다 가르쳐서 모르는 게 없다. 유럽여행을 8개월쯤 다녀왔다. 유럽의 왕들과 만나서 통치술을 배웠다.

히로히토의 아버지 다이쇼 천황은 머저리였다. 히로히토가 스무 살 때부터 섭정을 했다. 1926년 성탄절에 다이쇼 천황이 죽자, 히로히토는 쇼와 천황으로 즉위했다. 1927년에 있는 듯 없는 듯하더니, 1928년에 대대적인 즉위 쇼를 펼쳤다. 1928년 내내, 갖은 행사와 여러 제전과 별의별 의식이 있었다. 라디오와 신문이 미친 듯이 보도했다. 일본 대중은 광분했다. 내 나라 조선 대중도 덩달아 광분해야만 했다.

그전의 일본은 천황이 지배하는 섬나라로 보이지 않았다. 귀족과 대지주와 재벌과 신흥부르주아 들의 의회와 내각이 군부와 대중과 티격태격하며 이끌어가는 나라로 보였다. 1928년부터 천황이 왕거미로 보였다. 궁궐 깊숙이 숨어 있지만 강하고 넓은 거미줄로 모든 세력을 옭아매서는 제 마음대로 조종하는 사람. 사람이 아니라고? 신이라고? 네가 신이면 나는 귀신이겠다.

관동군이 만주의 군벌지배자 장작림을 폭살했다. 뭐하자는 건가. 만주를 침략하겠다는 거다. 천황이 배후조종했을지도 모른다. 천황은 천 년 넘게 군부(막부)의 꼭두각시였다. 지금도 그런 줄 아는 조선인이 많을 테다. 내가 보기엔 아니다. 히로히토는 제 할아버지 메이지 천황보다 더 영리한 자다. 히로히토는 교묘한 정치력(궁중 측근세력을 기막히게 움직인다)으로 내각, 의회, 군부, 대중 모두를 지배하고도 남을 자다. 그들은 기필코 만주를 차지하고야 말 것이다. 역사가 증명해왔다. 그들에겐 정복과 전쟁만이 살길이다.

하면 우리 조선은 어떻게 되는 것인가. 깊이 생각할 것도 없이 암담하다.

조선의 앞날을 위해 히로히토를 제거하는 것이 옳을까? 히로히토가 죽으면 일본은 침략을 멈출까. 조선 지배를 포기하려 들까. 더 끔찍한 상황이 올 수도 있다. 토요토미 히데요시 같은 전쟁광이 나타나서 군사정권을 세운다고 해보자. 히로히토는 만주만 차지하고 멈출 수도 있을 테다. 하지만 전쟁광 군부는 중국 전체를 차지하려 들 테고 시베리아도 먹겠다고 덤빌지도 모른다.

히로히토가 죽으면 일본은 대혼란에 빠질 텐데, 그 혼란상황에 조선의 운명이 어떻게 될 것인가.

천황은 어릴 때부터 나를 편애했다. 자기 친형제들이나 이은 숙부에게는 의례적인 말만 겨우 몇 마디 하고 만다. 내게는 공부를 잘하느냐, 조선에는 잘 다녀왔냐, 취미는 있느냐, 뭐라도 물었고, 내 말을 고개까지 끄덕여가며 잘 들어주었다. 내가 아무리 잘 까부는 인간이라지만 천황 앞에서까지 까불 배포는 부족하여 나름대로 조심했음에도 내 천성이 그러하여 막말을 한 적도 몇 번 있었는데, 호호, 웃고 마는 것이었다. 나는 그와 승마를 한 적도 있다. 허약한 몸이지만 어렸을 때부터 다양한 운동을 과도하게 했다더니, 제법 탔다. 천황은 궁중식물관을 몸소 견학시켜준 것도 모자라 그가 평생 취미로 수집해온 생물표본을 하나하나 보여준 적도 있다. 곤충과 바닷고기를 채집하여 박제하는 천황의 모습을 생각하니 어째 되게 우습다.

해자 위에 놓인 다리 이중교를 건널 때마다 김지섭이라는 의열단 청년을 떠올린다. 신문으로 본 그 조선인은 천황을 죽이겠다고 폭탄을 던졌다. 그는 폭탄 한 번을 던지기 위해서 막대한 자금을 들여 무수한 준비를 했을 테다.

나는 마음만 먹으면 언제든지 천황을 죽일 수 있다. 과거에도 그랬고 앞으로도 그럴 테다. 나는 천황보다 강건하다. 운동신경도 좋다. 손에 잡히는 것이라면 뭐든지 칼처럼 사용할 수 있다. 졸졸 따라다니는 놈들 한눈파는 사이에 천황 하나를 못 죽일까.

생각뿐이었다. 상상뿐이었다. 천황 앞에서 내가 할 수 있는 일이라고는, 그저 굽실거리는 것뿐이었다. 나는 비겁한 놈이다. 만만하고 힘없는 이은 숙부 앞에서는 할 말 못 할 말 다 지껄인다. 무섭고 힘 있는 히로히토 앞에서는 강아지처럼 그의 발바닥을 핥는 소리나 할 뿐이다. 나도 사실은 두려운 것이다. 목숨이 아까운 것이다.

장난말로라도, 조선을 돌려달라고 말해보지 못했다.

천황을 만날 때마다, 주먹으로 때려 죽이고, 칼로 찍어 죽이고, 기관총으로 쏴 죽이고, 폭탄으로 부숴 죽이고, 그렇게 만화나 그려댄 것은 히로히토가 미워서가 아니었다. 상상 속에서마저 창피하고 싶지 않았다.

찬주야, 내가 지금 뭐하고 있니? 정말 바보 같다.

이우는 편지지를 여덟 겹으로 접었다. 가위로 수십 번 잘랐다. 한 글자도 알아보지 못하게 된 조각조각을 그러모아 호주머니에

넣었다. 자동기술법으로 쓰고, 그 쓴 것을 즉시 없애기, 취미라면 취미였다.

벗들이 깨웠다. 훈련 성공의 대가로 특별 외출을 허가받았다. 아침도 먹지 않고 '사막의 오아시스' 하숙집으로 달려갔다.

이지숙의 눈이 퉁퉁 불었다. 조선 광주에서 학생들이 만세를 불렀고, 수천 명의 학생이 경찰서로 끌려가 고통 받고 있다는 것이었다.

*

1930년 6월 10일. 상공협회가 해마다 주최하는 대운동회가 열렸다. 장충단공원은 십만여 명이 한꺼번에 들끓으니 미꾸라지 끓는 냄비처럼 좁아 보였다.

이우는 그나마 한적한 '奬忠壇(장충단)' 비석 앞에 서 있었다. 박찬주가 다가오는 것을 보았지만 모르는 척, 비석을 골똘히 살폈다.

찬주는 무람없이 인사를 차렸다. "전하, 금석문 학자라도 되는 듯하여요."

침울했던 이우의 얼굴이 활짝 펴졌다. "너는 장충단을 아느냐?"

"조금은 압니다."

"참으로 비통하지 않느냐. 장충단이 운동회장으로 유흥지로 변해버렸다! 나라를 위해 죽어간 충성스러운 선혈들을 기리는 곳이 놀고먹자 판으로 변해버렸다. 슬픈 일 아니냐?"

"그 나라가 없어졌지 않습니까? 나라 잃은 백성은 좀 놀면 안 됩니까?" 찬주는 날라리 만난 여교사처럼 훈계조로 재재댔다. "저는 장충단 공원 같은 곳이 많아져야 한다고 생각합니다. 전하 말대로 존귀하신 분들을 모시는 장충단이 버려지다시피 한 것은 안타까운 일이지만, 공원은 조선 대중에게 꼭 필요한 것입니다. 지식인들이 제일 안타까이 여기는 게 체격 안 되고 운동 안 되는 조선사람 아닙니까. 공원 같은 데가 많아져야 운동 하는 사람이 많아지고 체격과 체력 좋아지는 사람이 많아질 것 아닙니까. 체력이 되어야 공부도 하고 장래에는…… 더 큰일을 할 것 아닙니까."

"더 큰일이 뭔데? 찬주는 혹시 불령선인인가? 말하는 게 영 수상쩍은걸."

"의심하지 마셔요. 친일 대두목 박영효의 손녀딸이 무슨 불온한 사상을 갖겠습니까."

여자의 마음이 차가워진 것을 알아채고, 이우는 경박한 체했다. "조선사람들의 스포츠 열기가 참 대단하구나. 자전거대회, 경평축구, 야구대회, 겨울에는 한강 스케이트 대회…… 무슨 운동대회건 열리기만 하면 이토록 사람들이 장을 선다면서?"

찬주는 낯빛을 밝게 고쳤다. "조선 대중에게 무슨 낙이 있겠습니까? 그런 구경거리라도 있어야지요. 전하, 우리도 즐거운 자리로 옮겨요. 사람들의 환호성이 들리지 않습니까. 곧 엄복동(嚴福童)이 출전하는 자전차 경주 차례랍니다."

"사람들이 있는 데서는 그놈의 전하 소리를 하지 말아라! 어렸을 때처럼 불러다오."

이우는 뚜벅뚜벅 앞서 걸었다. 찬주는 사뿐사뿐 좇았다.

찬주가 종알댔다. "부담스러워서 오라버니랑 다닐 수가 없습니다. 정도껏 미남이셔야지요. 사람들이 다 오라버니를 쳐다보잖아요. 학생모는 뒀다가 뭐하시려고요."

이우가 학생모를 푹 눌러 썼다. "이제 되었느냐?"

찬주가 까르르 웃으며 다짐 두었다. "절대로 벗으시면 안 되어요."

사람들의 바다였다. 도저히 사람들 숲을 뚫고 앞으로 갈 수가 없었다.

찬주가 산언덕을 가리켰다. "우리도 저기로 가요!"

산언덕도 사람들로 빼곡하였다. 두 사람은 몸 세울 자리를 간신히 찾았다. 자전거들이 맹렬히 달렸다. 마지막 바퀴. 웅성웅성하던 구경꾼의 목소리가 일제히 합쳐 거대한 함성이 되었다. 천지가 뒤흔들렸다.

찬주는 3·1만세운동 때 다섯 살이었다. 당시에는 아무것도 몰랐고 훌쩍 성장하여 고보학생이 된 후에야 만세운동에 대하여 알게 되었다. 독립선언을 준비했던 이들이 영효 할아버지를 민족대표로 모시려 했지만 극구 사양해서, 할아버지가 곱절로 욕먹게 되었다는 창피한 이야기도 들었다.

만세운동, 그런 일이 가능했다는 것이 믿어지지 않았다. 십여 년 전에 전국 방방곡곡에 울려퍼졌다는 만세소리도 저런 함성이 아니었을까. 여기 모인 사람들 손에는 태극기가 쥐어졌다. 여기 모인

사람들이 질러대는 소리는 별 의미 없는 '우와!'가 아니라 '대한독립만세!'다…… 운동경기 따위에 저토록 거대한 함성을 만들어낼 수 있는 조선 대중이, 대한독립만세를 또다시 거대하게 불러보는 날은 과연 다시 올까.

이우는 더욱 비현실적인 상상을 했다. 여기 모인 십만여 명의 운동꾼들이 총을 든 모습이었다. 1919년에 백만여 명의 이름 없는 대중이 대한독립만세 부른 것을 자랑스럽게 여길 만큼 이우는 뻔뻔하지 못했다. 황실이 빼앗긴 나라를 대중이 되찾겠다고 일어섰다가 참혹히 죽어갔다. 민족대표 33인은 감옥 구경하고 나와서 잘들 살고 있는데, 이름 없이 만세 불렀던 대중은 총 맞아 죽고, 고문 받다 죽고, 옥살이하다 죽고, 후유증으로 앓다가 죽었다. 그들의 자식은 유리걸식하다가 죽었다. 대한제국 황손으로서 조선 대중께 석고대죄하고 싶었다. 허나 조선 대중이여. 맨주먹으로 만세를 부를 게 아니라 무기를 들었어야 했다! 총칼에 빼앗긴 나라를 맨손 만세 부르기로 되찾을 수는 없잖은가. 총칼에 빼앗긴 나라는 총칼로 되찾아야 했다!

이우는 저 십만 운동구경꾼들이 일제히 총을 들고, 총독부로 진격하는 광경을 그려보았다. 상상만으로도 심장이 터져 나올 듯했다.

황제도 황태자도 되지 못한 의친왕 이강은 많은 자식을 낳았다. 황적에 오른 자식은 장남 이용길과 차남 이우 둘뿐이었다.

이강은 강제로 공의 지위를 박탈당했다. 비로소 이용길 공자는 아버지의 뒤를 이어 '공'의 지위를 얻었다. '건(鍵)'이라는 외자 이름도 얻었다. 이용길 공자는 과거의 호칭이 되고, 이건공으로 불리게 되었다.

1930년 12월 하순. 이건은 귀선하여 신궁을 참배했고 능묘를 전배했다. 이건의 가계 상속을 축하하는 연회가 줄줄이 벌어졌다. 참석하는 이들이나 축하받는 당사자나 마음껏 즐길 수 없었다. 음울했다. 가계를 상속한 자는 있었으나 가계를 물려준 이가 없었다. 상속이 강제로 이루어졌다는 것은 누구나 다 아는 사실이었다.

이건은 연회가 힘에 겨웠다. 사람들의 시선이 견디기 힘들었다. 모두가 아버지의 지위를 훔친 놈이라고 욕하는 것 같았다. 내내 끓는 가마솥에 들어앉은 듯해서 시공간을 잊겠다는 듯 폭음했다. 공식적인 연회가 끝나면 비공식적인 장소를 찾아가 더 마셨다. 인사불성이 돼서야 술과의 전투가 끝났다.

이건은 이날만큼은 술을 마시지 않을 생각이었다. 그는 아버지를 애증했지만 의친왕비 김덕수를 깊이 사랑했다. 그의 생모는 일찍 죽었고 의친왕비가 그를 극진히 키워주었다. 이틀 후면 일본으로 돌아가야 했다. 마지막 이틀만큼은 지밀어머니 가까이에서 맨정신으로 잠들고 싶었다.

이건은 사동궁 후원을 거닐었다. 어릴 적에 이우한테 목검으로 얻어터지던 그곳이었다. 생각하기가 무섭게 이우가 나타났다.

이건과 이우 형제는 일본에서 거의 만나지 못했다. 만나기도 어려웠지만, 서로 만나는 것을 피했다.

"밤마다 형님을 찾아왔었는데 안 계시더군요. 낮에 바빴을 텐데 쉬지 않고……."

"기생집이니 카페니 들쑤시고 다니면서 술 처마시느냐? 그게 황손의 체통이냐? 뭐, 그런 말을 하고 싶은 게냐?"

"그럴 리가 있습니까. 형님이 보고 싶고, 상의할 말도 있고 해서 찾아다닌 것이지요."

"상의를 해? 웃기는 말이구나!"

"들었지요? 고모님의 혼약이 정해졌다는 것."

덕혜옹주와 이우는 동갑이었지만, 덕혜옹주가 광무황제의 고명딸이므로 이건 이우 형제에게는 고모님이었다.

"들었다. 그게 뭐 어쨌다는 거냐?"

"통탄할 일 아닙니까?"

"어째서?"

"어째서라니요? 덕혜옹주 고모님마저 일본인과 결혼하게 되었단 말입니다. 이왕 전하님에 이어 덕혜옹주 고모님마저."

"어차피 사람은 다 똑같다. 조선인이든 일본인이든 사람은 사람일 뿐이야. 사람이 사람이랑 결혼하는데 무슨 문제가 된단 말이야?"

이우는 지갑 깊숙이 보관해온 종이딱지를 꺼냈다. 이백호라는 상인에게 받았던 신문쪼가리였다.

이건은 꼬깃꼬깃한 신문쪼가리를 받아들고 전등 밑으로 갔다. 다 읽고서는 화를 내는 것 같기도 하고 웃는 것 같기도 한 묘한 표정으로 떠들었다. "아주 잘 썼구나. 대중이 이씨왕조를, 대한제국 황실을 얼마나 증오하는지 여기 잘 적혀 있어. 이 기사에서 욕하는 것이 이은 전하뿐이겠느냐?"

"속내를 읽어야 합니다. 이 신문기사는 대한제국 황실에게 요청하고 있는 것입니다. 이천만 형제자매가 피 흘리는 싸움에 동참하라는 것이지요. 황실이 함께한다면 승리할 수 있다고!"

"죄다 일본땅에 볼모로 잡혀 있는 주제에 뭘 어쩌자는 거냐. 설령 우리가 뭘 어쩐다고 해서 조선 대중이 우리를 따를 거 같으냐?"

"당장 뭘 하자는 게 아닙니다. 때가 되어야죠…… 적을 알아야 적을 이길 수 있다잖습니까. 일본을 우리만큼 잘 아는 형제가 또 있겠습니까."

"네가 무슨 생각을 하는지는 모르겠다만 날고 뛰어봐야 아버님 꼴밖에 더 나겠느냐?"

"아버님의 실패를 모욕하지 마세요. 아버님은 그 어려운 상황 속에서도 뭔가 해보려고 했었습니다."

"그까짓 기차 한 번 타고 만주 땅 밟고 온 게 그토록 대단한 일이란 말이냐?"

이우는 치미는 화를 억눌렀다.

화가 나기는 이건도 마찬가지였다. 시녀에게 소리쳤다. "술을 가져와라. 당장 가지고 와."

이우가 작정하고 온 말을 풀어놓았다. "궁내성은 형님에게도 일본여자와의 결혼을 강요할 것입니다. 형님만큼은 절대로 안 됩니다. 형님은 상해 임시정부로 탈출하여 나라를 되찾고자 했던 의친왕의 장자라는 걸 잊어서는 안 됩니다. 의친왕의 장자마저 일본여자랑 결혼하면 대중의 분노가 하늘을 찌를 것입니다."

"궁내성 실세 세키야가 찾아왔었다. 결혼 자리를 알아보겠다고. 나는 좋다고 했다. 여자라면 누구든지 좋다고 했다. 누구든지! 조선여자든 일본여자든 미국여자든 나는 여자라면 아무라도 상관없다. 아버님도 미국 유학시절에 백인 아가씨랑 즐겼다지 않느냐. 나 역시 백인여자라도 마다하지 않을 것이다."

"거부해야 합니다."

"내 인생 내 마음대로 하겠다는데 네가 왜 야단이냐?"

"기어이 형님마저 일본여자랑 결혼하겠다는 겁니까? 정녕, 부끄러운 황손이 되겠다는 겁니까?"

"그거, 너나 해라. 개를 줘도 안 주워먹을 황손 너나 해!"

시녀들이 술상을 연못가 정자에 차려놓았다.

이건은 석 잔을 연거푸 자작했다.

"솔직히 말해봐. 너는 날 경멸하고 있지? 아버지는 공 지위를 박탈당하고 조국에서 쫓겨나 일본땅 궁벽한 섬에 유폐되었는데, 장자라는 놈은 무슨 개선장군처럼 고국땅에서 술이나 처마신다고."

"아버님이 공 지위를 강제로 빼앗긴 것은 분합니다. 하지만 형님이 공 지위를 이어받은 것은 기쁩니다."

"서로 모순되는 일인데 어떻게 그럴 수 있어? 네가 황희 정승이라도 된다는 거냐? 이래도 홍, 저래도 홍이야?"

"그럼 어쩌란 말입니까? 형님이 아버님 지위를 빼앗은 게 아니잖아요! 저들이 강제로 만들어놓은 상황입니다. 이 상황에서 최선을 다할 수밖에 없는 거 아닙니까. 아버님이 스스로 물려준 게 아니란 게 안타깝지만, 어쩔 수 없습니다. 형님은 공 전하 즉위를 이어받은 이상, 공 전하의 신분으로서 최선을 다하셔야 합니다."

"공 전하라는 지위를 누가 준 것이냐? 일본이 준 것이다. 나는 지금까지 그래왔던 대로 일본에 충성을 다하면 되겠구나?"

"그런 말을 하는 게 아니라는 걸 알잖습니까? 의친왕의 뒤를 잇는 이건으로서, 광무제의 손자 이건으로서 처신해야 한다는 겁니다."

"시건방진 놈. 그만 가르쳐라! 나도 이제 공 전하란 말이다. 이용길 공자가 아니라고. 이제 내가 네놈에게 되도 않는 가르침을 받아야 할 이유가 하나도 없다."

"저는 앞으로도 형님이 잘못하면 시정을 요구할 겁니다."

"네가 뭔데?"

"……형님의 아우니까요!"

"나는 너를 아우라고 생각해본 적이 없다!"

"저를 아우로 생각하든 말든, 일본여자와 결혼해서는 안 됩니다. 형님은 혈통을 지켜야 합니다."

"혼혈 결혼을 거부하다가 내가 일본놈들한테 죽기라도 바라는 거냐?"

"설마 죽이기까지 하겠습니까?"

"다른 자식들은 몰라도 황적에 오른 자식들은 일본인과 피를 섞어야 할 거다. 거부한다면 일본놈들은 죽이고도 남을걸."

"그럼 죽음을 각오하고라도 거부하세요."

"너는 각오가 되어 있느냐?"

"당연하지요. 나는 일본여자와 결혼하느니 차라리 죽어버리겠습니다."

"두고 보자!"

"기어이 일본여자와 결혼하겠다는 겁니까? 만약 형님이 일본여자와 결혼하면 다시는 안 보겠습니다."

"나는 네놈을 이 순간부터 보고 싶지 않다. 당장 꺼져라. 네놈 얼굴 보기만 해도 지긋지긋하다."

이건은 또 석 잔을 연거푸 마셨다.

이우는 입술을 꽉 깨물고 등을 돌렸다.

왕실쓰레기 /

18일에 륙군사관학교를 졸업하신 리우공 전하께서는 부하 구택(駒澤)에 있는 포병연대부로 결정되시었다.

—「매일신보」 1931년 3월 19일자

1931년 1월. 종로경찰서 부서장 요네야마 경시가 운현궁을 찾아왔다. 서로 간에 구역질나는 인사치레를 주고받았다.

요네야마가 묵직한 서류철을 공손히 내밀고는 선심 쓰듯 말했다. "대충 한 번 읽어보시죠."

"지금 말이오?"

"극비문건인데 특별히 보여드리는 겁니다."

서류철 표지에 '경비관계철—이강공(비) 양전하 관계'라고 적혔다. '1929년에서 1930년 10월 현재까지 의친왕 이강 부부에 대한 경찰 감시일지 서류철'이란 부제가 붙었다.

의친왕비의 동태는 삭막한 언어에도 불구하고 그녀의 타고난 기품이 느껴질 만큼 평화롭고 정겨웠다. 의친왕비는 황실 어른들 문안을 위한 출타 말고는 사동궁 저택에서 움직이지 않았다. 남편이 곳곳에 뿌려놓은 자식들을 거두어 돌보고 가르치는 것이 일상사였다.

아버지는 사동궁에 머문 날이 드물었다. 아버지는 거개 '외유 중'이었다

아버지가 여행할 때 출발 및 도착 시각, 수행자와 접견인사의 동정, 취침 및 기상 시각까지 상세히 기록되었다. 여관에 투숙했을 때 식사, 목욕, 대담 등에 관한 것은 물론 술자리에 동석한 기생 또는 여급의 신상조사까지 되었다.

서류에 의하면, 아버지는 거의 하루도 거르지 않고 술을 마셨다. 몸이 아주 불편할 때를 빼고는 기생이나 예기를 불러들여 잠자리를 같이했다. 아버지랑 운우지정을 나눈 기생들의 이름까지 명기되었다. 조선권번 소속으로 김명화, 정향심을 비롯한 여남은 명, 한성권번 소속으로 최금란, 윤경희 등 대여섯 명.

아버지의 여자는 기생들만이 아니었다. 이우의 친동생 이수길의 가정교사였던 김금옥의 이름도 등장했다. 아버지가 월급 사십원에 쓰고 있던 이십세 가정교사 김금옥을 임신시켜 딸을 낳게 하였다는 것이다.

아버지가 일본에 살게 된 뒤에도 불경스러운 내용이 적나라하였다.

일본제국 호텔에 머물면서 아래 위층 방을 빌려 일본여자, 러시아여자를 번갈아 찾았다. 심지어 매점 여직원과도 관계를 맺는 등 방탕함이 지나쳐 언론에 보도까지 되었다. 왕공족의 위신이 추락

되고 있으니 제발 자제해달라고 간청해야 한다…… 제국호텔에서 거짓으로 양품점 여점원 모집광고를 내고 응모자를 직접 면접하고 채용한다는 구실 하에 농락했으니 한심하다…….

이강의 여성편력과 낭비벽이 심하다는 소문에 재일한인상애회장 박춘금(朴春琴) 일당이 테러를 가하고자 하니 경비강화를 지시했다…… 이강이 관계한 여자들에게 의외의 거금을 주기로 했다. 이강은 관계한 여성들이 임신하고 출산함으로써 양육비 요구와 생활대책에 관한 논의 요청으로 골머리를 앓고 있다…….

이강의 주거래은행인 제일은행이 궁내성에 보고하기를, '이강의 예금액 삼십만원 가운데 이미 이십오만원은 지출되었고, 나머지 오만원뿐인데 현재와 같은 지출사정으로 보아 더 이상의 거래가 어려우니 적절한 조치를 취함이 좋을 듯하다…… 이강의 자식들이 장성해 혼인을 시켜야 할 텐데, 그가 자숙하지 않으면 혼사에 영향을 끼칠 것이다…….'

이우는 수시로 눈알이 뒤집어지고 억장이 무너지는 듯했다.

이우는 서류철을 덮었다.

요네야마는 능글맞게 웃었다. 즐기는 모양이었다.

이우는 요네야마가 서류철을 자신에게 왜 보여주었는지 헤아려보았다. 너의 아버지는 이토록 한심하다고 아들에게 모욕감을 주기 위해서? 아버지가 일으키는 방탕과 애정사고를 감당할 수 없으니 아들인 네가 좀 어떻게 말려보라는 권유? 너의 아버지만 이렇게 감시하겠느냐? 너 또한 이렇게 감시당하고 있으니 쥐 죽은 듯 살라는 경고!

속에서는 천불이 일어났지만, 이우는 미소를 지으며 능쳤다. "이렇게 귀한 걸 다 보여주시고, 참 고맙소."

요네야마는 병 주고 약 주는 놈처럼 얄밉게 물었다. "전하는 서류에 적힌 바를 믿습니까?"

"그토록 형편없는 분으로 깎아내리고 싶소?"

"전혀 없는 것을 소설처럼 지어 보고서에 쓰겠습니까? 실제로는 보고서에 나와 있는 것의 10분지 1이라 하더라도 색정광이란 비난으로부터 자유로울 수는 없지 않겠습니까?"

"지금 색정광이라 했나?"

"왜 듣기 싫은 말인가요?"

"그래, 내 아버지는 색정광이다!" 외치면서, 이우는 요네야마의 얼굴을 주먹으로 쳤다. 나가떨어진 요네야마를 발로 찼다. 이우는 쌓였던 스트레스를 다 풀듯 날뛰었다. 요네야마도 맞고만 있을 수는 없고, 그도 싸움이라면 자신이 있었다. 두 사람이 뒤엉켜 싸우는 소리에 시종과 헌병들이 뛰쳐들어왔다. 헌병들이 간신히 두 사람을 떼어놓았다.

이우가 서류철을 난로 안에 처넣었다.

요네야마는 씩씩댔다. "꼬맹이 때랑 똑같군, 똑같아! 나이를 똥구멍으로 처먹은 거냐? 공이면 다냐? 인간부터 돼라, 인간부터. 내가 너보다 나이를 얼마나 더 먹었는데……."

이우가 고래고래 질렀다. "저 쪽바리를 쫓아내, 당장, 당장!"

1931년 2월. 이우는 규슈에 살고 있는 아버지를 찾아갔다.

이우는 대뜸 물었다. "망명정부를 꿈꾸었던 아버님께서 지금 대체 어떤 모습이십니까?"

이강은 아들녀석 눈빛이 예사롭지 않아서 긴장했다. "네놈은 아비가 어떤 모습인지 잘 안다는 투로구나. 네가 말해보거라. 나는 대체 어떤 모습이냐?"

이우가 말했다. "색, 정, 광……."

수인당은 다 큰 아들의 등짝을 때리며 악을 썼다. "아니, 네가 미친 게냐. 이놈아, 이놈아, 대체 웬 망발이냐!"

이강은 짐작 가는 일이 있었다. 분을 꾹 참고 차분히 하문했다. "경비관계철인가 하는 것을 본 모양이구나. 요네야마라는 미친놈이 보여주었느냐?"

"다 믿지는 않습니다. 허나 아니 땐 굴뚝에 연기 나겠습니까? 백보를 가지 않았다고 해서 오십 보 간 부끄러움이 덮어지겠습니까."

"굳이 변명하지 않겠다. 아비는 색정광이었다. 벌써 이십 년째 주색잡기로 놀아났다…… 그러나 나는 아직 꿈을 꾸고 있다."

"믿을 수가 없습니다. 지난 십 년의 방탕생활이 또 한 번의 망명 시도를 위해 일제를 방심하도록 만들기 위한 방책이라 말씀하고 싶으신 모양이지만, 소자는 믿지 못하겠습니다."

"어째서 못 믿느냐?" 이강은 분하고 답답해서 다탁을 꽝꽝 찧었다. "어리석은 것. 간악한 일제가 쉽사리 속을 것 같으냐."

이우는 단단히 작심했는지 조금도 수그러들지 않고 대거리했다.

"좋습니다. 아버님의 방탕, 계집질, 그 모두가 일제를 속이기 위한 방책이라고 해요. 그렇다고 그게 방탕이 아니고 계집질이 아닙니까? 일제를 속이기 위한 방책은 그런 것밖에 없습니까?"

"역사에서 무엇을 배웠느냐? 바보 왕자만이 살아남을 수 있다. 네 형은 그걸 잘 아는 것 같은데, 네놈은 모르는구나. 네 형은 너처럼 못나서 그러고 산다는 것이냐? 살기 위해서는 어쩔 수 없는 것이다."

"나중에 용이 되기 위해서 천 년을 진흙탕 이무기로 버텨야 된다는 말씀이십니까? 저는 이해할 수 없습니다. 천 년을 진흙탕에서 이무기로 굴종하느니 용이 안 되고 말겠습니다."

이강은 더는 참지 못하고 찻상째 들어 아들에게 집어던졌다. "나가라, 나가!"

*

1931년 6월 20일. 초여름의 남산 오솔길은 뭇 생명들의 치열한 생존 전투로 지글지글했다.

매미소리가 동시에 뚝 그쳤을 때 그것이 신호라도 되었다는 듯, 이우가 떠들어댔다. "나는 왜황녀와 결혼하지 않겠다…… 이왕 전하, 덕혜 고모님, 이건 형님, 그다음엔 누가 왜황족과 결혼하게 되겠느냐? 나다. 허나 나만이라도 왜황족과 결혼하지 않겠다. 나만은 그따위 정략결혼에 희생당하지 않겠다. 나만이라도 조선여자와 결혼하는 것, 그것이 대중께 용서를 비는 하나의 실천이 될 수 있지 않을까?"

찬주는 슬그머니 미소가 지어졌지만, 심각하게 들었다는 얼굴로 대꾸를 해주었다. "다만 한 분이라도 순수한 혈통을 지켜야겠지요. 모두 다 왜황족과 결혼해버리면, 많이 창피하겠지요."

이우는 각오를 다지듯 장담했다. "나랑 결혼할 왜황녀가 내정되었다는구나. 허나 놈들이 혼담을 들고 나오기 전에 내가 먼저 약혼을 해버리겠다. 조선여자와…… 온갖 방해를 하겠지. 그러나 나는 목숨을 걸고 조선여자와 결혼하고야 말겠다."

"목숨을 건다고요?"

"죽는 한이 있어도 조선여자랑 결혼하겠다는 각오란 말이다."

찬주는 정말로 궁금해서 못 견디겠다는 투로 은근히 물었다.

"혹시 점찍어둔 여인이라도 있습니까?"

이우는 즉답을 피했다. "나랑 혼약할 여자 또한 나만큼이나 마음이 강한 여자라야 한다. 나랑 목숨을 걸고 결혼하겠다는 각오를 할 수 있는 여자. 나랑 결혼을 약속했다는 것만으로도 그 여자는 위험해질 수 있다. 왜놈들이 나를 기어이 왜황녀와 결혼시키기 위해서 나랑 정혼한 조선여자를 암살할 수도 있다."

이우가 딱딱하게 굳은 낯꼴로 고약한 말만 해대니, 찬주는 좀 어이가 없었다. 우가 진지한 생각이 지나쳐 끔직한 망상에 사로잡힌 듯해 안쓰럽기까지 했다.

이우는 제풀에 겨워 내처 떠들었다. "결혼에 성공한다 해도 힘들게 살게 될 것이다. 나라를 빼앗긴 대한제국의 황손 부부로 살아간다는 게 쉬운 일이겠느냐. 포로로 잡힌 신세가 아니겠느냐. 고국의 대중께 손가락질 받으며 왜군복을 입고 포로생활하는 것이 얼마나 힘든지 아느냐? 나랑 결혼하는 여자는 나랑 결혼했다는 이유 하나만으로 나와 더불어 포로가 되고 손가락질 받게 될 것이다."

찬주는 못 견디고 종알댔다. "듣고 보니 무섭습니다. 무서워서 오라버니랑 결혼할 사람이 있겠습니까? 누구인지 참 걱정이 됩니다."

이우가 기습적으로 물었다. "그게 누구이겠느냐?"

"그걸 제가 어찌 알아요? 왜 그리 빤히 쳐다보시는 거예요. 무섭습니다, 오라버니!"

이우는 잡아먹을 기세로 다그쳐 물었다. "그게 누구인지 너는 정말 모르겠느냐?"

찬주는 딱 잡아떼듯 모르쇠를 했다. "몰라요, 몰라!"

"나는 아주 오래 전부터 그 여자와 결혼하고 싶었다. 그 여자가 아니라면 그 누구와도 결혼하지 않을 생각이었다. 그 여자가 힘들까봐, 내 마음을 숨겨왔다. 더는 숨기지 않으련다. 나는 그 여자와 결혼할 것이고, 평생 그 여자만 사랑할 것이다."

"오라버니 마음을 사로잡은 그 여인이 진정 뉘시랍니까?"

"너다." 이우는 찬주를 와락 감싸 안았다.

찬주는 이우의 가슴을 밀치고 달아났다. 이우가 금방 따라잡아

찬주의 팔목을 낚아챘다.

찬주는 이우의 얼굴을 똑바로 쳐다보고 일갈했다. "오라버니는 제정신입니까? 어떻게 저랑 결혼할 생각을 하신단 말입니까?"

"나는 너를 사랑한단 말이다."

"제가 악명 높은 친일파의 손녀라는 걸 생각 안 하십니까?"

"상관없다."

찬주는 브나로드운동 다니면서 익숙해진 말투로 공박했다. "왜 상관없습니까? 조선사람은 누구나 제 할아버지 박영효가 을사오적 못지않은 매국노라고 손가락질합니다. 전하는 모르십니다. 소녀가 박영효 후작의 손녀딸로 태어나 부귀하게 자란 줄만 아시지요? 박영효 후작의 손녀딸이기 때문에 당한 멸시가 얼마나 자심했는지 아십니까? 사람들은 제 앞에서는 공손하게 대접합니다. 그러나 저 없는 곳에서는 가장 야비한 욕을 골라 저를 능욕합니다. 저는, 나라 팔아먹은 박영효의 씨앗이란 말입니다. 전하께서는 매국노의 손녀랑 결혼하느니 차라리 왜여자랑 결혼하는 게 더 낫다는 말씀입니다."

"나는 찬주가 아니면 안 돼!"

"다른 여자를 찾으셔야 합니다. 저는 안 됩니다."

찬주가 돌연 이우의 품을 파고들었다. 이우는 찬주를 바싹 끌어안았다.

사내 여섯이 건들거리며 서 있었다.

두목으로 뵈는 놈이 야불야불했다. "우리로 말할 것 같으면 사람들 재미나게 놀고먹는 곳에 안 나타나면 섭섭한 왈짜패유. 특히 신식 연애한다는 것들이 재미 볼 때는 어김없이 나타나유."

이우는 사관후보생답게(이우는 3월에 육사 예과를 졸업하고, 도쿄 야포병 제1연대 사관후보생 신분이었다. 예과 졸업자는 실전부대에서 6개월간 사관후보생으로 근무한 뒤, 10월에 본과에 입교했다) 버럭 소리를 질렀다. "내가 누군지 아느냐?"

"글게 말유, 보통 분이 아닌가뷰."

한 놈이 다가와 이우의 학생모를 빼앗아갔다. 찬주는 우의 품에서 바들바들 떨었다. 우는 찬주를 끌어안은 팔목에 힘을 주었다. 와중에도 찬주의 가슴이 넉넉하고 부드러워서 달떴다.

건달패에 어울리지 않아 뵈는 청년이 하나 섞였다. 다른 녀석들은 입성이 거지와 사촌 할 만했는데 그 녀석은 단정한 학생복 차림이었다.

그 녀석이 뜻밖의 말을 했다. "저자는 왕실쓰레기다."

왕실쓰레기? 버러지도 아니고 쓰레기? 생전 처음 들어보는 욕지거리에 이우는 머리 뚜껑이 열리는 듯했다. "네 이놈! 왕실쓰레기라니!"

학생복이 빈정댔다. "그럼 너랑 소학교 같이 다닐 때처럼, 운현궁 가독을 이어받은 이우공 전하라고 부르란 말이냐? 아니면 왕자님이라고 불러주랴? 그렇게 못하겠다, 이 왕실쓰레기 놈아."

두목놈은 들은 풍월이 있는가 보았다. 깜짝 놀라서는 부르짖었다.

"흥선대원군님의 증손자?"

이우와 종로소학교(경성종로공립심상고등소학교)를 같이 다녔다는 학생이 고개를 끄덕이자, 나머지 녀석들은 어리둥절하며 어찌할 바를 몰랐다.

두목놈은 무심결에 무릎을 꿇고 말았다. 학생복을 제외하고 나머지도 얼른 무릎을 꿇었다. 상상을 초월한 신분을 가진 사람을 처음 만났다. 꿇으려고 해서 꿇은 무릎이 아니라 신분 차이에 압도당해 절로 꿇어진 무릎이었다.

이우는 먼 기억 속에서 동창생의 얼굴을 찾아냈다.

동창생이 패거리에게 소리쳤다. "왜 무릎을 꿇는 건가? 어서 일어서지들 못해?"

두목놈이 벅벅댔다. "아따 우리 책사가 왜 이런대유. 공부밖에 못하는 고학생인 줄 알았더니 고함도 칠 줄 아네유. 저기 거 뭐라고 불러야 되는지 모르겠는듀, 왕자님이 보시면 재가 두목인 줄 아실까봐 염려돼서 그러는데 두목은 나 장청마유."

동창생은 숫제 악을 썼다. "어서 일어서란 말이야. 왜 이런 왕실쓰레기 앞에서 우리가 무릎을 꿇어야 하나? 우리가 비록 건달패지만 왕실쓰레기보다는 떳떳해."

찬주가 이우의 품을 벗어나더니 질렀다. "왕실쓰레기라니요! 전하는 그런 분이 아니에요. 가슴에 웅지가 깃든 분이에요."

두목놈이 엉거주춤 일어서더니 반색을 했다. "우와, 되게 예쁘슈. 왕자님, 겁나게 예쁜 계집을 구하셨구만유. 계집질을 하셔도 수준이 높으시네유."

"함부로 말하지 마라. 나랑 결혼할 사람이다."

동창생이 비웃었다. "왕실쓰레기들은 왜년이랑 결혼하는 걸로 아는데."

이우는 찬주의 허리를 당겨 안았다. "나는 조선여자랑 결혼한다. 이 사람이 나의 아내가 될 것이다."

두목놈이 야살스럽게 청했다. "그럼, 지들 앞에서 뽀뽀 한 번 해 보슈."

건달패 녀석들은 신이 나서 "뽀뽀하슈!"를 연호했다. 동창생은 자기 패거리들이 한심해 죽겠다는 낯꼴이지만 말릴 재주는 없는 듯했다.

이우와 찬주가 짧고도 긴 뽀뽀를 마쳤을 때 주위에는 아무도 없었다. 다만 소나무들이 건달패들처럼 둘러싸고는 환호성을 질러대는 듯했다.

두어 달 전 박영효의 고희잔치가 있었다. 귀족들을 비롯하여 특권층이 죄 모였다. 사이토 총독을 위시하여 조선총독부 관리들까지 다녀갔다. 영효가 젊은 날 진정으로든 겉멋으로든 위하고자 했던 조선 대중이 없었을 뿐, 술과 음식과 유쾌함이 풍성한 잔치였다.

박찬주는 잔치마당에서 한 번도 웃지 않았다. 영효는 원없이 좋은 날에 하나밖에 없는 손녀가 상통 일그러뜨리고 있는 게 마음에 걸렸다. 슬그머니 불러 물었다. "무슨 못마땅한 일이라도 있는 게

냐?"

찬주는 참지 못하고 말했다. "매국노 잔치판에서 저까지 웃으란 말입니까?"

영효는 숨이 컥 막혔다. 찬주는 그런 할아버지를 팽개쳐두고 달아났다.

괘씸한 년 같으니라고. 머리카락을 늘어뜨리고 석고대죄를 해도 용서를 해줄까 말까인데, 코빼기도 안 보여? 뭐, 브나로드 운동을 다닌다고? 내 이년을 당장 잡아다가…….

1931년 12월. 그날도 영효가 손녀딸 보고 싶어 끙끙 앓는데, 뜻밖에도 이우가 찾아왔다.

이우는 어렸을 때 "금릉위 할아버지!"라고 부르면서 영효를 무척 따랐었다. 소원해진 지 오래였다. 왕실행사 때 불가피하게 마주쳐도 고개나 까딱하는 사이가 되었다.

나를 멀리하는 놈이 왜 찾아온 게야? 방학 중에 찾아다닐 데도 많은 놈이? 영효는 도무지 짐작이 안 되었다. 어쨌거나 이우를 사랑채로 모셨다.

이우는 늙은이한테 먼저 인사 차릴 생각은 없는지 싹수머리 없는 눈빛으로 영효를 쏘아보고만 있었다. 영효는 기가 막혔지만 신분상으로는 자기가 밑인 게 맞기도 해서 먼저 인사를 차렸다. "우리가 일 년 만에 뵙는가요? 헌헌장부가 되셨습니다."

이우는 긴히 할 말이 있는 듯 금방 갈 기색이 없었다. 영효는 술상을 보라 일렀다. 코흘리개인 줄 알았던 아이하고 술잔을 나누는 사이가 되다니 내가 늙기는 참 늙었어. 이 녀석은 고희잔치 때 직접 오기는커녕 축하전보도 보내지 않았어. 버릇없는 자식 같으니라고. 할 말이 있으면 할 것이지 뭔 뜸을 들이누.

이우가 문득 물었다. "금릉위 영감께서는 행복하십니까?"

"행복이라니요?"

"조선 대중은 가렴주구에 시달리고 있습니다. 헌데 우리들은 잘 먹고 잘 살고 있지 않습니까?"

"허어, 갑작스럽게 무슨 말씀을 하자는 것인지."

"영감은 큰 뜻을 품었던 분입니다. 고초도 많이 겪으셨다지요? 한데 한일병합 이후로는 너무 평안하게 살아오신 것 아닌가 해서요. 최고의 명예도 누리고 계시지 않습니까? 중추원 부의장 되신지도 한 오 년 되어가지요? 조선조로 치면 만인지상의 자리가 아닙니까?"

"듣기가 좀 거북합니다. 이 늙은이한테 무슨 불만이라도 있는 건가요?"

"김옥균과 금릉위가 주축이 되어 일으켰던 갑신정변을 공부할 때, 제 가슴이 얼마나 뛰었는지 모르실 겁니다."

영효는 감개무량했다. 김옥균! 갑신정변! 벌써 반세기 전의 일이 되어버렸지만 어찌 그날을 잊을 수 있겠는가. 1884년 10월 17일. 개화당으로 불리던 '젊은 그들'은 정변을 일으켰다. 그때 김옥균은 서른세 살이었고, 영효는 스물세 살이었다. 삼일천하로 끝난 실패. 만약 그때 성공했더라면, 영효 자신의 삶뿐 아니라 조선의 운명과 조선 대중의 삶도 많이 달라졌을 거라고 지금도 믿었다. 거사를 일으킨 것에 대해서는 한 번도 후회한 적이 없다. 그토록 무모하게 치밀하지 못하게 어리석게 거사를 일으킨 것에 대해서는 수만 번 후회하고 반성했다.

이우가 별안간 꾸짖듯 말했다. "지금 영감의 삶은 무엇입니까? 영감님은 더 이상 조선을 생각하지 않습니다. 위대한 혁명가가 철저한 친일파 귀족으로 전락한 것도 모자라 감투에 연연하는 노추라니요!"

영효는 쇠망치로 얻어맞은 듯했다. 느닷없이 찾아와 미친개처럼 물어뜯는 소리를 해대는 이우가 참 미웠다. 그래놓고 찬주랑 결혼하겠다는 것이었다. 영효는 졸도했다.

영효는 벼락 맞은 고목처럼 밤새 앓았다.

흥선대원군의 손자며느리 이준공비는 광무제의 자손들이 일제 황족붙이와 결혼하는 것을 몹시 비웃었다.

만약에 우리 이준공께서 임금이 되셨더라면 나라를 빼앗기지도 않았을 테다. 자식을 일본것들에게 시집장가 보내는 일은 결단코 없었을 것이야. 황제랍시고 떵떵거리더니만 왜며느리 왜사위 봐서 참 좋겠다.

공비는 양자 이우가 조선여자랑 결혼하겠다고 말했을 때 자랑스러웠다. "기개가 있구나. 그렇게 하거라. 내가 훌륭한 규수를 알아보마."

이미 정해둔 규수가 있다는 것이었다. 젊은 사람들은 연애라는 걸 해서 결혼을 한다더니 이우도 분주한 와중에 연애를 한 모양이었다.

이우가 점찍었다는 규수의 이름을 듣고, 공비는 까무러칠 뻔했다. "미쳤느냐?" 우를 양자로 맞은 이후에 처음 쳐보는 호통이었다.

공비는 이우를 제 자식인 양 사랑했다. 이왕직(李王職)에서 우를 일본에 유학 보내야 한다고 했을 때 얼마나 반대했던가. 우가 떠나던 날 얼마나 울었던가. 우가 방학 때 운현궁에 머무는 한두 달을 일 년 중에 가장 기쁜 나날로 여기며 살아왔다. 내 배로 낳지는 않았지만, 내 배로 낳은 딸 진완(辰琬)이보다 더 아끼는 이우가, 누구를 배필로 찍었다고? 철천지원수 영효의 손녀딸이라고? 어떻게 생겨먹은 년이기에 우를 꼬였지? 쳐 죽일 년.

"어머님, 소자도 알고 있습니다. 아버님 전하와, 금릉위 박영효 사이에 있었던 악연을."

"알면서 그딴 소리를 하는 거냐?"

"두 분 사이에 있었던 일은 사사로운 원한 때문이 아니었다고 들었습니다. 아버님은 대원군 할아버지를 위해 말씀을 할 수 없었고, 금릉위는 광무제를 위해 아버님의 입을 열게 할 수밖에 없었고……."

"닥쳐라. 돌아가신 전하가 네 친아버지라면 그따위 소리를 떠들 수 있겠느냐? 어디서 개 같은 놈을 편드느냐? 영효, 그자는 사람이 아니다. 개백정이다."

"찬주는 훌륭한 처자입니다. 어머님도 마음에 드실 거예요."

"아무리 훌륭하고 양귀비 백 명을 합쳐놓은 것보다 예뻐도 안 된다. 개백정의 피가 흐르고 있잖느냐. 그 더러운 몸이 어떻게 마음에 들 수가 있겠느냐?"

"어머님, 찬주도 금릉위 핏줄이라는 걸 부끄러워합니다."

"당연, 부끄러운 줄 알아야지."

"할아버지 죄로 손녀가 덩달아 죄인 취급 받는 건 구시대적입니다."

"신시대가 천 번 와도 그년은 안 된다."

"어머님, 찬주를 한 번만 만나주세요."

"내가 왜 개백정 놈의 씨앗을 만나느냐? 전하가 억울하고 분해서 무덤 속에서 뛰쳐나오는 걸 네가 정녕 보고 싶다는 게냐?"

공비는 분하여 밤새 잠을 못 이뤘다. 믿는 도끼에 발등 찍힌다는 속담이 이럴 때 쓰는 것인가. 메주나 호박이랑 혼인을 하겠다고 했어도 이렇게까지 놀라지는 않았을 것이야. 차라리 왜년이랑 하는 게 낫지.

이우는 아침부터 공비에게 한없이 질책을 들었으나 고집을 꺾지 않았다. 공비는 머리를 싸매고 누워버렸다. 양모의 와병에 양자는 단식으로 맞섰다.

이우가 밥을 먹지 않은 지 사흘이 되었다.

"밥 굶는 것도 일본 육사에서 가르쳐 주더냐? 계집 하나 때문에 굶어죽겠다고? 참 한심하구나. 네가 그렇게 형편없는 놈이었더

냐?"

"어머님 저는 큰일을 꿈꾸고 있습니다. 큰일을 위해서는 영효의 손녀딸과 결혼해야만 합니다."

"남자들은 뭐든지 큰일이라면서 때깔을 잡는구나. 네 마음대로 해라. 단 조건이 있다. 나는 박영효 그놈을 절대로 보지 않겠다. 알겠느냐? 네 아버님의 백골이 진토 되지 않은 이상, 나는 네 아버님의 원수와 얼굴 맞대고 이러쿵저러쿵 할 자신이 없다. 가능하다면 찬주 고년의 낯짝빼기도 보고 싶지 않다. 아무리 정감이 가는 얼굴이라도 그 얼굴을 보면 박영효 개백정놈이 생각날 것 아니냐?"

이우는 이왕직 장관 한창수(韓昌洙) 남작을 운현궁으로 불렀다.

"나는 금릉위 박영효의 손녀 박찬주와 혼약을 맺었소. 양가 부모님 모두가 쾌히 허락한 일이오. 육사를 졸업하는 대로 가례를 올리고 싶소. 장관께서 잘 준비해주시오."

"전하, 처음부터 찬찬히 말씀해주시지요."

"혼약은 이미 성립되었소이다!" 이우는 선언하듯 뱉고는 휙 나가버렸다.

젊은이들은 참 막무가내야, 혼약이 애들 소꿉장난인 줄 안다니까. 한창수는 한가히 여겼다. 반시간이 되도록 돌아오지 않아서 알아보니 이우가 동경으로 떠나버렸다는 것이다.

그제야 이게 웬일인가 싶어서 공비를 만나보고 시종들에 캐묻고, 박영효 일가 쪽도 알아보고 하여, 이우가 진실로 혼약을 추진했다는 것을 알았다.

창수는 화가 터져 명을 재촉하는 줄 알았다. 그의 나이 칠순, 살 만큼 살았다 할 수 있으나 사람이 오래 살고픈 욕심은 끝이 없다.

창수는 왕실 것들의 혼혈을 제 인생의 과업으로 삼았다. 조선 왕족의 피를 일본 황족의 피에 섞는 것이야말로 조선이 진정으로 일본에 합쳐지는 내선일체의 완수라고 믿었다. 이우 네놈이 잘나가던 혼혈결혼행진에 제동을 걸겠다고? 어림없다, 어림없어.

*

일본 황족 성인남자는 예외 없이 군인이 되어야 했다. 그것이 저들의 법이다. 우리 조선 왕공족도 황족과 동류로 취급되었다. 그것이 우리 측은한 것들(이은 숙부, 이건 형님, 그리고 나)이 군복을 입고 있는 이유다. 우리는 여느 해와 마찬가지로 신년 관병식에 불려갔다.

히로히토를 중심으로 황족들이 사열대에 정렬했다. 우리도 황족들 사이에서 황족인 것처럼 각을 잡았다.

1932년 1월 8일. 어느 해보다 거창한 관병식이었다. 요요기 연병장에 3개 사단 병력이 집결했다. 그들은 최신식 무기를 앞세우고 일사불란하게 행진했다. 일본병사가 질러대는 "덴노헤이카 반자이(천황폐하 만세)!"가 천지를 뒤흔들었다. 기자들이 플래시를 번쩍번쩍 터트렸다. 연병장 울타리 밖에서 일본인들이 환호했다.

히로히토와 황족들은 부동자세로 병사들을 지켜보았다.

이은 숙부와 이건 형님은 도대체 어떤 느낌이며 무슨 생각을 하고 있을까?

나는 무서웠다. 열병식 중인 병력은 일본군 전체의 30분의 1에 불과했다. 저 일만 대군의 30배가, 일본땅에 조선땅에 만주땅에 오키나와땅에 대만땅에 태평양섬에 포진되어 있다. 지난 해 9월, 일본 관동군은 말도 안 되는 구실로 기습전쟁을 일으켜 만주를 점령했다. 중국 장개석정부뿐만 아니라 영 · 미 · 러 · 프 모두가 비난하며 물러가라고 요구하고 있으나, 관동군은 만주에 눌러앉았다. 일본은 지금 분열되었다. 만주에서 물러나야 한다! 아니다! 조선을 식민지로 만든 것과 마찬가지로 만주를 영구히 점유해야 한다. 대중과 정치세력이 시비하는데, 히로히토와 궁중세력은 침묵한다. 즉 관동군의 초헌법적인 침략행위를 묵인하고 있는 것이다. 아니, 조종하고 있는 것이다. 천황 세력과 전쟁미치광이들은 만주 점령을 기정사실화 하려는 것이다. 내가 입수한 정보로는, 만주에 만주국이라는 괴뢰국을 세우려고 한다! 이런 판국이라면 조선이 독립할 가능성은 전무하다! 그나마 만주에 있던 조선인 무장세력은 박멸된 것이나 마찬가지다. 조선에는 군대가 없다!

히로히토가 연설했다. 짧고 날카로운 몇 마디.

황족들은 히로히토를 따라서 궁궐에 가기로 되었다. 히로히토의 마차가 연병장을 빠져나가는 동안 병사들이 미친 듯이 "덴노헤이카 반자이!"를 부르짖었다. 히로히토의 마차가 도쿄 시내를 지났다. 구경나온 왜인들이 일장기를 흔들며 "덴노헤이카 반자이!" 발광했다. 황족들도 마차를 타고 따랐다. 우리 측은한 것들은 다섯 번째 마차에 타고 있었다.

경시청 근처였다. 수류탄 터지는 소리가 들렸다. 하지만 수류탄이라니! 내가 잘못 들은 소리일 테다. 마차들은 멈춤 없이 궁궐로 달려갔다.

실제로 누군가 수류탄을 던졌다고 한다. '아쉽게도' 혹은 '천만다행으로' 히로히토는 무사했다.

경시청 현관에서 도로까지는 이십여 미터쯤 되었다. 히로히토는 맨 앞 마차에 타고 있었다. 누군가는 히로히토가 정확히 몇 번째 마차에 타고 있는지 몰랐던 게 확실하다. 수류탄은 시종장이 탄 두 번째 마차 수레바퀴 밑에 떨어졌다. 수류탄의 화력은 미미해서, 그 마차를 부수지도 못했다. 말 몇 마리에게 경미한 상처를 주었을 뿐.

천황을 노리고 수류탄을 던지다니. 도대체 어떤 작자일까.

히로히토는 십여 년 전에도 저격을 당한 적이 있었다. 자동차를 타고 섭정왕 취임 연설을 하러 의회 개회식장으로 가던 중이었다. 난바 다이스케라는 일본인이 쏜 다섯 발의 총알은 유리창을 깼지만 히로히토에게 어떤 부상도 입히지 못했다.

히로히토는 수류탄이 자기 마차에 떨어진 게 아니어서 그런지 의연했다. 히로히토와 황족들은 차를 마셨다. 황족들은 경쟁적으로 무사하셔서 다행이라고 아뢰었다. 이은 숙부도 한마디 했다. 이건 형님과 나는 워낙 말석이라 말할 차례가 오지 않았다. 차례가

왔다 해도, 나는 아무 말도 하지 않았을 것이다.

정말이지 누가 감히 천황에게 수류탄을 던졌을까. 천황이 탄 마차를 직격하지 못했지만, 천황을 노렸다는 것만으로 경악할 만했다. 내가 상상으로 하던 일을 실천하다니. 천황가에 원한이 있는 자? 만주 점령을 반대하는 자? 탄압에 항의하는 공산당 당원? 그저 광인? 어떤 자들(혼자 했을 리가 없다!)인지는 몰라도 참으로 간이 크다.

천황이 폭살당했다면 어떻게 되는 것이었을까. 저들하고는 상관없다. 우리 조선 말이다! 천황이 죽었다면 우리 조선의 운명은 어떻게 됐을 것인가? 천황이 죽었다고 관동군의 만주 침략이 철회될까? 아닐 테다. 천황에게는 '수양대군 같은' 남동생이 있다. 남동생은 나랑 굉장히 비슷한 스타일이다. 어떤 자들은 천황의 남동생이 더 군인답다고 우러르는 모양이다. 천황이 죽으면 남동생이 새 천황이 될 것이다. 그는 더 군인다운 자이니 관동군에 더욱 밀착할 테다. 남동생마저 죽여버린다면, 천황 가문의 남자들을 싹 도륙내 버린다면, 일본에서 천황이 존재하지 않는다면, 저들은 침략을 멈출 것인가. 조선에서 물러날 것인가. 내 생각엔 천황이 있거나 말거나, 별 상관이 없을 것 같다. 천황이 엄연한 정부든, 정당정부든, 군부정부든, 의회정부든, 대중정부든, 일본은 조선을 계속 지배할 것이고 만주 침략을 포기하지 않을 것이다. 일본인들은 멈출 수 없는 수레바퀴와도 같다.

시종무관이 사건의 경위를 파악해서 보고하러 왔다. 천황은 숨길 게 뭐 있느냐면서 황족들이 다 들을 수 있도록 해주었다.

누군가는 폭탄을 던진 자리에서 체포되었다. 스스로 자기가 했다고 밝혔다. 누군가는 천황의 무사함을 알고 몹시 안타까워했다. 누군가는 조선인이고 이름은 이봉창(李奉昌)이다.

아, 나는 가슴이 덜컥 내려앉았다. 설마했는데, 조선인이었다! 그렇다면 그는 테러범이 아니다. 독립투사다! 의사다! 안중근(安重根) 같은, 강우규 노인 같은.

'조선인 이봉창'이란 말에, 모두 우리 세 사람을 쳐다보았다. 히로히토와 궁중측근들과 황족들 모두가 우리를 잡아먹을 듯 노려보았다.

이은 숙부는 넋이 나간 듯했다. 엉거주춤 일어서더니…… 차마 쓰지 못하겠다.

이건 형님 또한…… 역시 차마 못 쓰겠다.

나는 가만히 있었다.

모두의 시선이 내게 집중되었다. 너는 조선인이 아니냐? 너는 왜 천황폐하께 사죄하지 않는 것이냐? 그런 힐난 같았다.

뜻밖에도 천황이 내게 물었다. "이우, 그대는 할 말이 없는가?"

나도 모르게 일어섰다. 나는 고개를 떨구고 말했다. "부끄럽습니다."

"……부끄럽다고? 뭐가 말인가?"

솔직히 말해줄까? 평범한 조선 청년은 너를 죽이겠다고 수류탄을 던졌는데, 우리는 여기 이렇게 비굴하게 있지 않느냐? 조선 대

줄께 부끄럽다. 창피해서 미치겠다. 그러나 나는 아무 말도 하지 못했다. 조선 왕공족으로서 조선인들을 제대로 이끌지 못하여, 천황 폐하께 대역죄를 짓는 조선인이 나오고야 말았습니다. 그저 송구할 따름입니다. 저희를 죽여주십시오! 하고 거짓말 연극을 하지도 못했다.

나는 망부석처럼 굳어버렸다. 어이없게 눈물까지 나왔다.

히로히토가 웃음을 터트렸다. "이우, 네가 아직 어리구나."

어떻게 시간이 지나갔는지 모르겠다.

정신을 차려보니 이은 숙부의 저택이었다.

이은 숙부가 몹시 나무랐다. 조선의 왕이라는 자가 그런 식으로 말하다니! 나는 이은 숙부가 미웠지만 잘못을 뉘우치는 표정을 짓고 꾹 참았다. 우리는 그 어디에서도 진실의 말을 할 수가 없는 자들이니까.

집에 벗들이 와 있었다.

히로무: "전하가 조선사람 끔찍이 위하는 건 알겠는데, 썅, 이건 너무 하잖아요. 어떻게 천황폐하를! 천황폐하 무사하셔서 참말로 다행이십니다. 그 테러범 새끼, 내 손으로 죽여버리겠어. 전하, 말리지 마셔."

이형석: "히로무, 만약 일본이 미국에게 점령당해 식민지가 되었다고 하자. 일본 청년 중에 한 사람이, 그래, 히로무 너로 하는 게 좋겠다, 히로무 네가 모든 일본인을 대신하여 적국의 원수 미국대

통령에게 폭탄을 던졌다고 하자. 그게 테러일까?"

히로무: "칙쇼! 너도 이봉창이라는 놈과 똑같은 마음인 거냐? 너도 감히 천황폐하한테 까불고 싶은 거야? 그런 거야? 전하하고 너하고 겁나게 조선인 가오 잡는 거 내가 그동안 눈꼴셔서 죽는 줄 알았어. 오늘 잘 걸렸다. 전하고 친구고 뭐고, 이 조센징 개새끼들 내 손으로 정신개조를 시켜주겠어."

나카사키 사무장이 날뛰는 히로무를 질질 끌고 나갔다.

아사카는 차분했다. (그도 황족이었지만 서열이 낮아 오늘 관병식에 초대받지 못했었다.)

아사카: "조선인들 입장에선 통쾌하기는 하겠지. 하지만 고생 좀 할 거네. 히로무 보게. 조선인을 친구로 두었다는 사람이 저 정도야. 보통 일본인은 어떻겠나. 조선사람을 다 이봉창 보듯 할 거네…… 정치적으로 말일세, 안중근이 이토 히로부미를 죽였을 때와 비슷하게 되지 않을까. 너희 조선의 영웅 안중근은 이토 히로부미를 죽이는 데 성공했어. 그럼에도 불구하고 일본의 조선 병합을 막을 수 없었지. 오히려 병합을 앞당겼지. 이번에도, 군부와 천황폐하는 이 암살미수를 적극 이용하겠지. 만주에 괴뢰국 만드는 일이 수월해지겠어. 나도 그래서 이봉창이 밉군. 지금 우리 일본인은 민주정치냐 천황제냐 군부독재냐 아니면 그 무엇이냐 길을 찾는 중인데, 이번 사건으로 인해 그 길이 단칼에 정해져 버릴 것 같군."

이형석: "이런 거 저런 거 따지면 무슨 일이 가능하겠어!"

나: "안중근, 강우규, 이봉창 이들의 생각을 나는 알 것 같아. 그

들은 불쏘시개가 되고 싶었을 거야. 자기가 먼저 불살라지면 금방 들불처럼 타오를 것이라고 믿었겠지. 들불이 타오르지 않았다고 해서 먼저 불쏘시개가 된 자들을 폄하할 수는 없는 것 아닐까."

그런 이야기를 한다고 해서 달라질 것은 아무것도 없었다.

여기까지 쓴 것을, 이우는 난롯불에 태웠다.

한 달 후, 이우는 궁중 실세 세키야를 찾아갔다. 이봉창이 아직도 참회하지 않는다고 들었다, 조선 왕공족으로서 천황폐하께 송구하지 않을 수 없다, 내가 이봉창을 만나서 천황폐하께 진심으로 사죄하도록 타일러보고 싶다.

세키야는 웃었다. "진심입니까?…… 나는 전하를 믿지 않아요. 이 세상에서 나만큼 전하를 잘 아는 사람은 없지요. 그건 진심일 리가 없고, 왜 그자를 만나고 싶은 거지요?"

"진심을 얘기하면 만나게 해주겠소?"

"감동적이면요."

"궁금해서…… 어떤 사람인지 직접 보고 싶소. 그의 얼굴을 가까이에서 바라보고 싶소. 그의 목소리와 숨소리를 들어보고 싶소."

세키야는 또 웃더니 딴말을 했다. "전하, 저는 가급적이면 전하의 삶에 관여하고 싶지 않아요. 정도를 지나치지만 않는다면요. 스무 살이나 되셨죠? 이제까지는 어리다고 많이 봐드렸습니다. 앞으로는 많이 못 봐드릴 겁니다." 세키야는 섬뜩한 미소를 지었다.

며칠 후, 세키야가 이우를 태우러 왔다. 도착한 곳은 도요타마 형무소였다.

세키야를 따라 형무소 깊숙이 들어갔다.

세키야가 가리킨 별실에 들어가자, 수갑 찬 사내가 단정히 앉았다. 사내는 염주를 굴렸다.

이우는 맞은편에 앉았다. "그대가 이봉창이오?"

"뉘신가?"

"나는…… 부끄러운 사람이오."

"아직 어리신 것 같은데, 뭘 그렇게 부끄러워하나? 부끄러워할 사람은 나지. 그거 하나 못 죽이고, 에이, 창피해."

"조금도 후회하지 않는단 말이오?"

"수류탄 시험을 안 해본 것이 후회스러울 따름이야. 성능 시험을 했어야 했다니까. 마차 하나를 못 날리다니. 그런 부실한 수류탄으로 뭘 할 수 있었겠느냐고."

"두렵지 않소?"

"뭐가? 죽는 게?…… 두렵지 않다면 거짓말이겠지. 어쩌겠나. 죽는 날까지는 기분 좋게 살아야지…… 형무소까지 들어와서 대역 죄수를 만날 수 있는, 왜군복 입은 조선인이라…… 도무지 정체가 가늠이 안 되네. 거, 왕공족이라는 족속이 있다던데 그쯤 되시나? 아무려면 어떻겠나. 후배 청년, 내가 해주고 싶은 말이 있다면 딱 이거 하나야. 준비를 철저히 하라. 준비를 잘 해야 나처럼 후회를 하지 않겠지." 이봉창은 껄껄댔다.

목숨을 귀히 여기자

/

혈명단이라고 하는 우경적 테로단체가 발견된 것은 우리가 늘 듣고 있는 일본사회의 파쇼사상의 일경향의 증좌라고 볼 수 잇다. 그들 우경단체의 직접행동의 목표가 사상적으로 대척이 되는 좌경적 인물에 잇지 아니하고 우경사상의 지지자라고 할 만한 재벌의 거두라고 하는 인물들에게 잇다고 하니 이것은 파쇼사상의 발생과정의 역사와 대비하야 그럴늣한 일이다.

—「동아일보」 1932년 3월 13일자

육군사관학교에 재학 중이신 리우공 전하께서는 15일로써 만 20세의 성년이 되심으로 15일 오전 10시 참내 현소에 참배 성년식을 거행하시었다.

—「동아일보」 1932년 11월 16일자

이우는 이왕직 장관 한창수를 정중히 맞았다. "연로한 몸으로 동경까지 오시느라 노고가 많았겠소."

"다 전하 덕분이지요."

"무슨 말을 하러 여기까지 온 거요?"

"전하께서 천황폐하의 칙허(勅許)를 받지 않고 혼약을 추진한 것은 '왕공가궤범(王公家軌範)' 위반입니다."

"그것은 나도 유감이오."

"알고 계시면서 일을 벌이셨다는 건가요?"

"그 왕공가궤범이란 게 별거 아니지 않소? 적당히 엮어놓은 종이쪽에 불과하잖소."

"별거 아니라니요? '황실전범'이 뭣이옵니까? 황실 전반에 관한 조항을 담고 있는 법률입니다. 황실전범이 황족에 관한 법률이라면 왕공가궤범은 왕족 공족에 관한 법률입니다. 그 중요한 것을 별거 아니라니……."

"천황폐하께서 좀 바쁘시오? 일개 공족의 혼약에까지 일일이 신경 쓰시게 한다면, 바로 그게 불충 아니겠소? 나는 그 수고로움을 덜어드리려고……."

"그걸 지금 말이라고 하시는 겁니까?"

"어쩌겠소, 사랑에 목숨 걸었으니! 대영제국 황태자는 미국 유부녀와 결혼하겠다고 예약된 황제 자리를 버렸소. 그에 비하면 왕공가궤범 위반한 것쯤은 뉴스거리도 못 되잖소. 너그러이 봐주세요."

"박찬주 양의 부친 박일서(朴日緖)는 서자입니다. 운현궁은 서출계통과 혼인하려는 것입니까? 종친들의 반대가 클 것입니다. 천부당만부당한 일이에요."

"조선의 옛날 관습으로 문벌가는 서자계통과는 혼인을 하지 않는다고 하나 시대의 변천으로 그러한 악습은 이미 타파되었소."

"박영효 후작은 선대인 이준공 전하를 포박하고 그를 사형에 처하려다가 유배를 보낸 일이 있습니다. 그러한 사람의 손녀를 비로 삼는다는 것은 선대의 영을 편안히 모시는 방법이 못 됩니다."

"그에 대해서는 나의 양모께서 너그러이 용납하기로 하셨소. 나와 찬주의 결혼으로 양가의 원한을 풀기 바란다고 하셨소. 서양에도 이와 비슷한 얘기가 있다지요. 로미오와 줄리엣은 원수 집안의 자식들로서 서로 사랑을 했는데……."

"그따위 말도 안 되는 동화 얘기를 듣자고 온 게 아닙니다."

"그렇다면 내가 묻겠소. 장관은 내가 박찬주가 아닌 다른 조선여자와 결혼하겠다면 받아들이겠소?"

"그것도 안 되지요. 전하는 야나기자와 백작의 딸과 결혼하셔야 됩니다."

"돌아가세요, 나는 찬주와 결혼합니다."

"대체 왜 이러세요? 조선여자와 결혼하면 전하의 삶은 크게 위태로워질 것입니다. 사람들은 저를 손가락질합니다. 조선 왕실 분들을 일본 황실에 팔아먹는다고요. 제 충심은 그게 아닙니다. 조선 왕실의 안위를 위해서 그런 겁니다. 조선 왕실이 영원히 사는 것은 일본 황실의 일부가 되는 길뿐입니다."

"장관의 아버님에 대해서 들은 바가 있소."

"뭐라고요?"

"한창수 장관, 당신의 아버지 한장석, 그분에 대해 들었던 말이오."

창수는 가슴에 대포를 맞은 듯했다. 한장석(韓章錫)은 1890년 함경감사로 재직 중 일본 상인에 대한 미곡수출을 금지하였다. 일본 상인들의 수탈과 그를 방관하는 정치모리배들에게 화가 나 있던 대중은 조선에도 사람이 있었다며 한장석을 칭송했다.

창수는 남들이 매국적이니 친일파니 손가락질을 하든 말든 조선이 일본의 일부가 되는 길만이 조선이 살 길이라고 믿으며 정력적으로 살아왔다. 그런 그에게 아버지의 이름과 행적은 독화살 같은 것이었다.

창수는 아버지의 혼을 털어내듯 격하게 소리쳤다. "전하! 여하간 이 혼약은 철회하셔야만 합니다."

"이 결혼에 대한 나의 신념은 확고하며 따라서 변경할 수 없소."

"칙허를 받지 않는 이 혼약을 성사시키려 하신다면 이왕직 책임자인 저로는 심히 입장이 곤란해집니다."

"이 결혼으로 인해서 장차 어떤 문제가 발생한다면 그 책임은 내가 질 것이오. 결코 장관에게 누를 끼치지 않겠소. 그러니 장관은 속히 절차를 밟으시오."

"전하, 이러시면 안 됩니다."

"한장석 같은 분들이 조선을 이끌었다면 한일병합 같은 일은 없었을 텐데 말이오. 노인과 내가 이런 별것도 아닌 일 가지고 얼굴 붉힐 까닭도 없었을 테고."

이우는 야살스레 웃어댔다.

*

1932년 5월. 히로무가 이우를 데려간 곳은 산기슭의 호젓한 요릿집이었다. 만날 얻어먹기만 했으니 한턱 내겠다는 것이다.

"형석이와 아사카는 왜 부르지 않았나?"

"걔들은 무척 바쁘다니까요. 거, 우리끼리만 한잔하자고요. 내가 술도 산다니까."

요릿집에서도 깊숙한 별실에 들어갔다.

몇 잔 마신 뒤에 히로무가 정색했다. 이우는 히로무의 진지한 표정을 처음 보았다.

"그러니까 벌써 십 년 전이군요. 전하가 학습원에 처음 왔을 때가. 전하의 사무장 나카사키가 그러는 겁니다. 육사까지 학비를 대주고 가족 생계도 책임져주겠다, 대신 전하의 보호자로 살아라. 친구도 돼주고 보디가드도 돼주고 몸종 노릇도 해주고, 뭐 그러라는 겁니다. 제가 귀족 출신이기는 합니다만 하급무사 가문이었던 데다가 폭삭 망해서 안 받아들일 수가 없었어요. 제가 십 년 동안 전하 곁에 그림자처럼 붙어 있었던 까닭이죠."

"감시자 노릇도 했잖아. 내 일거수일투족을 궁내성 세키야 차관과 나카사키에게 보고하는 걸로 아는데." 이우가 빙긋 웃었다.

"그러게 말입니다." 히로무는 씁쓸히 웃고 한 잔 마셨다. "전하, 저는 조선인이 너무 싫습니다. 전하가 조선사람이니까 좀 좋게 보려고 해도 이제는 더 못 참습니다. 내가 청산리전투 김좌진(金佐鎭) 이런 사람은 이해를 해요. 그건 전쟁이니까. 그러나 이봉창, 윤봉길(尹奉吉) 이자들은 뭡니까? 정정당당히 싸울 생각을 않고 테러나 저지르고 말입니다……."

며칠 전, 스물네 살의 조선 청년 윤봉길이 중국 상해공원에서 도시락폭탄을 던졌다. 사변을 일으켜 상해를 점령하고 전승축하식을 치르던 육군장성들에게 한 방을 날렸다. 이봉창 의거 때와 마찬가지로 이우는 극심한 마음의 혼란을 겪었다. 어떤 청년은 목숨을 바쳐

항거했는데 일본육사생도로 비굴하게 사는 자신의 삶이 부끄러웠고, 미친 말처럼 날뛰던 일본군이 휘청대는 것이 통쾌했고, 일제정부가 이 사건을 빌미로 조선인을 또 얼마나 괴롭힐는지 심란했다.

"몇 번을 말해야 하나. 테러가 아니라……."

"독립투쟁이죠, 네 압니다, 알아요. 전하랑 이런 문제로 입씨름해봐야 제 말주변으로 당할 수 없는 거고 결론만 말하겠습니다. 우리들은 이게 다 '데모크라시' 때문이라고 봅니다. 보통선거 실현? 정당정치? 민주정치? 헌법정치? 이거 할 때가 아니란 말이죠. 천황폐하가 친정을 해야 합니다. 강력한 군부정권이 서야 됩니다. 지금 우리 일본은 민주 어쩌고 할 때가 아니란 말입니다."

"몰랐는걸. 자네도 황제파였군…… 혈맹단이라도 되는가?"

"우리는 거사를 준비하고 있습니다."

"자네 진짜 혈맹단인가?"

"뜻을 함께하고 있죠."

문이 열리더니 낯익은 얼굴 여섯이 들어왔다. 육사동기들이었다. 십여 년 동안 동고동락한 일본인 벗들이었다. 학습원 때는 원수지간이었지만, 유년학교에서는 상당한 우정을 나누었고 육사에서도 원만한 교우관계를 유지해왔다.

"자네들은 또 웬일인가?"

육사동기들의 말을 종합하자면 이랬다. 혁명을 준비하고 있다. 민권 어쩌고 헌법수호 어쩌고 하더니, 영국과 미국이 원하는 대로 군대감축에 들어간 현 정부를 타도할 것이다. 통제파 원로대신들을 없애버릴 것이다. 통제파 내각과 한패거리인 재벌놈들도 죽여버릴 것이다. 천황이 친정하는 군부내각을 새로 세울 것이다. 해군장교들과 육군사관생도들과 극우단체인 혈맹단이 똘똘 뭉쳤다. 모든 준비가 끝났다.

이우가 짐짓 껄껄댔다. "혁명이 무슨 장난인가? 끽해야 백 명이 작당을 한 모양인데, 어리석은 생각이야."

"지금 우리 혁명을 비웃는 건가?"

"혁명은 무슨. 쿠데타 하겠다는 거잖아. 자네들도 쿠데타 병이 들었군. 내 이럴 줄 알았어. 지난번 쿠데타 모의를 발각했을 때, 정부는 유야무야 수사하고 관련자들을 처벌하지 않았어. 언론과 일본대중은 잘했다고 난리치고. 이거, 쿠데타 하고 싶은 것들은 다 해도 좋다는 거잖아. 자네들도 한바탕 하고 싶은 모양인데……."

"이우, 그따위로밖에 말을 못 하나. 우리는 지금 목숨 걸고 혁명하려는 거야."

"자네들 목숨이니 알아서들 하게. 그래도 미운정 고운정 다 든 사이라 하는 말인데, 제발 정신들 차리게. 자네들은 어려. 이제 겨우 스무 살이야. 뭘 안다고 이 난리들인가? 극우주의자들에게 휘둘리는 거라고."

"우리는 네가 혁명에 기꺼이 동참할 줄 알았다."

"나한테 쿠데타를 함께 하자고 이 자리에 불러냈다는 건가? 그런 거야, 히로무?"

히로무가 존댓말을 쓰지 않고 말했다. "그렇다, 이우. 이우 너는 조선인을 대신하여 혁명에 참여할 의무가 있다. 이봉창과 윤봉길이 천황폐하와 대일본군에 저지른 불경을, 네가 만회할 수 있다. 천황폐하와 대일본군을 위한 이번 혁명에, 너는 조선인을 대표하여 참여함으로써 죄를 씻고 충성을 보일 수 있다. 충성만 요구하는 게 아니다. 우리 혁명지도자들께서는 조선식민지 통치를 네게 맡길 생각이다."

"미친 놈!" 이우는 술병을 냅다 던졌다. 술병이 히로무의 이마를 때렸다. "나를 뭘로 보고 그따위 말을…… 개새끼들, 나는 조선인이다. 네놈들 싸움질에 내가 왜 끼어? 내가 그렇게 형편없는 놈으로 보여? 네놈 말만 믿고 불나방처럼 설칠 놈으로 보였냐고?"

이우는 상을 들어 엎었다.

"우리와 함께 하자."

"이것들이 진짜……."

"조선인 노동자들도 우리와 뜻을 함께했다. 그들이 너를 원하고 있어."

"그건 또 무슨 소리야. 조선 노동자가 왜?"

이우는 의식을 잃었다. 그가 마신 술에는 몽한약이 들어 있었다.

이우가 눈을 떠보니 전등이 켜진 지하실이었다. 혼자가 아니었다. 열댓 명이나 있었다. 늙은이도 있고 청년도 있었다. 아사카도 있었다. 말을 나눠보니 모두가 쿠데타 제의를 받고 거부한 자들이었다.

"아사카, 자네한테는 뭐라고 하던가?"

"황실 대표로 참여하라더군."

"왜 우리를 죽이지 않은 거지?"

"쿠데타가 성공하면, 다시 동참을 요구하겠지. 그자들이 말하더군. 여럿이서 토론을 해보라고."

"설마 형석이도 낀 것은 아니겠지?"

"그 친구는 그냥 놔둔 모양이야. 말해봐야 가능성이 없다고 생각했겠지."

"그나마 다행이군…… 이런 젠장! 아사카, 나 나가야겠어. 무슨 방법이 없을까?"

다 같이 노력해보았지만 벽에 구멍을 뚫을 수도 없었고, 천장 위 철문을 열 수도 없었다.

갇힌 지 만 하루가 되었다.

천장의 철문이 끼이익 열렸다. "여기 이우라는 청년이 있나? 조선의 이우공 말이다."

이우는 반가웠다. "내가 이우다! 나를 어서 내보내다오. 할 일이 있다. 너희들이 쿠데타를 하든 말든 난 상관하지 않겠다. 대신 내가 할 일이 있다. 어서 나를 내보내줘."

"할 일이 뭔데?"

"쿠데타에 합류한 조선인 노동자들이 있다고 들었다. 대체 그들을 왜 끼워 넣느냐? 그들을 말려야겠다."

"살아 있나 확인만 하려고 했는데……."

"부탁이다. 나를 내보내다오."

"거기 편안히 계시지. 괜히 돌아다니다가 빗나간 총알에라도 맞으면 어쩌려고."

"조선인들을 말려야 한다!"

"이것 참 어쩌나. 나와보쇼. 다른 분들은 그대로 거기 있어."

이우가 나오자 철문이 꽝 닫혔다.

육사생도 하나가 무릎 꿇고 있었고 청년 하나가 서 있었다.

"어디로 갔나? 다 알 필요 없고, 조선인 노동자들이 간 데만 알면 돼."

쓰시마 닌자 가문의 영주 하루키가 단도 끝으로 생도를 가리켰다. "난 당신을 구하러 온 사람일 뿐. 궁금한 건 쟤한테 물어봐."

생도가 외쳤다. "난 아무것도 몰라!"

이우는 생도 앞에 마주 꿇고 물었다. "난 알아야 한다. 제발 가르쳐다오."

"몰라! 모른다!" 생도는 자꾸만 도리질을 했다. 이우가 애달아서 캐물었지만 생도는 입을 열지 않았다.

"이거야, 원. 답답!" 하루키가 생도의 한쪽 눈을 단도로 찍었다. 생도는 비명도 못 지르고 얼어붙었다. 비명을 지른 건 이우였다. 칼끝은 정확히 눈알 1밀리미터 앞에서 멈췄다. 하루키가 칼로 저미는 듯한 목소리를 냈다. "말해라!"

생도는 이실직고했다. 거사시간은 오늘 5시 30분. 동시다발적으로 거사하기로 했다. 해군장교들과 육사생도들은 소총과 수류탄으로 무장하고 패를 나누어 수상관저, 경시청, 정우회 본부를 습격한다. 농민결사대 백팔십 명 또한 열 패로 나누어 도쿄의 주요 관공서를 점령한다. 농민결사대에 조선인 노동자 열두 명이 포함되어 있다. 조선인 패의 점령 목표는 식민지관리청이다.

"다 들었어? 그럼 이놈은 보내주어야겠지." 하루키가 단도를 내리 긋다가 간신히 세웠다.

이우가 생도 앞을 가로막은 것이다.

"뭐 하는 거야?"

"죄 없는 사람을 왜 죽이려는 건가?"

"죄가 없다니. 내 물건에 손댔잖아."

이우는 철문을 들어올렸다. 생도에게 눈짓을 했다. 생도는 목숨 건진 새앙쥐처럼 지하로 뛰어들었다.

이우가 타일렀다. "자네가 누군지 모르겠지만, 구해줘서 고맙고, 생도의 입을 열게 해줘서 고맙네. 이 은혜 평생 못 잊을 거야. 허나 사람을 함부로 죽이게 놔둘 수 없어. 사람의 목숨은 귀한 것이네."

하루키는 싸늘한 미소를 지었다. 너 때문에 우리가 죽인 놈이 스물은 된다. 그놈들 죽인 얘기를 해주면 어떤 표정을 지으실까.

하루키는 휙 나가버렸다. '바람과 함께 사라진' 듯했다.

아사카를 비롯해서 지하에 갇힌 사람들이 올라왔다. 그들은 쿠데타에 참여하지도 않았지만 막을 생각도 없었다. 수수방관하겠다는 것이다.

오후 4시 40분이었다. 마구간에 말 한 필이 있었다. 식민지관리청이라면 이우가 잘 아는 곳이었다. 운현궁의 토지에 관련된 일로 몇 번 방문한 바 있었다. 말을 타고 조금 달리자 현위치가 어디인지 가늠이 되었다. 30분 안에 가야 한다! 30분 안에.

식민지관리청을 열두 명의 헌병이 지켰다. 윤봉길 의거 이후로 일요일에도 경비가 삼엄했다. 이우는 동서남북으로 패거리가 숨어 있을 만한 곳을 찾아다녔다. 어느 구석에도 조선인처럼 뵈는 이들은 없었다.

그래, 나라면 저기에서 시작하겠어. 최적의 공격 시발 지점이다. 이우는 식민지관리청 북쪽의 뒷동산으로 올라갔다. 표창이 쌩 날아와 말 어깨에 박혔다. 말이 날뛰는 통에 이우는 떨어졌다.

누군가 왜도로 이우를 찔렀다. 이우는 죽음이 다가오는 것을 바라보았다.

"왕자님 아니세요! 하마터면 죽일 뻔했습죠."

반가운 목소리였다. 잊을 수 없는 목소리였다.

"조막개! 지금 뭐 하나!"

"예? 지금, 혁명하려고요. 전하가 혁명에 앞장선다고 해서 저희가 얼마나 기뻐했는데요. 지금 혁명하려고 온 거 아닙니까?"

이우는 벌떡 일어나 조막개의 오른뺨 왼뺨을 사정없이 갈겼다. 다른 조선인들이 뛰어와 이우를 패서 넘어뜨렸다. 조선인들이 이우를 죽이려는 것을 조막개가 뜯어 말렸다.

조막개는 이우 앞에 무릎을 꿇었다. "전하, 뭐가 잘못된 겁니까?"

"잘못되었지. 왜놈들이 혁명을 하건 쿠데타를 하건 조선인이 왜 상관인가?"

"노동자 농민을 위한 세상을 만들려고요. 노동자 농민을 착취하는 부자놈들을 타도하려고요. 저 식민지관리청이 뭡니까? 노동자 농민 죽이는 데잖아요."

"자네 혈맹단인가?"

"아무려면 어떻습니까. 치욕스럽게 사느니, 우리 조선 노동자 농민 죽어라고 뜯어먹은 저 식민지관리청을 폭파해버리고 싶었습죠. 이봉창, 윤봉길 두 분한테 부끄러웠단 말입죠. 어쨌거나 일본놈들끼리 서로 죽이겠다는 것입죠. 우리는 그 틈에 끼어 왜놈들도 죽이고 저 개같은 건물 하나쯤 없애려고 했다고요."

"안 돼! 이런 식으론 아무것도 안 돼!"

"그럼 어떻게 해야 되는데요?"

"조막개, 제발 우리 목숨을 귀히 여기자. 혁명도 좋고 복수도 좋고 다 좋다. 허나 일본놈 앞잡이 노릇은 안 돼. 조선인들끼리 혁명하는 거라면 모르겠어. 자네들이 이 일에 끼어들면 일본 혈맹단에 포섭된 똘마니 소리밖에 더 듣겠나? 혁명을 하려면 제대로 하라고!"

"에이, 시발 어떻게 하라는 건데!"

조막개가 이우의 목덜미를 부여잡고 막 흔들었다.

"나도 아직은 모르겠다. 하지만 이렇게 어이없이 황천길로 뛰어들면 안 된다. 조막개, 제발 정신 차려라. 나중에, 나중에, 나랑 싸우자. 나랑 함께 싸우다가 죽자. 나도 언젠가 혁명이든 독립운동이든 할 것이다. 그때 나랑 싸워줄 동지들이 필요하다. 조막개, 우리 옛날에 약속했잖아. 나를 버리고 먼저 가겠다고? 나쁜 놈, 그래, 가라, 가!"

조막개가 주저앉아 제 머리를 감싸쥐었다. "아, 시발, 어떻게 하지."

이우가 조막개의 엄장한 몸뚱이를 감싸안았다. "참아라, 일단 참으란 말이다!"

조막개는 청년의 뜨거운 가슴을 느꼈다. "알았다고요, 알았다고! 전하, 우리 오래 못 기다립죠. 독립운동이든 혁명이든 뭐든 빨리 합죠!"

이우는 조막개의 넓은 등짝을 어루만졌다. "조금만, 조금만 더 기다려다오."

*

명월관은 아무나 범접할 수 없었다. 돈 있는 태가 잘잘 흐르거나 고위관료이거나 유명인사 꼴이 나거나, 하여튼 겉모양만 봐도 기생 끼고 놀게 생긴 놈들만 인력거 타고 드나드는 데였다.

명월관의 종업원은 백오십 명쯤 되었다. 그중 삼십여 명은 담장 안팎을 지키는 건달이었다. 돈도 없이 그저 한번 들어가보고 싶어왔던 이들은 건달들한테 해코지나 당하고 쫓겨났다. 수상쩍은 자들은 명월관 담장 근처도 못 갔다. 사방에 경찰과 헌병이 쫙 깔렸다. 경찰과 헌병은 일석이조를 노렸다. 기생집에 들락거리는 주제에 소위 '독립운동' 어쩌고 지껄이는 것들과 내통하려는 불령선인, 고객을 노리는 날강도 것들.

명월관, 태화관 등 유명 요릿집에서 인력거 타고 되나온 고관대작을 급습하여 돈푼깨나 뜯어내는 날강도는 끊이지가 않았다. 종로, 동대문, 본정의 세 경찰서가 아무리 잡아들여도 소매치기, 좀도둑, 빽치기, 절도범 숫자는 줄어들지 않았다.

1932년 9월. 경성의 잡범들이 우러르게 된 큰 도적이 탄생했다. 그는 경찰과 헌병과 건달을 뚫고 명월관에 잠입했다. 삼층 양옥에 일반실, 특실, 연회실, 밀실 등이 미로 같았다. 그는 한 달 동안이나 명월관에 숨어지내며 밤낮으로 훔쳤다. 고객의 현금과 귀중품이 쥐가 쏠아가듯 없어졌다. 조금 털린 놈은 긴가민가해서 말도 못 꺼냈지만, 심하게 털린 놈은 팔팔 뛰었다. 고객은 당연히 기생과 종업원을 의심했다. 기생과 종업원은 분노했다. 정직한 봉사, 최고의 서비스로 지켜온 명월관 명성이 아닌가!

사장이 건달패를 움직여 자체수사를 해보았지만 답이 나오지 않았다. 내부 보안을 강화했지만, 도난사고는 끊이지 않았다. 할 수 없이 형사를 불렀다. 형사들은 기생과 종업원을 경찰서로 끌고 가서 실컷 괴롭혔다. 벽이나 천장에 꼭 사마귀처럼 달라붙은 형체를 얼핏 본 것 같다, 정도가 얻을 수 있었던 전부였다.

누군가 숨어 있다! 형사가 건달을 진두지휘하여 천이백 평 대지의 요릿집 명월관을 샅샅이 뒤졌지만 진짜 사마귀 몇 마리를 잡았을 뿐이다. 그 난리에도 명월관 장사는 성업이었다. 도난사고 소문이 쫙 퍼졌지만, 조선 최고의 요릿집에서 조선 최고의 기생 끼고 술 한 번 마셔보겠다는 자들은 개의치 않았다.

'사마귀'라고 불리게 된 그 날강도가 마지막으로 턴 것은 명월관 사장 이종구였다.

그날 새벽 여섯시, 이종구가 금전출납부와 전표를 살펴보고 있었다. 캐비닛 문이 슬며시 열렸다. 이종구는 입을 쩍 벌렸다. 키 크고 마른 청년이 기어나왔다. 학생복 차림이었다.

"아저씨, 내가 바로 사마귀올시다. 지난 한 달간 나도 굉장히 힘들었어. 이게 사람이 할 짓이 아니더라고." 사마귀는 현금과 패물을 자루에 쓸어 담았다. "기쁜 소식을 들려주지. 내가 그만 떠나기로 했어. 당신이 만원만 더 준다면."

"야, 이 새끼야. 많이 훔쳤잖아? 지금까지 훔친 것도 십만원은 되겠다. 뭘 더 바래."

"여기 불살라줄까? 내가 숨어서 뭐 한 줄 알아? 심심할 때마다 기름칠을 했어. 성냥 한 번만 당기면 명월관은 불타는 아방궁이 되는 건가. 하하!"

"너 몇 살이나 처먹었어? 어린 새끼가 어디서 어른을 위협해?"

"너 같은 씹새끼들이 어른이니까 왜놈 식민지가 되었지."

사마귀가 입에 물고 있던 쇠이쑤시개를 훅 불었다. 이쑤시개가 이종구의 귓불을 스치고 뒷벽에 박혔다. 이종구는 기가 팍 죽었다.

"알았네. 돈 주께. 근데 돈은 은행에 있지. 은행 여는 대로……."

"지랄하고 자빠지셨어. 이 방에 비밀금고 있다는 거 알거든. 빨리 해결합시다."

이종구는 그런 거 없다고 버텼다.

"이봐, 어른! 너를 포함해서 나한테 돈 털린 놈들은 독립운동한 거야. 군자금 댄 거라고. 억울해할 필요 없어. 당신, 돈 어떻게 벌었어? 기생 아가씨들 등골 뽑아서 번 거잖어? 기생 아가씨들도 독립운동하고 싶을 거 아냐. 그러니까 돈 만원, 기생 아가씨들 군자금이다 하고 내놓으란 말이야."

"아이고, 요새 도적놈들은 핑계가 참 좋으셔. 무조건 독립운동하는 데 쓸 거라고 하면 되니까. 경성 날강도 치고 독립운동가 아닌 놈이 없다니까. 청년님도 멋진 독립운동가이신 모양인데, 여기 정말 돈 없다니까."

"일곱시까지 내가 명월관을 나가지 않으면, 당신 아들이 죽어. 설마 내가 독고다이라고 생각하는 건 아니겠지?"

"나 같은 자린고비한테 그런 위협은 안 통하지."

사마귀는 깨달았다. 공갈로는 안 되는 놈이라는 것을. 사마귀는 단도를 꺼내 가차없이 베었다. 이종구는 피가 샘솟는 제 왼쪽 팔목을 보고 새파랗게 질렸다. 제 피 앞에서는 장사 없었다.

사마귀는 비밀금고에서 딱 만원만 챙겼다.

사마귀는 문을 뻥 찼다. 비서와 경호원이 머뭇거리며 들어왔다.

사장이 양탄자 바닥에 피투성이로 누워 있었다. 사장이 손가락을 들어 창문을 가리켰다. 사마귀가 헤헤 웃고는 창밖으로 몸을 날렸다.

광장주식회사가 운영하는 동대문시장은 성채와도 같았다. 동서남북 네 개 문으로 남녀노소 장삼이사 장꾼들이 쉼 없이 드나들었다. 문마다 순사가 두엇씩 서 있었고, 시장 내에도 순찰 순사가 다섯쯤 되었다. 순사들은 조금만 의심스러우면 짐 뒤짐을 했다. 제일 억울한 게 나무꾼들이었다. 산더미처럼 지고 온 장작을 다 풀어보게 했다. 장작을 도로 때깔나게 쌓는 것처럼 괴로운 일이 없었다.

북문의 조선 순사가 지게 진 학생을 붙잡아 세웠다. "뭐냐?" 순사가 짐 보자기를 걷어냈다. 책이 백 권도 넘었다.

"책 팔러 왔습니다. 더는 공부할 수가 없어서요."

청년이 찾아간 가게는 백호당이었다. 백호당은 동대문시장에서 세 번째로 큰 가게였다. 백 평 규모였다. 건어물전, 잡화전, 채소전, 나무전, 책전, 포목전, 양품전 등이 한 가게에 다 들었다. 이백호의 사무실은 손님이 비교적 뜸한 책전 안쪽에 있었다.

책전장이 부르러 왔다. "좀 나와보셔야겠습니다. 저도 처음 보는 책이 너무 많아서 값을 어떻게 매겨야 할지……."

귀한 책을 구하러 온 학생도 흔했고, 귀한 책을 팔러 오는 학생도 흔했다.

이백호는 지게짐을 훑어보았다. "제목만 봐도 희귀도서군. 아주 비싸게 샀겠어요. 형편이 상당히 어려운 모양일세. 저 귀한 책들을……."

"뭐든지 다 구하실 수 있는 분이라고 들었소."

"뭐든지 다 사기는 하네만……."

사마귀는 주위를 둘러보더니 나지막이 말했다. "상해 윤 청년이 사용했던 게 필요하오……."

"상해 윤 청년?" 이백호는 단박에 알아들었다. "철없이 엉뚱한 생각을 하는 모양인데……."

"나는 윤 청년보다 겨우 두 살 적을 뿐이외다." 청년은 지게를 가리키며 말을 이었다. "저기에 돈은 얼마든지 있소이다. 꼭 좀 구해주쇼."

이백호는 청년을 책전 창고로 데려갔다. 청년은 책을 차곡차곡 내려 쌓았다. 열 권은 따로 빼놓았다. 청년이 한 권을 내밀었다. 이백호가 책 표지를 여니 작은 상자가 나왔다. 금반지가 가득했다. 시계가 그득한 책, 귀고리가 담긴 책, 목걸이가 빼곡한 책, 현금뭉치가 든 책…….

이백호가 반색했다. "자네가 명월관 사마귀로군."

"구해주쇼. 가능한 빠른 시일에."

"나랑 얘기 좀 하세."

이백호는 패물과 현금뭉치가 든 책 열 권만 보자기에 싸서 들고 앞장섰다. 책전 사장실로 갔다. 이백호는 문을 잠갔다. 이백호가 기다란 쇠꼬챙이를 집어들었다. 사마귀는 여차하면 쇠이쑤시개를 날리려고 혀에 힘을 모았다. 이백호가 쇠꼬챙이를 다다미 바닥에 찍었다. 바닥이 동그랗게 열렸다.

이백호가 동그라미 속으로 들어갔다. 사마귀는 따라들어갔다. 이백호가 줄을 잡아당기자 전등이 켜졌다. 지하공간은 삼십 평쯤 되었다. 복도가 있었고 네 개의 방이 있었다. 인쇄기가 있는 방, 총기류가 있는 방, 무전기와 라디오가 있는 방, 긴 탁자와 의자가 가지런히 놓인 방.

"여기가 회의실인 셈이지. 자, 앉게." 이백호는 먼저 앉으며 권했다.

"아저씨, 참 웃기시는 분이시네."

"자네가 폭탄을 찾으니, 나도 보여준 거네."

"폭탄하고, 여기가 무슨 상관인데?"

"목숨을 귀히 여기자는 걸세. 우리에게는 두 가지 길이 있네. 윤 청년처럼 당장에 뭔가 하는 길과, 오래 걸리더라도 충실히 준비하여 크게 이루는 길. 여기는 오래 걸리더라도 크게 이루고자 하는 이들을 위해 준비하고 있는 공간이네. 자네는 나랑 뜻이 맞는 것 같은데……."

"나는 윤봉길 의사가 크게 이루었다고 생각하오. 우리는 뜻이 맞지 않아요."

사마귀는 총기류가 있던 방으로 갔다. 수류탄 세 발을 챙겼다. 회의실로 돌아와 책 속의 패물을 쏟았다. 세 권의 책에 수류탄 한 발씩을 넣었다. 맞춤히 들어갔다.

"자네를 막을 수가 없겠군. 좋네, 그럼 내 부탁 하나만 들어주게.

자네랑 똑같은 생각을 하는 청년이 있어. 그 친구랑 같이 하게. 혼자서는 이룰 수가 없을 것이야."

"됐어요. 나는 혼자 합니다."

"새벽다리 밑에 장청마 패거리가 있네. 장청마 밑에서 책사 노릇을 하는 고학생이 있어. 조시광이라는 청년이지. 그 친구랑 같이 하게."

"아저씨, 하나 물어봅시다. 그래, 오래 준비해서 크게 이루겠다는 동지가 몇 명이요?"

"아직은 나 혼자네."

"하하, 어느 세월에 저 의자를 다 채우겠어."

"자네가 한 의자를 채워줄 수도 있지."

사마귀는 이백호의 양 어깨를 쓰다듬어주었다. "아저씨 생각은 틀렸어요. 이제 보세요. 여기저기서 폭탄이 터질 겁니다. 나 같은 청년이 한둘이겠어? 이봉창, 윤봉길 의사가 한둘이겠어? 전국에서 수많은 청년들이 왜놈들을 향해 폭탄을 던질걸. 우리의 희생은 헛되지 않을 겁니다. 우리가 흘린 피는 대중을 일깨울걸. 대중은 봉기할걸. 독립전쟁이 시작되는 거지. 우리 청년들은 독립전쟁의 밑불이 되고자 희생하는 거야. 만세 따위나 계획하는 한심한 것들과 우리는 달라요. 만날 준비 운운하면서 아무 행동도 하지 않는 아저씨들과도 틀려."

"낭만적인 생각일세. 세상 일이 그렇게 흐를 거라고 보나?"

새벽다리 근처 국밥집에서 건달패 두목 장청마와 그의 책사 조시광이 식후 일배 중이었다. 장청마는 곤혹스러웠다. 조시광이 거창하게도 '통일하자'고 졸랐다. 동대문 일대의 건달패, 양아치패, 소매치기패, 절도단, 각설이패, 구두닦이패 등 모든 패거리를 하나로 합치자는 것이었다.

"인마, 다 처먹으려다가 배탈나는 수가 있다구. 지금 동대문 형세가 춘추전국이여. 우리가 그중에 강성하다는 진나라쯤 되겄지. 니 말은 진나라처럼 다른 나라를 하나씩 쳐서 진시황처럼 천하통일하라는 건데, 그게 쉽냐? 잘못 나섰다가, 다른 놈들이 몽땅 힘을 합해서 우리한테 덤벼봐. 우리만 좆되는 겨. 내가 새꺄, 십 년을 고생해서 이룬 새벽다리패란 말여. 그냥 만족하고 살란다."

조시광이 결연히 말했다. "아이들이 불쌍하지도 않나요? 다른 패거리 두목은 장두목 같지가 않다고요. 그 개자식들은 불쌍한 고아들을 막 부려먹다가 조금만 쓸모가 없어지면 팔아먹습니다. 계집애는 창녀로 팔고 사내애들은 고깃배에 팔고. 훔치고 빼앗은 것을 자기 혼자 호의호식하는 데 씁니다."

"그러니까 다 나한테 도망오는 거지. 나는 정말 공평무사하지 않냐? 나도 내가 참 대단한 두목 같어. 훔치고 빼앗은 돈 똑같이 나눠주지 똑같이 마시고 먹지, 나는 참 성인군자라니까. 말 나온 김에 오늘 아이들 회식 한번 시켜주자. 윤봉길님께서 훌륭한 일 하셨지만, 우리가 먹고살기는 조금 힘들었어. 그지? 경찰이고 헌병이고 쫙 깔려가지고 뭘 훔칠 수가 있나. 고 사마귀라는 놈은 워칙히 된

놈이 이 시국에도 그리 잘 훔치냐. 그런 놈 하나만 있어도…… 아녀, 나는 책사 조시광 학생 하나로 만족혀. 공명과 방통을 둘 다 얻을 수 있나."

"성인군자께서 나서야 한단 말입니다. 장두목이 나서기만 하면 누가 감히 맞서겠어요."

"책사야, 내가 솔직히 말할게. 내가 벌써 서른이야. 예전 같지가 않아유. 예전엔 내가 주먹만 들어도 다 깽깽댔거든. 지금은 아녀. 패거리마다 싸움고수가 한두 명씩 있는데, 누가 그 새끼들을 상대할 겨. 내가 해야 되는데, 솔직히 자신이 없다. 니가 인텔리니까 솔직히 말해주는 겨. 다른 놈한테는 쪽 팔려서 이런 얘기 못 하지."

똘마니 하나가 달려와서 알렸다. "두목님, 마장교패가 쳐들어왔슈……."

장청마는 으르렁댔다. "조용히 살게 놔두지를 않는구먼."

새벽다리패와 마장교 패거리는 모래펄에서 마주 보았다. 횃불을 밝혔다. 동대문 일대 하류인생들이 싸움 구경하러 죄 몰려왔다.

새벽다리 위에서 한 청년이 뛰어내렸다. 건달패 싸움판에 웬 미친놈이 자살을? 시궁창 냇바닥에 대가리를 처박고 뒈질 줄 알았다. 청년은 공중에서 두 바퀴 반을 돈 다음, 오물에 솟은 바윗돌에 발끝을 살짝 얹었다가 붕 떠올랐다. 두 패거리 사이에 맵시나게 착지했다. 구경꾼들은 저도 모르게 손뼉을 쳤다.

청년이 말했다. "건달 아저씨들, 조선사람끼리 왜 싸우고들 지랄하셔요."

마장교패는 그 청년도 새벽다리패라고 생각했다. 마장교패가 공격했다. 자연스레 청년은 새벽다리패가 돼서 싸웠다. 격전이 예상되었다. 싱겁게 끝이 났다. 난데없이 나타난 청년의 무예가 발군이었다. 청년의 주먹과 손날과 발끝은 정확히 급소를 가격했다. 주먹구구식 싸움질이나 해왔던 건달들은 한 방에 한 놈씩 고꾸라졌다. 장청마도 잘 싸워서 마장교패 두목을 제압했으나, 청년의 상대가 되지는 못할 것임을 직감했다. 건달 생활도 종쳤군. 마지막 싸움을 각오하고 있는데, 청년이 말했다. "부끄럽지도 않나? 어떤 청년은 목숨을 걸고 왜놈한테 폭탄을 던지는데, 건달패끼리 코흘리개 싸움질이나 벌이고."

"……나는 싸울 생각이 없었어. 저놈들이 먼저 쳐들어온 거라고." 장청마는 부끄러운 듯 변명했다.

"조시광이 누구야? 난 그저 조시광을 만나러 온 거라고."

사마귀의 계획을 듣고 조시광은 함께 거사하기로 했다.

"그전에 부탁 좀 하겠네. 자네 무예 좀 빌려주게. 동대문 불량배를 통일할 필요가 있어. 그나마 내가 몸담고 있는 새벽다리패 장청마가 괜찮은 인물이야. 인정도 있고 의기도 있어. 독립전쟁이 일어나면 앞장서서 싸울 사람이야. 조선에 싸울 줄 아는 건 건달패뿐이라고. 묶어둘 필요가 있어."

"건달패한테 뭘 바라고 그딴 생각을 하는 거지?"

"천변의 빈민들, 특히 고아들을 위해서야. 더러운 세계일수록 선량한 자가 두목으로 군림해야 돼."

"고보학생씩이나 돼서 건달패 책사 노릇을 한다기에 참 별스런 놈이다 했지. 소문이 사실이군. 별 괴상한 생각을 다 해…… 원한다면 무예를 빌려주지. 목숨을 함께 버리기로 맹세한 사이에 그 정도 못 해줄까."

장청마는 동대문 일대의 열다섯 패거리에 똘마니를 보냈다. 앞으로 새벽다리패 대두목 장청마의 명령에 따라라. 첫째, 여자와 고아에 대한 인신매매를 절대 금지한다. 둘째, 천변 빈민과 동대문 영세상인 등에 대한 갈취를 금지한다. 셋째, 빈민에 대한 폭력을 금지한다. 넷째, 두목들의 호의호식을 금지한다.

일곱 패거리는 장청마에게 복종할 것을 맹세했다. 거부한 여덟 패거리는 사마귀 한 사람에게 묵사발이 되었다. 사마귀에게 뒈지게 맞은 건달들은 시골로 떠났다. 장청마는 동대문 음지세계의 일인자가 되었다.

*

"성년식이라니? 인질 주제에 무슨 자랑이라고 그따위 걸 한단 말인가?" 이우는 불퉁댔다.

나카사키는 신이 나서 지껄였다. "전하, 매사에 참 삐딱하십니다. 제가 다른 일은 다 양보해도 성년식은 양보 못 합니다. 제가 전하를 모신 지가 십오 년입니다. 제가 목숨처럼 모셔온 전하께서 마침내 만 이십 세가 되시었는데, 떠들썩하게 잔칫상을 차리렵니다.

다 부를 겁니다. 일본놈 조선놈 다 불러서 전하의 성년을 축하하도록 만들 겁니다. 전하의 잘생긴 얼굴을 만천하에……."

"그만두래도!" 이우가 빽 소리를 질렀다.

나카사키는 뾰로통해졌다. "할 수밖에 없게 되었단 말입니다. 황감하옵게도 천황폐하께서 축하사절을 보내시겠답니다. 이왕 전하와 이왕비 전하도 친히 참석하시겠답니다. 전하가 아무리 똥고집이 세시더라도 이번엔 어쩔 수가 없어요."

이우가 할 수 없이 말했다. "조촐하게 차리세요, 최대한 조촐히. 나는 이 신세로 스무 살이 된 게 부끄러워 미치겠단 말입니다."

1932년 11월 16일, 이우의 성년식이 있었다. 이우는 여섯 살에 '공'으로 봉해졌는데, 생일 때마다 자기가 매우 특별한 신분이라는 것을 실감하고는 했다. 이준공비는 보름간이나 아랫사람들을 닦아세워 운현궁을 성대한 잔칫집으로 차렸다. 왕실붙이와 특권층이 축하객으로 밀려와 덕담을 퍼부었다.

일본 땅에서 치른 성년식에서도 이우는 자신의 신분적 위치를 새삼스레 자각했다. 나카사키가 호언한 대로 동경에 거주하거나 여행 중인 조선인 특권층은 물론이고, 일본의 황족 화족 귀족이 파도같이 몰려왔다.

도대체 내가 누구기에! 저자들에게 만 이십 세를 축하받아야 한단 말인가. 나처럼 바보같이 한심한 놈이 왜? 무슨 면목으로? 이우는 한없이 민망했다.

특별한 예식은 없었다. 이우는 귀찮은 절차를 전부 생략하겠다고 고집을 부렸다.

이우는 조선어로 말했다. "와주셔서 감사합니다. 저처럼 부족한 사람의 성년을 축하해주러 먼 길을 오셨는데 뭐라도 보여드려야겠지요? 일본 민간에는 웃통을 벗고 마을을 뛰어다니면서 앞으로 건강하고 용기 있게 살겠다고 다짐하는 풍습이 있다면서요? 우리 조선의 시골마을에도 그와 비슷한 풍습이 있습니다. 마을마다 들돌이라는 게 있습니다. 그 돌들을 들어올려야 비로소 어른으로 인정받게 되는 거지요. 저도 여러분 앞에서 돌들을 들어보고 싶은데, 돌이 없네요. 대신 태껸을 보여드리려고 합니다."

조선사람들이 손뼉을 쳤다. 이우는 똑같은 내용을 일본어로 말했다. 일본인들도 손뼉을 쳤다.

이우가 학생복을 벗었다. 속옷마저 벗고 알몸뚱이를 드러내자 여자 손님들이 다양한 소리를 토해냈다. 우는 당실당실 춤추듯 유연하고도 매서운 동작을 이어나갔다.

스승님, 하늘에서 잘 계십니까? 제자가 스무 살이 되었습니다. 아침마다 한 시간씩 이 동작을 반복했습니다. 스승님을 잊지 않으려고요. 왜 이딴 걸 가르쳐주셨습니까? 내 몸 하나 잘 지키라고요? 나는 누구입니까? 스승님, 내가 누구이며 앞으로 어떻게 살아가야 한다는 것을 이제 누가 가르쳐줍니까? 스스로 깨우치라고요?

무슨 춤인가보다 하고 웃어대던 사람들이 동작에서 우러나오는 멋에 취하여 숨을 죽였다.

파티가 시작되었다. 일본인이고 조선인이고 '천황폐하께 충성을 다 바치는 훌륭한 분이 되시라'고 했다. 이우는 제 귀를 도려내고 싶었다. 웃는 낯으로 예예거리는 제 주둥이를 잘라버리고 싶었다. 사라지고 싶었다. 아무도 없는 곳으로.

겨울휴가로 조선에 들어가자, 운현궁의 양모는 옛날 궁중법도에 따라 관례식을 준비해놓았다.

"어머님, 일본에서 성년식이라는 걸 하고 왔습니다. 번거롭게……."

"왜놈 땅에서 무얼 하고 왔는지 알고 싶지 않다. 너는 운현궁의 종주다. 황실의 종손이야. 누가 뭐래도 이 어미는 네가 황실의 적장자임을 의심해본 적이 없어. 그처럼 귀한 네 관례식이다. 성대히 치를 것이다."

"생일잔치도 늘 성대했는데 얼마나 더 성대하려고요."

"어허, 어미를 거역하겠다는 것이냐?"

생일잔치보다 열 배는 풍성하게 잔칫상이 차려졌다. 이우가 사모관대를 하고 종묘를 다녀오니, 운현궁은 인산인해였다.

이우는 왕실붙이들에게 절했다. 찾아와준 귀족, 명망가, 부자, 관료 등등에게 감사의 표시로 고개를 꾸벅꾸벅 숙였다. 축하객의 덕담은 일본에서 들은 것과 비슷했다. '천황폐하께 충성을 다 바치는 훌륭한 분이 되시라.'

동경 성년식에도 경성 관례식에도 이강과 수인당은 없었다.

모르겠다. 만 이십 세를 기념하는 게 무슨 의미가 있는지. 허나 자식이 만 이십 세가 된 것을 가장 기뻐할 사람은 친부모이고, 자식이 만 이십 세가 되었다고 가장 감사드려야 할 사람이 친부모 아닌가. 그 친부모님이 없다. 이 무슨 꼴이란 말인가. 이우는 술잔을 되는 대로 받아 마시다가 취하고 말았다.

취해서 미치광이처럼 부르짖었다. "아버지, 어머니, 아버지, 어머니, 아버지, 어머니, 아버지, 어머니……."

하필이면 잔칫상 한가운데서 통곡하는 이우를 축하객들은 측은히 바라보았다.

이우와 찬주를 태운 말이 미친 듯이 달렸다.

찬주가 소리 질렀다. "더 빨리! 더 빨리!"

찬주는 동경여자학습원에 재학 중이었다. 작년에 경기고보를 졸업하자마자 현해탄을 건너 유학생활을 시작했다. 남자학습원과 마찬가지로 여자학습원은 일본의 황족 화족 귀족의 딸년들이 다니는 최상급 학교였다. 찬주 이전에 조선여자로 학습원을 다닌 사람은 덕혜옹주가 유일했다.

산기슭 개울가에 말을 세웠다. 찬주는 단단히 삐쳤다. 이우가 두 달 만에 찾아왔기 때문이다. 이우가 무슨 말을 붙이기도 무섭게 얼음장 낯꼴이던 찬주가 쫑알댔다.

"전하께서는 한 번이라도 진지하게 생각해보셨나요? 제가 학습원을 어떻게 다니고 있는지. 지난 1년을 죽지 못해 다녔고, 올해 1년을 또 죽지 못해 다녀야 한단 말입니다."

"학업 성적도 우수하고…… 그간 별말이 없어서 나는 아무 문제가 없는 줄 알았는데…….”

“지체 높은 년들은 내 정체를 의심했어요. 조선 왕실의 피붙이가 아닌 내가 어떻게 자기들의 동급생이 되었는지 궁금했겠죠. 년들에게 나를 알리고 이해시킨다는 것은 불가능하다고 생각했어요. 나는 년들과 말도 섞기가 싫었어요. 외톨이가 되니 할 것은 공부밖에 없었어요. 그래서 내 학업성적은 늘 우수했죠. 전하의 아내가 되기 위해서, 공비 전하가 되기 위해서 목숨 걸고 공부한 게 아니라고요. 외로워서 할 게 없어서 어쩔 수 없이 공부만 한 거라고요.”

궁내성의 찬주에 대한 전반적인 평가는 좋지 않았다. 총명한 두뇌를 가지고 있어 성적은 우수하지만, 품위와 교양이 매우 부족하다고 판단했다.

그럴 수밖에 없는 것이, 찬주는 일본 상류소녀들 사이에서 조선소녀의 자존심을 혼자 지키기라도 하겠다는 듯 고고했다. 외톨이를 자처했다. 수업태도 또한 옛날의 이우가 그랬던 것처럼 대놓고 엉망이었다.

일 년여 전, 궁내성과 이왕직과 박영효와 이우는 4자간 구두합의를 한 바 있었다. 박찬주를 동경학습원에 수학케 한다. 그 결과 공비의 자격이 충분하다고 판단될 경우에 한해서만, 이우공과 박찬주의 결혼을 추진한다. 궁내성의 평가가 최악이라는 정보를 얻은 이우는 선수를 쳤다. 궁내성과 이왕직에 상의 없이 신문에 기사를 제보한 것이다. ‘이우공 전하와 중추원부의장 박영효 씨의 영손녀 박찬주 결혼 확정’. 조선과 일본에서 발간되는 모든 신문에 대문짝만

하게 난 이상, 저들이 구두합의된 결혼을 철회하지는 못할 테다.

"전하, 제가 학업이 우수하다는 얘기 말고도 들은 게 많죠? 제가 아주 불량하게 행동한다는 얘기도 실컷 들었을걸요?"

"금시초문인데……." 이우는 모르쇠를 했다.

"저는 전하의 아내가 되고 싶지 않아요! 일부러 불량하게 행동한 거라고요. 전하의 배필로 부적격하다는 평가를 받으려고 연기를 한 거죠. 난 말이죠, 사육당하는 것 같아요. 전하의 아내가 되기 위해서 암토끼처럼 사육당하는 것 같다고요."

이우는 시무룩해졌다. "그렇게 나랑 결혼하기 싫다면 차라리 공부를 못하지 그랬소. 성적이 우수하지 않았다면 궁내성에서 기어이 퇴짜를 놓을 수도 있었을 텐데."

"공부만 하고 결혼은 못하자, 이게 제 슬로건예요. 어떤 상황에서도 공부는 해야 하니까."

"찬주, 왜 자꾸 그런 식으로 말하는 거야? 찬주는 나를 사랑하잖아? 나랑 결혼하고 싶어 하잖아. 그래서 학습원도 꾹 참고 다니는 거잖아?"

"전하야말로 저를 사랑하나요?"

"당연하지. 나는 찬주만을 사랑해!"

"전하는 작년에 어떻게 하셨지요? 주말마다 만나러 온다고 하시고서는 한 달에 한 번이 고작이었어요. 올해는 성년식 때 뵙고 처음 만나는 거예요. 성년식 때도 그래요, 제가 얼마나 기대했는데, 저랑 따로 시간을 내주지 않았어요. 우울하신 건 알겠는데, 저한테까지 차가우시면 안 되죠. 조선에 갈 때도 다정히 함께 다니자고 해놓고서는 따로따로 다녔어요. 사랑하는 사람을 이역만리 외로운 곳에 던져놓고 그렇게 방관하실 수 있다니요? 저를 사랑하는 게 맞나요? 오로지 조선여자랑 결혼하겠다는 전하의 그 욕심을 채우고자 그저 선택한 여자 아니냐고요? 제가 친일을 위해 목숨 건 박영효 후작의 손녀딸이 아니었어도 저랑 결혼할 생각을 가졌을까요?"

"내 마음을 의심한단 말이야? 알잖아? 나는 내 삶을 내 마음대로 사는 게 아니란 말이야."

"만날 그 소리!"

이우는 체면에 맞지 않게 아양을 떨었다. "찬주, 앞으로는 잘할게. 화 풀자."

"내가 언제 화를 냈다고 그러세요."

"시간은 금이라는데, 두 달 만에 만나서 이러고 있을 시간이 없어…… 안아보자!" 이우는 다따가 안아버렸다.

상징적인 존재 /

조향궁(朝香宮), 이우공 양 전하를 비롯하야 만주 시찰을 마친 육군사관학교 만선시찰단 380명은 10일 오전 8시 15분 용산역 도착 임시열차로 입경하였다.

—「동아일보」 1933년 5월 11일자

5·15사건 육군측 제13회 공판은 26일 오전 8시부터 개정하고 특별변호인으로서 피고 등의 원교관인 중촌 대웅 세견 3소좌가 변론을 하고 방청석은 만원의 성향으로 이우공 전하께옵서도 임석하시고 열심히 방청하시었다.

—「동아일보」 1933년 8월 27일자

꽃피는 5월 이우공 전하와 결혼식전을 거행하게 된 박영효 후작의 영손 박찬주양은 경사로운 날을 앞에 두고 (……) 즐거운 앞날을 기다리는 중 이신바 왕방한 기자에 대하여 '결혼에 대한 말만은 용서하여주시고 사진만 찍으시요'라 하며 명랑하고 단아하게 '렌즈' 앞으로 나아섰다. 박양은 방기 21세로 경성여자고등학교를 졸업한 후 여자학습원을 작년에 마치고 화양요리며 재봉 생화 등 각 방면에 취미를 가졌을뿐더러 '스케트'에도 능한 여인이다.

—「매일신보」 1935년 1월 25일자

사마귀는 목표를 찾았다. 육군사관학교 졸업생 380명과 인솔자인 황족 장성. 천황의 삼촌뻘 되는 황족 장성의 목숨보다, 육사 졸업생들의 목숨이 탐났다. 앞으로 일본군대의 주축 장교가 되어 침략전쟁의 선봉에 설 놈들이다. 육사졸업생 한 놈을 제거하는 것은 왜병 천 명을 죽이는 것보다 더 가치 있는 일이다. 딱 열 놈만 죽이자. 그럼 왜병 만 명을 죽이는 것이나 다름없다.

1933년 5월, 그놈들은 졸업기념으로 만주전선을 시찰했다. 조선으로 돌아와 평양성을 구경했다.

사마귀는 1차로 을밀대에서 그들을 노렸다. 그들이 평양냉면을 먹느라 떠들썩한 요릿집에 폭탄을 던질 계획이었다. 헌병 1개 소대가 냉면집을 둘러쌌고, 다른 손님은 받지 않았다. 폭탄을 지닌 채

식당으로 들어갈 방법이 없었다. 사마귀는 어쩔 수 없이 발걸음을 돌렸다.

대나무숲에 숨었던 조시광이 기어나왔으나 아무 말을 못 했다. 두 사람은 함께 거사를 계획하고 준비했다. 실행의 순간이 되자 시광은 겁을 잔뜩 집어먹고 그만두자고 했다. 사마귀는 "빙충이 녀석!" 비웃고는, 저 혼자서라도 결행하겠다며 식당까지 다가갔던 것이다.

죄스러워하는 시광의 얼굴을 보고, 사마귀는 씨익 웃었다.

"멀리 도망가지 왜 여기 이러고 있어?"

"함께 못 간 것도 창피해 죽겠는데, 도망까지 갈 수는 없잖아."

"헌병놈들이 안 들여보내더라."

"다행이다!"

"뭐가 다행이야. 할 수 없지. 열차에서 거사하겠어."

"포기한 게 아니야?"

"나는 귀신이야. 이미 죽은 사람이라고. 너나 어서 떠나. 멀리멀리 도망쳐서 숨어 있어."

두 사람을 향해 이우가 말을 타고 달려왔다. 우도 육사졸업생 시찰단의 일원이었다. 평양 유지들이 '이우 왕자님'을 위해 따로 마련한 자리가 있어 거기에 다녀오는 길이었다. 우는 길가에 서 있는 두 청년을 어디선가 본 듯했다. 우는 말을 멈추었다.

이우는 더 낯익은 조시광에게 물었다. "우리가 만난 적이 있나?"

시광도 이우를 알아보았다. 두 사람은 소학교 삼 년 동안 같은 반이었고, 연전에 남산 숲에서도 본 적이 있었다.

시광은 외면했다. "사람 잘못 보았소."

이우가 이상하다는 듯 고개를 젓고는 떠나갔다.

멀어져가는 이우의 등을 바라보다가 조시광이 말했다. "저자가 그 유명한 왕자 이우야."

사마귀가 흐뭇하게 지껄였다. "내가 왜 하필이면 저 육사놈들을 타깃으로 삼았느냐, 바로 저 왕실버러지가 끼어 있다는 것도 한 이유지. 나라 망치고 뻔뻔하게 잘 사는 왕실놈도 하나쯤은 뒈져야 하는 거 아니겠어."

사마귀는 평양역에서 검문에 걸렸다. 사마귀는 결코 잘생겼다고 할 수 없는 들쭉날쭉한 얼굴이라 번듯한 학생복 차림에도 의심스러웠던가보다.

헌병들은 보자기를 풀어보게 했다. 두꺼운 사전 두 권이 나왔다. 사마귀는 일어사전을 좌르르 펼쳐 보이며 너스레를 떨었다. "제가 이번 방학에 이 사전을 외우고야 말 각오입니다. 믿어주십쇼!"

사마귀는 육사시찰단 일행과 같은 열차를 탈 수 있었다.

사마귀는 어서 일을 치르고 싶었다. 붙잡혀서 서대문교도소로 가든 놈들과 함께 죽어 귀신이 되든 빨리 끝내고 싶었다. 다 되었어. 이 객차에서 나가기만 하면 돼. 놈들이 타고 있는 객차 문을 열고, 던지면 끝나는 거야.

흑교역에 가까워졌을 때였다. 열차가 급정거했다. 기찻길로 뛰어든 우마차와 열차가 충돌해서 벌어진 일이었다. 사마귀는 정신이 번쩍 났다. 그는 보자기를 풀어 영어사전을 집어들고 나갔다. 통로에 육사생도 넷이 흡연 중이었는데, 갑작스러운 정차에 어리둥절했다. 사마귀는 그들을 휙 지나쳐 놈들의 객차 문을 열었다.

"시발놈들아, 다 뒈져버려라!"

영어사전을 던졌다. 두 팔을 높이 들어 '대한독립만세!'를 외치려고 했는데, 멈췄던 기차가 움직이는 바람에 뒤로 넘어지며 엉덩방아를 찧고 말았다.

사마귀는 어쩔 바를 몰랐다. 폭탄이 터지지 않는 것이었다. 아무리 기다려도.

사마귀 앞에 누군가 서 있었다. 몇 시간 전에 을밀대 대나무숲에서 보았던 이우였다.

이우는 사마귀가 던진 사전을 주워들고 있었다. 처음엔 그냥 돌려주려고 했는데, 을밀대에서 보았던 자가 아닌가, 이상한 생각이 들어 사전을 펼쳐보려고 했다. 펼쳐지지가 않았다. 문득 생각했다. 이게 폭탄이었다면 많이 죽고 다쳤겠구나.

사마귀가 엉거주춤 일어섰다.

이우는 순간적인 갈등을 끝내고 일본말로 다른 생도들에게 둘러댔다. "내 보통학교 동창녀석일세. 아까 잠깐 만났지. 대낮부터 술을 마셨는지 제정신이 아닌 모양이야. 공부하는 사전을 집어던지고 말일세." 사마귀의 어깨를 툭툭 쳐주었다. "정신 차려, 이 친구야!"

사마귀는 만감이 교차했다. 얼굴이 빨개졌다.

아사카가 "수상해!" 하면서 사전을 가로챘다. 아사카는 펼쳐지지 않는 사전을 이렇게 저렇게 해보다가 표지를 뜯어냈다. 사각형이 뚫려 있었고 그 안에 큼직한 돌멩이가 들어 있었다. 아사카가 돌멩이를 꺼내들고 황당한 표정을 지었다.

사마귀는 어이가 없어 욕이 튀어나왔다. "조시광 개새끼! 그런 놈을 동지로 생각하다니, 쳐죽일 놈!" 시광이 사전 속의 수류탄을 돌멩이로 바꿔치기해놓은 것이었다.

아사카가 사마귀의 멱살을 잡았다. "너 뭐 하는 조센징이냐!"

사마귀는 아사카의 얼굴에 주먹을 날렸다. 펄펄 뛰며 혼자서 육사생도 수십 명을 때려눕혔지만 중과부적이라 사마귀는 몰매를 맞는 몸이 되었다.

이우는 피범벅이 된 사마귀를 통로로 데리고 나왔다. 단도를 빼들었다.

사마귀가 신음했다. "그래, 죽여라, 왕실버러지야!"

이우는 사마귀의 두 손을 결박한 동아줄을 끊었다. 금빛으로 익은 보리가 탐스러운 들판이 흘러갔다.

아사카가 소리쳤다. "이우, 뭣하는 거야?"

사마귀는 "왕실버러지, 고맙다!" 내뱉고는 몸을 던졌다. 사마귀의 몸뚱이가 보리밭으로 날아가 처박혔다.

아사카가 이우의 멱살을 부여잡았다. "미쳤어? 저놈은 테러범이야. 우리를 다 죽이려고 했어. 저놈을 살려주다니!"

이우가 너스레를 떨었다. "내가 언제 살려주었나? 난 저놈을 법에 맡기기보다 내 손으로 처벌한 거야. 저놈이 살 수 있을 거라고 보는 거야?"

"공족이라고 네 마음대로 해도 된다는 거냐?"

이우가 웃음기를 거두고 부르짖었다. "아사카, 나도 조선사람이다!"

"너를 죽이려고 했다! 그런 자를 용서한단 말인가?"

"나는 누구를 용서할 자격도 없는 자다." 이우는 발작하듯 웃어댔다.

백천은 연전에 온천이 개발되면서 유명해졌다. 고을 유지들은 합자하여 천일각이라는 최고급 호텔을 지었다. 두어 달 전에 개관했다. 유지들은 육사를 마치고 육군 포병 소위가 된 이우의 방문을 유치해 전국적인 홍보를 꾀하고자 했다. 이우 왕자도 다녀간 곳이라는 소문만 난다면, 조선일보나 동아일보에 일 년 내내 광고를 싣는 것보다 효과가 좋을 것이라고 판단했다.

일본 자본이 전혀 투자 되지 않았다, 순전히 민족자본으로 지은 호텔이다, 전하께서 호텔을 찾아주신다면 큰 힘이 될 것이다. 간절한 호소에 이우는 마음이 움직였다.

1933년 12월 9일, 이우는 술자리가 재미없었다. 유지들은 '민족이 어쩌고저쩌고' 말마다 민족의식이 대단한 듯 떠들어댔지만, 이우의 귀에는 다 개소리로 들렸다. 부자놈들 말은 다 새빨간 거짓말이야. 속으로 빈정댔다.

산해진미가 깔린 안주상도 불편했다.

평양에서 불러 왔다는 스타기생들도 불편했다.

이우는 유지들의 체면을 생각해서 긴 저녁을 간신히 버텨냈다. 벽시계가 아홉 점을 치자, 술에 떡이 된 체하며 상 위에 엎어졌다.

어떤 유지가 지껄였다. "젊은 분이 술이 되게 약하시구먼! 아버님을 하나도 안 닮으셨어!"

남자 종업원 넷이 달라붙어 이우를 제일 특실로 옮겼다.

취한 척한 게 아니라 진짜로 취했는지 얼핏 잠들었었나보다. 이우는 야릇한 느낌에 눈을 떴다. 은은한 불빛이 드리워졌고, 한 소녀의 얼굴이 보였다. 열대여섯이나 되었을까.

이우는 소녀의 팔뚝을 밀쳐냈다. "뭣하는 짓이냐?"

"벗겨드리려고 했습니다."

"됐다, 나가라!"

"나가라니요?"

"나는 필요 없다니까!"

소녀는 창가의 소파에 몸을 털썩 앉았다.

창밖에 비처럼 쏟아지는 눈발이 보였다. 찬탄이 절로 나왔다. 배경이 좋아서 그런지 소녀도 예뻐 보였다.

이우는 말짱해졌다. 방은 너무 더웠다. 저쪽에 욕실이 보였다. 싹 벗고 목욕을 하고 싶었다. 어서 혼자가 되고 싶었다.

"왜 나가지 않는 것이냐? 어서 나가라니까."

"소녀가 싫으십니까? 다른 계집을 들이라고 할까요?"

"난 계집이 싫다. 혼자 있고 싶어."

소녀는 이해하기 어려웠다. 계집이 싫다니? 나처럼 예쁜 계집애가 싫다니? 소녀가 알기로, 세상의 모든 남자는 치마 두른 여자라면 예쁘거나 못생기거나 나이가 많거나 적거나 상관없이, 때와 장소만 된다면 (때로는 때와 장소가 되지 않더라도) 일단 섹스를 해야 직성이 풀리는 족속이었다. 제 거시기의 누런 물을 여자의 몸속에 집어넣어야 진정이 되는 짐승이었다. 남자의 성욕은 지위가 높을수록 돈이 많을수록 더했다. 가능한 많은 여자에게 정액을 뿜어대는 것을, 지위의 높음을 자랑하고 돈이 많음을 증명하는 행위인 줄 알았다. 소녀가 아는 남자들은 모두 그랬다.

저 남자는 뭔가? 소녀는 돌려 말하는 성격이 아니었다. "혹시 고자세요?"

이우는 무슨 말인가 멍하다가 알아듣고 웃음을 터트렸다. 얼굴 근육이 종일 거짓웃음을 짓느라 굳어 있었는데 한 번 진짜웃음이 터져나오자 멈출 줄을 몰랐다.

"전하, 미치셨어요?"

경박한 말에 이우는 또 한바탕 웃었다.

이우는 알아듣게 말했다. "나는 아직 여자랑 관계할 준비가 안 되어 있다. 나는 혼자가 편하니 너는 그만 돌아가거라."

소녀가 입술을 깨물고 간청했다. "전하의 고결한 마음은 알겠어요. 하지만 제 처지를 헤아려주시면 안 될까요?"

"네 처지라니?"

"저는 제물이에요. 유지들이 자기들을 잘 보아달라고, 왕자님께 바치는 제물이란 말입니다. 물론 저는 큰돈을 받기로 했어요. 그래요, 저는 돈을 벌어야 합니다. 저를 내치시면 저는 돈을 못 벌고……."

"내가 유지들한테는 잘 말해줄게."

"뭐라고 말하실 건데요? 무슨 말을 하시든 유지들이, 참 고결하십니다, 이렇게 생각할까요? 소녀가 마음에 안 들어서 삐쳤나보다 생각할걸요."

"돈 줄 테니까 그만 나가. 얼마면 되니?"

"소녀는 공짜로 돈을 취하지 않습니다. 일한 만큼 받아요."

"몸 파는 일도 일이란 말이냐?"

"그래요, 제 생각엔 세상에서 가장 훌륭한 일입니다. 전하는 무슨 일을 하시는지 모르겠지만 누구를 살려보신 적이 있으세요? 저는 몸 파는 일을 해서 열다섯 식구의 목숨을 살립니다…… 저를 안 가지셔도 됩니다. 제발 나가라는 말은 하지 마세요. 해가 뜰 때까지 저는 전하의 방에 있어야만 합니다."

소녀의 말은 잘 벼려진 표창처럼 이우의 가슴팍에 꽂혔다.

소녀는 우는 소리를 내지 않았지만 눈물을 찍어냈다.

이우는 맥없이 먹먹해졌다. 이우는 '그래, 나가지 말아라!' 하고 싶었는데 목이 메어서 그 말이 나오지를 않았다.

이 청춘남녀가 아무 일 없기는 참으로 힘든 상황이었다. 뭐라도 하고 싶게 그림 같은 밤경치가 배경으로 깔렸고, 이우가 아무리 순결하고 싶어도 아랫것이 남의 가물치처럼 펄떡대었다. 그래도 이우는 적잖은 시간을 참아냈다. 혼자 목욕할 때 자위까지 하면서 성욕을 없애보려고 노력했다.

이우를 강력하게 제어한 것은 '맹세'였다. 열여덟 살 때, 이우는 다음과 같이 맹세했다. '나 이우는 박찬주랑 결혼식을 치르는 날, 첫 섹스를 한다. 평생 찬주 한 사람과만 섹스한다.' 맹세를 지금까지 잘 지켜왔다.

성욕은 금방 되살아나 뻗쳐올랐다. 소녀랑 이 얘기 저 얘기 나누었다. 소녀의 말투는 섹시하지 않았지만, 듣는 사람의 뼈마디를 즐겁게 하는 묘한 가락 같았다. 소녀의 웃음은 그녀를 으스러지도록 껴안고 싶은 충동을 일으켰다.

새벽이 뿌옇게 밝아올 때, 이우는 맹세를 깨고 말았다. '찬주야, 미안하다!'

*

1934년 8월, 동대문시장(광장주식회사) 사장 김한규를 찾아온 연희전문 학생이 있었다.

"불량배를 일소할 방책을 가지고 왔습니다. 지금 동대문 일대는 새벽다리패 장청마에게 통일되었습니다."

"나도 알지. 경찰은 그런 놈 안 잡아가고 뭐 하는지 모르겠네. 조선의 제일 토산물시장이 도둑 소굴이나 다름없으니. 동대문시장은 우리 경비대가 있어 그나마 조용하다지만, 시장 주변은 무법천지나 다름없다더군. 장청마 그놈이 우리 동대문시장까지 먹으려고 용쓰고 있다면서? 우리 경비대를 우습게 아는 모양인데……."

직원들이 뛰어들어와 바깥의 소란을 알렸다. 사장과 임원들이 나가보니, 경비원 오십 명이 어디 한 군데씩 다쳐서 나뒹굴었다. 의기양양한 건달들이 보였다.

장청마가 큰절을 했다. "김한규 사장님이신가유? 지는 동대문구역을 책임지고 있는 장청마라고 허는듀, 어쩌다 보니께 이렇게 됐슈."

"이놈들, 여기가 어딘 줄 알고! 여기는 민족의식 투철한 상인들이 의기투합하여 세우고 지탱해온 조선의 자존심 같은 시장이다. 감히 건달놈들이 들어와서 설칠 데가 아니다. 경찰을 불러라. 어서 이 불한당놈들을……."

"아따, 긍께요. 어려운 말은 그만 하시고 우리 책사 말 좀 들어 보시랑께요."

"요놈, 연희전문 학생이라는 놈이 건달들과 어울려서, 이게 뭐 하는 짓이냐?"

조시광이 냉정히 말했다. "보십시오, 동대문시장의 경비대라는 것이 이토록 허릅숭이입니다. 건달패 하나 막지 못하잖습니까. 사장님도 아시겠지만 명동 야쿠자들은 종로와 여기 동대문시장을 호시탐탐 노립니다. 야쿠자가 쳐들어오면 막아낼 수 있겠습니까? 저희는 할 수 있습니다. 장청마는 형편없는 건달이 아닙니다. 민족의식도 있고 공명정대하고……."

"어찌 전문학생이 건달놈을 옹호하는가?"

장청마가 무람없이 떠들었다. "사장님, 제가 경비대장 잘할 자신 있슈. 지가유, 감투욕심이 있어서 이러는 게 아니거든유. 야쿠자 새끼들이 동대문시장을 찜쪄먹을라고 지랄용천한다는 소문이 쫙 퍼졌거든유. 지두 동대문시장 때문에 먹고 살잖아유. 답답하더라구유. 그래서 우리가 경비대랑 싸워서 지면 안심을 하고 우리가 이기면 우리가 경비대 대신 나서서 시장을 지켜야겄다 이런 결심을 한 거거든유."

"이 천하에 상것이 어디서 감히……."

"아따, 상것이니께 시장을 개처럼 잘 지켜드리겠다고 하는 것인디……."

장청마는 동대문시장 경비대장이 되었다.

김한규 사장을 비롯해 (주)광장 주주들과 입점 상인들, 장꾼들은 무척 걱정을 했으나, 우려하던 일은 벌어지지 않았다. 오히려 그들을 골치 아프게 했던 불량배 문제가 씻은 듯이 사라졌다.

동대문 일대 불량배들의 대두목 겸 동대문시장 경비대장인 장청마의 엄명이 통했다.

내 구역에서는 하지 마라!

덕분에 종로와 명동에 불량배가 더욱 기승을 부렸다. 명동 야쿠자 패거리들은 동대문시장 침범 계획을 접고 말았다.

사동궁에는 이강의 혈육들이 우글대었다. 생모들은 각기 달랐지만, 그들을 키우고 가르치는 사람은 한 사람이었다. 의친왕비 김덕수. 이우가 의친왕비를 뵙고 나오자, 친아우와 배다른 아우들이 선물 없냐고 난리였다.

이우가 너스레를 떨었다. "조선 시장에도 좋은 것이 많다. 시장에 가고 싶은 사람은 변장 실시!"

아우들은 모두 평범히 차려입었다.

아우들은 종로 화신백화점에 가는 줄 알고 기대했지만, 이우가 데리고 간 곳은 동대문시장이었다. 시장을 쏘다니다가 이우는 '백호당' 간판을 보게 되었다. 이우는 백호당을 죽 둘러보다가 책전에 들어섰다.

이백호가 얼른 알아보았다. 큰절을 올렸다. "전하, 이제야 오셨습니까? 기다리고 또 기다렸습니다."

이우가 다정히 말했다. "잘 있었소?"

이백호가 차를 대접했다. "혹시 취미생활이 있으신지요?"

"군인이 뭘 할 수 있겠소. 책 읽고 그림 그리고 말 타고, 뭐 그 정도요."

"사냥 한번 안 가시겠습니까?"

"사냥을 잘하시오?"

"어릴 때부터 이골이 났지요. 이 나라 산짐승들한테 죄를 참 많이 지었습니다."

사흘 후 아침이었다. 이백호가 가게문을 열고 점원들에게 훈계

하는데 이우가 들이닥쳤다. "지금이라도 사냥 갈 수 있소?"

이백호가 사냥총 등속을 챙겨 이우를 따라가보니, 이정옥의 허니문 택시가 기다렸다.

이우가 말했다. "어디든지 가봅시다!"

이백호는 철원으로 안내했다. 한참 산짐승을 쫓다가 경치 좋은 곳에서 쉬게 되었다.

"죄송합니다. 사냥은 역시 겨울에 해야 되는 건가 봅니다. 때가 아니라 짐승이 보이지 않는군요."

"난 즐겁소. 믿지 않겠지만 산속을 활개쳐본 건 처음이오. 옛날 왕자들이 사냥으로 호연지기를 길렀다는 게 무슨 헛소린가 했는데, 무슨 말인지 알 것 같아요."

이백호가 담배를 맛있게 피우더니 엉뚱한 소리를 했다. "조선사람들은 전하를 잘 압니다. 이우공은 잘 몰라도 이우 왕자님이 계시다는 건 알지요."

이우가 쑥스러운 미소를 지었다.

이백호가 이었다. "신문 때문입니다. 전하가 어렸을 때부터 신문들은 별걸 다 보도했습니다. 민족지라는 「동아일보」, 「조선일보」는 물론이고, 총독부 기관지 「매일신보」도 전하의 소식을 꼬박꼬박 전했습니다. 일본으로 떠났다는, 일본에서 출발했다는, 서울에 도착했다는, 전하의 자동차가 여중생을 치어 그 여중생의 생명이 위독하다는, 일본 이우공가의 중요문서와 현금이 든 가방을 도난당했다는, 전하가 관부연락선에서 병이 걸렸다는, 전하가 탄 기차가 우마차와 충돌했다는, 전하가 말에서 떨어졌다는, 일본 이우공가가 폭우로 피해를 입었다는, 일본 육군사관학교 졸업기념 여행으로 만주를 시찰했다는, 5·15사건 공판에 참석하셔서 열심히 방청했다는……."

이우는 겸연쩍었다. "별걸 다 신문에 냈어. 나는 엄복동도 아니고 나운규(羅雲奎)도 아닌데 왜 그러는 걸까?"

"그러게 말입니다. 기자들은 왜 그러는 걸까요?" 이백호는 수수께끼라도 하자는 것인지 되물었다.

"내가 잘생겼기 때문인가?"

이백호가 정색하고 말했다. "기자들의 심리는 딱 한 가지입니다. 대중에게 황실이 살아 있다는 걸 알리는 겁니다. 대중 또한 그 간단한 기사를 읽고 느끼는 겁니다. 아직 황실은 살아 있다."

"조선 대중은 황실을 증오한다. 나한테 왕실쓰레기, 왕실버러지라고 하는 자가 하나둘이 아니야."

"애증입니다. 증오하지만 사랑할 수밖에 없는 존재. 독립운동가들은 모두 해외에 있습니다. 어쩌다 가슴을 벅차게 하는 소식이 들려오기도 하죠. 그러나 그들은 너무 먼 곳에 있습니다. 여기 이 땅의 구심점이 될 수는 없는 겁니다. 이 땅에서 구심점으로 작용할 수 있는 건 황실밖에 없습니다."

이우가 정곡을 찌르듯 물었다. "그런 이야기를 왜 나한테 하고 있는 건가?"

이백호가 가슴을 열어 보이듯 말했다. "대중이 분열하지 않고 통합에 이를 때까지 구심점이 되어줄 상징적인 존재가 필요합니다. 누군가 그 역할을 맡아주어야 합니다."

이우는 억지로 웃었다. "당신이 바로 말로만 듣던 복벽주의자로군!"

이우는 조선에 오면 항상 사냥을 나갔다. 아무리 일정이 촉박해도 하루 이틀은 사냥 일정을 잡았다. 언제나 이백호가 동행했다. 여름에는 사냥 대신 낚시를 가기도 했다. 이백호는 가는 곳마다 낯선 사람들을 만나게 해주었다. 신분이 제각각이었다. 중, 농부, 거지, 소리꾼, 나무꾼, 도공, 기생, 포수, 교사…….

낭중지추라는 말이 있다. 이우는 그 미천한 사람들이 '한 칼' 품은 자들이라고 느꼈다.

이백호는 그들에게 이우가 누구인지 정확히 알려주지 않았다. 경성 화류계에서 유명한 '이성길 청년사업가'라고만 가르쳐주었다. 어중이떠중이도 이성길 청년사업가가 남다른 청년임을 직감했다.

조시광은 1935년도 모 신문 신춘문예 소설부분에 당선되었다. 조선 최초의 건달패 출신 소설가였다. 소설가가 된 지 스무 날밖에 안 된 그는 당대 젊은 소설가들의 소굴로 불리는 다방 '제비'에서 차를 마셨다. 「오감도」라는 괴상한 시로 신문독자들을 경악케 한 시인 이상이 경영하는 다방이었다.

이태준, 박태원, 채만식, 김유정 등 이미 유명한 소설가들이 조시광에게 덕담과 조언을 쏘아댔다. 시광은 잔뜩 주눅이 들어 반사적으로 예예거렸다.

양복에 두루마기 차림의 이우가 다방 안에 들어섰다. 우는 실내를 둘러보다가 소설가들의 탁자로 다가왔다. 우는 가방 안에서 소설책 여남은 권을 꺼내 탁자에 올려놓았다. 중절모를 벗고는 작가들에게 고개를 숙이며 청했다. "사인 좀 부탁드리겠습니다. 제 이름은 이성길입니다." 작가들은 기꺼운 얼굴로 제 책을 찾아 간만에 장쾌한 사인을 했다.

다른 작가들은 그 청년이 그저 싸가지 있는 고급독자인 줄 알았지만, 조시광은 이우를 알아보았다.

이우가 멍청히 앉아 있는 조시광에게 아는 체를 했다. "이번 신춘문예 당선된 분이시지요? 조시광 선생님? 당선 소설 잘 읽었습니다. 건달패 이야기가 참 실감나더군요. 진짜 건달생활을 해봤나 봐요. 선생님은 아직 책이 없으시니 이 손수건에 해줄 수 있겠습니까?"

조시광은 꽃무늬 손수건에 처음으로 제 이름을 사인했다.

이우는 카운터에 가서 이상 시인에게도 사인을 받았다. 책을 들고 제비 다방을 찾아오는 독자들이 더러 있었기에 작가들은 대수롭지 않게 여겼다. 다만 채만식이 한소리 했다. "저런 미남이 소설을 좋아하다니 경천동지군."

다방을 나가기 전에 이우는 조시광에게 윙크를 보냈다. 윙크가 마음에 걸렸다. 시광은 뒷간에 다녀오겠다며 일어섰다.

이우는 눈 내리는 경성을 조망하며 기다렸다. 조시광은 뭐라고 말을 붙여야 할지 모르겠는데, 이우가 덥석 어깨동무를 걸었다. "내가 자네한테만 따로 축하주를 한잔 사고 싶네. 같이 가세."

"대체 왜 이러시는 거요?"

"우린 동창생이잖아."

"그건 어릴 때 얘기고, 댁은 공인가 뭔가잖소. 나는 일개 건달패에, 아니, 일개 소설가에 불과하고."

"햇병아리 소설가, 토 달지 말고 가자!"

이우가 조시광을 데려간 곳은 '비너스'였다. 영화배우 복혜숙이 운영하는 다방 겸 카페였다. 시인 이상의 제비 다방보다 열 배는 넓었고 백 배쯤 상쾌했다. 제비에는 한 명밖에 없는 여급이 비너스에는 스무 명이나 되었다.

여급들은 이우를 잘 아는가 보았다. 흩어져 있던 여급들이 떼로 몰려와 '성길 오라버니, 왜 이제 오셨어. 많이많이 기다렸잖아!' 같은 말을 재재거리며 아양을 떨었다. 여급들은 이우를 보쌈해서 나르듯 특실로 몰려갔다. 우가 "내 친구 데려와! 내 친구가 소설가라고, 소설가!" 떠들자, 여급 두엇이 조시광을 끌어왔다.

마담 복혜숙이 들어왔다. "년들이 왜 개방정인가 했더니, 성길 씨가 왔구나!"

"마담 잘 있었소? 깨 쏟아지게 잘 산다면서?"

"나야 잘 살지. 성길 씨는 돈 많이 벌었어?"

"많이 벌었지. 오늘 내가 거하게 쏠 테야. 아, 마담, 이 친구가 소설가야. 영화나 소설이나 다 같은 예술 아닌가. 이봐, 시광, 너 영화로만 보고 복혜숙 배우 처음 보지? 보니 어떤가? 대단히 아름다우시지? 영화보다 실물이 더 낫지 않으신가?"

이우가 조시광을 적극적으로 배려한 덕분인지 마담과 여급들은 시광에게도 웃음을 아끼지 않았다. 꽁했던 시광의 마음이 조금 풀렸다. 시광은 이우가 이런 데서 이렇게 놀아나고 있는 상황이 도무지 이해가 안 되었지만, 시간이 흐르자 생각 없이 즐기게 되었다.

복혜숙이 소리쳤다. "애들아, 문 닫고 와라. 성길 씨가 왔는데 간만에 몸 풀자!"

여급들이 비호같이 움직이자, 특실은 곧 댄스홀로 바뀌었다. 일제는 '조선 땅에 댄스홀을 허'하지 않았다. 암암리에 여러 댄스홀이 성업했다. 비너스 특실은 복혜숙의 단골들만 춤출 수 있는 곳이었다.

음악이 꽝꽝 울렸다. 복혜숙과 여급들, 이우가 몸을 이리저리 움직였다. '댄스'라는 것이었다. 얼싸절싸 어깨춤만 보아온 조시광은 눈을 휘둥그레 뜨고 멍청해졌다. 우가 시광을 잡아 일으키더니 복혜숙에게 붙여주었다. "마담, 책임지고 댄스 좀 가르쳐!"

비너스에서 잘 놀고 나왔는데 그게 끝이 아니었다.

이우가 물었다. "솔직히 대답해야 되네. 명월관 가봤나?"

"나는 가난해서……."

"좋았어, 명월관으로 가자! 나도 못 가봤네. 스타기생하고 술 한번 마셔보는 거야. 그치들 가슴은 황금빛인지 확인해보자고. 기대되지 않나?"

"넌, 왕자님이잖아. 이래도 되는 건가? 너, 원래 이런 사람이냐?"

"아니 안 그랬어. 고지식하고 꽉 막힌 인간이었지."

"이봐, 난 도무지 이해가 안 돼. 너는 이러면 안 되는 사람이잖아."

"왜 안 된다는 거지? 대체 내가 누구이기에? 나는 이런 재미를 맛보면 안 되는 건가? 너는 내가 누구인지 말해줄 수 있나? 나는 참말로 알고 싶다. 내가 누구인지. 내가 왜 살고 있는지. 친구는 가르쳐줄 수 있나?"

"젠장, 너는 왕자님이라니까!"

"내가 나에 대해서 확실히 알고 있는 것은 단 한 가지, 나는 돈이 많은 놈이라는 것. 돈 쓰러 가자, 가자!"

두 사람은 인력거를 잡아타고 명월관으로 갔다.

*

1935년 5월 3일 동경 이우 공저. 이우와 박찬주의 결혼식이 성대히 치러졌다. 서양식 혼례로 거행되었는데 일본과 조선의 내로라하는 인물들이 다 모였다.

광무제의 혈육들도 간만에 다정한 시간을 보냈다. 이은과 이강이 마주보고 살가운 담소를 나눈 게 거의 처음이었다. 이강은 허수아비 이왕 아우를 측은히 여겼다. 이은 또한 나이 많은 이복형에게 더는 불편한 감정이 없었다. 두 사람은 동병상련했다.

이우의 일이라면 무조건 마음에 들지 않고 화가 나는 이건도 이날만큼은 진심으로 기뻐했다. 이건은 끝내 조선여자와 결혼하고야 만 이우에게 경외심까지 들었다.

기쁜 듯 웃어댔지만 속으로는 불안하고 찜찜한 유일한 사람이 있다면 박영효였다. 늙은 그는 제가 앞장서서 손녀딸을 이왕가에 바친 꼴이 되고 말았는데, 남부끄러웠다. 손녀딸의 앞날이 걱정스러웠다. 왕가에 시집 장가 가서 신세가 편했던 사람을 본 일이 없다. 자신부터가 고종의 부마가 되는 바람에 수없이 목숨을 잃을 뻔했다.

다음날, 신혼부부는 천황을 알현했다. 찬주는 일본사람들에게 신이나 마찬가지인 천황을 만나는 반시간 내내 온몸이 얼어붙었다.

이우는 신부를 대동하니 수치심이 배가 되었다. 천황에게 굽실대고 위선적인 말을 아뢰는 것, 끔찍이 싫었고 뼛속까지 가려웠다. 그 짓거리를 아내와 함께했다. 민족의식 투철한 찬주는 속으로 얼마나 분노하고 있을까. 결혼의 대가가 그토록 증오했던 일본인들의 왕한테 큰절을 올리는 것이라니. 아내에게 하 미안했다. 결혼하자마자 아내에게 죽을죄를 지은 듯했다.

일본에서의 결혼식으로 끝낼 수 없는 게 이우의 신분이었다. 조선에서도 고귀한 신혼부부를 기다렸다. 그달 말 경성에 들어간 부부는 일주일간 온갖 행사를 치러내느라 곤죽이 되었다. 일본에 되돌아와서도 불편한 자리가 질기게 이어졌다.

하루는 박찬주가 도저히 못 참고 토로했다. "결혼식 날부터 제 삶은 제 삶이 아니었어요. 결혼식 끝나고 찾아뵌 대궐 같은 집이 도대체 몇 군데고, 일본에서도 모자라 조선까지 가서 연 피로연이 도대체 몇 차례인가요? 결혼하고 석 달 동안, 정말 싫은 자리에서 억지로 웃고 있는 거, 이 한 가지가 내 삶이었어요? 내 인생이 왜 이렇게 된 거죠?"

연애할 때는 덥석 껴안고 뽀뽀 해주는 걸로 해결이 가능했다. 버릇처럼 이우가 껴안자 찬주가 확 밀쳤다. 우는 엉덩방아를 찧고 말았다.

그해 12월.

모두들 나와 이우를 맞이하였지만, 찬주의 모습은 보이지 않았다. 이우는 섭섭했다. 이우가 군복을 갈아입고 외전에서 차 한 잔을 마시도록 찬주는 나타나지 않았다.

이우가 나카사키에게 물었다. "공비가 안 계신가?"

"편치 않으신 모양입니다."

"병원에 안 모시고 갔단 말인가? 꼭 모시고 다녀오라 이르지 않았는가. 며칠 전부터 안색도 좋지 않고 가슴이 답답하다 하였다니까."

"병원에 다녀오셨습니다. 병원보다도…… 공비 전하는 곧잘 전통음식을 마련해서 이왕 전하댁으로 보내었습니다. 안골댁이랑 정성스럽게 장만한 시루떡이며 장조림, 식혜……."

"그랬지. 내가 참 잘하는 일이라고 칭찬을 해주었어."

"오늘 이왕 전하댁 시녀가 그릇을 돌려주러 와서는 철없이 떠드는 소리를 공비 전하가 들으셨습니다. 시녀 말로는, 이왕비 전하께서는 공비 전하의 음식을 전혀 안 드셨답니다. 때로 의심도 하셨다고……."

"무슨 의심을 한단 말인가?"

"이왕비 전하는 조선에 가서 자식을 잃으셨습니다. 독살 당했다는 의심을 아직 풀지 못하고 계신 것 같고요. 하여 조선 음식을 원래 안 먹는 분이시잖습니까? 공비 전하는 순수한 마음으로 음식을 준비한 것이지만, 이왕비 전하 입장에서는……."

"방자 여왕께서는 별 의심을 다 하시는군. 공비가 속이 많이 상했겠구나."

결혼하기 전에 찬주를 취재했던 기자는 찬주의 첫 인상을 '명랑하고 단아하다'고 표현했다. 이우가 사랑한 것도 바로 명랑하고 단아한 찬주였다. 우는 명랑한 아내를 본 지 오래되었다.

"병원에서 뭐라고 하오? 어디가 아프기라도 한 거요?"

"전하, 제가 아픈 데를 정녕 몰라서 하는 말씀예요?"

"이왕비 전하가 음식을 마다한 일 때문에?"

"그건 대수로운 일이 아니에요…… 전하의 아내로 살아가는 일은 감옥에서 우는 것보다 더 힘든 일이에요. 이 집부터가 제겐 감옥이에요. 안 그런가요? 전하가 출근하고 나면, 저 혼자 일본인들에게 둘러싸여 있어요."

"안골댁이 있잖소. 안골댁은 찬주의 유모나 마찬가지인데……."

"안골댁도 일본사람 다 된 거나 마찬가지예요…… 전하도 힘든 거 알아요. 저는 학습원 다닐 때부터 감옥생활을 한 거지만 전하는 열 살 때부터 이렇게 살아온 거잖아요. 남들은 특권의 삶을 산다고 부러워하지만 철저히 감옥에 갇힌 삶이라는 걸."

"알아주니 고맙소."

"그런 전하 앞에서 투정부리고 싶지 않았어요. 꾹 참고 혼자 울고 전하 앞에서는 명랑하려고 최선을 다했어요. 전하가 지키려는 자존심, 그거 손상시키지 않으려고 저도 최선을 다했단 말입니다…… 견딜 수가 없어요. 이렇게는 더 이상 못 살겠어요."

"나는 그저 찬주가 잘 적응하는구나, 대견하게만 생각했소."

"만세운동 때 천안에서 만세 불렀던 유관순 언니를 아세요? 유관순 언니는 열일곱 나이에 독립만세를 부르고 감옥에서 죽고 말았어요. 경기고보 다닐 때 우리는 관순이 언니를 늘 마음에 두고 살았어요. 관순 언니처럼 독립운동을 하지는 못할망정 부끄럽게 살지는 말자. 그런데 제가 지금 어떻게 되었나요?"

"언젠가 좋은 날이 올 거요. 그때까지……."

"그날이 온단 말입니까? 전하가 그날을 진정으로 기다리는 게 맞나요? 전하가 의심스러워요! 말로만 그날, 그날 하는 거 아닌가요? 일제 황족이며 귀족이 전하를 대하는 품새가 보통이 아니던데요? 전하의 심신이 내선일체 되지 않고서야 그들이 그토록 전하를 대접할까요?"

이우는 화가 솟구쳐 찬주의 뺨을 때리고 말았다. 때린 남자도 맞은 여자도 놀랐다. 자지러 놀란 두 사람은 망연했다.

"내가 찬주를 때리다니. 내가, 내가 미쳤나."

"아니에요, 제가 잘못했어요."

"찬주가 뭘 잘못했단 말인가? 내가 못난 놈이오. 찬주 말이 맞아. 나는 말로만 그날을 기다리는 거요. 심신은 이미 일제 황족이 된 것이오. 철저히 일본 군인이 된 것이오. 그날이 오면, 때가 되면, 그따위 말을 운운하며, 지금의 수치를 감추려는 자들은 모두 다 비겁하오. 지금 당장 행동하지 않는 자들이 그날이 온다 한들 행동할 수 있을까. 나는 비겁하고 파렴치하오."

"아니에요, 전하가 지금 뭘 할 수 있겠어요? 전하는 세상에서 가장 철통같은 감옥에 사는 걸요. 이 저택에서 우리를 시중드는 저 사람들부터가 다 간수 아닌가요? 전하가 포병 소위로 근무하는 부대 병사들이 다 전하를 감시하는 자들 아닌가요? 전하가 무슨 수로 감시를 피해서 뭔가를 할 수 있단 말인가요?"

"찬주…… 부끄럽고 미안하오."

"전하, 속 시원히 털어놓으니 조금 살 것 같아요. 다시는 안 그럴게요. 꾹 참고 밝고 명랑하게 살아갈게요. 다시는 전하를 속상하게 하지 않겠어요."

"나는 정말 나쁜 놈이오. 찬주를 아프게 살게 하다니."

"제가 진정 두려운 것은 잊는 것이에요. 내가 조선사람이라는 것을. 금릉위 할배도 젊었을 때는 건강한 조선 청년이었어요. 조선을 부강하게 만들겠다는 신념을 가지고 있었어요. 그 마음을 시나브로 다 잊으시고 귀족으로 살아가는 걸 행복으로 아는 멍청한 노인네가 되었잖아요. 저 또한 그렇게 되는 거 아닐까요? 내선일체 되는 거 아니냐고요?"

"그러지 않도록 노력하자."

"전하, 우리 어렵더라도 변하지 말아요. 삼 개월 되었답니다. 전하와 저의 아기."

두 사람은 뜨겁게 껴안았다.

*

1936년 2월 26일 새벽 4시 40분.

도쿄 야전군 포병 제8연대 소위 다나카가 외쳤다. "비상, 출동!" 병사들이 난리 맞은 꿀벌처럼 윙윙대는 동안, 다나카는 다그쳤다. "천황폐하가 위험하다. 서둘러라, 서둘러!"

중위 이우는 참모실에서 숙직 중이었다. 소란스러운 소리에 퍼뜩 깨어났다. "무슨 일인가?"

"모르겠습니다. 상부에서는 아무런 지시가 없었는데, 3소대가……."

이우는 연병장으로 뛰쳐나갔다. 병사들이 각종 포를 트럭에 실었다.

"다나카 소위 무슨 일인가?"

"조센징은 신경 끄셔."

"누구의 명령을 받았는가."

"잠이나 주무시라니까."

이우는 병사들에게 외쳤다. "동작 중지!"

병사들이 머뭇댔다.

다나카가 권총을 빼들었다. "좋아, 조센징에게도 기회를 주지. 우리는 혁명을 일으킬 것이다. 썩어빠진 늙은이들을 모조리 죽여버릴 작정이야. 천황폐하를 위한 일이다. 너도 천황폐하를 위해 함께 거사하겠는가?"

이우는 비웃었다. "또 쿠데타? 너희 일본인들은 쿠데타가 취미생활이구나. 네가 쿠데타에 참여하건 말건 상관없다만 병사들은 가만히 놔둬라."

"조센징이랑 노닥거릴 시간이 없다. 함께 하겠는가 말겠는가?"

"너 혼자 가라." 이우는 병사들에게 고함쳤다. "다나카 소위는 미쳤다. 내무반으로 돌아가!"

다나카도 병사들에게 고함질렀다. "한시가 급하다. 천황폐하가 위험하다. 이 조센징이 우리 앞길을 막고 있다. 처단하지 않을 수 없다."

다나카가 권총을 쏘았다. 이우는 예고 없이 맞은 총알에 벌러덩 쓰러졌다.

트럭 다섯 대가 연병장을 빠져나갔다.

새벽 다섯시를 기해, 천오백여 명의 육군 병사가 육군성, 참모본부, 경시청, 아사히 신문사 등을 습격했다. 내대신, 대장상, 교육총감 등이 살해되었다. 이른바 '2·26 쿠데타'다.

의무실에서 이우가 깨어난 것은 오전 아홉시경이었다. 이우는 가죽갑옷을 받쳐입은 덕에 살았다. 창덕궁 비밀금고에 들어 있던 것이다. 두껍고 가벼웠다. 엊저녁에 집을 나설 때 찬주가 자꾸만 꿈자리가 사납다고 불안해했다. 찬주가 억지로 갑옷을 입혀주지 않았다면 죽을 뻔했다.

"목숨 좀 아끼게. 가만히 숨어 있지 않고 왜 나서? 일본놈끼리 싸우다가 죽게 놔두란 말야." 이형석이었다.

"자네가 여기 어쩐 일인가?"

"비상계엄령." 이형석은 근위 보병 제2연대 소속이었다. 야전포병 7연대와 합류하라는 명령을 받았단다. "처음엔 뭐가 어떻게 돌아가는 건지 알 수가 없었는데, 이제 좀 알겠어. 소대장 몇몇 놈이 일을 벌인 거야. 소대장 몇 놈이 자기 소대를 빼내서 쿠데타 하러 간 거지. 병사들은 영문도 모르고 끌려갔어."

"내가 그런 것 같아서 병사들을 막아섰네."

"이봐요, 왕자님, 우리는 굿이나 보고 떡이나 먹으면 되는 거야. 왜놈들이 서로 죽여대면 우리 조선에 무조건 이익 아닌가."

"허나 만날 얼굴 보고 사는 동료들인데……."

"그놈의 휴머니즘, 개한테 줘버릴 수 없나? 제발 목숨을 소중히 하란 말야. 나 같은 평범한 놈도 목숨을 귀히 여겨서 나중에 우리 조선을 위해 쓰겠다, 이런 각오를 하고 있는데, 전하는 조선의 희망이 아니신가. 제발, 신중하시라고."

연대장이 이우에게 부탁했다. "다나카 소대가 경시청을 점거하고 있소. 이우 중위가 경시청으로 가줄 수 있겠소? 같은 부대원끼리 살육전을 벌일 수는 없잖소."

"나한테 총을 쏘고 간 사람이 내 말을 들을까요?"

"다나카는 몰라도, 일반병사들은 이우공을 신뢰한다는 걸 알고 있소."

이우가 지휘하는 포병대와 이형석의 보병대는 경시청을 포위했다.

이형석이 말했다. "좋은 기회일세. 그냥 폭격해버리자. 경시청도 날려버리고. 왜놈들끼리 신나게 싸우도록 만들자."

"왜놈을 미워하는 자네 마음을 모르는 건 아니다. 허나 하나하나 소중한 목숨이다. 일본인 조선인을 떠나서."

"무슨 소리야, 독립전쟁 때를 대비해서 한 놈이라도 더 죽여놔야지. 천재일우 기회를 놓치자는 거야? 협상이고 뭐고 필요 없어. 자네는 포를 쏘고 나는 쳐들어가겠네. 우리는 싸움만 붙이면 되는 거야. 우리 둘 목숨만 보존하면 되네. 이쪽저쪽 해서 최소한 오백 명은 죽을 테지."

"비겁하지 않나?"

"비겁하다고? 뭐가? 왜놈들이 우리 조선에 한 짓을 생각해 봐.

이우, 왜놈 편이 된 건가? 나는 자네가 조선의 독립을 위해 싸울 사람이라고 믿었는데, 내가 틀렸나?"

"아직 결심을 못 했어."

"무슨 결심?"

"내 주제에 독립을 위해 싸운다는 것이……."

"부끄럽지도 않나? 이왕가 사람 중에 단 한 사람도 독립운동에 나서지 않는다는 것이? 자네의 사명이고 의무일세. 나는 복벽주의자는 아니지만, 너를 위해 싸울 마음의 준비가 되어 있어. 전하가 내게 독립운동조직을 결성하자고 말해올 날만 기다리고 살았단 말야. 그런데 아직 결심도 못 했다고?"

"미안하네." 이우는 큰 죄라도 지었다는 낯꼴이었다.

"어서 발포를 명령하게. 왜놈들끼리 싸우도록 불을 댕기란 말야. 그것으로 전하의 독립전쟁은 시작되는 거야. 내가 선봉이 되어줄게."

"안 돼. 그럴 수 없어. 나는 다나카를 설득해내겠다. 단 한 병의 병사도 죽지 않도록 하겠다."

"전하의 사상을 도무지 이해할 수가 없군. 실망이다, 이우."

"형석이, 전쟁은 정정당당해야만 한다. 비겁한 전쟁은 승리해도 승리한 게 아니다. 우리가 일본병사들끼리 싸우게 만들어 일본병사 수천 명의 목숨을 앗았다고 하자. 누가 그걸 승리라고 하겠나?"

"전쟁에 정정당당이 어딨어? 왜놈들 보라고. 놈들이 언제 정정당당하게 전쟁한 적 있어?"

“우리 조선인은 달라야 한다. 조선 군대를 키워 정당한 전쟁으로 일본군대를 이겨야 한다. 그래야 진정한 독립전쟁이라 할 수 있다.”

“아호, 휴머니즘도 모자라 이상주의까지. 관두게. 나 혼자라도 할 테니.”

이우는 이형석의 멱살을 부여잡고 호통쳤다. “정신 차려. 조센징 장교가 명령한다고 일본 병사가 듣겠나? 명령을 내리면 자네만 바보 되는 거야. 상황을 직시하자.”

이형석은 한참을 갈등했다. 병사들의 눈빛을 보니 이우의 생각이 맞는 것 같았다. 어제저녁까지 동고동락한 전우에게 총질을 하라는 명령이 통할 것 같지 않았다. 성질을 누르고 자중했다.

이우는 단신으로 경시청에 들어갔다. 소대원들은 상황 파악이 된 모양이었다. ‘우리는 아무것도 몰라요. 우리가 쿠데타군이라고요? 우리를 좀 구해주세요!’ 하는 눈빛으로 이우를 맞았다.

다나카 소위도 일이 그른 걸 알았다. “소대원들은 죄가 없다.”

“소대원들한테는 일절 죄를 묻지 않을 것이다.”

“그럼 됐다.”

“자네는 어쩔 셈인가?”

다나카는 천황이 있는 궁성 쪽으로 큰절을 했다. 엄숙히 무릎을 꿇고 장검을 뽑았다.

“목숨이 아깝지 않은가?”

"천황폐하께 목숨을 바치게 돼서 기쁠 뿐이다. 조센징 따위가 황군의 무사도 정신을 알 리 없지."

"천황이 너희들의 쿠데타를 용납하지 않았다. 한데도 천황을 위해 죽겠다는 거냐?"

"어쩔 수 없으실 거다. 죽여야 할 놈들을 다 죽이지 못했으니. 그 놈들이 천황폐하의 눈과 귀를 가리고 있어. 그러나 우리의 뜻은 다 이루어졌다. 통제파는 끝장났어. 우리 황도파가 권력을 가지게 될 것이다. 천황폐하와 강력한 육군이 대일본제국을 통치할 것이다. 너희 조선은 영원히 우리 식민지야."

다나카는 자기 배를 갈랐다. 극심한 고통에 시달리면서 억지 미소를 지었다.

이우는 구역질이 났다.

어중이떠중이

이 경성가정여숙은 시내 죽첨정 일정목 41번지 이우공 전하께서 이 사업을 가상히 여기시옵서 운현궁 소유의 양옥을 불하하시어 방금 증축하는 중으로 증축 관계 등으로 9월 중순경에는 개교하리라 한다. 이 가정여숙 위에 영양연구소를 두어 조선요리연구와 팜프렛트, 강습회 같은 것으로 일반에게도 지식을 보급시키리라 한다.

—「동아일보」 1940년 8월 9일자

안골댁은 고향으로 돌아가고 싶어 했다. "제가 서른 살 때부터 공비 전하를 모셨습니다. 일본 동경서도 살아보고 참 호강했지요. 그만 절 놓아주셔요."

"공비가 허락했는가?"

"제가 울며불며 매달렸습니다. 이런 데서 더는 못 살겠어요."

"공비가 마음 터놓고 지낼 사람은 안골댁 그대뿐인데, 떠나겠다니 참 야속하네."

안골댁의 고향은 신의주였다. 이우는 신의주에서 가장 큰 국밥집을 차리고도 남을 만한 돈을 주었다. 안골댁이 경성역에 내리자 시종시녀 여남은이 "마나님" 넙죽 엎드렸다.

이백호와 이정옥이 안골댁을 택시로 신의주까지 모셨다. 이우가

'내 어머니처럼 모시라'고 명했다는 것이다.

안골댁은 믿을 수가 없었다. 대궐 같은 국밥집이 지어졌다. 안채가 서른 평이 넘었고 바깥마당도 쉰 평이나 되었다. 방이 열두 칸인 살림집이 따로 있었다.

신의주 '안골집'은 금방 자리를 잡았다. 안골댁의 음식솜씨가 훌륭하기도 했지만 푸짐하고 저렴했다. 모든 종류의 국밥을 팔았는데 고기 양이 다른 집의 두 배고 반찬 가짓수도 스물에 가까웠다. 끼니 때는 백여 명 넘게 와글와글했고, 평소에도 서른 명은 항상 있었다.

이백호가 구해준 청년과 아이들은 알아서 일을 썩썩 잘했다. 안골댁은 육수 내는 것에만 신경 쓰면 되었다. 신의주 국밥집은 차차로 이우 세력의 거점이 되었다. 조선과 만주를 왕래하는 사람과 돈이 모두 국밥집을 거쳤다.

광무제는 죽는 날까지 국권 회복을 꿈꾸었다. 광무제가 극비리에 양성한 첩보대가 '광무사'다. 황제 사후 무사들은 뿔뿔이 흩어졌다. 무사들은 과거의 신분을 감추고 비천한 일에 종사했다. 그들은 누군가를 기다렸다. 황제의 유지를 받든 후계자가 자신들을 찾아오리라는 희망을 버리지 않았다.

1937년 봄, 경성 똥지게꾼조합 대표 변홍식은 미남 청년의 방문을 받았다.

"뉘실까. 이런 똥냄새 나는 곳에 오실 분은 아닌 것 같은데."

이우는 황금열쇠를 보여주었다.

변홍식은 아득했다. 십육 년 만에 광무제의 후계자가 나타난 것이다.

"왜 이제야 오셨습니까?"

광무제의 유지를 받들어 나라를 되찾는 일에 목숨을 바치기로 작심하게 되기까지, 지난하고 극심했던 고통을 어떻게 다 말할 수 있겠는가.

"미안하오!" 이우는 중늙은이의 두 손을 꼭 잡았다.

예상한 대로 광무사는 없어진 것이나 마찬가지였다. 1918년 당시 삼백 명의 정예무사로 구성되었다. 늙고 병들어 죽은 무사가 백여 명, 만주로 독립운동하겠다고 떠난 무사가 오십여 명, 연락이 끊기고 종적이 묘연한 이가 오십여 명이라고 했다. 남아 있는 이들 중에서도 성성한 이는 삼십여 명 안팎이라고 했다.

"하오나 폐하가 오셨으니 금방 재건할 수 있습니다."

"부탁하오. 자금 걱정은 마시고, 첩보대를 재건해주오."

이우는 창덕궁의 비밀금고에서 보물을 꺼냈다. 이백호는 보물을 돈으로 바꾸었다. 그 돈이 본격적으로 쓰이게 되었다.

변홍식은 사발통문을 돌렸다. 똥을 버리는 곳이라 아무도 근접을 안 하는 똥강에 쉰 명의 중늙은이들이 모였다. 전국 방방곡곡에서 물장수, 똥장수, 인력거꾼, 행상, 나무꾼, 벽돌공, 가마꾼, 농사꾼, 막일꾼 등으로 살아가던 광무사였다.

긴가민가하는 광무사들 앞에 이우가 나타났다. 이우는 광무황제가 남긴 황금열쇠를 높이 쳐들었다. 광무사들은 부복하고 "황제 폐하!" 통곡했다. 광무사들에게 이우는 광무제의 대를 이은 황제였다. 이우는 쑥스럽고 부담스러웠다. 이우는 모든 이와 일일이 악수했다. 무사들은 황송하여 주체를 못 했다.

이우가 광무사들에게 내린 첫 번째 명령은 이랬다. "앞으로 황제폐하라고 부르지 마시오. 지금이 어느 시대인데 황제폐하란 말입니까."

"그럼 뭐라고 부르옵니까? 저희들은 왜놈들이 붙여준 '공'자 붙여서 이우공 전하라고 부르기 싫단 말입니다." 하는 질문에는 "차차로 생각해봅시다. 호칭이 중요한 게 아니잖아요!" 얼버무렸다.

광무사 중늙은이들은 자존감을 되찾았다. 황제의 첩보대라는 자부심을 회복했다. 그들은 일 년 만에 전국을 잇는 정보망을 재건했다. 중국 땅에 흩어진 무사들과도 연결이 되었다. 중국으로 간 무사들 또한 후계자가 나타날 날만을 기다리며 나름대로 준비를 해놓았다. 일본과 러시아 등으로 흘러들어간 예전의 무사들과도 선이 닿았다. 그들 또한 이런 날이 오리라 믿으며 이국땅에 나름대로 정보망을 꾸려놓았다.

낡고 문드러져 없어진 것처럼 보였던 거미줄이, 이우라는 왕거미가 등장하자 금방 튼튼하고 강력한 거미줄로 돌변했다.

무사들은 각자 먹고살던 터전에서 믿음직스런 젊은이들을 점찍었다. 무사들은 그들을 포섭하여 광무사의 젊은 피로 만들었다. 젊은이들은 중늙은이들의 황제 어쩌고 하는 소리에는 학을 뗐지만, 독립운동이라는 대의에 감복하여 기꺼이 새내기 광무사가 되었다.

광무사가 된 젊은이들에게 공통점이 있었다. 독립운동을 시작해 보기도 전에 사회주의, 미국주의로 갈라져 갈등하는 풍토가 싫었다. 독립운동을 하고 싶지만, 사회주의 무리에도 미국주의 무리에도 끼지 못하고 따돌림 당하던 젊은이들이었다. 무슨 주의를 강요하지 않는 광무사가 마음에 들었다.

1938년 9월. 동대문시장 백호당 지하실에 어중이떠중이가 모였다. 이우가 이성길 청년사업가라는 명색으로, 유흥업소에 놀러 다니면서, 사냥과 낚시질 다니면서, 밤에 싸돌아다니면서, 두루두루 상종했던 이들이다.

유독 호화스러운 의자가 보였다. 이우는 옥좌 비슷한 그 의자를 못마땅히 바라보았다. "의자가 마음에 들지 않소."

이백호가 호화스러운 의자를 치웠다. 어중이떠중이가 앉은 것과 똑같은 의자를 대신 갖다 놓았다. 이우가 그제야 앉았다.

이백호가 어중이떠중이에게 정식으로 소개했다. 이분이 바로 '이우 왕자'라고!

이우가 새삼스레 말했다. "이백호 사냥꾼이 어쩌자고 우리를 이런 자리에 모았는지 모르겠소. 처음 만났을 때처럼 자연스럽게 대해주세요. 나도 편하게 대하겠으니."

한참 화기애애한데 정장 차림의 사마귀가 들이닥쳤다. (사마귀는 '척결단'이라는 조직을 결성해 경찰 괴롭히기와 매국노 징치를 일삼았다. '사마귀'는 '각시탈'이 사라진 이후 대중 사이에서 최고의 인기를 누렸다. 사마귀가 뜨면 어김없이 재미난 소동이 벌어졌다. 대중은 곤욕 당하는 경찰과 매국노를 보고 십 년 묵은 체증이 가시는 듯했다.)

사마귀는 다짜고짜 시비를 걸었다. “무슨 개수작을 하는 거야? 어쩌자고 이 왕실버러지를 데려온 거야? 이 답답한 복벽주의자 꼰대들 같으니라고!”

서당 훈장 하는 노인네가 야단쳤다. “천둥벌거숭이놈이 여기가 어디인 줄 알고 온 게냐? 이백호 사장, 저 잡것은 왜 부른 게요?”

사마귀는 애교 떨듯 대꾸했다. “할아범, 너무 화내지 마셔. 나도 조선 독립이 꿈인 사람이야!”

‘독립’이라는 말에 모두들 긴장하는 낯빛이 되었다. 서로 만나면서 의중에 있으나 결코 꺼내지 못했던 말이다.

이우가 정곡을 찌르듯 물었다. “여기 있는 사람들이 독립운동을 꿈꾸는 자들이오?”

어중이떠중이를 대변한 것은 사마귀였다. “그게 아니라면 이 얼간이들이 여기 왜 모였겠어?”

이우는 어중이떠중이를 둘러보았다. “내가 그대들과 함께할 수 있는 사람이라고 확신하오?”

진명고보 여학생이 말했다. “대중에게 희망이 없습니다. 대중에게는 희망이 필요합니다. 전하께 희망을 거는 사람들은 믿고 있습니다. 왕자님만큼은 민족의식이 투철하다! 독립운동을 꿈꾸고 있다!…… 틀렸습니까?”

사마귀가 탁자에 엉덩이를 걸치고는 씩둑였다. "저런 왕실버러지한테 대체 뭘 바란다는 거지? 당신들이 꿈꾸는 독립운동은 말도 안 되는 거야! 뭐, 저딴 놈을 구심점으로 삼아 대중을 규합해? 국내 임시정부를 세워? 웃기지 마셔. 의거가 최선이라고. 이런 자리에 모여서 탁상공론 해봐야 무슨 소용이 있지? 폭탄 하나씩 들고 가서 어디든 때려부수는 게 최선이야. 경찰서 열 개만 날려도 조선 대중은 다 일어설걸. 매국노 백 놈만 처단해도 친일파놈들이 싹 사라질걸."

이우는 늘 생각해온 문제라도 된다는 듯이 즉각 응대했다. "폭탄으로 총독, 사령관, 친일매국노들을 한 자리에서 죽인다고 해서 달라질 것은 없다. 왜냐? 일제는 새로운 총독, 새로운 사령관을 보낼 것이고, 새로운 친일매국노들이 생겨날 테니까. 나도 천황을 죽이려고 한 적이 있다. 그러나 천황을 죽였다 해도 일제는 새로운 천황을 세웠을 것이다. 우리에게 필요한 것은 누구를 죽일 수 있는 폭탄 한 방이 아니다……."

"폭탄 말고 뭐가 필요해?"

이우는 그간 다져온 생각을 기꺼이 이야기했다. "우리에게 필요한 것은, 일제를 조선에서 물리칠 강력한 힘이다. 실제적이고 강력한 힘만이 진정으로 일제 총독, 사령관, 친일매국노들을 박멸할 수 있다…… 우리는 목숨을 소중히 여겨야 한다. 모두가 우리 조선의 강력한 힘덩어리를 이룰 하나의 귀한 힘톨이다. 귀한 힘톨들을 모아 힘덩어리를 이루어야 한다. 힘덩어리를 이루는 그때 비로소……."

어중이떠중이는 듣고 싶은 말을 들었다는 듯 감격했다.

사마귀는 전혀 감동되지 않았고 오히려 화만 치솟았다. "이 개새끼야, 그때가 언제 오는데? 오지도 않는 그때를 기다리면서 맥없이 당하고만 있자는 거냐. 의거라도 일으켜야 그때를 앞당길 수 있는 거 아닌가? 나는 너 같은 놈들이 싫다. 실천 불가능한 희망만 떠벌리는 놈들! 결국 아무 실천도 안 하겠다는 거잖아!"

1939년 9월 29일. 경성에 가을비가 부슬부슬 내렸다.

발인을 마친 상여가 집을 나섰다. 화려하고 웅장한 상여였다. 고 박영효의 상여를 2개 소대의 헌병이 호위했다. 돌멩이라도 던지고픈 대중이 한두 명쯤 없겠는가. 상여는 철갑을 두른 괴물 같아서 마음으로만 돌팔매질을 해대었다. 상여 뒤를 따르는 이우는 자꾸만 대중을 바라보았다.

어제 맞은 문상객 중에 사마귀가 있었다. 사마귀는 은밀히 쪽지를 전해주고 갔다.

'나는 이런 기회만 기다렸다. 총독에 사령관에 친일파 귀족놈들에 왕실버러지들까지 다 모인다니 얼마나 고마운가. 게다가 이등박문을 모신다고 조선 한복판에 지어놓은 박문사에 모인다니, 그보다 더 좋은 장소가 어디 있겠는가? 이등박문과 나라 팔아먹은 을사오적의 위패가 모인 장소에서, 현재 이 나라를 통치하는 자들과 일제에 빌붙어 대중의 고혈을 빨아먹는 흡혈귀들을 한꺼번에 날려

보내겠다…… 내 특별히 그대의 목숨만은 살려주고자 하니, 알아서 목숨을 보존하라!'

상여가 장충단공원에 들어섰다. 장충단공원의 상징처럼 돼버린 박문사 지붕이 보였다. 히로부미를 쏴 죽인 안중근을 최고의 애국자로 여기는 조선인으로서는, 지붕만 쳐다봐도 복장이 터졌다.

젊은 귀족들이 관을 옮겼다. 한일병합 직후에 일제로부터 귀족 지위를 받은 고관대작들, 삼십 년이 지나는 새에 여럿이 무덤으로 들어갔다. 아무 생각 없는 자식놈들이 귀족 지위를 승계하였다.

영효의 관이 불당에 놓였다. 의장병들이 둘러싼 가운데 일인 지배자들과 조선의 고관대작들이 정숙히 앉았다.

이우는 내빈석의 사마귀를 발견하고 정신이 번쩍 났다. 눈빛이 마주쳤다. 사마귀가 싱긋 웃었다. 사마귀의 능글능글한 얼굴을 보자 이우는 오싹했다.

젊은 귀족 하나가 영효의 인생을 회고했다. 영효처럼 위대한 생이 없었다. 내선일체를 위해 평생을 헌신한 대동아의 표상이란다.

이우는 역겨웠다. 이 자리에 모인 고관대작들은, 그러니까 대표적인 친일인사들은 아무렇지도 않은 걸까. 그들도 마음속으로는 역겨울까.

영효의 손자와 총독이 범종을 때렸다.

길고 지루한 순서가 이어졌다. 총독, 군사령관, 중추원의장, 조선귀족대표, 경기도지사, 경성부윤 등등이 차례로 나와 그 나물에 그 밥 같은 '조사'를 떠들어댔다. 다음에는 '조전' 순서였다. 일본정부의 총리대신, 육군대신, 척무대신을 비롯하여 조선의 지방 유지들까지 수백 명의 명단만 읽었는데도 이십여 분은 족히 흘렀다.

영효의 영결식에 어떤 식으로든 이름을 얹어야 하는 자들은 대체 누구인가? 만약 내가 영효의 손녀사위가 아니었다면, 나는 이 자리에 있었을까? 이우는 창피하고 서러웠다.

이우는 두렵기도 했다. 당장이라도 사마귀가 몸속에 감췄던 폭탄을 꺼내 던지고 '대한독립만세!'를 외칠 것만 같았다. 폭탄의 위력이 보통이라면 찬주는 안전할 것이라고 확신했다. 폭탄을 던지는 순간, 찬주를 끌어안고 바닥에 붙는다면 설령 자기는 죽어도 찬주는 살릴 자신이 있었다.

여기 모인 자들은 다 죽어도 싼 놈들이었다. (이 자리에서 죽으면 억울할 사람은 찬주 한 사람뿐이다!) 그래, 우리 비루한 매국노들은 다함께 죽어버리자. 우리를 매국노로 만들어버린 왜놈 수십 명과 함께 가자. 서러워 말자. 살면 살수록 치욕스러운 게 우리네 인생이다.

이우는 어쩐지 죽어도 좋다는 생각이 들었다. 석 삼 년 동안 어중이떠중이를 모았다. 신의주 국밥집이라는 국내와 만주를 잇는 거점을 세웠다. 광무사 조직을 다시 일으켰다. 뭔가 해보려고 노력은 했다. 자못 이룬 것은 없었고, 크게 이룰 가망성이 보이지 않았다. 비밀스러운 '운동'이 언제 발각될지 몰라 전전긍긍했다. 공식적 '친일' 활동은 갈수록 욕되었다. 중일전쟁을 일으킨 일제는, 이우에게 '천황폐하에 대한 충성 행보'를 노골적으로 강요했다. 굴욕감에 차라리 죽어버리고 싶을 때가 숱했다.

사마귀는 이우의 애타는 얼굴을 즐겼다. 이우가 초긴장해서 쌀쌀한 날 식은땀 흘리는 것을 재미나게 구경했다.

독경이 끝나고 분향 차례가 되었다. 모두들 일어섰다. 사마귀도 기립했다.

사마귀가 뭔가를 던졌다. 이우는 반사적으로 몸을 날려 찬주를 덮었다. 사마귀의 손바닥을 떠난 소금 한 움큼이 가랑비에 섞여 내렸다.

상주 노릇하느라 얼마나 고되셨으면 혼절까지 하시느냐! 이우를 둘러싸고 한바탕 소란스러웠다.

*

일제 육군성이 조선 청년을 육군사관학교에 적극적으로 받아들이면서, 이우에게 여러 후배가 생겼다. 후배들 중에 홍임장이라는 만주 길림성 출신이 있었다. 본명이 아니었다. 스스로 지은 별명이라는데, 홍길동의 홍, 임꺽정의 임, 장길산의 장을 따다 붙여 '홍임장'이라는 것이었다.

1940년 2월, 홍임장이 찾아왔다. "선배님, 아니 전하, 저, 퇴학당했습니다."

"어쩌다가? 내가 힘써보겠네. 어렵게 들어왔는데 그리 쉽게 나갈 수는 없잖나."

"아니, 되었습니다. 배울 거 다 배웠습니다. 이제 제 꿈을 펼쳐야지요."

"자네 꿈이 뭔가?"

"홍길동, 임꺽정, 장길산처럼 되는 거죠. 전하…… 농담처럼 들리시겠지만, 제게는 분명한 계획이 있습니다. 저는 만주에 대해서 빠삭하게 압니다. 왜놈 육군사관학교에서 이 년이나 배웠으니 군사를 부리고 쓰는 일도 어느 정도는 할 수 있겠죠. 다만 돈이 좀 필요할 뿐입니다."

"자네 계획을 구체적으로 말해줄 수 있겠나?"

"백두산을 거점으로 마적단을 꾸릴 것입니다. 백두산과 길림성 일대의 조무래기 마적들을 통폐합해서 강력한 마적단을 탄생시킬 것입니다. 무늬는 철저히 마적단이지만, 속은 항일유격대인 것이죠. 조선과 만주를 넘나들며 왜놈들을 혼내주겠습니다. 제가 김일성 유격대만큼 잘할 자신이 있습니다. 전하의 독립전쟁이 시작되면 당장 달려가 선봉에 서겠습니다."

이우는 홍임장에게 거금 십만원을 내주었다.

홍임장은 길림성 일대의 조선 마을을 찾아다니며 청년들을 모았다. 백두산으로 들어갔다. 민간인을 대상으로 노략질을 일삼던 유명한 마적단 하나를 기습작전으로 섬멸했다. 이 소문을 듣고 수십 명의 청년이 찾아왔다. 홍임장 유격대는 길림성을 활개치던 나머지 마적단을 하나씩 제거했다.

홍임장은 철저히 마적단으로 위장했다. 김일성 유격대처럼 대놓고 활동하다가는 일본군의 대규모 공격을 받을 테니까.

훗날 홍임장 마적단은 처녀마적단으로 유명해진다. 드넓은 만주 땅을 동분서주하며, 유독 정신대 처녀들만을 노렸다. 처녀들을 싣고 전방 군부대로 가는 트럭을 급습했다. 부대가 전투하러 나간 틈을 노려 위안소를 공격하기도 했다. 일본군은 처녀가 귀한 군수물자이므로 적극적으로 방어하지 못했다. 홍임장 마적단은 처녀들을 백두산 깊숙이 숨겼다. 무기를 들고 싸우기를 원하는 처녀들도 있었다. 여성 전사들은 처녀들을 구출하러 갈 때 선봉을 도맡았다.

이우와 이백호는 호랑이 사냥을 떠났다. 막대한 보수를 내걸자, 사냥꾼이 죄다 모여들었다. 포수들의 인생 내력을 들어보았다. 민족의식과 사회의식을 짐작할 수 있는 질문을 해서 대답을 들어보았다. 포수들은 호랑이만 잘 잡으면 되지 왜 쓸데없는 질문을 해대는지 괴상히 여겼다. 이우와 이백호는 스무 명의 포수를 뽑았다.

개마고원으로 들어갔다. 이우와 이백호는 호랑이에는 관심이 없었다. 둘은 포수들을 이끌고 개마고원을 끝없이 이동할 뿐이었다.

포수들의 우두머리는 박열셋이라는 사내였다. 호랑이를 열세 마리나 잡았기 때문에 그렇게 불렸다. 그중에 두 마리는 주먹으로 잡았다.

박열셋이 이우에게 따졌다. "뭣하자는 거요? 유람하러 왔소? 다들 불만이 많소. 사냥꾼에게 사냥을 시켜야 할 거 아니요. 이러다가 호랑이 못 잡았으니 보수도 못 주겠다 이러는 거 아닐지 몰러.

그러면 재미없을걸."

"유람하는 거 맞네. 군사를 조련할 만한 곳들을 찾아보고 있는 중일세."

"군사를 조련한다고요?"

"그동안 자네를 죽 지켜보았네. 자네만큼 훌륭한 대장감은 없는 듯하네. 개마고원의 대장이 되어주게."

"뭔 소리를 하자는 건지."

"언젠가는 일본군과 싸워야 할 것 아닌가? 우리 조선에 군대가 어디 한 줌이라도 있는가? 개마고원에 첫 군대를 만들고 싶네. 우리가 돈을 대겠네. 청년들을 보내겠네. 여기 개마고원에서 군대를 길러주게. 부탁하네."

이우는 아버지뻘인 박열셋의 두 손을 움켜잡고 머리를 조아렸다. 박열셋은 당황해서 털썩 엎드렸다. "전하, 왜 이러십니까. 저는 그냥 호랑이나 잡는 포수인데 저 같은 거한테 무슨 군대를 기르라고……."

"잡을 호랑이가 남아 있기나 한가? 불쌍한 호랑이는 왜 자꾸 잡으려고 그러나? 호랑이는 그만 잡고 청년을 군사로 만들어달란 말일세."

박열셋은 얼떨결에 훈련대장이 되었다. 함께 들어왔던 스무 명의 포수들은 얼떨결에 교관이 되었다. 이우는 경성 공무원 못지않은 월급을 주겠다고 했다. 호랑이를 잡으러 다니는 척하면서, 찾아오는 청년들에게 총 쏘는 법을 가르쳐주라는 것이었다. 과연 한 달에 몇 명씩 청년들이 개마고원으로 깃들었다.

1941년 7월 13일, 경성부민합동 전몰장병 추도회가 있었다. 조선군사령부 정보국 소속 대위 이우는 추도회에서 연설했다. '천황폐하와 대동아공영권 건설을 위해 목숨 걸고 싸우다가 죽어간 병사들을 영원히 기리고, 그들의 뜻을 이어받아 최후의 1인까지 충성되게 싸우자'고 떠들었다.

울면서 떠들었다. 이런 추잡한 자리에 불려나와, 말도 안 되는 말을 진심인 것처럼 목소리 높여야 하는 제 신세가 가여워, 절로 눈물이 흘러나왔다.

조선총독부 경무국장 요네야마가 비아냥댔다. "감동적인 연설이셨습니다. 눈물까지 보이시다니요? 천황폐하께 충성심이 참으로 지극하십니다." 그는 이우가 공식석상에서 아무리 친일적으로 행동해도 진심을 믿지 않았다.

이우가 차갑게 대꾸했다. "죽어간 병사들을 기리는 자리요. 일본인이든 조선인이든 아까운 목숨 아닌가? 병사들의 목숨을 앗아가는 전쟁이 슬퍼서라도 눈물이 나오는 게 인지상정 아닌가?"

요네야마가 경고했다. "조심하세요, 저는 전하를 늘 지척에서 지켜보고 있습니다."

"나도 그대를 늘 지켜보고 있소." 이우는 맞장구를 쳐주고는 지프차에 올라탔다.

용산 조선군사령부 정문 앞에 거지가 백 명쯤 모였다. 정문 안쪽에는 헌병 1개 소대가 총을 들었다.

이우의 지프차가 지나갈 때 거지들이 부르짖었다. "억울합니다, 제발 저희 말 좀 들어주세요!"

이우는 정보국 창문을 열고 거지들을 내려다보았다. 아무래도 단순한 거지들이 아닌 듯했다. 우는 부관 히로무를 불러 무슨 일인지 알아오라고 명했다. (1932년 2·26쿠데타 주동자로 감옥살이를 마친 히로무는 이우의 노력으로 복권되었다. 히로무가 간절히 원하고, 이우가 힘을 써 이우의 부관이 되었다.)

히로무가 보고했다. "전라북도 김제 농민들이랍니다. 저 농민들 토지에다 군사도로를 낸답니다. 억울하다고 항의하러 온 거랍니다."

"거지들이 아니라 농부들이라고? 왜 억울하다는 건가?"

"그게 저……."

"바른 대로 말하지 않으면 네놈을 당장 잘라버리겠다. 히로무, 난 솔직하지 않은 놈은 딱 질색이다."

히로무가 살을 붙여 다시 보고한 내용은 다음과 같았다. 전라도 주둔 일본군에서는 농부들의 토지에다 군사용도로를 닦기로 했다. 친일 지주들의 토지를 피해서 중소농의 토지에 공사를 알리는 깃발을 꽂았다. 농부들에게는 마른하늘에 날벼락 같은 일이었다. 농부들이 전북사령부를 찾아가자 '강제 압수 무보상'이라고 했다. 토지가 없으면 어차피 죽은 목숨이었다. 농부들은 목숨을 걸고 시위했다. 전북사령부는 조선군 총사령부에서 하달한 명령을 시행했을 뿐이라고 발뺌했다. 농부들은 경성사령부로 가서 따지기로 했다. 군부는 농부들의 상경을 집요하게 방해했다. 기차를 못 타게 했고, 버스도 못 타게 했다. 농부들은 보름이나 걸려 도보로 상경한 것이었다. 거지꼴일 수밖에 없었다.

밖에서 비명이 들려왔다. 이우가 내려다보니, 헌병들이 곤봉을 치켜들고 달려나가서 농부들을 패댔다. 농부들이 돌아가지 않자 강제로 쫓는 모양이었다. 농부들이 개처럼 얻어맞는 것을 보고, 이우는 붉으락푸르락 바들바들 떨었다.

이우는 뛰쳐나갔다. 폭력을 지휘하던 헌병대 중위의 뺨을 냅다 후려쳤다. "당장 멈추게 해라!" 중위는 더러워 죽겠다는 표정을 지었지만 호루라기를 불었다. 헌병들이 폭력을 중지했다.

"누가 시켰나?"

"작전과장님이십니다."

이우가 부관 히로무에게 "지갑!" 했다. 히로무가 지갑을 꺼내 이우에게 주었다. 이우는 십원짜리를 꺼내 중위에게 내밀었다. "미안하다, 밤에 술 한잔 해라!" 뺨 얻어맞고 돈 받은 중위는 떨떠름히 경례를 붙였다.

이우는 농부들에게로 갔다. 보름 가까이 못 먹고 못 자며 걸어온 터수에 된통 얻어맞은 농부들은 버려진 짚신처럼 널브러져 신음했다.

이우가 조선말로 물었다. "누가 책임자인가?"

팔 한 짝이 없는 청년이 일어났다. "책임자는 따로 없소. 내가 주동자요. 내가 어르신들을 충동질했소. 앉아서 땅을 뺏길 수는 없잖소?"

"자네는 혹시 교육 받은 청년인가?"

"이것저것 독학했소."

이우는 지갑에서 백원짜리를 꺼내 청년에게 내밀었다. "이걸로 밥도 사먹고, 기차를 타고 돌아가거라."

청년은 돈을 받지 않았다. 사납게 말했다. "우리는 거지가 아니외다. 농부올시다."

"농부는 남의 도움을 받지 말라는 법이라도 있는가?"

"누구쇼? 조선인이쇼?"

히로무가 어설픈 조선말로 소리쳤다. "이놈아, 이분이 바로 이우공 전하이시다. 너희 조선인들 중에 두 번째로 높으신 분이야. 어서 대가리 꺾지 못해."

다른 농부들은 '이우공 전하'라는 말에 반응했다. 아픈 몸을 추슬러 절하는 시늉을 했다. 외팔이 청년만큼은 고개도 까딱하지 않았다. "정녕, 우리들을 돕고 싶다면 토지를 되찾게 해주쇼."

"알았다, 나랑 같이 가자."

청년은 비교적 말짱한 농부 다섯 명을 골랐다. 이우는 농부들을 데리고 사령부 안으로 들어갔다. 헌병대들이 막아서는 시늉을 하다가 우의 서슬에 질려서 물러났다. 우는 작전과로 뚜벅뚜벅 걸어갔다. 농부들과 히로무와 헌병들이 허둥지둥 따랐다. 문을 벌컥 열자 사무원들이 놀라서 일어섰다. 우는 곧장 작전과장에게 다가갔다.

"전하, 오셨습니까, 무슨 일로……."

"작전과에서 이 농부들의 토지를 강제로 빼앗았다고 들었다. 돌려줘라."

"전하, 어디서 무슨 소리를 들으셨는지 모르겠지만 그것은 강제로 빼앗은 게 아니고요, 황군이 대동아공영권 성전을 수행하기 위해서 꼭 필요한 군사도로를 내기 위해 징발한 것으로서……."

작전과장은 기겁해서 말을 멈추었다. 이우가 권총을 뽑아들었던 것이다. 우는 권총을 과장의 머리에 겨누었다.

히로무가 비명을 지르다시피 했다. "전하, 지금 뭣하시는 겁니까?"

이우는 과장에게 뚝뚝 부러뜨리듯 을렀다. "나는 조선의 이우공이다. 천황폐하도 나를 아낀다. 나한테 네 목숨은 파리 목숨이나 마찬가지야. 알겠어?"

"잘 모르겠소!" 작전과장이 역전의 용사답게 용기를 과시했다.

이우가 방아쇠를 당겼다. 총알은 과장의 귓가를 스치고 지나가 유리창을 박살냈다.

이우가 윽박질렀다. "진짜 죽고 싶은 거냐?"

과장은 나이가 있는 사람이라 장난인지 진담인지 구분할 줄 알았다. 과장은 전화기를 붙잡았다. 전북사령부 도로 책임자가 전화를 받자, 황망히 떠들었다. "군사도로, 그거 공사 취소다. 땅 다 돌려줘!…… 시키는 대로 해, 개새끼야. 너 죽을래?"

그랬는데도 이우가 총을 거두지 않자, 과장은 서랍에서 서류철을 꺼냈다. "이게 그 관련서류입니다." 박박 찢었다.

이우는 아직도 김이 나는 총을 든 채 을렀다. "또다시 이런 일이 발생한다면 네 머리통을 기필코 박살내겠다. 똑바로 하란 말이다."

다른 농부들은 성은이라도 입은 것처럼 이우에게 감사를 표하는데, 외팔이 청년은 멀뚱히 서 있었다.

이우가 백원짜리를 다시 청년에게 건넸다. "어르신들을 잘 모시고 내려가라!"

청년은 마지못해 돈을 받았다. 끝내 고개를 꺾지는 않았지만 말했다. "고맙소."

이 이야기가 널리 소문이 났다. 다수의 대중이 '이우'를 다시 생각하게 되었다. '이우공'을 무슨 축구공인 줄 알던 대중도 '이우공'이란 황손이 있음을 알게 되었다. 대중은 '공'이란 호칭을 싫어했다. 일제가 붙여준 것이므로. 대중에게는 '이우 왕자'로 통했다. 이우 세력의 활동이 가시화되면서, '이우 왕자님이 이렇게 저렇게 활약하셨다'는 뜬소문이 마구마구 돌아나고 퍼져나갔다.

청년을 살리자, 돈 많이 벌자

1941년 10월. 백호당 지하실에 모인 어중이떠중이 스무 명은 이우에게 축하인사를 했다. 이우가 소좌로 진급했기 때문이다. 축하를 하는 이들이나 축하를 받는 사람이나 씁쓸했다.

이우: "며칠 전에 일제군부에서 또 쿠데타가 있었소. 온건파 수상이 쫓겨나고 전쟁광 도조 히데키가 새 수상이 되었다오. 일본과 미국의 전쟁은 불가피하게 되었소. 일제가 미국과 싸우게 되면, 우리 조선 대중은 한없이 고통스러울 것이오. 지금까지 당한 고통은 고통이라고 할 수 없을 정도로 무자비한 고통을 당할 것이오."

외팔이 농부: "중국 영국도 모자라 미국까지…… 정말 미친놈들이군요, 전 세계를 상대로 싸우겠다니."

이우: "초기에는 일본군이 이길 것이오. 허나 곧 전세가 역전되어

일제는 궁지에 몰릴 것이오. 일본은 계란이고 미국은 바위와 같기 때문이오. 일본군은 패전할 수밖에 없소."

건달 정진용: "왜놈이 패전하면, 우리 조선은 어케 되는 건데요?"

명월관 기생: "뭘, 어찌 돼요. 해방이 되는 거지요!"

'해방'이라는 말 한 마디에 모두들 전율했다.

이우: "일본군은 쉽게 항복하지 않을 것이오. 종국에는 패전하겠으나 몇 년이 걸릴는지 알 수 없소. 그 몇 년 동안이 문제요."

그릇장수: "자세히 말씀해주시라요, 지들 대가리 수준을 아시잖아요."

택시운전사 이정옥: "무엇보다도 인력 수탈이 극렬해질 겝니다."

방직공장 여공: "지금보다 더 심해진단 말입니까?"

이백호: "지금은 '지원'이라는 모양새라도 갖추고 있소만, 법을 만들어서 무차별적으로 잡아가게 되겠죠."

지게꾼: "조선 청년들을 모조리 총알받이로 만든다는 겁니까? 쳐죽일 놈들!"

국일관 기생: "이런 시국에 우리는 언제까지 아무것도 안 할 겁니까?"

정진용: "시발, 뭐라도 합시다."

벽돌공: "맞습니다. 우리가 회합을 가져온 지 삼 년이 되어가요. 아무것도 안 할 거라면, 나는 그만 빠지겠소."

이백호: "훌륭한 마음들은 잘 알겠으나 때가 무르익지 않았어요. 익지 않은 열매를 따겠다고 덤빌 수는 없는 겁니다."

동대문시장 경비대장 장청마: "아, 드러워서! 고놈의 때가 언제 온다는 겨!"

물장수: "우리는 목숨을 바칠 준비가 되어 있당게요. 전하, 우리는 전하의 의중을 모르겠수다. 하겠다는 거요, 말겠다는 거요? (좌중을 둘러보며) 우리 독립운동하겠다고 모인 거 맞죠? (이우를 째려보며) 막걸리나 마시자고 모인 거냐고?"

이우가 막사발을 들었다. "말 나온 김에 한 잔씩 듭시다."

다들 속 터진다는 낯꼴로 막걸리를 들이켰다.

이백호: "성급한 마음들을 모르는 바 아니오. 하지만 이 정도 동지들이 모이는 데도 십 년이 걸렸소. 우리는 마음 말고는 아무것도 준비된 게 없소. 그래요, 무슨 거사든 한 번쯤은 화끈하게 벌일 수 있겠지요. 그러나 그 한 번의 거사로 끝내자고 우리가 모인 겁니까? 우리는 해방의 날까지 내다보고 힘을 길러야 합니다."

장청마: "뭐라도 해야혀유. 아무것도 안 하면 우리 무명 결사는 유지될 수가 없슈."

정진용: "그렇다니까, 시발. 나는 명동 야쿠자 두목 하야시 새끼 목이라도 따겠수다."

어중이떠중이는 격렬한 말을 토해내며 아무 거사라도 일으키자고 동동거렸다.

이우가 두 주먹으로 탁자를 내리쳤다. 요란한 소리가 났다. 이우가 그런 행동을 한 적이 없어, 좌중은 일시에 고요해졌다.

"우리는 청년들이 끌려가지 않도록 애써야 합니다. 현 시점에서 우리가 할 수 있는 가장 큰 일은 한 명의 청년이라도 보호하는 것이오. 강제 징발법이 만들어지면 방해하는 것으로 그칠 수 없소. 청년들을 어디론가 숨겨야 하오. 조선에 숨을 곳은 산과 섬밖에 없소. 산과 섬에 청년들이 살 수 있는 아지트를 건설해야 합니다."

이백호: "실은, 이우 전하와 몇몇 동지가 힘을 합해 이미 몇 군데 아지트를 닦아놓았습니다. 백두산, 개마고원, 경기도 용문산……."

장청마: "좀 화끈한 싸움은 안 되는 거래유, 전하?"

이우: "조선의 청년을 살리는 것 말고, 무슨 싸움이 있을 수 있단 말인가!…… 동지들은 돈을 악착같이 모아야 하오. 우리 청년들을 살리려면 돈이 아주 많이 들 게요."

영화배우 복혜숙: "전하께서 강력히 나오시니까, 분위기가 싸하네요. 적응이 안 돼서…… 자, 한잔씩 더 마시고 얘기하지요."

명월관 기생: "모두 잔을 채우세요. 제가 건배사를 하겠습니다. 청년을 살리자! 돈 많이 벌자!"

*

1942년 1월, 조선총독부에 불려간 부관 히로무가 돌아오지 않았다. 이우는 요네야마 경무국장에게 전화를 걸었다. 총독부에 없고 종로경찰서에 있다는 것이었다.

히로무는 형사계 취조실에 있었다. 무수히 얻어터진 히로무는 넋이 나갔다.

이우는 요네야마를 잡아먹을 듯 노려보았다. "뭐 하는 짓인가?"

요네야마가 능글댔다. "직무수행을 제대로 안 한 벌을 준 거지요."

"더 이상 어떻게 직무수행을 잘한단 말인가. 히로무는 나의 그림자나 다름없어. 내 수족처럼 보좌하고 있다고! 당신이 뭔데, 내 부관을 이따위로 만든 건가?"

이우는 히로무의 벌거숭이 몸뚱이를 어루만졌다. "히로무! 미안하다, 너를 못 지켜줘서."

히로무가 애써 미소지었다. "……저는, 아무렇지도 않…… 습니다!"

이우는 요네야마에게 으르렁댔다. "사람을 이 지경으로 만들다니? 도대체 히로무가 무슨 잘못을 했다는 건가? 정당하지 않으면 당신을 가만 놔두지 않겠어."

요네야마가 코웃음쳤다. "전하, 이제 이 요네야마, 만만한 사람이 아닙니다. 경무국장이라고요, 경무국장!"

"히로무의 잘못이 뭐냔 말이다!"

"히로무의 보고서에 따르면, 전하는 매일 시계불알처럼 정확히, 오후 열시에 취침해서 오전 여섯시에 기상한다는군요. 밤새 운현궁에서 한 발짝도 안 벗어난다는 거예요."

"맞다!"

"그런데, 참 이상하지요. 전하를 봤다는 첩보가 한없이 들어온단 말입니다. 길거리에서 봤다, 동대문시장에서 봤다, 요정에서 봤다,

경성역에서 봤다…… 전하를 똑 닮은 자가 하고 다닌다는 짓이 참 이상하더란 말입니다. 학생들에게 술 사주고, 영업 안 되는 기생들한테 술 팔아주고, 역전 부랑자놈들한테 적선하고, 건달놈들이랑 담배질하고, 참 이상한 놈 아닙니까?"

"잡아서 족쳐보지 그랬어?"

"그놈이 날쌔기가 보통이 아니더랍니다. 바보 같은 새끼들이 그 놈 하나를 못 잡아가지고, 제가 아주 속이 터집니다. 저도 그놈 얼굴을 꼭 한 번 보고 싶은데 말입니다. 신출귀몰한다는 거예요. 그 놈 패거리도 꽤 되는 것 같고…… 사마귀 척결단 놈들도 모자라, 전하 닮은 놈까지 나타나서 속을 썩인다 이 말이지요."

"능력이 형편없군, 그런 놈 하나를 못 잡고."

"전하가 밤에 변장하고 나돌아다니는 것이라고 의심했습니다. 어릴 때부터 보아왔지만 그러고도 남을 분 아니십니까. 하여 운현궁 주위에 스무 명이나 배치했는데도, 밤새 운현궁에서 강아지 한 마리 기어나오지 않았다는군요."

"잠이나 처잤다니까!"

"히로무 녀석은 뭔가 아는 게 있나 해서 조사 좀 해봤습니다."

"히로무가 뭘 알아?"

"그러게 하나도 아는 게 없네요. 정말로 전하가 사랑방에서 한 발짝도 나온 적이 없다는 소리만 하네요."

"진짜로 그러하니까!"

"히로무가 정직한 것이라면, 답은 하나네요."

"그래서 아무 잘못도 없는 히로무를 이 꼴로 만들었다는 건가? 이 개자식!"

이우가 요네야마의 뺨을 세차게 때렸다.

요네야마는 이를 악다물었다. 도대체 이 나이 어린 놈한테 몇 차례나 얻어터졌는지 모르겠다. 기다려라! 한꺼번에 갚아줄 테다.

"운현궁에 땅굴이 있다는 소문을 들었습니다. 전하의 증조할아버지 흥선대원군이 팠다는 땅굴 말입니다."

시장 바닥에는 옛날부터 전해져 내려오는 얘깃거리가 있었다. 운현궁에 비밀 지하통로가 있다. 명성황후는 정적이었던 흥선대원군과 대원군의 장손 이준용을 여러 번 죽이려고 했다. 운현궁에 폭약을 설치하여 터트린 적도 있었고, 암살을 시도하기도 했다. 대원군은 만일을 대비하고 명성황후의 감시망을 벗어나고자 운현궁 밖으로 이어지는 땅굴을 팠다는 것이다.

"요네야마, 당신이 아주 돌았고만. 미친 소리도 정도껏 해야지."

"운현궁을 수색해봐도 좋을까요?"

"땅굴 같은 게 없으면, 내 가랑이 밑을 개처럼 기겠나? 약속한다면 허락하겠다."

경찰 30명과 헌병 1개 소대가 종일 운현궁을 뒤졌지만 아무것도 찾아내지 못했다.

후원에 옛날에 쓰던 우물이 있었다. 요네야마는 우물 속에 땅굴이 있을 것이라며 기꺼워했다. 헌병들 보고가 미덥지 않아서, 10미터나 되는 바닥까지 직접 내려가보았다. 쥐구멍도 발견하지 못했다.

요네야마는 조선병원으로 갔다. 이우는 히로무를 손수 간호하고 있었다.

요네야마가 침통히 말했다. "못 찾아냈습니다."

이우는 빙긋 웃었다. "없는 것을 찾으니 못 찾을 수밖에."

요네야마가 분해서 악을 썼다. "아니, 있어. 못 찾아냈을 뿐이다."

"내 가랑이 밑을 기겠소?"

"차라리 할복하겠다. 너 같은 어린놈한테 그동안 당한 수모를 생각하면 벌써 죽었어야 했어."

이우는 요네야마의 양 어깨를 툭툭 쳤다. "그까짓 것 가지고 죽기는 왜 죽소. 요네야마 경무국장님이 죽으면 조선 내 팔십만 일본인의 목숨은 누가 지키겠소."

"창피해서 살 수가 없잖아."

"내가 눈감아주겠소. 대신 돈 좀 주시오."

"돈을 달라고?"

"당신도 그리 깨끗한 사람은 아니잖소, 뇌물 많이 받아먹을 거 아니오. 나 좀 나눠달라 이거요. 그럼, 천황폐하께서 아끼는 이우 공 전하께 불경한 죄, 내가 싹 없었던 것으로 하겠소. 우리 사이가 보통 사이오. 인연이 남다르잖소. 한 만원만 주시오. 음, 만원만!" 이우는 얄망궂게 웃어댔다.

요네야마는 이우에게 당할 때마다 했던 생각을 또 했다. 이놈은 도무지 모를 놈이다. 논리적으로 정리가 안 돼. 요네야마는 그간의 인연도 남다르지만, 매일같이 이우의 동태를 감찰한 보고서를 정독하는 자였다. 그런 요네야마가 뭐라고 딱 꼬집어 재단이 안 되는 인간이 이우였다. 한데 이놈이 왜 이렇게 돈독이 올랐지? 요새 하는 일이 부자놈들 만나서 돈 뜯어내는 것이잖나.

1942년 봄. 이우는 동경 육군대학교 연구부 소속으로 별로 할 일이 없었다. 연구부에서 그는 철저히 왕따였다. 덕분에 단란한 가정생활을 누릴 수 있었다.

우는 아들에게 승마 가르치는 재미에 흠뻑 빠졌다. 이우는 조랑말 두 필을 샀다. 원래 있던 말 이름이 조풍(潮風)이었다. 아내 찬주 몫으로 고른 조랑말은 운풍(雲風), 장남 이청의 조랑말은 설풍(雪風)이라 이름 지었다.

이우는 엄격한 스승이었다. 시종들이 보기에도 지나칠 정도로 혼을 내며 코치를 했다. 모처럼 능숙하게 타냈다고 우쭐대는 이청에게 호통을 쳤다. "정신 똑바로 차리지 못하겠니? 하마터면 떨어질 뻔했잖느냐? 규율을 지키지 않다가는 무슨 사고를 당할지 모른다!"

구경 나왔던 찬주가 싫은 소리를 했다. "이제 여덟 살짜리입니다. 얼마나 잘 타기를 바라시는 건데요? 제발 위험한 말타기를 시키지 마세요!"

이청은 마냥 좋았다. 자주 볼 수 없는 아버지였다. 좀 혼나더라도 아버지랑 함께하는 시간이 신바람 났다.

이우는 장난기가 동했다. "잘 되었소. 이왕 나온 김에 말을 타봅시다."

이우는 운풍을 끌어와서는 찬주를 억지로 태웠다. 말이 엉덩이를 흔들자, 찬주는 "끼약!" 비명을 지르며 떨어졌다.

어느 날 이청이 아버지께 여쭈었다. "전하, 말타기를 좋아하셔서 포병과를 가신 거죠? 포병 장교는 늘 말을 타니까."

"나폴레옹에 대해서 들어보았느냐?"

"옛날 유럽에서 가장 잘 싸운 장군 아닌가요?"

"나폴레옹이 말했단다. '전투를 결정짓는 것은 포병대다.' 청아, 나는 말이다. 나폴레옹처럼 되고 싶다. 내 나라 군대를 이끌고서…… 나는 그날을 기다리고 있다."

이청은 무슨 말인지 이해하지 못했지만, 아버지가 썩 멋져 보였다.

*

태평양전쟁에서 일제가 수세에 몰리면서, 이우 부부는 유랑생활을 하게 되었다. 일본 황족과 마찬가지로 조선 왕공족들은 전선을 찾아다녀야 했다. 찬주는 이왕비(이방자)와 짝이 되어 본토를 순행했다. 군수공장을 찾아다니며 여성노동자들에게 마음에도 없는 소리를 무수히 지껄여야 했다.

이은, 이건, 이우 또한 마찬가지였다. 이은은 본토 군사기지를 돌아다녔다. 이건은 중국 전선과 남방 전선으로 순행을 돌았다.

이우는 태평양의 군사기지를 찾아다녔다. 비행기로도 가고 배로도 갔다. 공식적으로는 '천황폐하를 위하여 목숨을 바쳐라! 황군에게 항복은 없다. 옥쇄를 각오하고 미제놈들과 싸워라!' 외쳤다.

사적으로는 '목숨은 귀한 것이다. 함부로 버려서는 안 된다. 네 목숨은 천황을 위해서 있는 게 아니다. 황군보다 네 목숨이 더 소중하다. 항복해서라도 목숨을 건져라!' 속삭였다.

일본군에 섞여 있는 조선인 학도병에게는 '절대로 개죽음 당해서는 안 된다. 수단과 방법을 가리지 말고 살아남아라!' 다짐을 놓았다.

1943년 봄. 오키나와에서 두 형제가 만났다. 낮의 치욕적인 일정을 소화하고, 밤에 두 사람은 마주 앉아 술을 마셨다. 단둘이서만 한 공간에 있는 것이 십오 년 만이었다.

이우 못지않게 이건도 자기가 하고 다니는 짓이 역겨웠다.

"너나 나나 이게 무슨 꼴이냐. 어서 전쟁이 끝났으면 좋겠다. 예전처럼 풍류나 즐기면서 파락호로 살고 싶어."

"형님은 어떻게 될 거라고 봅니까?"

"바보가 아닌 다음에야……."

"일본이 패전하면 조선은 어떻게 되겠습니까?"

이건은 깊이 생각해본 적이 없어 뭐라 할 말이 없었다. "네가 말해보거라."

이우는 거침없이 늘어놓았다.

"나라를 되찾는다는 뜻만큼은 하나였지만, 새 나라를 건설하는 문제에서는 각양각색일 겁니다. 독립운동 지도자들은 다툴 수밖에 없어요. 지도자들의 싸움에 지친 대중이 황실에 백의종군을 요청할 것입니다. 황실이 나서서 조율하라.

……대중께 백배사죄 하고 조용히 반성하고 있던 황실은, 대중의 부름에 부응해야겠지요. 황실의 말은 곧 대중의 말이 되니, 황실이 소집하면 지도자들은 모두 한 자리에 모일 겁니다.

……황실은, 각양각색의 지도자들이 합심하여 제헌의회를 구성하고 훌륭한 헌법을 제정하도록 전력으로 지원해야겠지요. 그것이 황실의 의무입니다.

……제헌의회에서 입헌군주제를 선택하지 않아도 좋아요. 대한제국 황실을 폐기처분해도 좋아요. 제헌의회가 나라 빼앗기고 삼십 년 넘게 식민지 노릇하게 만든 죄를 물어 황실 사람들을 모두 사형에 처해도 좋아요.

……모든 세력과 지도자를 끌어모아 새로운 나라의 헌법을 제정하고 의회를 구성하고 첫 정부가 탄생하는 데까지, 황실이 조금이라도 기여만 할 수 있으면 됩니다."

이건은 할 말을 못 찾다가 겨우 한마디 했다. "몽상가 녀석 같으니라고!"

이우가 정색을 하고 물었다. "형님은 몽상에 동참하지 않을 겁니까?"

이건은 이우가 장난이 아님을 느꼈다. "나는 관심 없다. 나는 조선이 해방된다 해도 조선으로 돌아가지 않을 것이다. 나는 이미 일본인이야. 뼛속까지."

"왜 그렇게 된 건데요?" 이우가 안타까이 물었다.

이건이 되물었다. "너는 왜 그런 힘든 망상을 하는 게냐?"

1944년 2월, 이우는 중국 최전선부대로 가라는 전출 명령을 받았다.

이우는 작별인사차 이은을 찾아갔다.

"너나 나나 전선을 다니느라 격조했구나. 그래도 가끔 얼굴이라도 보았거늘! 위문하러 가는 전선이 아니고 싸우러 가는 전선이라니, 각별히 조심해야 할 게다."

"설마 저더러 싸우라고 하겠습니까. 최전선에서도 구석 창고에 처박아놓겠지요."

"그래, 얼마나 주랴? 내가 너에게 해줄 게 뭐가 있겠니. 여비라도 든든히 주마."

"많이많이 주십시오. 제가 언제 돈 마다한 적 있었나요…… 전하, 돈 말씀이 나와서 여쭙습니다. 제가 전하께 뜯어간 그 많은 돈의 쓰임새가 궁금하지 않으십니까?"

"좋은 일에 썼겠지. 나는 너를 믿는다. 네 아비나 이건처럼 술과 계집에 돈을 쓸 사람이 아니잖느냐? 실은 나도 들은 귀가 있다. 가난한 조선인들을 돕고 학교 짓는다는 자들을 지원했다지? 토지도 내주고 자금도 대주었다지? 빈민 구휼과 교육사업, 그 얼마나 좋은 일이냐. 네가 내 대신 큰일을 하는구나!"

"전하, 독립운동에도 썼습니다."

"뭐, 독립운동?"

이은은 눈이 휘둥그레졌다. 그에게 '독립운동'이라는 말 한마디는 총알과도 같았다. 그는 총알에 관통 당한 사람처럼 막막해졌다.

이우는 속 시원히 털어놓았다. "전하, 여전히 독립운동가들이 존재합니다. 저는 그들에게 군자금을 대주었습니다. 전하가 주신 돈으로 말입니다."

"어째서?" 무슨 생각이 있어 한 물음이 아니었다. 이은의 입에서 그저 흘러나온 영탄사 같은 것이었다.

"당연히 해야 할 일이 아닙니까."

"칭찬이라도 해달라는 거냐?"

"전하, 독립이 멀지 않았습니다. 미래를 준비하셔야 합니다."

"천황폐하와 황군은 지지 않는다!" 그냥 하는 말이 아니라 이은의 굳건한 믿음이었다.

"전하가 본토에만 계셔서 잘 모르시는 겁니다. 태평양전선과 남방전선에서 모조리 밀리고 있습니다. 언제 방어선이 무너질지 몰라요."

"나를 바보로 아는 거냐? 나도 황군이 이길 거라고 보지는 않는다. 허나 황군은 지지도 않을 것이다. 내 말 알겠느냐? 황군이 진다 해도 조선은 영원히 일본의 속국으로 남을 수밖에 없다는 게다."

"전하, 어째서 그런 헛생각을 하십니까!"

"너야말로 헛생각이다. 독립이라니, 다시는 그 말을 내지 마라. 오냐오냐 했더니, 네놈이 아주 못되었구나. 그런 불충한 말을…… 네가 싫어지는구나. 어서 나가라."

이우는 더 말해보았자 소용이 없다고 생각했다. 이우는 금방 나가지 않고, 한참을 묵묵히 앉아 있었다. 이은은 나가라는 말을 또 하지는 않았지만, 이우가 없는 사람인 양 버려두고 난을 쳤다.

이우가 문득 흐흐 웃었다. "숙부님, 용돈을 주셔야 가지요."

이은은 붓을 내던졌다. 붓이 막 태어난 난초 위에 쓰러졌다. 이은은 이우를 노려보다가, 허 웃고는 "너란 놈은 참……." 말을 잇지 못했다.

민족의 죄인 /

1944년 12월 22일 오후. 중국대륙 북부 타이항 산맥(太行山脈) 밑자락.

일본군 여덟 명이 다섯 시간째 산행 중이었다. 눈보라 몰아치는 들판을 가로지르기도 했고, 울창한 침엽수림에서 갈팡질팡하기도 했다. 얼어붙은 여울목을 건너기도 했고, 암석지대를 위태로이 기기도 했다.

검문소가 나타났다. 검문병은 몹시 놀랐다. 아무런 연락도 없이 불쑥 나타난 병사들이었다. 수상했다. 검문병은 그들에게 총부리를 겨누었다. 병사들도 총을 마주 들어올렸다. 1대 8, 싸움이 될 수 없었다. 검문병은 총을 내리고 다가오는 소좌 계급장에게 물었다. "뭡니까? 무슨 병사들입니까." 본대 고위 장교가 최전방에 나타나

다니.

소좌가 입김을 뿜어냈다. "수고가 많다. 우리는 비밀 정찰대다. 여기에도 검문소가 있는 줄 몰랐군. 알았더라면 조용히 지나쳤을 텐데. 모른 척 보내다오."

"안 됩니다. 누구도 통과할 수 없습니다."

소좌 뒤에 있던 병사들이 벼락같이 달려들어 초소에 들어 있던 검문병까지 모두 제압했다.

소좌 이우가 말했다. "죽이지는 말게."

그들이 검문소 앞의 철책을 통과하고서 30분 뒤에 히로무가 나타났다. 히로무가 출장을 다녀왔을 때, 이우가 없었다. 정찰을 나갔다는 것이다. 이우가 데리고 나간 병사들의 명단을 보니 하나같이 조선인이었다. 징집당해 태원부대에 배속된 학도병들이었다. 도대체 무슨 일을 벌이신 건가! 히로무는 1개 소대를 동원해 이우를 추격했다. 이우 일행이 탔다는 트럭을 발견했지만 텅 비어 있었다. 이우 일행은 산맥 속으로 스며든 것이었다.

언젠가 이우는 우뚝 솟은 두 봉우리를 가리키며 물었다. "저기가 어딘 줄 아나?"

히로무는 고지식하게 대답했다. "마전 봉우리입니다."

"이 년 전 조선의용군의 피로 물들었던 곳이지."

1942년 5월, 일본군은 타이항산맥의 중국 8로군을 총공격했다. 스무 개 사단을 동원한 대공세였다. 포위된 8로군은 후퇴를 결정했다. 일본군이 점령한 두 봉우리를 탈환해야 철수가 가능했다. 8로군에 속해 있던 조선의용군이 공격작전을 떠맡았다.

이우가 말을 이었다. "수년간 쌓아온 군세였는데 아쉽게 됐어. 김원봉(金元鳳) 장군과 함께 명성을 떨치던 용장들이 다 희생되고 말았어. 박효삼(朴孝三), 윤세주(尹世胄), 진광화(陳光華)! 그래도 그들의 이름은 역사책에 남겠지. 하지만 일개 병사로 죽어간 조선의용군들은……."

히로무가 분위기 파악 못 하고 욕했다. "조선의용군이라니요, 그들은 뙤놈들에게 빌붙은 반도들입니다."

"8로군들은 일부러 조선의용군에게 중책을 떠맡긴 것인지도 몰라. 왜 그랬을까? 불어난 조선의용군 군세가 부담스러웠을까? 지금 임시정부에 광복군(光復軍)이 있다지만 조선의용군만 하겠는가. 조선의용군이 이 년 전 저 산봉우리에서 희생되지 않았다면 광복군은 조금 더 군대다웠을 텐데."

"전하, 왜 그러십니까?"

"자네는 날 안다고 생각하나?"

"전하랑 학창시절을 함께했고, 부관이 돼서도 오 년 넘게 모셨습니다. 전하를 모르지는 않습니다."

"자네는 지난 오 년간 나를 기록했지. 어쩌면 나보다 자네가 나를 더 잘 알 것이다."

이우는 히로무를 따돌리고 감쪽같이 사라지고는 했다. 조선에서도 그랬고 일본에서도 그랬다. 중국 전선에서도 우는 히로무를 따돌릴 때가 잦았다. 우가 조선인 학도병들과 곧잘 어울린다는 것을 알았다. 히로무는 늘 그렇듯이 모르는 척했는데, 이런 일을 벌일 줄은 몰랐다.

사태의 실체를 정확히 알 수는 없었지만, 이우 일행이 어디로 가고 있는지는 확실했다. 조선인 학도병 일곱 명쯤, 중국 공산당 지역으로 넘어간다고 해서 큰일 날 것은 없다. 허나 이우가 넘어간다면 보통 큰일이 아니었다. 무엇보다도 이우를 통제하지 못한 문책으로 히로무는 사형당할 수도 있었다.

이우 일행은 진짜 일본군 정찰대와 맞닥뜨렸다. 우는 정찰대가 요구하는 암호를 대지 못했다. 미리 알아둔 암호가 바뀌었다.

잔뜩 긴장하고 있던 학도병들이 총을 쏘았다. 정찰병 둘이 고꾸라졌다. 학도병들과 정찰대는 산개, 은폐하여 총을 쏘아댔다.

이우가 몸을 피한 곳은 바위 밑이었다. 정찰병이 쏘아대는 총알이 바위에 불꽃을 튕겼다. 우는 권총을 뽑아들기는 했으나 쏠 생각은 못 하고 바짝 웅크렸다. 죽을 위기를 숱하게 겪었다. 어떤 상황에서도 공포 따위는 없을 줄 알았는데, 온몸의 숨구멍이 벌벌 떨렸다.

총알이 부족한 학도병들이 쏘기를 멈추었다. 정찰대도 총격을 그쳤다. 이우가 정신을 차리고 학도병의 좌장 지상수에게 턱짓을 했다. 지상수가 고개를 끄덕이고 정찰병들 쪽에 소리 질렀다.

"우리는 소좌 이우공을 포로로 잡고 있다!"

정찰병의 우두머리는 '이우공'을 알지 못했다. "빠가야로, 어서 항복해라!"

"우리는 조선인 학도병이다. 죄 없이 총알받이로 끌려왔다. 우리는 싸우고 싶지 않다. 우리를 보내주지 않으면 이우공의 목숨이 위험하다!"

"천황폐하를 위해 목숨 걸고 싸울 생각은 않고 도망을 쳐? 이 죽일 놈의 새끼들!"

히로무가 도착했다. 히로무가 정찰병 우두머리에게 물었다. "저 놈들이 이우공 전하를 인질로 붙잡고 있는 것이냐?"

"이우공이 뭔데요?"

"무식한 놈. 이우공을 모른단 말이냐?"

"사람이에요?"

"천황폐하께서 친동생처럼 여기는 분이시다. 백작보다 더 높은 분이야. 저분이 다치거나 죽으면, 네놈 목숨도 끝장이다!"

히로무가 학도병 쪽에 고함쳤다. "전하, 어떻게 되신 겁니까?"

이우는 반가웠다. 우는 지상수에게 말했다. "되었네. 히로무가 왔으니 저놈들이 내가 누구인지 알았을 거네. 이제 나한테 총질을 못해. 작별해도 되겠어."

"같이 안 가십니까?"

"여기서 백여 미터만 더 가면 절벽이 나오고 그 절벽의 협로를 내려가면 얕은 강이 나온다. 강을 건너면 동지들(이우가 태원부대에 있는 동안 교묘한 방법으로 한두 명씩 탈출시킨 조선인 학도병은 산맥 속에 숨어 소수정예 군사활동을 했는데 흔히 태항산 유격대라고 불렸다)이 기다리고 있을 것이다. 내가 이곳에서 저들을 막겠다. 어서 가라."

지상수는 눈이 아렸다. 이우가 자신들을 탈출시켜주겠다고 말했을 때 말장난인 줄 알았다. 적극적으로 도와줄 줄은 몰랐다.

이우는 서서히 일어섰다. 히로무가 "쏘지 마!"를 발광하듯 외쳤다.

이우가 곤혹스러운 표정을 짓고 발발 떠는 체했다. "나 좀 살려주게. 자네들이 까닥이라도 하면 내 뒤통수가 날아간다. 아이구, 나 좀 살려줘!"

히로무는 이우가 연기를 하고 있다는 것을 알아챘지만, 속는 체했다. 병사들에게 을렀다. "절대 움직이지 마라! 이우공이 다치면 너희도 죽은 목숨이다."

이우는 등 뒤에 총구가 있는 사람인 양 실감나는 연기를 한 시간이나 더 했다. 수십 년간 연기를 하고 살았다. 이토록 즐거운 연기는 처음이었다.

이우의 거짓말—'조선인 학도병들이 참모본부에서부터 자신을 인질로 끌고 간 것이다'—은 미덥지 않았다. '정황상 이우가 주도적으로 조선인 학도병들을 탈출시킨 것이 확실하다'고 상부에 보고할 수는 없는 일이었다.

태원 참모본부에서는 이 탈출사건을 없었던 일로 처리했지만, 비밀정보원의 보고로 육군성에서도 곧 알게 되었다.

그 일이 있고 보름 후, 이우에게 육군성 명령이 내려왔다. '경성 조선군사령부에서 발령 대기하라.'

*

1945년 3월. 경성 한복판의 초특급 기생집 '태양관'에는 조선에서 최고로 부유한 자들이 모였다. 대중은 그들을 '부자당'이라고 통칭했다. 다른 나라의 부자당과 마찬가지로, 조선 부자당도 미녀와 술이라면 사족을 못 썼다. 태양관은 오로지 부자당만 즐기는 기생집이었다. 대중은 그런 기생집이 존재하는 줄도 몰랐다. 대중이 최고로 치는 명월관이나 국일관보다 모든 면에서 상상을 초월했다.

이우가 들어섰다. 부자들은 비대한 몸뚱이를 일으켜 예를 갖추었다. 우는 굳은 얼굴로 부자들을 쏘아보았다. 우는 상석에 앉았다.

부자당의 우두머리가 아부조로 읊조렸다. "전하, 전장에서 고생이 많으셨습니다. 전하의 노고에 보은하고자 환영연을 마련했습니다. 마음껏 드시고 마음껏 즐기시지요."

"내가 경성에 돌아온 지가 석 달째인데, 이제야 이런 자리를 마련했소이까? 섭섭하외다."

부자들은 속내(이제라도 마련했으면 고마운 줄 알아야지, 짜증나는 놈!)를 감추고 허허 웃었다.

이우는 산해진미가 깔린 상을 바라보았다. "과연 부자들답소. 지금 조선 대중은 하루 한끼 죽도 못 먹는다는데, 참 푸짐하오."

부자들의 얼굴에 웃음기가 사라졌다.

우두머리가 환한 미소를 지으며 눙쳤다. "조선 대중을 생각하는 전하의 마음씀씀이는 여전하시군요."

"여러분들이나 실컷 드시오. 나는 운현궁에 돌아가서 나물죽이나 먹겠소."

우두머리는 쓴웃음을 지었다. 술주전자를 들었다. "우선 한 잔 드시지요!"

이우가 매몰차게 대꾸했다. "술도 마시지 않겠소."

우두머리는 속에서 천불이 일어났다. 조선 제일 부자가 손수 술주전자를 들었는데 싫다고? 이 맹랑한 녀석 보게.

부자들한테 버릇없이 굴기로 유명했던 이우가 삼 년 전에는 철이 들었는지 사뭇 다정하게 굴었다. 교육사업과 자선사업을 도와 달라고(대놓고 돈 달라는 소리였다) 찾아왔었다. 돈 구걸하러 온 놈답게 웃음을 남발하며 다소곳했다. 그 좋은 기억으로 마련한 자리였다. 어릴 때처럼('부자랑 한 1분만 같이 있어도 토한다'고 떠들고 다니던 놈이다) 싸가지 없이 굴겠다고?

냉랭한 분위기를 깨고 이우가 물었다. "누이들은 준비하지 않았소?"

부자들은 어이가 없었다. 음식도 싫고 술도 싫지만 여자는 좋다? 네 아버지 아들이라, 너도 여자는 밝힌다는 거구나. 그거 하나는 인간적이군.

우두머리는 깐깐히 구는 젊은 놈에게서 치명적인 흠집을 찾아낸

듯이 기뻤다. "하아, 준비했지요. 전하를 모시는 자리에 꽃이 없겠습니까."

이우는 헤벌쭉했다. "불러들이세요."

기생들이 들어왔다. 경성기번, 조선기번에서 제일 빼어나다고 인정받는 기생들이었다. 기생들은 부자들 옆에 한 사람씩 앉았다. 이우 옆에 앉은 춘화는 누가 봐도 으뜸 눈부시다고 할 미모였다.

이우가 기생들을 둘러보고 말했다. "얼마나 배가 고플 것이냐? 마음껏 먹도록 해라."

부자들에게 쏘아대던 정나미가 뚝뚝 떨어지는 말투가 아니었다. 농이라도 걸듯 다정다감했다. 말로만 듣던 전하의 모습에 약간은 움츠러들었던 기생들의 얼굴이 활짝 펴졌다. 춘화가 술주전자를 잡자 이우는 냉큼 잔을 받았다. 달게 마시고는 "아, 맛있구나!" 요란을 떨었다. 춘화가 손가락으로 산적을 집어 내밀자 날름 받아먹고는 "음, 좋구나, 좋아!" 감탄했다.

이우는 기생들하고만 말을 섞었다. 하나씩 불러 술도 따라주고 직접 안주를 먹여주기까지 했다. 기생 한 명 한 명에게 이름도 물어보고, "돈보다 곱구나!" "이마가 훤하니 부자가 될 상이로다!" "너는 이팔청춘도 안 돼 보이는데 벌써 기생질이냐?" "키가 왜 이리 크냐? 멀대로구나." "못 먹고 살았구나, 멸치가 따로 없어!" 같은 농지거리를 해댔다. 기생들이 아양 떠는 소리로 뭐라고 하면, 꼬박꼬박 대답을 해주고 맞장구를 쳐주었다.

부자들은 이런 생각을 했다. '젊은 놈이 참 잘 논다!'

우두머리가 손뼉을 쳤다. 기생들이 한꺼번에 퇴장했다.

이우는 다시금 매몰찬 표정이 되었다.

우두머리가 엄숙히 말했다. "우리가 전하를 뵙자고 한 데는 이유가 있습니다."

"당연한 것 아니겠소. 그래, 들어봅시다." 이우는 각오하고 왔다는 투였다.

우두머리가 선문답하듯 운을 뗐다. "우리는 알고 싶습니다."

이우는 선문답하듯 받았다. "당신들부터 알려주시오."

"전쟁이 곧 끝나겠지요."

"그래요, 전쟁은 곧 끝날 겁니다." 이우는 고개를 끄덕끄덕했다.

"그러면 조선이 어떻게 될까요. 훌륭한 분들이 다들 한자리 해보겠다고 설치겠지요…… 저희 부자당이 유력한 분을 도와드려야 하지 않겠습니까?"

이우는 술 한 잔을 자작했다. "나는 허수아비로는 살지 않을 것이오. 허수아비가 되느니, 운현궁을 밀어버리고 초가삼간을 지어 일개 대중으로 살고 말겠소."

우두머리가 이우의 말 한마디를 흉내냈다. "허수아비로 살지 않겠다……."

잠시 후 우두머리가 물었다. "허수아비로 살면 안 되지요, 안 되고말고요. 그렇다면 우리 부자당과는 어떤 사이가 되고 싶습니까?"

"서로 돕는 사이가 되어야지요…… 가진 것을 다 내놓으라고야 하겠소? 부자도 대중인데 평등해야지요."

"카멜레온이라는 파충류를 아십니까? 그 파충류는 말입니다, 진짜 색깔을 알 수 없답니다. 하도 자주 바뀌어서 말이지요."

"내가 카멜레온 같다는 거요?"

"그래도 공산주의자와는 거리가 먼 것으로 압니다만."

"대중, 평등, 이런 말만 찾으면 공산주의자인 거요? 나는 해방된 조선이 제대로 나라다운 나라가 되려면, 부자들의 희생이 필요하다고 생각하는 것뿐이외다."

"희생이라, 희생이라…… 그것 참 어려운 얘기를 하십니다."

"만약에 내가 당신들께 머리를 조아려 애걸복걸한다면, 기꺼이 희생하겠소?"

"우리 부자들은 희생이 뭔지를 모른다니까요."

"바로 그렇습니다. 그래서 당신들께 아무것도 기대하지 않아요."

"강제로 희생시키겠다는 거네요."

"희생은 희생이니까."

"우리를 적으로 삼고도, 허수아비가 될 수 있을까요?"

이우는 갑자기 미치광이처럼 웃었다. 웃음을 뚝 그치고 부자들을 차갑게 휘둘러보았다. 우는 건지 웃는 건지 헷갈리게 큭큭대며 술 다섯 잔을 쉬지 않고 마셨다.

주정을 떨었다. "누이들이나 다시 부릅시다. 이거 뭐 재미가 없네. 그리고 부자님들, 내가 요새 돈이 딸려. 운현궁 그 거지깽깽이 같은 궁궐 유지비가 상당하단 말이요. 거마비 좀 주세요. 한 분당 만원씩만 주면 좋겠소. 난 돈이 필요하다고. 왜냐, 당신들 때문이지. 당신들이 돈을 다 가져서 이런 세상이 된 거야! 당신들 때문에 돈이 많이많이 필요하니까, 돈 내놓으라고……."

이우가 돈에 집착하는 모습을 보이는 건 나름대로 일석이조의 전략이었다. 막대한 군자금 조달의 방편이기도 했고, 돈에 환장한 황손으로 보여 야망을 가리기 위함이었다.

입대를 앞둔 학생들이 취해갔다. 동대문시장 안팎 주점들은 저렴한 술값과 푸짐한 안주로 자자했다. 며칠 안에 입영열차를 타야 하는 학생들은 전선에 대한 두려움을 막걸리 잔에 담아 퍼마셨다.

아직은 정신이 있어 뵈는 두 청년 앞에 이우가 가만히 앉았다.

"같이 한잔 할 수 있겠나? 술값은 내가 내지."

몇 순배를 나누었다.

이우가 소곤댔다. "전쟁이 곧 끝나네. 몇 달 안에 기필코 끝나."

"누구시기에 불경한 소리를 하시는 겁니까?"

"확신을 갖게. 전쟁은 곧 끝날 수밖에 없어."

"전쟁이 곧 끝난다는 얘기는 우리끼리도 늘 하는 소리였지. 안 끝나잖아? 결국 우리도 끌려가게 되었고."

"산속에 숨은 청년들이 많다고 들었네. 전쟁터로 가는 것보다 잡힐 때 잡히더라도 숨어 사는 게 좋지 않은가?"

"뭘 모르시는 말씀입니다. 산속이나 외딴 섬으로 숨은 학생들,

그들은 분명히 용감하지요. 하지만 그 용감한 학생들은 부유 계급일 것입니다. 저희 집은 그렇지 않습니다. 찢어지게 가난한 고학생이었죠. 숨어살러 들어갔다가는 굶어죽을 겁니다. 제가 굶어죽는 것은 괜찮아요. 제가 징집지에 가지 않으면 그날부로 우리 가족에게는 배급이 끊길 겁니다. 저 때문에 가족을 굶어죽게 할 수는 없습니다."

"부모님은 자네가 전쟁터로 끌려가 총알받이가 되기보다는 산속에서 숨어 있기를 바랄 것이네. 자식의 목숨을 위해 굶주림과 고초를 흔쾌히 겪으실 걸세."

"보아하니 굶주림하고는 상관없는 생애를 사신 분 같은데, 굶주림은 겪어보지 않은 사람은 몰라."

"울 힘이 남아 있다면 그 힘으로 다시 한 번 깊이 생각해보게. 전쟁터로 가는 게 나은지 산속으로 가는 게 나은지."

이우는 쉬지 않고 술 마시는 청년들을 찾아다녔다. 은근히 접근해서 진심을 다해 떠들었다. 전쟁은 곧 끝난다. 징집을 거부하고 산속으로 숨어라! 우리가 도와주겠다!

믿지 못하는 학생에게는 믿음을 주려고 했다. 긴가민가하는 학생에게는 확신을 주려고 했다.

이우는 사랑방의 쪽문을 열고 후원으로 갔다. 불빛은 없었으나 달빛이 훤했다. 기화요초가 만발한 꽃밭을 지나 우거진 수목 사이로 들어갔다. 옛우물이 나타났다. 우는 사방을 조심스럽게 둘러보고는 우물 속으로 들어갔다. 동아줄을 타고 능숙하게 십여 미터를 내려갔다.

바닥에 닿아, 이우는 손전등을 켰다. 우는 벽돌 한 개를 밀었다. 반세기 전에 증조부인 흥선대원군이 파놓은 지하통로의 입구가 열렸다. 땅굴은 활개치며 걸을 수 있을 만큼 넉넉했다.

*

소설가 조시광이 상거지 꼴로 찾아왔다.

"얼굴이 많이 상했다. 형편이 어려운가?"

"며칠을 굶었는지 몰라."

떡 벌어지게 차려진 밥상이 들어왔다. 시광은 사양하지 않고 수저와 젓가락을 부지런히 움직였다. 아직 배부르지는 않은 듯한데 시광은 식사를 멈추고는 담배를 물었다.

"왜 더 들지 않나?"

"먹을 게 들어가니까 정신이 좀 돌아오네. 정신이 돌아오니까 굶고 있는 처자가 생각나고. 나만 이렇게 잘 얻어먹는 게 참 염치가 없어. 돈이든 곡식이든 구걸하러 온 거야. 고귀하신 이우 왕자님께만은 자존심 상해서 안 오려고 했는데……."

이우는 즉시 나카사키를 불러 조시광이 적어준 주소로 쌀가마와 돈을 보내게 했다.

술상이 들어왔다.

이우가 쑥스러운 듯 말했다. "나는 소설이 좋았네. 자꾸 목에 걸리는 듯한 비애가 묘하게 좋더라고…… 요새는 영 못 읽겠더라. 다른 분들 소설도 그렇고, 자네 소설도 그렇고."

조시광이 술 좀 들어가자 고해하듯 말했다.

"……나는 창씨개명도 했고, 친일 글도 썼다네. 목숨을 부지하기 위해서. 그따위 글 한 번 쓴다고, 그따위 강연 한 번 한다고 무슨 큰돈을 벌겠어? 하지만 그 푼돈이 없으면 내 자식들이 한없이 굶어야 해. 자식이 굶는 것처럼 사람 미치게 하는 일 없거든. 너는 모르겠지? 너는 가난 따위는 전혀 모르는 놈이잖아? 나는 배고픔 때문에 친일했단 말이야.

……왜놈들의 전쟁을 옹호하는 협회에 가입했고, 가입했으니 전쟁을 미화하는 글도 써야 했고, 심지어는 조선 학생들에게 대동아와 천황을 위해 초개와 같이 목숨을 버려야 한다는 글도 쓰게 되었고, 아무 생각이 없어지더란 말이야. 글을 푼돈과 바꾸기 위해 아무 생각 없이 썼다고. 나중에 어쩌려고? 일본이 물러간 뒤에는 어쩌려고? 나만 그랬나. 모두가 그랬다. 나 혼자 고고한 척해봐야 무슨 소용인가.

……오키나와가 함락되었다는 기사를 읽고, 이젠 다 끝났다는 걸 알았어. 나는 민족의 죄인이야. 해방이 되면 나는 조선 대중에게 맞아죽을 거야. 맞아죽어도 싸."

이우는 다독거렸다. "그렇게 따진다면 친일하지 않은 조선인이 어디 있겠나?"

“다 용서해도 나 같은 놈들은 용서 받으면 안 돼. 지식인입네 인텔리입네 하는 놈들, 그놈들은 대중의 고혈 덕으로 교육 받고는 가장 추악한 방법으로 배은망덕한 것이야.”

“나는 어떤가? 나는 용서받을 수 있을 것 같나? 나도 그대만큼 해방 이후가 두렵다. 조선 대중은 우리 황실을 어떻게 대할까. 프랑스대혁명 때 대중은 왕과 왕비를 단두대로 보냈지. 프랑스 왕실은 나라를 빼앗기지도 않았는데도.”

“걱정 말라고. 조선 대중은 그렇게 가혹하지 않아. 조선 대중은 착하잖아!”

“해방된 조국에서 나를 도와야 하네.”

“나는 틀렸어. 나는 민족의 죄인이라니까.”

“삼 년 동안 몇 차례 지은 죄 때문에 인재를 잃는다는 것은 대중의 안타까움이다.”

“그렇게 따지면 죄 지은 사람은 하나도 없게 된다니까. 나는 진짜 소설을 하나 쓸 생각이야 ‘민족의 죄인’이라는 제목으로…….”

이우는 참회하는 소설가를 안쓰럽게 바라보았다.

백호당 지하실에 어디선가 본 듯한 여인이 앉아 있었다. 세련된 정장 차림이었다.

이백호가 소개했다. “이 여인이 바로 전하의 군자금을 백두산 홍임장 유격대와 태항산 유격대에 전달했습니다. 전하가 태원부대에서 빼돌린 정신대 처녀들을 안전하게 보살핀 분이기도 합니다.”

"고맙소. 큰일을 해주었소."

"추얼이라고 합니다, 전하!" 추얼은 듬직한 몸뚱이를 수그렸다.

"추얼 동지를 조막개 동지에게 보내려고 합니다. 조막개 동지가 간절히 기다리는 여성 동지로서, 추얼 동지만 한 분이 없을 겁니다."

"조막개 동지가 기뻐할 거요. 추얼 동지, 조막개 동지를 도와 일본 관서지방의 여성노동자들을 챙겨주세요."

"돈이나 나르던 년이 뭘 할 수 있을까요. 그러나 최선을 다할게요." 추얼이 씩씩하게 대답했다.

이우는 운현궁이 내려다뵈는 숲에서 떠오르는 해를 보았다. 가슴이 벅차올랐다.

인기척에 놀랐다. 색동저고리 차림의 여자였다. 세 시간 전에 백호당 지하실에서 만난 여인이었다. 이우는 비로소 알아차렸다. 정장차림일 때는 기억나지 않았는데, 한복차림을 보니 십이 년 전에 백산온천 천일각에서 만난 그 소녀였다.

"너였구나! 너를 잊어본 적이 없는데…… 몰라보다니."

"이제라도 기억해주시니 고맙습니다, 전하!" 추얼은 생글생글 새삼스레 절하는 시늉을 했다. "전하를 줄곧 좇아다녔습니다. 바쁘신 모습이 보기 좋았습니다."

두 사람은 땅굴로 들어갔다.

"전하가 살아가시는 얘기를 계속 듣고 있었어요. 두 귀를 쫑긋

세우고.”

“내가 어찌 살더냐?”

“그만하면 잘 사신 거예요.”

“부끄럽다, 한없이 부끄럽다.”

“괜찮아요, 괜찮아.”

이우는 한숨을 길게 내쉬었다. “나는 수박처럼 살았다. 겉과 속이 늘 달랐어. 지금은 무엇이 겉이고 무엇이 속인지 알 수조차 없구나.”

“맞아요, 전하는 수박처럼 살았어요. 단단한 속을 지키면서 푸르게, 푸르게!”

“부끄럽다, 정말 부끄러워. 눈을 감으면 부끄러운 생각만 나! 기억나는 것들이 죄다 수치스러운 일들뿐이야. 자랑스러운 일은 하나도 기억나지를 않아. 나처럼 한심한 놈을 믿다니, 어중이떠중이 동지들도 측은하다.”

“앞으로 잘하시면 돼요, 앞으로! 시간은 얼마든지 남아 있답니다.”

두 사람은 축축한 흙바닥을 뒹굴었다. 땀을 나누었다.

조선을 반환하라!

1945년 6월, 이우는 조선총독부 요네야마 경시총감을 찾아갔다.

"본토로 가기로 했소. 왜 표정이 그렇소? 그대는 나를 굉장히 싫어하지 않나? 보기 싫은 자가 떠나겠다는데 기쁘지 않소?"

"술 한잔 사도 되겠습니까?"

"나도 그대와 술 한잔 하고 싶었소."

두 사람은 명월관으로 갔다. 어색하게 몇 잔을 나누었다.

"그동안 곰곰이 생각해봤습니다. 전하란 사람에 대해서."

"미운 정이라도 들었나보오. 나도 요네야마 경시총감을 많이 생각했소."

"히로시마로 발령이 난 게 다섯 달 전입니다. 다섯 달 동안 잘도 버티다가 왜 갑자기 본토에 간다는 겁니까? 강제 소환? 불가능합니다. 이 시국에 누가 전하를 잡으러 오겠습니까. 본토에 가지 마세요. 끝까지 버티세요."

"전쟁이 곧 끝난다는 말씀이오?"

"……더 무슨 말이 필요하겠습니까."

"당연한 결론이요."

"참 답답합니다. 한 치 앞을 내다보지 못하는 사람들뿐이라. 곧 현실과 직면하겠지요. 그때가 되면…… 꽤 혼란스러워지겠지요. 전하가 조선에 남아 계시다면 저와 함께 혼란을 그럭저럭 수습해 볼 수 있지 않을까……."

"나는 일본에 다녀와야 하오. 다녀올 것이오! 가능한 빨리 되돌아올 것이오! 전쟁이 끝나기 전에."

"뭔가 일을 꾸미고 있군요?"

이우는 싱긋 웃고는 건배를 청했다.

운현궁에서 송별회가 열렸다. 왕실붙이들은 침울했다.

이청은 "아버님! 가지 마세요!" 떼를 썼다. 이우는 아이스크림이 곁들어진 스펀지케이크로 아들을 달랬다. 이청은 울면서 먹더니 체하고 말았다.

박찬주가 말했다. "음식 때문에 체한 게 아니겠지요. 아버지랑 또 헤어지려니 속이 상했겠지요. 아버지를 한창 사랑할 때 아닙니까."

"내가 일본으로 처음 간 게 열 살 때였지. 지금 딱 청이 나이였어. 내 나이 열 살은 볼모생활을 시작한 첫 해였소. 청이에게는 새로운 조국의 첫 해가 될 것이오."

"그렇게 될 것입니다."

"찬주, 앞으로도 잘 견뎌주시오."

"별 말씀을 다 하십니다."

이우는 찬주를 가만히 안았다.

이우는 사동궁의 이강을 찾아갔다.

"어째서 가겠다는 것이냐? 거사는 포기한 것이냐?"

"포기하지 않았습니다. 일본에 다녀오는 즉시 거사할 것입니다."

"안 된다. 일본땅은 불구덩이 속이나 마찬가지야. 동경에만 미국놈들 폭탄이 하루에도 수만 발씩 쏟아진다잖느냐?"

"몇 가지 할 일이 있습니다. 이은 숙부의 의중을 마지막으로 한 번만 더 알아보겠습니다. 이건 형님의 의중도……."

"두 놈 다 틀렸어. 알아볼 필요 없다. 네가 해야 한다!"

"거사에는 큰돈이 필요합니다. 일본에 있는 우리 재산을 포기하기 어렵습니다. 절반만이라도 찾아와야지요. 동경과 히로시마의 조선인들도 격려해야 합니다. 제가 축적해놓은 정보도 가져와야 합니다. 무엇보다도, 현재 일본의 상황을 제 눈으로 직접 보고 와야겠습니다. 일왕한테 할 말도 있고요."

"가지 마라. 무엇보다도 네 안전이 중요하다."

"아버님, 남원 별장으로 내려가서 저를 기다려주실 수 있겠습니까?"

"어째서 남원이냐?"

"일본에서 저를 곱게 조선으로 보내주지는 않을 것입니다. 탈출하는 수밖에 없지요. 귀로를 남원으로 잡고 있습니다. 지리산 청년들을 꼭 만나보고 싶습니다."

이강은 아들을 격려했다. "무사히 돌아와야 한다!"

정진용은 김두한(金斗漢)과 더불어 서울 수포교 밑에서 성장했다. 김두한이 종로의 제일주먹이 되면서 그들의 우정에 금이 갔다. 친구는 될 수 있어도 주종관계는 될 수 없었다. 두목이 된 친구에게 굴종할 수 없다면 떠나야 했다.

진용은 부산으로 갔다. 서울에서 온 주먹을 모두가 경계했다. 진용은 부두 노동자로 조용히 살아갔다.

징용 강요는 건달패들에게도 미쳤다. 김두한은 징용을 피할 방법으로 '경성특별지원청년단'이라는 걸 만들었다. 일제의 통치에 적극으로 협력하는 건달패거리를 그럴 듯한 말로 포장한 것이었다. 총독부는 '반도의용정신대'로 개칭시키고는 정신대에 보낼 처녀들을 잡아들이는 공출을 맡겼다.

부산에서도 건달패들이 주축이 된 '부산 반도의용정신대'라는 게 생겼다. 건달패들이 앞장서서 조선의 처녀들을 잡아들였다.

"그걸 보고만 있단 말인가? 주먹은 뒀다 뭐 하자는 겐가."

부산역 근처 국밥집에서 정진용은 이우한테 퉁바리를 먹었다.

정진용은 이우를 태운 관부연락선이 먼바다로 멀어져가는 것을 묵묵히 바라보았다.

진용은 그날로부터 반도의용정신대에 가입하지 않은 건달들을 찾아다녔다. 건달들은 말 몇 마디만으로 의기투합했다. 진용파가 탄생했다.

진용파는 새벽 세시에 반도의용정신대 사무소를 습격했다. 사무소를 박살내고 창고에 갇혀 있던 서른 명의 여자를 구출했다. 건달들에게 한 명씩 짝을 지워 책임지도록 했다.

"전쟁은 곧 끝난다. 한두 달만 살아들 있어. 정분이 나든지 말든지 하여간 짝지 처녀를 니들 목숨처럼 지켜줘야 돼. 못 지켜준 놈은 나한테 뒈질 줄 알아. 자, 떠나라구. 산이든 섬이든 잘들 숨어 있다가 해방되면 보자."

동경에서 재산 처리에 분주한 며칠을 보내고, 이우는 이은을 찾아갔다.

사뭇 다소곳한 체하던 이우가 본색을 드러냈다. "전하, 조선 해방이 임박했습니다."

"네가 아주 실성했구나!"

"전하, 모르시겠습니까? 신문만 자세히 들여다봐도 알 수 있는 일입니다. 날마다 쏟아지는 포탄을 보고도 모르시겠습니까?"

"일본이 그리 허망하게 패전할 리가 없다."

"전하, 해방의 날에 대비하셔야 합니다."

"이놈이, 자꾸 큰일 날 소리를 하는구나!"

이우는 여러 말을 더 해보았지만 결론을 내릴 수밖에 없었다. 이은에게는 아무것도 기대할 수 없다는.

이우가 자세를 고치더니 단도직입적으로 여쭈었다. "전하, 그렇다면 제가 '황실의 대표자'가 되어도 좋겠습니까? 제가 황실 대표자로 독립운동가들을 지원하고 해방의 날에 대비하는 활동을 해도 괜찮겠습니까?"

이은에게는 마치 왕위를 이양하라는 협박처럼 들렸다. 허울뿐인 '조선왕'을 누군가에게 줘버릴 수 있다면, 물론 이우에게 주고 싶었다. 이은은 귀여운 조카에게 선물이라도 안기듯 말했다. "그렇게 하거라. 네가 왕이 되어 조선을 이끌고 나가거라. 나는 이미 늙었고 허울뿐인 왕 노릇이 별 재미가 없구나."

이은은 농담조로 한 말인데 이우는 울먹였다. "전하, 감사합니다. 이왕 전하, 저를 용서하지 마십시오…… 누군가는 꿈을 꾸고 실천해야 합니다. 전하가 하지 않으시니 제가 하겠다는 것입니다."

1945년 7월 23일, 포츠담선언이 있었다. 미국 영국 소련 등 3국 정상이 일본에 무조건 항복을 요구했다. 일제군부는 항복파와 항전파로 갈렸다. 천황은 역사적 결단을 앞두었다.

천황은 황족, 왕공족 회의를 소집했다. 일본 황족과 조선 왕공족들의 의견을 들어보겠다는 것이었다. 군부 수장들이 불려와서 전황을 보고했다.

항복파 장성은 '눈물을 머금고 항복해야 한다'고 통곡했다.

항전파 장성은 '천황폐하에서 갓난쟁이 아이까지 옥쇄를 결의하고 최후까지 싸워야만 한다'고 통곡했다.

전혀 다른 이야기를 했지만, 두 장성은 똑같이 통곡했다.

일본 황족들은 울었다. 조선 왕 이은도 울었다. 이건과 이우는 울지 않았다.

황족들의 의견도 항복과 항전으로 갈렸다.

천황은 조선 왕공족들도 의견을 말해보라고 했다.

이은은 "저희는 그저 천황폐하의 명에 따를 뿐입니다" 했다.

이건은 "항복 말고는 대안이 없는 것으로 압니다" 했다.

이우 차례가 되었다. "항복은 필연적입니다. 항복해야 합니다." 그리고 이우는 자리에서 일어나더니 모든 사람을 경악시키는 말을 했다. "일본이 항복하기로 했다면, 조선은 즉시 독립되어야 한다."

통곡이 일시에 멈추었다. 모두들 이우를 쳐다보며, 방금 우가 무슨 말을 한 것인지 헤아려보았다. 우가 한 말의 뜻을 깨닫고 멍청해졌다.

이우는 모두를 둘러본 뒤에 천황을 응시하고서 단호히 반말했다. "일왕은 서양제국에 항복하기 이전에, 우리 조선의 독립을 승인해야 한다. 구 대한제국 황실(왕공족)에 통치권 반납 등을 문서로써 확약해야 한다."

천황과 황족들은 무슨 말도 못 하고 얼떨떨한데 이은은 조카를 앉히려고 애쓰며 힐책했다. "여기가 어디라고 감히 망발이냐?"

이우는 또박또박 힘주어 명토를 박았다. "삼십육 년 전에 강제로 합병조약을 맺었으니, 삼십육 년 만에 순리대로 해방평화조약을 맺자는 것이다."

항전파 장성이 황족들을 대변하듯 고함쳤다. "더러운 조센징놈, 불난 집에 부채질 하나?"

이우는 지지 않고 호통쳤다. "미련한 군바리놈아, 현실을 직시하란 말이다."

이은이 이우의 뺨을 때렸다. "나가라, 어서 나가지 못해? 천황폐하, 불경을 용서하소서. 제가 집안 단속을 못 하였나이다."

이우가 발악했다. "이은 전하가 요구하란 말입니다. 조선 왕이 누구입니까, 전하란 말입니다. 전하가 일본 군주한테 요구해야 한단 말입니다. 통치권을 돌려달라고. 반환하라고."

이은이 "그만, 그만!" 신음하며 이우의 뺨을 계속 때렸다.

이건은 가만히 앉아 있기만 했다.

이우는 천황을 똑바로 쳐다보고 외쳤다. "일왕, 조선을 돌려달란 말이다!"

천황이 마침내 입을 열었다. "저 배은망덕 조센징을 당장 치워라! 저자를 당장 히로시마로 내쳐라!"

장성들이 이우에게 달려들었다.

이우는 끌려나가면서 계속 외쳤다. "일왕, 조선을 반환하라! 반환하라! 반환하라!"

1945년 8월 6일 오전 8시 15분. 히로시마에 원자폭탄이 투하되었다.

제2총군 참모본부는 폭심지로부터 25킬로미터쯤 떨어져 있었다. 히로무는 지진이 난 줄 알았다. 그는 22년 전에 관동대지진을 겪었는데 강렬한 이미지가 각인되어 있었다. 세상이 박살나는 소리, 땅이 무수한 조각으로 갈라지는 느낌. 딱 그때 같았다.

히로무는 연병장으로 뛰쳐나갔다. 웃통을 벗고 체조하던 병사들은 하늘을 바라보고 있었다. 버섯 모양의 창대한 구름덩어리가 솟았다. 구름 아래 히로시마는 검은 연기에 휩싸였다. 이우 중좌는 아직 출근하지 않았다. 이우는 저 검은 연기 속에 있을 것이다.

앳된 병사가 히로무에게 물었다. "중위님, 저렇게 예쁜 구름을 보신 적 있습니까?"

없는 것 같았다. 저렇게 예쁜 구름을.

며칠 전 이우는 히로무에게 긴밀히 부탁했다. 부탁이 아니라 명령이었을지도 모른다. '미군의 폭격이 시작되면 나는 돌연 사라질 것이다. 나는 조선으로 돌아갈 것이다. 히로시마에서 죽은 나는 조선에서 되살아날 것이다. 히로무, 나의 부활을 도와줘야 한다.'

이우는, 도쿄와 오사카를 비롯해 일본 주요도시를 미친 듯이 폭격해대고 있는 미군 B-29폭격기가 히로시마에도 출현할 것이라고 예상했다. 혼란스러운 틈을 타 죽음으로 위장하고 히로시마를 빠져나가겠다는 계획을 세워놓았던 것이다.

이우의 예상을 초월한 것이 왔다. B-29기가 달랑 두 대 날아왔고, 그래서 단순한 정찰기인 줄로 오해 받아 경보도 울리지 않았다. 비행기 한 대가 떨어뜨린 기다란 쇠통이 터지면서 한순간 다이너마이트 수억만 개를 한꺼번에 폭발시킨 것과 같은 상황이 발생했다는 것을, 그 누구도 알지 못했다.

히로무는 초조히 기다렸다. 이우가 말을 타고 부대 안으로 들어오는 모습을. 그러나 이우는 좀체 나타나지 않았다.

믿기 힘든 보고가 쏟아져 들어왔다. 병사들은 괴로워서 다들 환장해버렸다. 참모본부는 병사들을 히로시마 시내로 보냈다. 어찌되었든 아직 산 사람을 구조하고 부상자를 병원으로 후송하고 볼 일이었다.

히로무는 요행수를 바라며 이우의 하숙집으로 갔다. 폭심지로부터 30킬로미터 넘게 떨어진 이우의 하숙집은 무사했다. 하지만 이우는 없었다.

시녀 키노(관동대지진 때 죽은 키노의 동명 딸)는 이우가 죽었다는 소식을 듣기라도 한 것처럼 통곡했다.

사무장 나카사키가 타박했다. "불길하게시리 왜 우느냐. 전하는 분명코 살아계실 것이다. 허무하게 돌아가실 분이 아니야."

히로시마에 부임하고 보름 남짓, 이우는 말을 타고 출근했다. 히로무는 치질과 무좀이 심했다. 감옥에서 얻은 고질병이었다. 이우는 잘됐다면서 자동차를 히로무에게 양보했다. 히로무는 차마 그럴 수는 없다고 사양했지만 이우는 막무가내였다. 말 타는 낙이라도 있어야지 어떻게 살겠냐며.

"전하가 잘못 되면 다 나 때문예요. 내가 죽일 놈이라고요!" 히로무가 절규했다.

*

불타버린 혼가와(本川) 상생교(相生橋) 아래에서 이우는 진흙투성이로 발견되었다. 추얼은 어디로 갔는지 보이지 않았다.

나카사키는 이우의 가슴에 귀를 대었다. 미약하나마 심장 뛰는 소리가 들렸다. "살아 계시다, 살아 계셔!"

이우가 실눈을 뜨고는 애써 미소 지었다. "반가운 사람들이군!"

이우는 트럭에 실렸다.

운전병이 물었다. "어디로 가야 하지요? 병원도 다 사라졌는데……."

히로시마만의 섬들은 대재난을 맞이한 시민들이 무턱대고 찾아가는 피난지가 되었다. 병원이 있는 섬은 드물었다. 사람들은 아무 섬에만 가도 살 수 있으리라는, 안전해지리라는, 막연하고도 본능적인 희망에 목숨을 걸었다.

"조선 이우공 전하가 위급하다. 전하부터 뫼셔야 한다!" 히로무는 배를 찾아다니며 강압적으로 을렀다.

적대적인 대답을 들었을 뿐이다. "지금 위급하지 않은 사람이 어딨어? 줄을 서란 말야."

선장들은 이우공을 몰랐다.

이우가 들것에서 몸을 일으켜 큰 소리를 냈다. "줄을 서라. 줄을

서! 특별대우를 바라면 안 된다!"

길고 긴 줄 끄트머리에 섰다.

히로시마의 의료인들도 대부분 죽거나 유령처럼 되었다. 살아남은 소수 의료인들은 본분을 다했다. 그들은 약도 없었고 주사기도 없었다. 고작해야 물을 갈구하는 환자들의 입술을 축여주고, 부러진 데를 묶어주고, 상처 부위를 닦아주고, 너덜대는 부위를 자르고 동여매주었다.

"저들은 천사다. 그렇게 생각하지 않느냐?" 이우가 누구에게랄 것도 없이 물었다.

이우의 몸을 닦아주던 키노가 엉뚱히 대답했다. "천사 같은 소리를 하시니, 전하는 죽지 않을 거예요."

한 여자가 그나마 가리고 있던 것들을 찢어발겼다. 괴성을 질러대며 팔짝팔짝 뛰었다. 그녀의 아래는 검붉게 탔는데 가슴 위쪽은 멀쩡했다.

사람들은 발광하다가 구토하다가 피똥을 싸다가 숨이 끊어졌다. 산 사람들은 말없이 시체를 가리켰다. 군인들은 버려진 염전으로 시체를 옮겼다. 시체에 석유를 붓고 불을 질렀다. 불타는 시체더미에 계속 시체를 던졌다. 시체 타는 냄새가 진동했다.

해가 떨어지면서 진짜 어둠이 다가왔다. 여기저기서 생명의 상징이라도 되는 것 같은 촛불이 켜졌다. 키노도 양초심지에 불을 붙였다.

니노시마의 해군병원. 무수한 부상자가 건물 안팎에 널렸다. 부상자들은 죽은 듯이 누웠다. 의식이 있는 자들은 삶과 죽음의 경계에서 헤맸다.

인류 최초로 피폭당한 환자들. 의사들은 아는 게 없었고 할 수 있는 게 없었다.

해군병원 원장이 이우를 검진했다. "전하보다 더 멀쩡하다가 갑자기 죽는 사람이 많았습니다. 그 반대의 경우도 있지요. 6도 화상을 입어 곧 죽겠구나 했는데 아직도 살아 있단 말입니다. 그래봐야 곧 죽겠지만요."

나카사키가 버럭 성질을 냈다. "지금 무슨 불길한 말씀을 하는 거요?"

원장이 처연히 말했다. "난 지금 제정신이 아니요. 하루 종일 시체를 봐왔소. 살아 있는 사람도 시체 같았소. 내가 제정신이겠소?"

이우가 일렀다. "나는 괜찮다. 원장은 다른 환자들을 돌보시오."

"특실에 가 계시지요. 혹시 전하 같은 고귀하신 분이 오실까봐 예비해놓았습니다. 주무시면서 끔찍한 하루를 잊으십시오."

"아니요, 나도 다른 환자들과 함께 누워 있겠소. 나 홀로 특실이라니 우습지 않나."

"전하가 다른 환자들과 섞여 있으면 우리 의사들이 불편해서 안 됩니다."

말이 특실이지 그저 독립된 흙구덩이일 뿐이었다.

새벽 세시, 원장이 방공호 특실로 내려왔다. 복도문에 기대어 졸던 히로무가 소스라치며 잠을 깼다.

원장은 이우를 물끄러미 바라보았다. "전하는 어떤 분이시오?"

히로무는 어떻게 대답해야 할지 몰랐다. 원장이 대답을 꼭 듣고 싶어 하는 것 같아 대꾸했다. "좋은 분이시죠."

"급전을 받았습니다. 전하를 편히 보내드리라고 하더군요."

"보낸다고요? 어디로요?"

"전하의 고통을 덜어드리라는 겁니다."

"고통을? 전하의 상태를 어떻게 보고했습니까?"

"사실대로 보고했습니다. 이우공 전하가 와 계신데, 외상도 없고 화상도 없다. 정신도 말짱하고 고열도 없다. 다른 환자에 비하면 아주 건강하시다. 그랬는데도 고통을 덜어드리라는 겁니다. 무슨 말인지 알겠소?"

히로무는 비로소 알아들었다. "어떻게 그럴 수가!"

"나는 일개 의사에 불과합니다. 정치, 이런 거 몰라요. 하지만 그곳에서 내려온 명령을 거역할 수는 없습니다. 그들은 특별하지요! 어떤 지옥이 닥쳐왔더라도 산 사람은 살아야 하지 않겠어요?" 변명하듯 원장은 중중댔다.

이우는 깊은 잠에서 깨어났다. 어제 일이 가물가물했다. 여느 때처럼 평화로운 아침을 맞이한 듯했다. 방공호 특유의 퀴퀴한 냄새를 맡고서야 참담한 어제가 한꺼번에 되살아났다.

"전하, 깨어나셨군요. 참 다행입니다, 다행이에요! 예수님 감사합니다!" 키노가 십자가를 긋고 두 손을 모았다.

이우는 해맑은 미소를 지었다. "키노, 달걀죽이 먹고 싶다. 될까?" 이우는 아침에 꼭 달걀죽을 먹었다. 오래된 식습관이었다.

"걱정하지 마세요, 얼른 해가지고 올게요." 키노가 신나서 병실을 나갔다.

나카사키와 히로무는 울먹이면서 웃었다.

이우가 천진스레 말했다. "모두들 나 때문에 고생이 많군."

"전하, 별말씀을 다하십니다." 나카사키가 그예 울음을 터트렸다.

원장과 간호사가 들어왔다. 원장이 직접, 주사기를 들고는 이우의 엉덩이를 벗겨내고 한 대 박았다. "진통제입니다." 간호사가 이우의 엉덩이를 소독솜으로 문질렀다.

이우는 달걀죽을 맛나게 먹었다. 최후의 만찬이었다.

이우의 얼굴이 땀으로 번들거렸다. 키노는 놀라서 이우의 이마를 짚었다. 화로처럼 뜨거웠다. 온몸이 펄펄 끓었다.

이우는 자신이 죽어가고 있음을 느꼈다.

분해서 혀를 깨물고 싶었다. 이토록 어이없이 죽으려고 치욕의 세월을 견뎌온 게 아니다. 허무하게 죽을 수는 없다. 할 일이 있다. 나에게는 할 일이 있단 말이다. 살아야 한다. 기어코 살아서 조선으로 돌아가야 한다.

위태로운 촛불 같은 의식을 안간힘을 다해 붙잡았다. 사랑했던 사람들과 어중이떠중이 동지들의 얼굴이 바람처럼 지나갔다.

내가 왜 벌써 죽어야 한단 말인가? 이렇게 갑자기 죽어야 할 이유가 없다! 나는 할 일이 있는 사람이다. 이대로 죽을 수는 없다. 나는 대중을 이끌어야 한다.

세계 역사가 증명한다. 나라를 다시 세울 때 얼마나 혼란스러운지. 무수한 사상이 등장하고 수많은 영웅이 탄생한다. 무수한 사상은 유일한 사상이 되기 위해 경쟁한다. 수많은 영웅은 제일 영웅이 되기 위해 다툰다. 그게 역사다. 하지만 우리 조선은 가능한 빨리 새 조국을 건설해야 한다. 모든 세력이 화합해서 자주적인 나라를 건설해야 한다! 그렇게 되도록 조율할 세력이 필요하다. 나는 대한제국 황실이 조율 역할을 해야 된다고 믿었다. 아니, 그런 역할을 수행해야만 한다. 그렇지 않으면 조선도 여러 나라가 겪었던 혁명이나 내전을 겪게 될 것이다. 식민지 시절보다 더 큰 환란을 막아야 한다. 조선 황실의 대표자로서 나는 조율자가 되고자 했다. 그런데, 그런데, 나는 죽어가고 있다. 억울하다, 억울하다…….

숨구멍에서 핏빛 같은 땀방울이 솟구쳤다.

나카사키는 원장의 멱살을 잡고 흔들었다. "네놈이 죽였지? 어째서 이우공 전하를 독살한 것이냐? 누가 시켰어? 어서, 말 못 해? 이 살인마들아. 뭐가 두려워 우리 전하를 죽인단 말이냐."

원장은 냉정히 선고했다. "이우공 전하, 향년 33세, 사망시각

1945년 8월 7일 오전 7시 32분, 사인 괴폭탄 피폭 후유증으로 인한 쇼크사." 원장은 덧붙였다. "……지금 이 순간에도 많은 사람이 죽어가고 있습니다. 이우공 전하도 그렇게 죽어간 가엾은 목숨 중의 하나일 뿐입니다. 삼가 명복을 빕니다."

이우(李鍝) 외전(外傳)

이우는 원자폭탄에 당하여 비명횡사했지만, 대중은 그의 죽음을 쉬이 믿지 못했다. 이우가 일본에서 죽지 않고 조선으로 살아 돌아와서 대한대중공화국 정부를 구성하고 자주독립전쟁을 일으킨다는 거대한 이야기는, 일종의 구전 설화다. 소문들이 떠돌다가 큰 소문으로 뭉쳤고, 소문이 이야기의 뼈대를 갖추었고, 입에서 입으로 전해지는 사이에 살이 붙었다. 떠도는 이우 설화를 집약하여 하나의 소설로 엮은 것이, 「이우 외전」이다.

대중은 해방 이후 5년 동안의 대혼란을 겪고 급기야 동족상잔했다. 시나브로 깨닫게 되었다. 일제의 멸망과 외세의 점령으로 맞은 해방이 문제였다는 것을. 대혼란과 내전을 막기 위해서는 애초에 자주적 대통합 정부로서 독립했어야 했다.

대중의 상상 속에서 이우는 구왕조의 대표자로서, 각계각층 독립운동가 세력이 대통합하고 새 조국을 건설하는 데 합심하도록 매개체 역할을 할 수 있었던 유일한 인물이었다. 대중은 이우가 자주독립전쟁을 일으켜 대통합 자유평등 국가를 건설한다는 황당한 이야기를 나누며, 실제 비극의 역사를 잠깐이라도 망각했던 것일 테다.

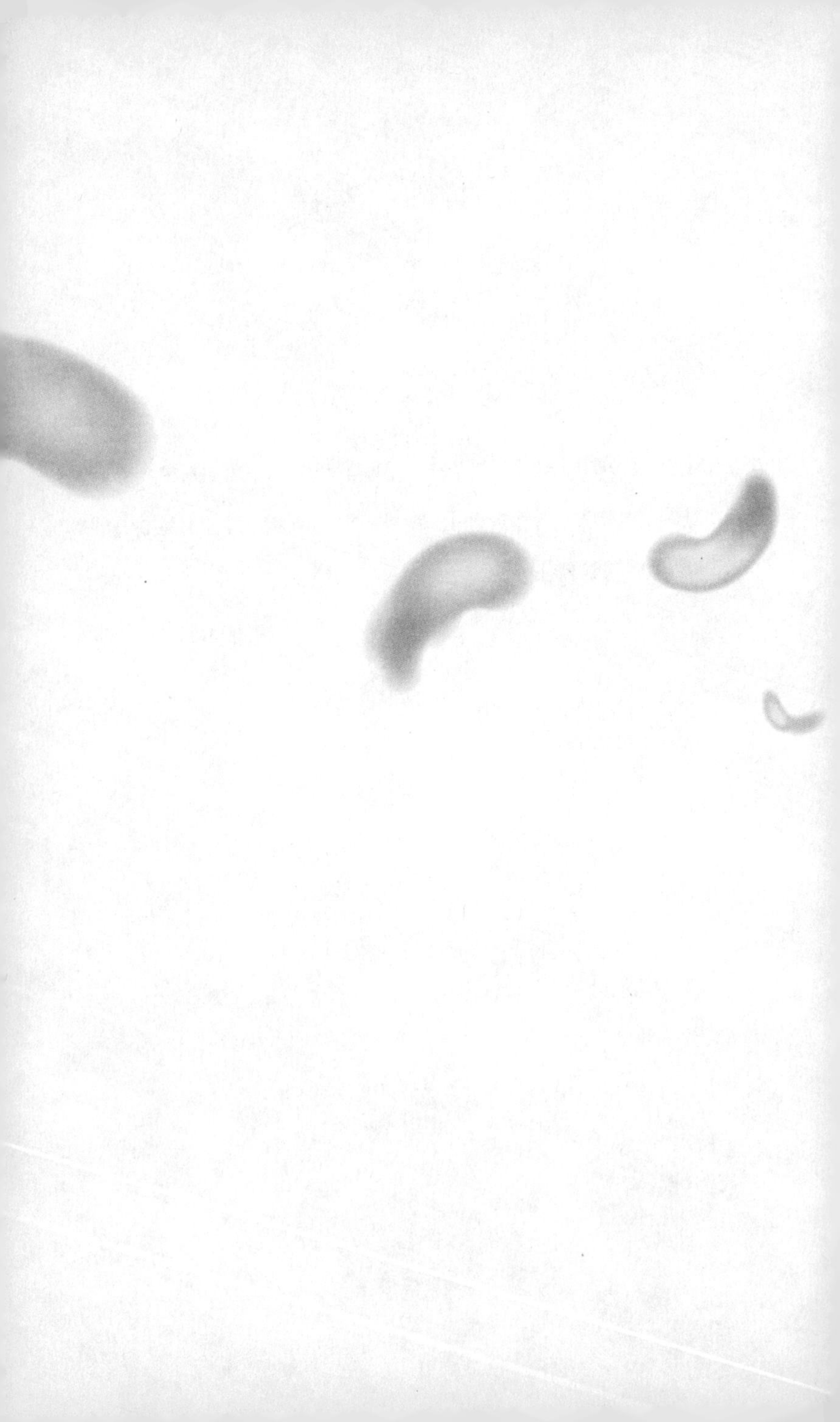

백호당의 지하에, 사마귀가 갑자기 들어왔다. 사마귀는 품에서 공책 한 권을 꺼내었다. "어중이떠중이, 귀가 있으면 좀 들어보란 말야!"

사마귀는 이름과 신분이나 직함, 친일행적을 간단명료하게 정리한 내용을 죽죽 읽어나갔다. 왕족, 경제인, 법조인, 문인, 관료, 학자, 스포츠선수, 예술인…… 신분과 분야를 총망라한 명단이었다.

사마귀는 낭독을 마치고 의기양양하게 지껄였다. "우리 척결단이 작성한 살생부외다. 이 개새끼들은 어쩔 수 없이 친일한 게 아니야. 지 마음에 우러나는 충성을 일왕 개 씹탱구리한테 바친 거라고. 이놈들을 깡그리 죽여없애야 진정한 해방이라 할 수 있겠지. 안 그렇냐고?"

이백호가 한숨을 내쉬었다. "해방의 날을 맞이하여, 자네는 고작 살인만을 생각하고 있단 말인가?"

"성스러운 살인이지. 쓰레기를 청소해야 새 세상을 만들 거 아닌가."

"친일부역자를 싹 죽이려 든다면 그건 전쟁이야. 내전이란 말일세. 친일부역자들이 나를 죽여주십쇼 하고 가만히 있겠나? 그들도 살기 위해서 목숨 걸고 싸울 것이야. 미국에서는 흑인 노예 해방 문제를 놓고 남북전쟁이 있었네. 러시아혁명 때는 적군과 백군으로 나뉘어 싸웠네. 자네는 동족상잔을 바라는 건가?"

"견강부회 마셔. 새 술은 새 부대에 담아야지."

"해방이 중요한 게 아닐세. 해방 이후가 중요하단 말일세."

"내 말이 그 말 아냐!"

"친일부역자들만 보이고 외세는 보이지 않나. 미국, 소비에트, 중국이 보이지 않나? 외세가 우리 조선이 마음대로 하도록 놔둘 것 같아? 조선은 최대한 빨리 대통합정부를 구성해야만 존립할 수가 있네. 조금만 늦어도 다시금 외세에 갈가리 찢기고 수탈당할 것이네. 극렬 친일파까지 껴안고 가야만 하는 길이야."

이백호는 말귀 어두운 학생 가르치듯 보태었다. "외세는, 우리 조선이 편히 새 나라를 건설하도록 놔두지 않을 것이네. 한반도를 서로 먹으려고 승냥이처럼 덤벼들겠지. 우리 조선은 한마음 한 뜻이 되어야만 승냥이들을 이겨내고 새로운 나라를 건설할 수 있어. 왕실을 그 중심으로 삼아야 하네. 대중의 심리를 모을 구심점으로 삼아야 해."

사마귀는 코웃음을 치며 너털댔다. "어째서 그 중심이 왕실이 되어야 한단 말인가. 예나 지금이나 난 그 논리가 당최 이해가 안 돼. 조선인은 원한에 사무쳤어. 왕실을 어떻게 용서할 수 있단 말인가."

"대중은 전하의 진심을 받아들일 거라고 믿네."

사마귀는 분을 못 참고 탁자를 발길질했다. "왕실버러지한테 옛날처럼 이 나라를 통치해주소서, 하자는 건가?"

"입헌군주제로 가야 한다는 것이네."

"입헌군주제든 뻔뻔군주제든 조선 대중 귀에는 개소리야. 대중이 독립운동한다고 죽어갈 때, 일왕 앞에서 재롱이나 떨며 호의호식했던 것들이 왜놈 물러갈 때 되니까, 다시 왕 해처먹겠다는 거잖아?"

일본 궁내성 실세 세키야 테이자부로와, 쓰시마 닌자 가문의 22대 영주 하루키는 니노시마 해군병원에 도착했다. 이우의 주검이 안치되어 있다는 특실로 갔다.

관에 방부제를 얼마나 처넣었는지 약품냄새가 코를 찔렀다. 하루키는 관을 열었다. 얼음에 파묻혀 이우의 모습은 조금도 보이지 않았다. 얼음을 걷어냈다. 죽은 자의 얼굴이 드러났다.

세키야와 하루키는 시체의 얼굴을 멀뚱히 바라보았다.

"이우공이 아니군."

"하아, 정말로 아니네요. 그럼 그렇지. 그렇게 쉽게 죽을 목숨이 아니라니깐. 내가 몰래 구해준 적도 많지만, 지켜보니 목숨줄 하나는 질긴 사람이더라고."

"하루키, 이우공을 찾아 즉시 죽이게."

"뭐요?"

"죽이란 말일세."

"장난하셔? 이십 년간 목숨 걸고 보호해온 사람을 죽이라고?"

"이우가 조선의 지도자가 되면 우리 일본으로서는 참으로 곤란해진다. 강한 조선의 탄생 만큼은 무조건 막아야 한다. 더욱이 이우 그놈은 천황폐하께 대불경을 저질렀어. 도저히 용서할 수가 없다."

"그것 참, 정든 사람을 어떻게 죽여?"

"하루키, 내가 지금 장난하는 줄 아나? 자네 가문의 명예를 걸고 임무를 완수해주게."

"알았소, 죽이면 될 것 아뇨."

해군병원 원장, 나카사키, 히로무, 키노 등은 이우를 죽은 것처럼 위장했다. 배 한 척을 구하여 아픈 이우를 태웠다. 추얼과 조막개가 이우와 동행했다. 히로무는 연고 없는 주검 한 구를 구하여 이우의 관에 넣었다.

히로무는 이우의 사무실로 돌아와 분주히 움직였다. 도쿄와 히로시마에서 머무는 동안 이우가 수집하고 편집한 문서를 챙기려는 것이었다. 이우가 '탈출의 날'을 대비하여 잘 정리해두었지만 놓친 것이 있을지도 몰랐다.

정신없이 이틀을 보낸 히로무는 지쳤다. 전하는 잘 가고 계실까? 아직 조선에 도착하지 못하셨겠지? 비몽사몽하던 히로무는 괴상한 느낌에 퍼뜩 깨어났다.

누군가 서 있었다. 하루키가 칼로 찌르듯이 물었다. "히로무, 그대는 조선인인가 일본인인가? 요시나리 히로무, 그대는 일본인이면서 어째 조선인 이우에게 진심으로 충성했는가?"

"그것이 잘못되었나?"

"우리의 주군은 천황폐하이시다. 천황폐하가 우리의 유일한 주군! 그대 홀로 다른 주군을 가질 수는 없는 것."

"정체가 뭐냐?"

"나는 이우공을 죽이라는 명령을 받았다."

"누구로부터?"

"천황폐하와 대일본제국을 수호하는 분들. 너는 천황폐하와 대일본제국을 배신했다."

"나는 진정으로 동양 평화를 바란다. 동양의 평화를 위해서는 전하가 살아계셔야 한다. 전하가 새 조선을 이끌어야 한다. 그분은 조선을 위해 반드시 필요한 분이다."

"조선을 위해 필요한 사람은, 우리 일본의 적이다…… 히로무 중위, 지금 이우공은 어디에 있나?"

하루키는 히로무를 단단히 묶고 가공할 악형을 퍼부었다.

수인당 김홍인이 수저질을 멈추고 탄식했다. "우리 전하께서는 어찌 지내실까. 어찌 그 위험한 곳에 계신단 말인가. 에구, 에구. 내 아들."

겸상하던 막내 명길이 불뚝 내질렀다. "그 일본놈은 뭐 하러 걱정한단 말이유?"

"일본놈이라니! 네놈이 미쳤구나."

명길은 숟가락을 내던지고 막걸리를 벌컥벌컥 마셨다.

"그놈이 일본놈이 아니면 뭐란 말이요? 그놈은 조선사람이 아니요. 뼛속까지 일왕의 혈족이 돼버렸소. 내선일체의 화신이란 말이오."

수인당이 부르댔다. "요놈이 헛소리를 해도 정도가 있지, 누구한테 억울한 누명을 씌우는 거냐."

명길은 지지 않고 욱대겼다. "하는 짓이 그렇잖수, 하는 짓이. 왜 왜놈들이 하라는 대로, 아주 설설 기며 다 하는 거요? 전쟁터에서 죽은 왜 귀신놈들 참배하러 갈 때 한 번쯤 거부할 수도 있는 거 아니요? 히로시마도 안 가고 뻗댈 수도 있었던 거 아니요? 왜 개자식들 옥쇄하겠다는 데 가서 함께 죽겠다는 거요? 우리 어머니 애간장 타게."

"이놈 입방정 보게. 죽다니, 왜 죽어. 전하는 일본에 충성하러 가신 게 아니다. 일본에 할 일이 있으셔서 가신 게다."

명길은 술맛마저 달아났다. 벌떡 일어나 뛰쳐나오고 말았다.

명길이 맛이 간 낯꼴로 되돌아왔다.

"이놈아! 네 어미 가슴을 덜 긁었느냐? 오냐, 건달놈들이랑 술

처먹을 돈 달라는 게냐?" 화풀이하듯 타박하던 수인당은 막내가 심상치 않음을 깨달았다. "……아니, 아들아, 네 얼굴이 왜 그러느냐? 무슨 일이냐, 무슨 일이야?"

"이우 형님이, 이우 형님이……." 명길은 차마 말을 못하고, 어머니의 복장이 끓게 만들었다.

히로시마 서부 동굴 비행장에는 아주 작은 비행기 백여 기가 강남제비떼처럼 들어앉았다. 폭탄을 싣고 미군 전함에 돌격할 것을 운명으로 타고난 '가미가제(神風)' 특공기와, 단발 쌍발 프로펠러 비행기 십여 기였다.

이우의 관은 새벽에 히로시마만을 건넜다. 유해는 폐허 히로시마를 가로질러 산 속으로 들어갔다. 격납고에 히로시마의 각 군부대에서 온 장성들과 병사들이 도열했다. 나카사키와 키노는 4인용 단발 경비행기에 탑승했다. 이우의 관을 사이에 두고 마주 보았다. 일병들이 일제히 경례했다. 오전 9시 10분, 경비행기가 격납고를 빠져나와 현해탄으로 날아갔다.

열다섯 시간 동안 고문 받은 히로무는 산 사람이라고 할 수 없었다. 끝내 히로무는 입을 열지 않았다. 하루키가 원하는 답을 해주지 않았다.

"천황폐하를 위해 말하라. 마지막 기회다."

히로무는 확신했다. "천황폐하는 이우공을 죽이라고 했을 리 없다."

"조센징 한 놈을 위하여, 끝까지 천황폐하와 국가를 배신하겠다는 거냐?"

히로무는 혀를 깨물었다. 억울해하지 않기로 했다. 이틀 동안 히로시마에서 십만 목숨이 사라졌다. 거기에 내 한 목숨 보태질 뿐이다. 원자폭탄에 희생당했다고 생각하면 그만이야! 전하는 잘 가고 계시겠지. 이우와 어깨동무하고 도쿄 거리를 활개치던 청소년 시절이 선명히 떠올랐다. 그때 참 신명났었는데.

하루키가 히로무의 관자놀이에 총구를 들이댔다. 총소리가 울렸다. 히로무의 머리통이 깨졌다.

불과 이백 킬로미터 떨어진 히로시마는 지옥이 되었는데, 시모노세키는 평화로웠다. 언제 폭격당할지 모른다는 불길한 공포가 온 도시에 드리워졌지만, 겉보기엔 모든 도시 기능이 정상적이었다. 음식점도 숙박업소도 정상영업 중이었다.

산양여관 301호.

라디오 아나운서는 미군의 야만성을 성토했다. 수십만 시민을 몰살시킨 원자폭탄을 규탄했다. 일본 국민은 천황폐하로부터 일개 젖먹이까지, 최후의 일인까지, 옥쇄전의 각오로 결사항전하자고 절규했다.

라디오가 전한 내용 중에는 궁내성 발표도 있었다.

'이우공 전하께서는 6일 광도(히로시마)에서 작전 임무 수행 중

공폭에 당하시어 7일 전사하시었다!'

이우는 자신이 죽었다는 소리를 들은 순간, 아득한 잠에서 깨어났다.

창으로 바닷바람이 살랑살랑 들어왔다. 낯익은 다다미방이었다.

알몸뚱이 이우는 창가로 갔다. 바다가 보였다. 아지랑이가 수평선에서 끓어올랐다. 성기가 우뚝 솟았다. 제 성기를 내려보다가 오른손으로 잡아보았다. 단단하고 묵직했다.

모든 것이 돌아왔다. 의식도 돌아오고 감각도 돌아오고 배고픔도 돌아오고 본능도 돌아왔다. 성욕마저 돌아왔다면 모든 것이 다 돌아온 것이다. 나는 되살아났다. 하늘이 내게 또 한 번의 생애를 내려주셨다. 오, 하늘이시여 감사합니다.

이우는 무릎을 꿇었다. 짙푸른 바다 위로 무한히 펼쳐져 있는 하늘을 향하여 큰절을 올렸다.

벽시계는 12시 10분을 가리켰다.

이우는 알몸의 추얼을 내려다보았다. 피가 끓었다. 살아 있음을 확인하고 싶었다. 긴 손가락으로 추얼의 볼을 어루만졌다. 추얼이 눈을 떴다. 추얼은 겸연쩍은 미소를 지었다.

"내가 너를 가져도 되겠느냐?"

"스물아홉 시간 만에 깨어나서 그게 처음 하시는 말입니까? 실망했네요."

이우는 투정부리듯 했다. "그러기에 왜 벗고 있느냐?"

"……전하가 너무 아프셨습니다. 헛소리를 해대면서 끙끙 앓으셨어요. 열도 장난이 아니었죠. 전하를 살려보겠다고 별지랄을 다했답니다. 하다하다 안 돼서, 마지막 방법으로다가 알몸뚱이로 애를 써보다가 깜박 잠들었네요. 절대로 딴 생각이 있었던 건 아녜요."

"효험이 있었구나. 내가 이렇게 말짱해졌으니."

"참말로 말짱해지신 건가요?"

"너한테 껄떡대는 것을 보면 모르겠느냐?"

"전하가 사람 같네요."

"허락한 것으로 알겠다."

지친 이우가 떠들었다. "사람이란 게 참 기이한 존재구나. 그런 참담한 일을 겪었는데도 달라진 게 아무것도 없구나. 바다를 보니 아름답다는 감정이 들고, 알몸의 여인을 보니 사랑하지 않고는 못 배기겠고, 이제는 배가 고프구나. 지옥을 겪었으면 뭔가 달라져야 하지 않느냐? 왜 그대로인 것이냐?"

추얼은 새끼손가락 끝으로 이우의 눈물을 닦아주며 재담했다. "능욕 당한 뒤에 제일 참담한 게 뭔지 아십니까?…… 방금 전하가 말했던 바로 그거요. 이런 지옥 같은 일을 겪었으면 뭔가 달라져야 하지 않을까. 아무것도 달라지지 않더라고요. 때 되면 어김없이 배가 고프고 똥오줌이 마렵고……."

이우가 이상하다는 듯이 물었다. "나는 왜 똥이 마렵지 않은 것이냐?"

추얼이 재깔였다. "앓으시면서 계속 싸셨어요. 물똥, 피똥, 된똥,

똥이란 똥은 다 싸셨어요. 오줌도 막 싸시고요."

"그걸 네가 다 치웠단 말이냐?"

"그럼 치우지 먹었겠어요." 추얼은 한바탕 호호댔다.

비 내리는 경성, 조선군사령부 비행장에 단발 경비행기가 내려앉았다. 이우의 관은 이정옥의 택시에 실려 운현궁으로 옮겨졌다. 이정옥은 운전하는 내내 철철 울었다.

운현궁에는 이우의 가족이 죄 모였다.

그들은 아침나절에 기절초풍할 연락을 받았고, 소개를 가 있던 시골에서 부랴부랴 상경했다. 올라오는 차 안에서 하도 울어 울 힘이 남아 있을까 싶었지만, 이우의 관이 들어오자 다투어 곡성을 터트렸다. 운현궁은 울음바다가 되었다.

울지 않는 사람이 딱 하나 있었다. 다섯 살인 이종(이우의 차남)은 죽음의 의미를 몰랐다. 아버님이 죽었다는데 그게 무슨 말인지 알 수가 없었다. 할머니들도 울고 어머니도 울고 형도 울고 삼촌 고모들도 울어서, 시종시녀들도 울어서, 모든 사람들이 통곡하는 것이 무서워서 잠깐 빽 하고 울었을 뿐, 얼른 울음을 그치고 해맑은 낯꼴로 뛰어다녔다.

운현궁 후원 꽃밭은 온갖 화초가 아름다웠고 무수한 벌레가 꿈틀대었다. 이종은 우는 사람들은 잊어버리고 꽃밭에서 벌레들과 놀았다.

이왕가로서는 융희제 사후 근 이십 년 만에 최고 신분의 상을 치르게 되었다. 왕실 늙은이들이 머리를 맞대고 의논한 끝에 구일장으로 정했다.

빈소가 마련되었다.

맨처음 문상을 온 것은 조선총독부 관리들과 조선군사령부 장성들이었다. 그들을 대표하여 요네야마 경시총감이 이우의 영결식을, 8월 15일 정오 경성운동장에서 조선군사령부가 주관하는 육군장으로 성대히 치르겠다고 통고했다.

헌병 1개 중대가 몰려와 운현궁을 둘러쌌다. 혹시 모를 소요에 대비하면서 이우의 장례를 널리 홍보하기 위한 전략이었다.

일본 궁내성의 뜻을 전해받은 조선총독부와 조선군사령부는 이우의 죽음을 잘 이용해볼 작정이었다.

'이우공도 히로시마에서 천황폐하와 대동아의 영광을 위해 성스럽게 싸우다가 전사했다. 한반도의 조선인들도 이우공을 본받아 앞으로 닥쳐올 미제놈들과의 싸움에 목숨을 바쳐야 한다.'

말도 안 되는 것 같지만, 고위 유명인물의 죽음이 발산하기 마련인 숭고의 이미지를 잘만 활용한다면, 근래 들어 부쩍 동요하고 있는 조선인들의 충성심을 다잡는 데 퍽 유용한 당근 겸 채찍이 되리라 판단했다. 누군가의 죽음 앞에 서면 군중심에 휩쓸리는 것이 사람의 마음이니까.

이우는 주검마저도 일제에게 철저히 이용될 운명이었다.

이우가 깨어났다는 연락을 받고 급히 달려온 조막개는 펑펑 울었다. 임꺽정처럼 생긴 자가 흘리는 눈물인지라 방바닥이 금세 흥건해졌다.

"살아주셔서 고맙습죠, 참말 고맙습죠!"

"너무 기뻐하지는 말게. 죽은 사람들도 생각해야지."

"죽은 사람을 너무 많이 봐서 그런지 살아 있는 사람만 보면 자꾸 눈물이 납죠."

"오늘 배를 타겠네."

"전하 몸 상태가 문제입죠."

"보게. 아주 말짱해졌네."

조막개는 찬찬히 살펴보았다. 과연 십삼 년 전의 스무 살 청년처럼 늠름하고 패기에 찬 건강한 모습이었다.

조막개는 위조 신분증과 선표, 옷꾸러미 등을 내놓았다. "준비는 해두었습죠."

이우는 조막개의 두손을 맞잡고는 신신당부했다. "일본 일은 자네만 믿겠네. 연통을 돌려 모든 조선인들에게 해방의 날이 임박했음을 알리게. 한 도시가 그렇게 되었는데도 항복하지 않는다면 일본 천황과 군부는 정말 인간들이 아니네. 천황이 항복을 하면 일본인들이 어떻게 될지 모르네. 온순한 양이 될 수도 있지만 미친 늑대가 될 수도 있지. 그런 일본인들 사이에서 무사히 살아남기 위해선 단결밖에 없네. 공장, 탄광, 항구, 그 어디에 있든 조직적으로 뭉쳐 있어야 하네. 해방의 날까지 무탈하게 견뎌야 하고, 해방이 되는 대로 가능한 빨리 돌아들 와야 하네."

"저희는 걱정하지 마십쇼. 이제까지 견뎌왔는데 한두 달을 더 못 견디겠습니까."

"우리가 겪은 폭탄은 그냥 폭탄이 아니다. 해방의 날이 앞당겨질 것이네. 열흘 안에 해방될 수도 있어. 모든 일을 서둘러야 하네."

"전하가 걱정입죠. 전하, 여의치 않으시면 거사하지 마세요. 그대로 해방을 맞이해도 전하의 뜻을 펼치실 수 있잖아요."

이우는 고개를 젓고는 다짐했다. "나는 꼭 거사할 것이네. 그렇지 않고서는 대중을 볼 낯이 없네. 아직도 내 진심을 모르는 건가? 나는 대중이 다시 왕실을 받들어주기를 바라는 게 아닐세. 왕실이 대중의 용서를 바라기 위해서는 뭐라도 해야 할 것 아닌가."

"전하는 이미 많은 일을 하셨습니다. 군자금을 마련해서 백두산 유격대에 보냈고, 태항산에 계실 때는 조선인 학도병들을 빼돌려 탈출시켰고……."

"그까짓 것을 가지고 뭘 했다 할 수 있겠는가. 그까짓 것은 추얼의 무용담 발뒤꿈치에도 못 미칠 것이네."

추얼은 민망해서 헛기침을 했다.

"알겠습니다. 전하, 그럼 꼭 성공하십쇼. 성공 소식만 기다리고 있습죠. 해방 소식보다 전하의 성공 소식을 더 기다릴 겝니다. 근데 말입니다, 저는 너무 헛갈립죠. 살인폭탄을 터트린 미국놈들이 더 나쁜 놈들인지, 그런 살인폭탄을 맞고도 항복을 하지 않는 일본놈들이 더 나쁜 건지."

추얼이 끼어들어 명쾌한 답을 내놓았다. “별걸 다 따지시네요. 똑같이 아주아주 나쁜 놈들이잖아요.”

“그래, 추얼아 네 말이 맞다. 추얼아, 전하를 잘 모셔라! 너는 전하의 그 뭣이냐, 미제 말로 보디가드다. 알겠느냐? 네 목숨을 바쳐서라도 전하를 지켜야 한다.”

추얼이 명랑히 대꾸했다. “동지나 잘하세요.”

새벽 두시. 경성 한복판의 초특급 기생집 ‘태양관’.

부자들이 지껄였다.

“해방의 날이 임박한 것 같다. 모두에게 재미난 시간이 될 것이야.”

“제발 살 방도를 알려주십쇼!”

어떤 부자들은 태연한데, 어떤 부자들은 좌불안석이었다. 좌불안석 부자들은 친일매국노 서열에서 으뜸, 버금을 다퉜다.

“뭘 그렇게 두려워하나. 부는 언제나 강하네.”

“태평한 시절에나 강한 것이지요. 혼란기에는 부도 별수 없는 것 아니겠습니까?”

“혼란기에 대박나는 부도 있고, 혼란기에 몰락하는 부도 있겠지. 우리들 중에 몇 사람쯤은 다시 볼 수 없을 것이야. 새로운 부자들을 만나는 재미도 쏠쏠하지. 우리 같은 영원불멸의 부자들은 그걸 알 수가 없거든. 갑자기 부자가 된 심정을 말이야. 우리야 선대로부터 부를 계승하였으니 무슨 재미가 있었겠나. 부를 지키는 수고만 겪었지, 일시에 쟁취하는 재미는 못 누려봤거든."

"이 나라의 진정한 주인이신 영감님들과 더 오래 뵙고 싶습니다. 살아남을 방도를 알려주십시오."

"돈이 있고 땅이 있고, 돈과 땅으로 부려먹을 사람이 있는데 뭐가 그렇게 두려운 것이지?"

"영감님들은 더러운 곳에 이름을 걸지 않고도 부를 유지할 수 있었지만, 저희는 부를 이루기 위해 매국을 했잖습니까!"

"도대체 뭘 배운 겐가. 자네들이 우리 놀이터에 들어온 지가 십년은 되어가거늘. 하나만 명심하면 돼. 가장 부도덕하고 가장 불의한 권력을 허수아비로 삼아라. 조선말기로부터 대한제국시대까지 가장 부도덕하고 가장 불의한 권력이 누구였지?"

"왕실입니다."

"바로 그거네. 왕실, 세도정치가, 노론선비들 그 말 많은 자들을 최고권력 허수아비로 세워놓고, 사실상 우리 부자들 마음대로 다 해먹었네."

"지난 삼십육 년 동안 우리 부자들의 허수아비가 되어준 것은 조선총독부지."

"우리 부자들은 세계적 족속이네. 제가 살고 있는 땅쪼가리에 연연해서 민족을 찾고 국가를 찾는 것들은 큰 부자가 될 수 없어. 글로벌 마인드를 가져야 하네. 자, 글로벌 마인드를 갖고 예측해보게. 해방이 되고 성립이 가능해 뵈는 권력 중에서, 가장 부도덕하고 가장 불의한 권력이 어떤 놈들일까?"

"어리석은 사람들한테 뭘 물어보나. 우리들의 새로운 허수아비는 무조건 미군정이다. 미군 양코배기들이 들어올 때까지 몸조심들만 잘 하고 있어. 큰 걱정은 안 해도 돼. 조선총독부 놈들이 미군놈들 올 때까지 잘 지켜줄 거니까."

"친일매국노들도 무사할까요?"

"친일매국노가 무사할 수 있는 유일한 권력이 미군정이라는 말씀 아니신가. 다른 어떤 권력도 안 돼. 오로지 미군정이어야 해."

"일본놈들보다 더 개백정 같은 놈들인데도요? 히로시마에 원자폭탄이라는 것까지 터트렸다잖습니까?"

"답답하군. 히로시마에서도 우리 같은 큰 부자들은 전혀 죽지 않았다. 왠지 아나? 부자들은 조금이라도 위험한 곳에는 있지 않거든. 위험한 곳에 있더라도 지하에 특수 초호화 방공호가 있지 않은가. 자네들 집 지하에 있고 내 집 지하에도 있는 그 튼튼한 방공호 말이야. 걱정들 붙들어매고 미군 올 때까지 거기서들 푹 쉬고 있으란 말이야. 가끔 여기 나와서 기생년들 가슴이나 주물러대면서."

"맞아요, 우리 부자는 두려울 게 없습니다. 북쪽 부자들은 소비에트군이 참 겁나겠지만, 우리 남쪽 부자들은 돈을 세계에서 가장 사랑하는 미군이 오니 하나도 겁나지 않지요. 극렬 공산당, 중국 유랑거지 상해 임시정부, 미국 방석운동가 이승만, 다 우습지요."

"이야기 그만하고 애기들 홀딱쇼나 보세."

"그러나 왕실은 좀 두렵지 않습니까?"

"왕실이라니? 의친왕 그 영감탱이 나이가 몇인데 설치겠는가."

"일본에 있는 이왕도 암것도 아니잖아요."

"한 사람 인물이었던 이우는 죽었고…… 그러고 보니 하늘이 우리를 돕는군. 이우란 놈이 죽지 않았으면 골칫거리가 좀 됐을걸. 그놈이 어릴 때부터 좀 민족적이었지. 기도 세고. 죽지 않았으면 뭐라도 했을 놈이야. 우리 부자들과 한 하늘을 이고 살 수 없는 놈이었어."

밖에서 화급히 들어온 부자가 알렸다.

"……이우가 살아 있답니다."

부자들은 낯빛이 변했다. 그들은 몇몇씩 짝을 지어 운현궁에 조문을 다녀왔다. 문상을 가서 슬픈 표정을 짓고 재배를 했다. 다들 이우 때문에 기분 나빴던 적이 있었다. 이우에게 크게 모욕당해 원한을 가진 자도 있었다. 앞날을 헤아림이 지나쳐 이우가 해방조국의 지도자가 될까봐 전전긍긍한 자도 있었다. 아무리 따져봐도 이우는 부자들을 몹시 괴롭힐 작자였다. 그가 저절로 사라져버린 것이다! 홀가분함을 숨긴 채, 여러 시간 동안 비통한 얼굴로 술을 마셨다. 유쾌한 연기였다.

"이우는 불의한 놈이 아니잖습니까?"

"그놈을 어릴 때부터 봐왔는데 볼 때마다 재수가 없어. 지금도 그놈 생각만 하면 어릴 때 먹고 체했던 수정과 곶감까지 튀어나오려고 해. 조선에서 나를 감히 째려보는 놈은 그 새끼밖에 없다니까. 지 할애비도 지 아비도 나한테 쩔쩔매는데."

"죽여버려!"

"죽여버리라고요?"

"소란을 일으키기 전에 찾아 없애란 말이야."

"죄송합니다만 저희들에게는 변변한 암살자가 없답니다. 전쟁터로 다 끌려가는 바람에."

"그놈이 살아 있다는 얘기는 누구한테 들은 건가?"

"일본 닌자가 찾아왔습니다. 하루키라나 개루키라나. 살인전문가라던데…… 우리의 도움을 요청하고 있습니다."

"뭐든지 다 도와줘. 이우 그놈이 살아 있다면, 우린 발 뻗고 자기 틀린 거야. 우리 부자들 돈을 다 빼앗아 갈 거라고!"

관부연락선 전망대. 동쪽 하늘이 불타올랐다.

한 사람이 다가와 대뜸 요구했다. "저는 경성 종로서 형사입니다. 일본에 출장을 다녀오는 길이죠. 신분증 좀 보여주시겠습니까?"

"일개 형사 따위가 대 일본군 장교에게 신분증을 보이라 마라 하는 건가? 참 건방지군."

"수상하더란 말입니다. 일본군 장교 하는 짓이."

"뭐가 수상하단 말인가? 의무장교가 전쟁터에 나갈 충성스러운 전사의 몸을 돌보고 기운을 불어넣어주는 것이 잘못되었단 말인가?"

"아니죠, 도망가라고 했지요. 제가 다 확인해보았습니다. 이것들이 입이 무거워서 자세한 말은 안 해주었습니다만 그래도 당신이 무슨 말을 하고 다녔는지 짐작하기엔 충분했습니다. 당신은 일본인이 아니고 조선인이죠? 참 낯이 익은데 말입니다. 그분을 참 닮았어요. 근데 그분은 제 정보통에 의하면 돌아가셨다는데……."

이우는 여행증명서와 가짜 신분증을 내밀었다.

형사는 감탄했다. "오, 보통 솜씨가 아니군요. 참 정교하게 만들었습니다. 이 정도 기술이면 거의 국제수준이죠. 돈 좀 들었겠군요. 자, 진짜 신분을 밝혀보시지요."

이우는 추얼과 눈빛을 교환했다.

이우가 능글대는 형사에게 명령하듯 했다. "자네도 산속으로 달아나라."

"갑자기 무슨 헛소리십니까?"

"보아하니, 그대는 수많은 독립운동가와 조선인을 잡아 족친 모양이야."

"바로 보셨습니다. 내가 잡아서 고문하고 옥살이 시키고 끝내 죽게 만든 한 독립운동가, 불령선인이 한 백 명 되지. 너, 뭐 하는 새끼야?"

"곧 전쟁이 끝나고 조선은 독립한다. 너 같은 자에게 최후의 날이 임박했다. 숨어서 죄를 반성하고 있으면 혹시 용서받을지도 모른다."

"어떤 놈인지는 족쳐보면 알겠지. 내가 큰 건 하나 한 모양이야."

추얼이 휘돌려 찼다. 무방비로 맞은 형사는 저만치 나가떨어졌다. 형사가 총을 꺼냈다. 이우가 팔꿈치로 형사의 어깨를 찍었다.

추얼이 뛰어올라 형사의 모가지를 찼다. 형사는 난간에 등이 걸리더니 그대로 넘어갔다.

이우가 형사를 삼킨 바닷물을 안타까이 바라보았다. "죽었겠구나!"

추얼이 단호히 뱉었다. "죽어도 싼 놈예요."

해가 솟았다. 장엄한 일출이었다.

정진용은 토굴에서 신문을 보았다. 신문에 '이우'의 사진이 크게 나왔다. 전하가 죽었다고? 나는 믿지 않을 테다. 매일신보 개자식들 말을 어떻게 믿어! 진용은 네 장짜리 신문을 박박 찢었다.

점순이가 뛰어들어왔다. 점순이는 머리에 꽃을 꽂고 파수꾼 노릇을 해왔다.

"두목, 그분이 엄청 잘생겼다고 했죠?"

"그래, 겁나게 잘생겼지. 얼굴 한 번 볼래? 이런 신문을 찢어버렸네. 방금 그분 잘생긴 얼굴이 이 신문에 박혀 있었거든."

"그분을 봤어요! 지금 도착한 배에서 막 내리셨어요."

진용은 거지 차림 그대로 뛰쳐나갔다.

여객사무실 앞에서 풀빵 파는 아줌마가 오른쪽을 가리켰다. 번데기 파는 노인이 서쪽 골목으로 코딱지를 튕겼다. 골목에서 거지가 동쪽을 향해 하품을 했다. 밑바닥 동지들이 일러주는 대로 바삐 갔다.

이우와 추얼은 허름한 돼지국밥집으로 들어갔다.

따라들어간 진용은 탁자 맞은편에 슬그머니 앉았다.

"살아계실 줄 알았습니다."

"자네도 무사했군."

"광도에 불벼락이 떨어졌다면서요? 기가 막히게 되었죠, 뭐. 왜놈들 불벼락을 맞아도 싸지요. 전하만 무사하시다면야 왜놈들은 한꺼번에 싹 죽어버려도……."

이우가 수저를 내려놓으며 통탄했다. "한꺼번에 십만 명이 죽었네. 이십만 명이 죽었을지도 몰라. 죽은 사람 중에 조선인도 칠만 명은 될 거야. 사람의 목숨은 다 소중한 법일세. 죽음에 대해서 함부로 말하지 말란 말일세."

"아, 제가 잘못했습니다. 저는 전하가 살아계신 게 반가워서 그만."

"살아도 살아 있는 게 아니네."

"제가 생각이 짧아가지고……."

"자네 밥은 먹었나? 산 사람은 먹어야 하지 않겠나."

세 사람은 묵묵히 밥을 먹었다. 진용은 더 주문한 한 그릇이 나오자 밖으로 나갔다. 점순이가 들어오더니 고개를 까닥하고는 허발했다.

이우가 남긴 것까지 먹어치운 점순이가 나가고, 진용이 다시 들어왔다.

"이제 어쩌실 생각이신지요? 저는 뭘 하면 좋겠습니까?"

"봄 도쿄 공습 때도 하루 동안 칠만 명인가 죽었다. 그래도 일본은 항복하지 않았어. 허나 더 이상 버티지는 못할 것이다. 단 한 개로 수십만 명을 죽인 폭탄을 터트렸어. 일본이 빨리 항복하지 않는다면 또 터트릴지도 몰라. 미군도 미치광이야. 또 어느 도시가 지옥이 될는지."

"그러면……."

"해방의 날이 임박한 것이다."

진용은 감격하여 어깨를 들썩댔다. "만세입니다, 만세!"

이우는 고개를 저었다. "도둑처럼 맞이하는 해방은 아무런 의미가 없다. 오히려 독이 될지도 몰라. 우리는 자주적으로 해방되기 위해서 불꽃처럼 타올라야 한다."

진용은 멀뚱멀뚱했다.

이우가 쉬운 말로 풀어주었다. "드디어 한바탕 싸울 때가 되었다는 말일세."

진용은 얼굴을 활짝 펴며 호기를 떨었다. "싸울 날만 기다려왔습니다. 썅 쪽바리 새끼들, 제가 앞장서서 아작내겠습니다."

"상경해라. 며칠 내로 거사할 것이다."

"괜찮으시겠습니까? 지금쯤 일본놈들도 전하가 살아계신 것을 알지 않을까요?"

추얼이 고자질했다. "관부연락선에서도 사고를 쳤습니다. 청년들에게 산속에 숨으라고 대놓고 선전활동을 하셨지요."

"네가 형사놈 죽인 것은 왜 얘기 안 하느냐?"

"아휴, 사고들을 제대로 치셨군요. 경부선 기차로 가기는 힘들

것 같은데요."

"운에 맡길 일이다. 경전선은 안전하겠지. 지리산 청년들을 만나 본 뒤에 곧바로 상경하겠다."

이우와 추얼이 부산역으로 가는 것을 바라보며, 진용은 담배를 피웠다. 뒤에서 말발굽 소리가 들렸다. 권총 찬 기마경찰 둘 말고도 소총 든 경찰 여섯 명이 뛰어왔다.

경찰들은 이우와 추얼을 멈춰세웠다.

"신분증 좀 보여주십시오. 장교님이 수상하다는 신고가 여러 건 접수되었습니다."

이우는 신분증을 내밀었다.

"장교님을 어디서 본 것 같단 말입니다. 누구를 되게 닮았습니다."

"이 사람 말이냐?" 이우는 여객사무소에서 산 신문을 경찰에게 보여주었다. 그곳에 이우 자신의 얼굴이 있었다.

"맞아요, 이우공 전하를 닮았습니다."

"닮았다는 이유로 심문을 받아야 한단 말이냐? 나는 조선군사령부로 전출 명령을 받아 가는 중이다. 나를 더 이상 귀찮게 하면 가만두지 않겠다."

"죄송합니다만 경찰서로 가셔서 확인을 좀 해주시겠습니까. 장교님 행적이 하도 수상해서 말이지요. 조선군사령부에 전보 한 장만 쳐보면 되지 않겠습니까?"

지켜보고 있던 진용이 권총을 빼어들었다. 점순은 깜짝 놀랐다.

"뭐하려고요?"

"일단 전하부터 구해야지. 사고치고 보는 거야!"

총소리와 함께 기마경찰 하나가 고꾸라졌다.

이우와 추얼은 부산역에 못 들어가고 거리를 헤매다가 운 좋게 목탄버스를 얻어탔다. 진주행 목탄버스는 출발 한 시간 만에 퍼져 버렸다.

두어 시간을 걸어 작은 면소재지에 닿았다. 자전거포 주인은 장교님이 아니라 천황님이 와도 안 팔 거라고 주접을 떨었다. 자전거 값의 다섯 배에 해당하는 돈뭉치를 던져주자 얼른 내놓았다.

기차역이 있는 김해를 향해 페달을 밟았다. 땡볕은 자전거를 녹여버릴 듯했다. 보기만 해도 시원한 낙동강이 나타났다. 아이들이 강가에 버글버글했다.

이우가 자전거를 세우고 둑가 느티나무 그늘 아래 주저앉았다.

뒤처졌던 추얼이 헉헉대며 당도해서는 자전거와 함께 쓰러졌다. 추얼은 목욕탕에서 막 나온 여인처럼 흥건했다. "이거 사람 잡는 물건이네요. 제 거시기가 다 문드러진 거 같아요."

"네 간호부 옷은 얇기라도 하잖느냐. 내 군복은 마치 담요 같구나."

그늘 밑에서 담배 한 대 참을 쉬니 좀 살 만했다.

이우가 강가의 아이들을 보고 읊조렸다. "세상이 아무리 험악해도 아이들은 천진난만하구나. 아이들의 물장난을 보아라. 얼마나 예쁘냐?"

"참 철딱서니 없는 소리를 하십니다. 저건 물장난이 아니지요. 물고기 잡으려고 혈안이 되어 있지 않습니까? 놀면서 먹는 게 천렵이지, 저건 생계투쟁입니다."

"부끄럽구나. 내가 참 모르는 게 많다…… 내가 설령 최고지도자가 된다고 해도, 나라를 잘 운영할 수 있을까?"

추얼은 격려하는 눈빛으로 이우의 얼굴을 어루더듬었다. "걱정하지 마세요. 제가 알기로 통치는 사람을 잘 쓰면 됩니다. 지도자가 되시거들랑, 세상을 잘 알고 무엇보다도 심성이 올바른 사람들을 잘 골라 쓰시기만 하면 됩니다. 그것만 잘하시면 돼요."

이우는 쾌활해졌다. "너에게도 한 자리 맡기고 싶다. 너는 무슨 일을 맡아보고 싶으냐?"

"저는 저 아이들을 위한 일을 해보고 싶습니다. 아이들이 배고픔 없이 잘 자라고, 모두 다 학교를 다닐 수가 있고, 별것도 아닌 병으로 죽지 않고, 열 살도 되기 전부터 죽도록 노동하지 않고, 왜 옛날에 방정환 선생님이라고 계셨잖습니까, 그분이 꿈꾸던 세상을 이뤄보고 싶어요." 임기응변으로 지어내는 말이 아니라 오래도록 다져온 포부였다.

"너를 어린이부 장관에 임명하겠다."

"그러시려면 어서 서울에 가야지요."

두 사람은 모처럼 유쾌했다.

기차가 함안역에 섰을 때였다. 땟국이 절절 흐르는 조선 처녀들 일곱 명이 탔다.

이우가 물었다. "웬 처녀들인가?"

"정신대 갈 처녀들입니다." 경찰은 몰라서 묻느냐는 투였다.

처녀들은 역에 설 때마다 늘어났다. 작은 역에서는 두세 명씩 탔고, 큰 역에서는 여남은 명씩 탔다.

이우가 추얼에게 속삭였다. "저애들을 구해야겠다."

"아프신 마음은 알겠으나 어서 서울로 가야 합니다. 지리산 청년들을 만나보겠다는 것도 간절히 말리고 싶은데, 뭘 구하겠다는 겁니까. 문제를 일으키면 경성 가기 힘들어집니다."

"해방이 며칠 안 남았다. 며칠만 버티면 아무 일도 없을 애들이야."

"며칠이 될 지 한 달이 될지 확실하지 않잖아요."

"구해야 한다."

"무슨 수로요?"

처녀들은 점점 불어나 자정 무렵엔 기차 안이 콩나물시루처럼 되었다. 처녀들은 천진난만하게 웃고 떠들었다. 돈 벌러 가는 줄로만 알았다.

순천역에서 내렸다.

"우리 둘 중에 한 사람은 순천에 남아 있어야겠다."

"헤어지자는 말씀입니까?"

"한 사람은 지리산으로 가서 지리산 청년들에게 협조를 요청해야 한다. 다른 한 사람은 순천에 남아서 공출열차 정보를 낱낱이 캐내야 한다."

"좀 주무시는가 했더니 말도 안 되는 꿍꿍이를 하셨군요."

"네가 지리산으로 가라. 내가 여기 남겠다."

"제가 남겠습니다."

"아니다, 위험해."

"위험하니까 제가 남겠다는 거죠. 전하 하는 모양새로 봐선 삼십 분도 못 버티고 정체가 탄로날걸요."

"미안하다. 내 생각에도 네가 순천에 남는 게 좋겠다."

이우는 홀홀히 엎드리더니 추얼에게 큰절을 했다.

추얼은 어리둥절해서 묻지 않을 수 없었다. "뭐 하시는 건데요?"

"다시 만나지 못할 수도 있지 않느냐. 미안하고 고맙다."

"미안하고 고마우면 큰절을 하는 게 어디 풍습입니까?"

"나도 모르겠다. 내가 할 수 있는 것은 큰절밖에 없지 없느냐. 독립투사들에게 청년들에게 누이들에게 그리고 너에게. 부끄럽고 죄송하고 고마운 마음을 나같이 염치없는 족속이 무엇으로 표현할 수 있겠느냐. 그저 큰절이라도……."

추얼은 우는 아이 달래듯 우스개를 부렸다. "'눈물의 왕'이세요? 툭하면 눈물을 찔끔대시고……."

이우는 전라선 열차에 올랐다. 추얼은 멀어져가는 열차를 보고 가슴이 먹먹했다.

추얼은 여인숙으로 들어갔다. "옷 좀 바꿔줄 수 있으세요?"

간호부복을 벗어주고 흰저고리와 검은색 몸빼로 갈아입은 추얼은 공출 처녀들이 묵는 합숙소로 찾아갔다.

"저 여기 가면 정신대 갈 수 있다고 해서 왔는디여! 정신대 안 가고 싶을 때는 맨 보이는 게 공출하시는 분들이던디, 가고 싶은께 당최 뵈들 않더라구요. 순천에 가면 뵐 수 있다고 해서 사흘을 꼬박 기다렸구만요."

이빨이 새까맣게 썩은 경찰은 가물치 보듯 반겼다. "니, 참 잘 왔구먼!"

추얼은 조선 처녀들 사이에 섞여 잠을 청했다.

이우는 상여집에서 자고 일어났다. 자신이 산 사람이 아니라 이미 죽은 사람으로서 귀신처럼 이승을 헤매는 것 같은 기괴한 몽상에 젖었다. 하도 허무하게 억울하게 죽어 원귀가 되고 말았다. 원귀가 돼서라도 꿈을 이뤄보겠다고 방황하는 것이다.

이우는 인근 농가에서 한복을 사입고 군복을 벗어버렸다. 농가 노인에게 큰돈을 주고 청년들이 있다는 곳으로 안내를 부탁했다. 돈가방을 등에 지고 지리산을 오르던 중, 노인이 온데간데없이 사라졌다. 홀로 서너 시간을 헤맨 끝에, 이우는 청년들과 만났다.

"징용을 피해온 사람이오?"

"나는 이우공이다."

갑작스러운 반말에 불쾌해진 청년이 거칠게 반응했다. "이우공이 뭔데? 축구공이냐?"

"그대들이 보광당인가? 나는 보광당 청년들을 만나고 싶다."

청년들은 옥신각신하더니 이우를 산속 깊이 끌고 갔다. 공터에 서른여 명의 청년들이 모였다. 보광(普光), 널리 나라의 빛이 되자는 기치를 내걸고 조직적으로 뭉친 지리산 청년들이었다.

두령청년이 야유했다. "이우공이라면 일왕의 개 아닌가? 조선인의 원수가 아닌가. 죽으려고 제 발로 걸어왔군."

다른 청년들도 싸늘했다. "죽여버려!"라고 성급히 외치는 청년도 있었다.

이우는 돌연 무릎을 꿇었다. "대한제국 황실은 조선 대중께 씻지 못할 과오를 저질렀다. 나는 대한제국 황실의 계승자로서 조선 대중께 백배사죄한다." 이우는 서른한 명의 청년에게 한 번씩 큰절을 했다.

두령이 조롱했다. "쇼 하시네. 절을 한다고 죄가 사라지나?"

이우는 글썽였다. "나는 지금 진심으로 사죄하고 있다. 조선의 청년들이여. 우리는 과거를 따질 여유가 없다. 해방의 날이 임박했다. 가능한 빨리 대비하여 안정된 새 조국을 건설해야 한다. 부탁이다, 증오를 버리고 단결하자!"

청년들이 한마디씩 했다. "미친 거 아냐?" "뻔뻔한 새끼." "왕실 버러지!" "가증스런 왕자놈!"

이우는 두어 시간 노력해서 진심을 전달하는 데 성공했다.

이우는 보광당 청년들을 졸라대었다.

"자네들만 무사하면 단가? 누이들은 끌려가서 성노리개가 되어도 좋단 말인가?"

"말씀을 왜 그렇게 기분나쁘게 합니까? 우리가 전쟁터에 끌려가거나 산속에 숨게 만들고 누이들을 성노리개가 되도록 만든 애초의 책임이 어디에 있는데……."

"또 책임 운운인가. 인정한대도. 모든 책임은 황실한테 있다니까. 지금 당장 필요한 것은 자네들의 결심이네."

"우리는 고작해야 이백 명밖에 안 됩니다. 여기 서른한 명과 지리산 골골에 퍼져 있는 청년들 다 긁어모아야 그렇다는 겁니다. 무기래야 소총 열 정, 권총 두 정, 수류탄 두 알밖에 없어요. 무슨 수로 기차를 세우고 누이들을 구출합니까?"

"마음만 확고하다면 왜 안 되겠나?"

"독립투사들이 마음을 확고히 못 먹어 독립을 못 시켰습니까?"

이우는 답답해서 제 가슴을 쳤다. "누이들이 끌려가는 걸 그대로 두고 보자는 건가!"

"구출한다고 쳐요. 그다음엔 어떻게 됩니까. 전라도 경상도 전 경찰이 다 지리산으로 몰려올 겁니다. 누이들은 다시 잡혀갈 것이고 우리도 잡혀갈 겁니다."

"자네들은 단파방송 라디오까지 들었다면서? 일본은 며칠 못 버틴다니까. 히로시마와 나가사키에 원자폭탄이 터졌어. 그것은 한 방에 도시 하나를 없애는 천인공노할 무기야. 일본 군부가 미군의 원자폭탄보다 더 무서워하는 게 뭔지 아나?"

"그 미친놈들이 무서워하는 게 있기나 합니까?"

"소비에트군이네. 지금쯤 소비에트군이 전쟁을 시작했을지도 몰라. 관동군이 소비에트군을 막아낼 수 있을 거라고 보나?"

청년들이 대답하기엔 지나치게 어려운 문제여서 아무도 대꾸를 못했다. 이우는 관동군의 패배를 확신했다. 근거없는 희망사항이 아니고, 정보를 취합한 예측이었다.

이우는 애원했다. "딱 한 번이면 되네. 딱 한 차례만 기차를 세우고 누이들을 구출하면, 최소한 닷새 안에는 정신대 열차가 다시 출발하지 못할 걸세. 닷새만 누이들을 지킨다면, 영원히 지키는 것이네."

두령은 결의를 밝혔다. "누이들을 구출하러 가겠소. 목숨을 거는 문제이니 강요하지 않겠소. 함께할 동지들은 나서주시오."

단 한 명의 청년도 빠짐없이 나섰다. 다른 골짜기들에서도 소식을 듣고 쉰여 명의 청년이 달려왔다.

한밤중에 들어온 여자는 한사코 경찰 근처에 있으려고 했다. 추얼은 어렵지 않게 필요한 정보를 얻었다.

경찰들은 한 처녀라도 더 구하겠다고 순천 읍내를 싸돌아다녔다. 합숙소를 지키는 경찰은 셋뿐이었다.

추얼은 조선인 순사에게 껄떡댔다.

"지한테 관심 있지유?"

"이년이 뭐라는 거야?"

"어제밤부터 제 몸을 이리저리 훑어보시는 게, 히이, 고생하시는 나리께 기꺼이 이 한 몸 바치고 싶으유."

"요년이 이거 발랑 까진 년이로구나. 너, 갈보지?"

"나리께만 솔직히 말씀드릴게유. 맞아유, 정신대 가면 돈 좀 벌 수 있다고 혀서. 이왕이면 좀 좋은 데로 보내달라고 나리께 사바사바하고 싶으유."

"좋아. 나만 믿어라."

"저, 근디 우리 여인숙에 가서 하면 안 될까유. 지가 목욕 한 번 하고 싶어서유."

여인숙 방에 들어가자마자, 추얼은 순사를 때려눕히고 패댔다.

"너 같은 놈은 좀 맞아야 한다! 어디 할 짓이 없어서 동족 처녀들을 팔아먹느냐. 죽도록 맞고 회개하거라."

여인숙 주인은 패는 소리와 비명소리를 들었지만, 거시기 하러 와서 시끄러운 것은 흔한 일인지라 모른 척했다. 추얼은 순사를 발가벗겨 옷가지로 결박하고 때수건으로 재갈을 물렸다. 시원하게 목욕을 했다.

순사의 자전거로 반시간쯤 달렸다.

"잠깐 봅시다." 처녀 넷을 데려오던 경찰이 제지했다.

추얼은 못 들은 척, 페달을 밟았다. 경찰은 죽어라고 쫓아왔다. 페달이 헛돌았다. 체인이 엉켰다. 추얼은 모양새 없게 나자빠졌다. 화물열차가 꾸물꾸물 다가왔다. 추얼은 헉헉대며 근접한 경찰을 돌려찼다. 둑을 내려가 열차에 뛰어올랐다. 만주를 오갈 때 훔쳐 타던 솜씨는 살아 있었다.

저명한 공산주의자 L이 이우를 만나러 왔다.

L은 다짜고짜 질책했다. "무슨 면목으로 청년들 앞에 나타났는가?"

이우는 반말 존댓말 섞어 극찬했다. "당신이 그 사람이군. 당신 사진을 신문에서 본 적이 있다. 경성 트로이카 사건 때 검거돼서 오 년을 고생하셨지요. 내 절 한 번 받으시오. 당신 같은 분이 없었다면 참 부끄러웠을 것이오."

큰절을 받고도 L은 표정이 변하지 않았다.

"무슨 개수작인지 모르겠지만, 어서 꺼져. 청년들을 괴롭히지 마라."

"공산주의자들도 자주독립국 건설과 만인의 평등이 최우선 순위일 것이라고 믿는다. 아닌가?"

L은 일부러 쌍말했다. "너같이 더러운 족속의 개 같은 입에 오를 '공산주의'가 아니다."

"공산주의자들도 협력해야 한다. 대통합정부 건설에."

"우리들 방식의 대통합이 있다. 대통합을 위해서는 인민의 적을 제거하는 작업부터 되어야 한다."

"공산주의자들이 원하는 것이 학살이란 말인가?"

L은 공산주의자들이 장악한 세상을 벌써 살고 있는 듯 자신만

만했다. "인민의 가장 반대편에서, 일제와 더불어 인민을 착취했던 자들을 일소한 뒤에야, 새 세상은 건설이 가능하다. 자본가, 악덕 관료, 친일모리배, 왕실…… 모두 인민의 재판을 받고 일소될 것이다."

"우리는 소통하고 화합해서 통일정부를 이루어야 한다!"

"공산당으로 통일될 것이니 아무 걱정을 마시라니까."

"공산주의자들 역시 분열되어 있지 않은가? 자생적 사회주의자, 소비에트계 공산주의자, 유격전 공산주의자, 중국 공산당주의자, 그 밖에 등등, 당신네 공산주의자들이 지금 통일되어 있는가? 해방이 되면 당신들 공산주의자들끼리도 주도권을 쥐기 위해 서로 싸울 것 아닌가?"

"공산당을 모욕하는군. 우리는 통일되어 있다."

"소비에트의 말에 따르는 것? 그것이 통일인가?"

L은 어린이랑 토론하는 어른처럼 갑갑하다는 몸짓을 했다. "당신 같은 인민의 적과 무슨 이야기가 가능하겠나. 위대한 공산주의의 기초도 모르지 않는가?"

"공산주의를 위해 가능한 많은 사람을 죽이자는 게 공산주의의 기초란 말인가?"

두 사람의 날선 대화를 청년들은 우두커니 경청했다.

공산주의자 L의 원래 목적은 청년들이 이우를 따라갔다가 다치는 것을 막으려는 것이었다. 이우랑 입씨름만 하다가 속절없이 돌아가고 말았다. 누이들을 구출하겠다는 청년들의 의지가 워낙 확고했다.

추얼과 이우는 미리 약속한 대로 뱀사골에서 재회했다. 이우는 무탈히 돌아와준 추얼을 끌어안지는 못하더라도 크게 치하해주고 싶었다. 청년들 눈치가 봬서 가까스로 참았다.

추얼이 보고했다. 공출열차는, 남해안 섬과 전남 지역에서 모집한 처녀들을 싣고, 금일 오후 여섯시 정각, 여수에서 출발한다. 순천역에서 경전선으로 실어온 처녀들을 태운다. 넉 량짜리다. 한 량에 백오십 명씩, 처녀들의 숫자는 대략 육백여 명. 일본군 호위병은 정예병과 오합지졸을 다 합쳐 서른 명 정도.

이우가 청년들에게 말했다. "적들은 고작 서른 명이다. 우리가 능히 누이들을 구할 수 있다. 자신감을 갖자."

지리산 청년들은 용기백배했다.

섬진강은 달빛을 머금고 표표히 흘렀다. 전라선 밤열차가 사위를 갈가리 찢었다. 공출열차는 굽이치는 지리산 자락을 넘느라 굼떴다.

기관사는 멀리 불빛을 보았다. 불빛은 점점 커지더니 불덩이가 되었다. 기관사는 브레이크를 밟았다. 기관차는 급제동하느라 몸부림쳤다. 통나무 스무 그루를 쌓아놓고 석유 뿌려 불질러놓은 더미와 충돌했다.

열차가 멈추고 일병들이 뛰쳐나왔다. 그들을 향해 총알이 날아갔다. 일병들은 도로 객차 안으로 들어가거나 객차 밑으로 기어들어갔다. 일병들은 무턱대고 응사했다. 습격자들이 그치자, 일병들도 그쳤다.

청년들은 기관차를 장악했다. 충돌 충격으로 쓰러졌던 기관사가 정신을 차리기도 전에 청년들이 난입했다. 기관사와 조수들을 때려 눕혔다. 경호병들도 쇠망치에 머리통을 얻어맞고 정신줄을 놓았다.

이우는 무명천 단 댓가지를 들고, 객차칸으로 접근했다.

소좌가 명령했다. "쏘지 마라. 말이나 들어보자."

이우는 총구를 번뜩이는 일병 사이를 태연히 통과해, 객차 깊숙이 들어갔다.

소좌 맞은편에 앉았다.

소좌는 '어떤 미친 조센징들이 염병을 하느냐'고 욕부터 할 생각이었다. 아주 낯익은 조선인이라 말문이 막혔다. 멍하다가 중얼거렸다. "내가 아는 사람하고 똑같이 생겼는데……."

"나도 그대와 똑같이 생긴 사람을 알고 있지. 아사카, 우리는 참 좋은 사이였지. 조선인과 일본인이라는 차이를 넘어서. 안 그런가? 아사카, 아직 살아 있어서 기쁘네."

"이우공…… 하지만 이우공은 죽었잖소. 서울에 도착하면 운현궁 빈소에 가보려고 했는데……."

이우는 간절한 눈빛으로 일렀다. "아사카, 난 네가 살아서 일본에 가기를 바란다. 총소리를 듣고 지금쯤 부대가 출동했을 거다. 시간을 끌면 여기 있는 너희들도 죽고 달려오는 자들도 죽는다."

아사카는 담담했다. "연유나 들어봅시다. 이 열차에는 무기도 없고 탈취할 것도 없는데 어째서……."

"조선 누이들이 있잖은가."

"정신대 갈 처녀들을 구하러 왔단 말이오?"

"나는 열흘 안에 전쟁이 끝난다고 확신한다."

"무슨 말씀인지 알겠소. 무운을 빌겠소."

두 사람은 뜨거운 악수를 나누었다.

열차에서 내린 일본인들이 불붙은 철로를 지나 어둠 속으로 멀어져갔다.

두령청년이 치하했다. "어떻게 했는지 모르겠지만 잘 했습니다. 저희는 싸우다가 죽을 각오였는데……."

"싸움은 이제부터네. 육백 명이나 되는 누이들을 한 명도 빠짐없이 안전하게 데려가야 하네. 십 분 안에 일병들이 몰려올 것이야."

"누이들의 협조가 필요합니다. 누이들이 우리를 믿고 따라줘야 합니다. 전하가 한말씀 해주시죠. 저희들은 워낙 산사람처럼 생겨서 저희들 말은 믿지를 않을 것 같아요."

이우는 처녀들에게 연설했다. "누이 여러분, 우리는 지리산의 보광당 청년들이오. 징병을 피해 산속에 숨어지내는 사람들이오. 우리는 똑똑히 알고 있소. 여러분이 가게 되어 있는 정신대는 지옥과도 같은 곳이오. 자세한 얘기는 안전한 곳에 가서 말해주겠소. 우리는 누이들을 지옥에 보낼 수가 없어 데리러 온 것이오. 앞으로 열흘 안에 조선은 해방되오. 그때까지만 우리를 믿고 따라주시오.

간절히 부탁하오. 우리를 믿고 따라주시오!"

말을 끝마친 이우가 갑자기 큰절을 했다. 도로 일어선 이우의 눈은 그렁그렁했다.

이우는 다른 객차칸의 처녀들에게 똑같은 말을 들려주고 눈물을 보여주고 큰절을 올렸다.

이우의 행동은 처녀들에게 어떤 영향을 준 게 틀림없었다. 어쩔 바를 모르던 처녀들은 청년들에게 믿음이 생겼다. 몇몇 망설이는 처녀들이 있기는 했지만 대부분 군말없이 청년들을 따랐다.

아침이 훤하게 밝아서야 지리산 청년들은 누이들을 근거지로 데려올 수 있었다. 청년들은 보다 많은 이들이 지리산으로 도피해올 것을 대비해놓았다. 자연적으로 파인 굴을 동굴집으로 꾸며놓았고, 움막과 초막도 수두룩이 지어놓았다. 겨울에는 무용지물이겠지만 여름에는 훌륭한 집이었다. 육백여 명의 누이를 수용하기에는 부족했다. 다른 골짜기 청년들이 누이들을 수십 명씩 모셔가기로 했다.

먹성 좋게 생긴 청년이 설레발을 쳤다. "일단 먹어야 하지 않겠습니까! 누이들이 얼마나 배가 고프겠습니까. 먹이고 재웁시다."

여러 누이들이 합창했다. "밥은 우리가 하겠어요!"

누이들이 밥을 했을 뿐만 아니라, 여기저기서 버섯과 산나물을 채집해왔다. 청년들이 산토끼와 꿩 대여섯 마리를 잡아다주자 기름기 잘잘 흐르는 탕도 끓였다. 누이들이 풀밭에 차린 밥상을 보고 청년들은 탄성을 터트렸다.

모두들 정신없이 먹었다. 이우와 추얼도 뒤질세라 퍼먹었다.

딱 한 사람 밥을 제대로 못 먹는 사람이 있었다. 두령청년이었다. "제가 지금 밥이 넘어가게 생겼습니까? 일을 저지르기는 했는데, 참말로 암담합니다. 지금 먹는 한 끼가 우리 보름치 양식이라는 거 압니까? 열흘이면 보리 한 톨 콩 한 쪽 없게 됩니다."

이우가 태평히 말했다. "저녁때부터는 아껴 먹게. 누이들이 놀기만 하겠나. 보았다시피 먹을 것 찾아내는 데 꾼들 아닌가."

"식량문제는 그렇다 치고, 일본놈들이 오면 대책이 없잖습니까?"

"경찰서까지 털었던 사람이 어째 주눅 든 말을 하는가."

"한 열 명 오는 것까지는 막아낼 수 있겠죠. 중무장하고 백 명 오백 명 오면 어쩝니까?"

"자네들은 능히 막아낼 사람들이라 믿지만, 너무 걱정하지 말게."

"또 그 소리 하려고요? 며칠 안에 해방된다고."

추얼이 두령에게 한소리 했다. "이왕 저지른 일 아닙니까. 앞일만 생각하세요."

여자한테 타박을 먹자, 두령은 더는 징징거릴 체면이 없었다.

"앞일을 생각하다보니 답답해서 그만…… 예, 저도 밥을 열심히 먹겠습니다."

이우는 떠날 차비를 했다.

"한시라도 빨리 경성으로 가야 하네."

두령은 납득이 되지 않았다. "어떻게 갈 건데요? 날아가려고요? 지금 지리산은 겹겹이 포위되어 있을 겁니다. 놈들이 들어오지는 못해도 나가는 사람은 잡을 겁니다."

"남원으로 갈 거네."

"우리가 열차 턴 데가 구례 남원 중간입니다. 범 아가리로 들어가겠다고요?"

"때로는 호랑이굴이 가장 안전한 법일세."

청년들과 누이들은 떠날 때 떠나시더라도 한말씀 해주기를 청했다. 이우는 그루터기 연단에 올라 칠백여 명의 선남선녀를 바라보노라니 퍽 감격스러웠다.

"나는 여러분 앞에 떳떳이 무슨 말을 할 자격이 없는 사람이다. 그러나 부탁드리고 싶다. 청년 여러분은 거의 모두가 학생이다. 조선에서는 가장 많이 배운 사람들이다. 반면에 누이 여러분은 거의 모두가 가난한 집에서 자랐고 배우지 못했다. 어떤 이들은 여기 모인 청춘남녀들을 두고 하늘과 땅처럼 계급적 차이가 난다고 할 것이다. 이것을 기회로 여겨다오.

……인텔리 청년과 가난한 누이들이 합심하여야만 새나라는 발전적으로 건설될 것이다. 여러분이 며칠을 함께 할지 모르지만, 인텔리 청년과 가난한 누이들이 소통하고 상생하는 즐거운 모꼬지가 되어다오! 청춘들이여, 그대들이 사랑하지 않아도 좋다. 서로의 계급을 가슴 깊이 이해하고 껴안아주는 것만으로도 충분하지 않겠는

가!"

반응이 별로였다. 무슨 소리인지 알아듣지 못하는 청춘들이 거지반이었다. 썰렁한 분위기에 무르춤해진 이우는 불쑥 엎드려 큰절을 했다. 절까지 하는 '귀한 분'이 안쓰러웠는지, 청춘들이 환호하며 손뼉을 쳐주었다.

이우와 추얼은 남원으로 향하는 산줄기를 밟아갔다. 한 시간 정도 씩씩하게 잘 걷던 이우는 토끼풀이 수북한 그늘 밑을 발견하고는 누워버렸다.

"더는 못 가겠구나. 우리 좀 쉬었다 가자."

"전하가 철인인 줄 알았습니다."

"나도 사람이니라. 너는 왜 눕지 않는 게냐?"

"보초를 서야죠. 전하를 지키는 게 제 임무잖습니까."

"별일 없을 것이다. 내 옆에 누워라!"

매미들이 죽어라고 악을 썼다.

운현궁 이우의 빈소에는 꼭 있어야 할 사람 하나가 없었다. 이우의 아버지 이강. 시골 어딘가로 떠나버린 이강의 소재를 파악하는 데 하루가 걸렸다.

나카사키는 이강을 모셔오기 위해 이정옥에게 도움을 요청했다. 조선총독부에서도 이강을 장례에 꼭 있어야 할 사람이라 판단했기에 허가를 해주었다. 정옥의 택시에 휘발유를 가득 채워주었고, 총독 명의의 자유통행증을 끊어주었고, 호위병 두 명을 붙여주었다.

정옥은 하루가 꼬박 걸려 남원 이강의 별장에 도착했다.

이강이 한사코 상경하지 않겠다는 것이었다. 이정옥이 내려온 지 벌써 이틀이 지났다.

"전하, 그만 올라가시지요."

"내가 몇 번이나 말해야 하는가. 내 아들의 장례에 참석할 수 없다. 참척을 당한 것도 모자라 죽은 아들 빈소까지 지키란 말이냐? 나는 못 하겠다."

"전하, 아드님의 넋이 슬퍼하시지 않겠습니까?"

"썩 꺼져라! 네가 자식 잃은 아비의 마음을 아느냐?"

아들은 살았는가 죽었는가? 고통에 시달리면서도 한움큼의 희망을 놓지 않았다. 그토록 허무하게 죽을 애가 아니다…… 허나 기다릴 만큼 기다렸다. 죽은 날이 칠일이라니 벌써 닷새나 지났어. 죽은 게 틀림없다면, 빈소를 지키는 것이 아비의 도리가 아닐까. 뭐 좋다고 거기를 가. 못 간다. 그래도 가야만 하지 않을까. 이강은 번민에 시달리며 독주를 물처럼 마셨다.

"아버님! 제가 왔습니다."

보료에 기대어 잠들었던 이강이 퍼뜩 눈을 떠보니, 이우가 엎드렸다.

이강은 반가워서 나무랐다. "이놈! 귀신인 게냐? 아비 심장을 다 태우고도 네가 자식이냐?"

이우는 독촉했다. "한시가 급합니다."

이강은 정옥과 함께 내려온 헌병들 대신 남녀 시종을 태웠다. 헌병들이 난감해했지만, 이강은 시종도 없이 어떻게 그 먼 길을 가냐며 성질을 부렸다. 기차값이라면서 기차 열 번은 탈 수 있는 돈을 주었다.

십 분쯤 달린 뒤, 정옥이 기쁨에 겨워 통곡했다. "전하, 살아 계셨군요. 송구합니다. 저는 전하가 돌아가신 줄만 알고……."

"나카사키가 내가 살아 있다는 것을 말해주지 않았구나. 오히려 놀라게 해서 내가 미안한걸."

이강이 나카사키와 정옥을 변명해주었다. "네가 살아 있다는 걸 알았으면 연기가 되었겠느냐."

"그러게요, 저는 아무것도 모르고 배우노릇을 너무 잘했네요." 정옥이 배시시 웃으니 눈물에서 빛이 났다.

이우는 그동안 있었던 일과 앞으로의 계획을 아버지에게 고했다.

조수석의 추얼은 그간 거의 잠을 자지 못했다. 긴장과 고행으로부터 모처럼 벗어난 추얼은 택시가 출발하자마자 잠이 들었고 드르렁드르렁 코를 골았다.

지게 진 두 청년이 산마루에 닿았다. 좀 쉴 참인데, 감사납게 생긴 자가 나타났다.

사마귀가 약올리듯 운을 뗐다. "군대 가기 싫어 도망치는 사람들인갑네."

큰 청년이 되잡아 물었다. "이 산에 사는 분이오?"

"이 산에 사는 사람도 있나?"

"소문을 들었소. 도 닦는 분들, 무당들, 징병에 끌려가기 싫어 숨어사는 학생들……."

사마귀는 꽤나 심심했던지 농지거리 해댔다. "으흐, 화적 얘기는 못 들어봤나? 조선땅에서 그나마 먹고살 만한 자들이 누구이겠나. 학생이거든. 불쌍한 고학생도 많다지만, 어쨌든 학생이라면 부모가 잘살 거 아니야. 그런 학생이 징용을 피하고 숨을 정도면 좀 많이 준비를 했겠어. 저 짐보따리에 얼마나 귀한 것이 들어 있겠느냐 말이야. 그걸 전문적으로 털어먹고 사는 나 같은 사람도 있지, 이 산에는."

작은 청년이 기막혀 일갈했다. "왜놈보다 더 나쁜 놈이군!"

사마귀가 휘파람을 불었다. 곧 목자가 불량한 떠꺼머리총각이 등장했다. 청년들은 작대기를 집어들고 싸울 폼을 잡았다. 지게가 엎어졌다.

사마귀가 뜨개질했다. "댁들은 그저 산속에 숨어 있겠다는 건가? 한 달이고 두 달이고?"

"화적놈이 별말을 다 하는군."

사마귀는 너스레를 떨었다. "소문을 들으니 지리산에 댁네 같은 징병기피자들이 수도 없이 모여 있다더군. 그들 중 백여 명이 '보광당'을 조직해서 주재소를 습격하기도 했다는군. 숨어 살더라도 그 정도는 해야 사내답지 않겠나."

"우리도 그런 생각이 왜 없겠소? 허나 지리산으로 가기가 쉬운 일은 아니지 않소. 우리도 지리산으로 갈 수만 있다면……."

"듣자하니 가까운 곳에도 지리산 같은 데가 있다는군."

"거기가 어디요?"

"용문산."

"우리도 그곳에 가고 싶소."

"진심인가?"

작은 청년이 진정어린 말투로 속생각을 밝혔다. "우리도 단순히 숨어 있고 싶지 않소. 뭔가 할 수만 있다면 기꺼이 하고 싶소."

사마귀는 본색을 드러내고 자세히 일러주었다. "용문산에 있는 젊은이들은 독립의 날을 준비하고 있소. 담력과 용력 출중한 이들은 왜놈 군대를 대적할 훈련을 하고 있지. 지혜와 문필이 출중한 자들은 대중을 규합할 차비에 여념이 없고. 여성들 또한 각자의 능력에 맞게 할 일을 하고 있지…… 용문산으로 가겠다면 이 총각이 안내해줄 것이야."

이정옥은 경기도 오산 부근에 이르러 이우를 내려주었다. 검문검색을 당하는 것도 걱정이지만, 이우가 꼭 만나볼 청년이 있다고 고집을 부렸다.

이강은 이우의 어깨를 가만히 만져주었다. "아들아, 잘 되기를 바란다. 나는 네 빈소에서 연기를 하고 있겠다. 좋은 소식이 오기를 학수고대하마!"

경기도 화성군 매송면. 이우는 물어물어 조문기(趙文紀)의 집을 찾아갔다. 이우가 문기에게 큰절을 했다.

"왜 이러는 겁니까?"

"부끄럽구나. 그대는 이토록 어린 나이에 큰일을 하였는데, 나는 무얼 했단 말이냐. 장하다, 청년이여."

문기는 두 사람을 헛간으로 모셨다.

"그대들이 부민관 폭파 의거의 주범인 걸 알고 있다."

"무슨 소리를 하는 겁니까. 저 같은 촌놈이 무슨……."

"자네들한테 현상금이 오만원이나 걸렸다면서?"

조문기는 아쉬워했다. "젠장할, 폭탄이 시간 맞춰 터지기는 했는데 죽은 놈은 한 명밖에 없었지요. 문제는 그놈이 박춘금이 아니라는 거예요. 박춘금 그놈만은 꼭 죽이고 싶었는데……."

"참 큰일을 한 것이네. 자네들의 의거라도 없었다면 얼마나 부끄러울 뻔했나."

"겨우 폭탄 하나 터트린 게 무슨……."

이우가 본심을 꺼냈다. "자네들의 도움이 필요하네. 폭약과 다이너마이트는 충분히 있어. 허나 기술자가 부족하네."

"뭐 하시려고요?"

"자네들이 세웠던 계획, 우리가 그렇게 할 것이네. 조선총독부, 용산 군사령부, 동양척식회사 셋을 동시에 날려버릴 것이야."

"당연히 날려야지요!" 문기는 청년답게 화끈했다.

소화 천황은 침통히 중언부언했다. 포츠담선언을 수락하지 않을 수 없다는 것이었다. "……그러나 천황제는 기필코 유지될 것이다.”

황족들은 드러내놓고 기뻐할 수는 없었지만, 반기는 표정이었다.

“군부와는 타협이 된 것입니까?”

“아직 고집을 부리고 있지만 곧 현실을 받아들일 것이다.”

“부자들은 어떻습니까?”

“그들 또한 미군정을 받아들이기로 했다. 그들이야 돈이 되는 쪽을 선택하는 자들이니까.”

황족들은 서열 순서대로 “삼가 따르겠습니다!” 복창했다.

말석의 조선 왕공족 이은과 이건도 “삼가 따르겠습니다!” 앵무새처럼 복창했다.

어중이떠중이는 절망스러웠다. 이우의 죽음을 믿고 싶지 않았지만 이우의 죽음은 틀림없는 사실 같았다. 이백호는 전하는 절대로 죽지 않았을 것이라고, 반드시 돌아올 것이라고 동지들을 격려했지만, 그 자신부터가 이우의 생존을 확신할 수 없었다.

그들은 삼삼오오 운현궁에 문상을 가서 통곡했다. 이우를 구심점으로 실현하고자 했던 열망이 날아가버린 것을 슬퍼했다. 그들의 꿈은 이우 없이는 불가능해 보였다.

가만히 손 놓고 있을 수는 없는 일 아닌가. 이백호는 동지들을 소집했다. 이우는 자신이 히로시마에서 살아오지 못할 경우, 여운형의 ‘건국동맹’에 힘을 보태라고 말해두었다. 동지들은 건국동맹에 가담하는 것을 저어했다. 어중이떠중이의 구국단체라고 스스로 생각할 만큼, 그들은 지체가 낮았다. 사회지도층도 인텔리도 아니었다. 그들은 건국동맹(늙은 사회지도층 인사와 젊은 인텔리들로 조직된)이 잡것들인 자신들을 흔쾌히 받아들이지 않을 거라고 의심했다.

그들의 설왕설래는 키를 잃은 배처럼 표류했다. 늙은 의친왕 혹은 이우의 아들 이청을 앞세우고 거사하자. 우리들끼리 거사하자. 해체하고 흩어지자. 의견은 나와도 답은 나오지 않았다.

이우가 동대문시장에 도착한 것은 오후 10시 넘어서였다.

이우가 백호당 지하에 들어서자, 어중이떠중이는 감격과 환희를 주체 못하고 발광했다. 그들은 더 이상 절망스럽거나 혼란스럽지 않았다. 그들의 구심점이 돌아왔으므로.

이우는 무엇보다도 각처에 파견했던 밀사들의 보고를 듣고자 했다.

충칭 임시정부의 김구를 만나고 온 선비: "김구 선생은 물론이고 임시정부 사람들은 전혀 믿지 않았습니다. 이왕가의 적통 이우 왕자가 정부를 구성했으니 동참과 협력을 바란다는 제 말을 정신 나간 자의 헛소리로 받아들였습니다."

소비에트 땅 블라디보스톡에서 김일성을 만나고 온 장돌뱅이: "저 역시 미친놈 취급을 받았죠. 살아돌아온 것만 해도 천운이랑게요."

대전에서 벽돌공으로 위장한 박헌영을 만나고 온 농사꾼: "공산주의 교육만 잔뜩 받고 왔슈. 왕자님 얘기는 꺼내보지도 못했구만요."

양주에서 여운형을 만나고 온 국민학교 교사: "우리 얘기를 흥미롭게 들어주기는 했지만 껄껄 웃어댔습니다."

그 밖의 이름난 독립투사들을 만나고 온 어중이떠중이 동지들의 말을 정리하자면 이랬다.

'당신들의 대의는 가상하지만, 이우 왕자의 깃발이라니 개가 웃을 소리다.'

이우는 예상한 바라는 듯 애써 담담한 표정을 유지했다.

이백호: "모두들 자신들의 깃발 아래 통합정부가 구성되어야 한다는 것입니다. 임시정부는 임시정부의 깃발 아래, 공산주의자들은 공산당의 깃발 아래, 국내 독립운동가들은 민족주의의 깃발 아래, 자본가들은 미군의 깃발 아래…… 모두들 자신들의 깃발이 가장 튼튼하고 가장 정의롭다고 믿는 것이지요."

광무사 변홍식: "다들 훌륭하고 잘나서, 서로 다툴 일밖에 없다는 걸 왜 깨닫지 못한단 말인가!"

조시광: "아마도 저희는 너무 낭만적으로 생각했던가 봅니다. 해방의 날이 임박하면, 주의와 사상이 다르더라도 일단은 모두 모여 새 정부를 논의해보자, 그것을 황실이 주관하겠다, 이런 게 통할 줄 알았습니다……."

이우: "모두 한 마음 한 뜻이 될 수만 있다면야 황실이 무슨 필요가 있겠는가. 황실이 군림하겠다는 것이 아니고 주춧돌이 되겠다는 것인데, 독립투사들은 내 진심을 헤아릴 의향조차 없구나!"

이백호: "소비에트와 미국은 조선을 점령지로 생각할 것입니다.

모두들 눈치만 보고 있다가 북쪽에 있는 자들은 소비에트 쪽에 붙고, 남쪽에 있는 자들은 미국에 붙을 것입니다."

장청마: "답답혀유. 우리끼리 통일정부를 구성하는 것에 참여할 수는 없지만, 남의 군대에 빌붙을 수는 있다니."

복혜숙: "우리끼리라도 거사해야 합니다. 전하는 유일무이한 정통성을 가지고 계십니다."

장돌뱅이: "대중을 믿으시랑게요."

이정옥: "가능한 빨리 궐기해서 대중의 지지를 모아야 합니다. 대중의 지지를 받는다면, 이우 왕자님은 가장 강력한 깃발이 될 수 있습니다."

이백호: "대중의 지지를 받은 상태에서, 전하가 대통합정부와 초대헌법제정위원회를 선포하신다면, 내각관료와 제헌의원 명단에 조선 대중의 지지를 받는 유력한 인물들, 김구, 김일성, 이승만, 여운형, 박헌영, 김성수…… 이 모두를 포함시킨다면, 그들에게 선택을 강요할 수 있을 것입니다."

이우는 지도자의 자신감을 보여주듯 단호히 선언했다.

"나의 영결식날 거사하겠다. 우리의 모든 역량을 8월 15일 12시, 경성에 집결시켜라…… 내 영결식은, 하늘이 준 절호의 기회다!"

이우는 동틀 무렵 동대문시장을 나왔다. 용문산으로 향했다. 사마귀와 추얼이 호위했다.

허름한 국밥집에서 점심을 때웠다. 사마귀가 신문을 구해왔다.

총독부 기관지 「매일신보」 1945년 8월 13일자였다.

군관민이 다함께 삼가 애도하여 받드는 가운데 지난 8일 경성에 돌아오신 그리운 공 전하의 유해는 부내 운이정의 운현궁 노안동에 모시었는데 어저에는 애도하여 받드는 사람들이 조심스럽게 드나들어 어저 일대는 깊은 수운에 잠긴 중에도 관계자일동은 고 전하의 유덕을 삼가 추모하야 받들면서 적 격멸에 매진할 결의를 삼가 맹서하야 받들었다.

삼가 듣자옵건데 전하께서는 소화 16년에 육군대학교를 우수하신 성적으로 졸업하신 후 그해 10월에 육군소좌에 진급하셨고 동17년 5월에는 황송하시게도 육군대학교 연구부원으로서 각 전선을 시찰하시는 동시에 일선장병을 위문 격려하시어 관계자들을 감격케 하셨다. 부대장으로 군참모로서 혁혁하신 무훈을 세우셨으며 지난 7일 장렬하신 명예의 전사를 하시기 전까지 내지의 중요한 참모의 직에 취임하시어 일약 국토방위에 힘쓰시어 전군장병이 우러러 감격하야 받들었다고 승문된다. 금지옥엽의 높으신 몸을 군직에 묻었던 전하 생전의 빛나는 무훈이시다.

그러나 일면 전하께서는 효성이 깊으셨고 고상하신 취미를 가지셨다고 승문된다. 그런 만큼 전하의 전사를 받드는 동시에 무훈을 경앙하는 군관민의 정성은 더욱 간절한 바 있다.

이우는 모멸감에 치떨었다. 기자놈들이 나를 끝까지 욕되게 하는구나! 기자놈들은 정말 몰라서 이따위 기사를 쓴 건가? 놈들은 기자니 다 알 것 아닌가. 일제의 항복이 오늘내일한다는 것을.

내 죽음을 추모하여 적격멸에 매진할 결의를 삼가 맹서하여 받들어야 한다고? 넋 빠진 것들!

나를 애도하여 받드는 사람들은 누구일까. 내 빈소를 찾는 자들, 그들은 일제시대를 특권층으로 산 자들일 테지. 나처럼 '친일'로 살 수밖에 없었던 자들. 저들은 정보가 빨라. 저들은 알고 있어. 천황이 곧 항복할 것임을. 그들은 내 빈소에 가서 내 죽음을 슬퍼하는 게 아니야. 다가올 앞날을 두려워하는 것일 테다. 그들은 두려움을 나누고 있어. 그런데 뭐? 나의 유덕을 받든다고?

이우는 신문을 찢고 말았다.

사마귀가 불쑥 물었다. "후세의 평가가 두렵소?"

이우는 대답을 못했다.

사마귀가 얄밉게 떠들었다. "당신의 행적은 신문기사에 난 것이 전부가 되겠군. 불행히도 당신이 방금 읽고 분개한 기사는 당신의 짧은 인생을 축약한 기사지. 후세 사람들이 읽으면 어떤 생각이 들까? 뼛속까지 친일족이었다고 하지 않겠나."

이우는 부르르 떨며 항변했다. "어쩔 수 없는 일이었다. 나는 어린 나이에 끌려가 이십여 년 동안 '일본군인' 교육을 받았다. 나는 한 번도 원하지 않는 일이었다. 내가 그 삶을 거부하는 길은 죽는 길밖에 없었다. 나는 죽지 않고 훗날을 도모하려고 했다. 그래서 인내하였다."

"그렇지만 결국 당신의 생애는 일본군인이 되는 교육을 충실히 이수하고, 일본장교가 돼서는 일제의 추악한 전쟁에 힘쓰고 애쓴, 기자놈들의 말을 빌리자면 혁혁한 무공까지 세운 완전 일본장교의 삶 아닌가?"

"함부로 말하지 마라. 네놈이 아느냐? 내가 일본 육사에서 얼마나 고통스러운 시간을 감내했는지, 전쟁터를 돌아다니며 얼마나 번민했는지. 나는 늘 정신이 혼란스럽고 내면이 갈가리 찢겨진 상태였다. 살아도 살아 있는 게 아닌 파탄자의 삶이었다. 그런 걸 조금도 헤아려주지 못한단 말인가?…… 해방의 날이 곧장인데 내 삶을 이토록 치욕스럽게 정리하다니. 나는 진정으로 일본 장교인 적이 없고 진정으로 일제의 전쟁에 참여한 적이 없다. 나는 방관자였다. 나는 독립운동가이고 싶었다! 오로지 미래의 날만 꿈꾸며 소태를 핥듯 와신상담의 마음으로 살았을 뿐이다."

사마귀가 위로랍시고 빈정댔다. "좋은 말도 써 있구만. 효성이 깊고 고상한 취미를 가지셨다고?"

"그것도 엉터리야. 나는 어머니를 세 분이나 가졌지만 세 분을 슬프게만 해드렸다…… 고상한 취미라는 것도 웃기잖나. 조선 대중은 하루 한 끼니를 못 먹고 착취당하는 판에 고상한 취미라니? 기자놈들은 내가 말 타고 그림 그리고 그 따위를 고상한 취미로 생각한 모양이지만, 내가 번뇌를 이겨보려고 시간을 때웠던 짓거리일 뿐이다."

추얼이 앙칼지게 끼어들었다. "그만 자학하세요. 앞으로 잘하시면 돼요. 거사에 성공하고 새 나라를 건설하는 업적을 세우면 후세의 평가는 완전히 달라질 겁니다. 전하는 고작 삼십삼 년 살았어요. 앞으로 살 날이 얼마나 많은데……."

세 사람은 한동안 말이 없었다.

이우가 자조했다. "아무리 생각해도 기자놈들은 천둥벌거숭이군. 일본의 무조건 항복이 임박했는데도, 천황을 위해 결사항전하자고 선동하는 소리야. 내 죽음까지 이용해서. 내 삼십삼 년 생이 참 부질없구나. 인생은 인질살이였고, 죽음은 '적 결멸에 매진할 결의를 맹서하는 빌미'가 되다니."

꽤나 처량해 보였던지 사마귀도 더는 괴롭히는 말을 하지 않았다.

여운형은 뜻밖의 방문객에 무척 놀랐다. 몽양은 어제 운현궁에 조문을 다녀왔다. 빈소의 관에 있어야할 망자가 나타난 것이다.

이우는 깎듯이 큰절을 올렸다. 몽양은 얼떨결에 맞절을 했다.

"몽양 선생님이 안 계셨다면 참으로 수치스러울 뻔했습니다. 선생께서 지난 삼십육 년간 대쪽같이 견지해온 충정에 감사드립니다."

"나는 이 나라 조선과 인민들을 사랑하는 마음과 자세를 잃지 않으려고 노력하긴 했으나, 구 왕조에 대한 충정은 접은 지 오래되었습니다."

"제가 말한 충정은 조선 대중에 대한 충성스러운 마음을 말한 것입니다. 선생의 고결하신 행적을 저희 부끄러운 황실에 대한 충성으로 견강부회하고자 하는 파렴치한 생각은 전혀 없습니다."

"그렇다면 다행이구려."

"제가 보낸 사람을 만나시고 탐탁지 않다는 뜻을 주셨습니다. 직접 선생을 찾아뵙고 제 뜻을 알리려고 왔습니다."

"보름 전인가 누가 찾아왔었지요. 이우 왕자가 정부를 구성했다, 내가 대한국 대통합정부의 초대 총리 자리를 맡아주기를 원한다, 그런 소리를 하던데, 정신이 어떻게 된 자의 말인 줄 알았습니다."

"사실입니다. 저와 많은 사람들이 정부를 구성했습니다. 우리는 선생께서 정부를 맡아주시기를 고대합니다."

"너무 뜻밖이라…… 왕자님이 맞기는 한 겁니까. 운현궁 관 속에 누워 있는 사람은 누굽니까?"

여운형은 조선중앙일보 사장 시절에 이우를 몇 차례 본 일이 있었다. 눈앞에 있는 자는 분명히 옛날에 본 이우였다.

이우는 진지한 태도를 고수했다. "대중은 왕실에 대한 존중과 사랑을 유지하고 있는데, 인텔리와 독립투사들은 왕실이 이미 사라진 걸로 여기고 있습니다. 인텔리와 독립투사들이 왕실을 없는 것으로 여기는 까닭도 압니다."

"아신다니 다행입니다. 왕실의 죄가 너무 큽니다."

"해방 조선은 대중을 위한 나라가 되어야 하는 것 아닙니까. 선생을 비롯한 인텔리와 독립투사들이 꿈꾸는 나라는 대중이 평등하게 공존하는 자주독립국 아닙니까?"

"당연한 말씀이지요."

이우는 몽양을 설득해보려고 안간힘을 썼다. "그러면 구체적인 실천방안이 판이한 인텔리와 독립투사 세력들을 조율해줄 수 있는 과도기적인 힘이 필요하잖습니까? 대중의 지지를 받는 황실이 조율 역할을 맡는 것이 가장 바람직한 방법 아니겠습니까?"

몽양이 말꼬리를 잡았다. "아까부터 대중이 황실을 지지하는 것처럼 말씀하시는데, 오해 아닐까요?"

"지지하지 않는 대중도 많을 겁니다. 그러면 이렇게 묻겠습니다. 지금 현재 모든 대중의 지지를 골고루 받을 만한 분들이 계십니까?"

"왜 없겠습니까?"

"선생님이 조직하신 건국동맹이 조율 역할을 감당할 수 있겠습니까?"

"별걸 다 아십니다."

"선생님이 노익장 독립투사들을 모아 작년 8월에 건국동맹을 조직한 것을 압니다. 요즘은 해방의 날이 임박했음을 예감하고, 수면에 잠겨 있던 건국동맹 조직을 활성화하고 계시지요? 허나 건국동맹으로 모을 수 있는 대중이 만 명이라도 됩니까?"

"조직이 본격 가동하면, 만 명 십만 명의 대중을 모으는 것은 별 문제가 없습니다."

몽양의 건국동맹이 내세운 제일 강령은 '각인 각파를 대동단결하여 거국일치로 일본 제국주의의 세력을 구축하고 조선민족의 자유와 독립을 회복한다. 친일분자와 민족을 반역한 자만을 제외하고, 민족적 양심이 있는 인사를 총망라한다'는 것이었다. 몽양은 빠른 시일 내에 대중을 규합할 자신이 있었다.

"선생이 꾸린 조직 조선건국동맹의 깃발 아래 정말이지 친일분자와 민족을 반역한 자들을 제외하고는, 모두가 모이겠느냔 말입니다. 과격한 공산주의자들도, 비겁한 자본가들도, 만주의 유격대와 남경의 광복군도, 해외의 독립투사들도 모두가 건국동맹 아래 모이겠느냔 말입니다."

이우가 건국동맹의 아픈 곳을 제대로 건드렸다.

몽양은 인정했다. "국내에 없는 분들의 뜻까지 모을 수는 없었어요."

"선생께 요청합니다. 아니, 진심으로 바랍니다. 대한국 정부에 참여해주십시오. 선생님이 총리를 맡고, 건국동맹을 총리조직으로 활용하시면 됩니다. 선생이 추천하는 모든 분들을 정부에 등용하겠습니다. 저는 그저 상징으로만 남을 것입니다. 왕실은 대중과 인텔리와 각인각파 독립운동세력의 매개체로만 존재하겠습니다. 정치는 선생님을 비롯해 진정으로 조선의 독립과 해방을 위해 싸워오신 독립투사들이 하는 것입니다. 대한국 헌법이 제정되고 정부가 반석에 오르면, 저는 즉시 초야로 물러나 일개 대중으로 살아갈 것입니다."

"어마어마한 상상을 하십니다."

"어째서 상상이란 말입니까? 제 판단으로, 왕실만큼 각인각파를 아우를 수 있는 세력은 지금 없습니다. 아시겠지만, 북쪽은 이미 소비에트군에 점령당하고 있습니다. 남쪽을 점령하기로 된 미국은 늑장을 부리고 있습니다만 금방 들이닥칠 것입니다. 우리가 할 수 있는 일이 있다면, 최대한 빠른 시간에 대중 대다수가 인정할 만한 정부를 선포하는 것입니다. 대중이 인정할 만한 정부, 그 정부를 구성할 주체는, 제가 중심인 왕실밖에 없습니다."

몽양은 슬며시 웃었다. 비웃음까지는 아니었으나 이우의 말을 비현실적인 판타지로 여기는 듯했다.

이우는 확실히 말해두기로 했다. "우리는 모레 8월 15일에 거사합니다. 그날까지 일본이 항복하든 하지 않든, 거사합니다. 세계만방에 자주 독립국의 탄생을 선포할 것입니다…… 선생과 건국동맹이 거사를 함께 했으면 더 바랄 것이 없겠습니다. 하나 정히 거사에 동참하지 못하겠다면 이것만이라도 약속해주십시오."

몽양은 마른침을 삼켰다. "말씀해보세요."

"우리의 거사는 대중의 지지가 없으면 실현되기 힘든 일입니다. 즉 우리가 거사에 성공한다면 대중의 지지를 받았다는 것입니다. 선생께서 의심하는 것이 그것 아닙니까? 대중이 왕실을 지지할 것이냐 말 것이냐? 우리가 거사에 성공해서 대중의 왕실에 대한 지지가 입증되면, 그때는 대한국 정부에 참여해주세요."

"대중이 지지한다면야…… 당연히 전하를 따라야겠지요."

"제가 실패하면 왕실의 정체성은 영원히 사라질 것입니다. 제가 실패하면 선생과 건국동맹이 주체적으로 새 나라 건설에 나서주십시오."

"그것은 내가 삼십육 년의 치욕을 견딜 수 있었던 신념과 같은 일입니다. 누가 부탁하지 않아도 나와 건국동맹은 새 나라 건설에 목숨을 바칠 준비가 되어 있습니다."

이우는 다시 큰절을 올렸다. 몽양은 대화를 시작하기 전과는 달리 정중히 맞절을 했다.

이우 일행은 홀연히 산속으로 사라졌다. 몽양은 귀신에 홀린 듯 아득하였다.

청년들은 용문산에 집결했다. 백두산 홍임장 유격대와 태항산 유격대와 개마고원 호랑이부대도 무사히 내려와 합류했다. 이우가 일본에서 돌아오는 즉시 결전을 벌일 예정이었다.

그들에게 이우가 죽었다는 소식이 전해졌다.

이백호가 왕자님은 살아 계시다, 동요하지 말라는 전령을 보냈지만 동요는 가라앉지 않았다. 청년들이 이우에게 무조건적으로 충성하겠다는 것은 아니었다. 혼란을 최소화하여 조선의 해방과 독립을 이루려면 과도기대통합정부가 필요하고, 그 과도기대통합정부의 상징적인 조율자로 이우를 인정하겠다는 것이었다. 상징적인 조율자가 죽었다니, 청년들은 나침반을 잃은 것처럼 혼란스러웠다.

이우가 위험을 무릅쓰고 용문산으로 향한 것은 청년들에게 상징이 살아 있다는 것을 직접 보여주어야만 한다고 판단했기 때문이다. 신문에 죽었다고 대문짝만 하게 난 사람의 명령을 청년들이 받아들일 리 없었다. 이탈자가 수도 없이 나타날 테다. 이우는 청년들에게 자신의 건재를 보이고, 직접 결전 명령을 내리기로 한 것이다.

이우가 바위 연단에 오르자 반신반의하던 청년들이 환호성을 질렀다. 그들이 알던 미남자 이우가 분명했다.

이우가 외쳤다. "제군들, 결전의 날이 다가왔다. 이 한 번의 싸움이 우리 조선과 대중의 앞날을 결정할 것이다. 대중이 누구인가? 제군들의 어버이며 형제자매이다. 그대들의 사랑스러운 가족들을 위하여 목숨을 걸고 싸워다오."

"만세, 만세, 만세!"

겨우 천여 명이 질러대는 소리였으나, 용문산을 진동시키기에는 모자람이 없었다.

주막집마다 술꾼들의 주정과 작부들의 노랫소리로 흥청망청했다. 모래톱에는 이백여 명이 시끌벅적했다.

"웬 사람들이 저리 많은가?"

"떼꾼들이외다. 이 일대에서 벌목한 통나무를 엮어 타고 가려는 사람들이지. 수백 년 전부터 알짜배기로 유명한 뗏목나루터요. 당신이 기어이 청년들보다 먼저 경성으로 돌아가야 한다고 박박 우겨서, 이리 데려온 거라고!"

사마귀가 한 늙은이와 흥정을 했다. 일꾼 몇이 늙은이의 뗏목을 밀어 강으로 집어넣었다.

"탑시다!" 사마귀는 한마디 툭 뱉고, 강물로 철벅철벅 들어갔다.

뗏목 위에 올라선 사마귀가 이우의 손을 잡았다. 두 사내가 처음으로 잡아보는 손이었다.

뗏목은 급류를 타고 쏜살같이 내려갔다.

이우가 철부지 아이처럼 감탄하였다. "뗏목이 이렇게 빠르단 말인가!"

뱃사공 노인이 끌끌댔다. "진짜 빠른 걸 못 본 모양이시네유."

뒤쪽에서 맹렬히 쫓아오는 뗏목이 있었다. 하루키였다. 하루키가 표창을 던져댔다. 노인장의 뗏목을 밝히던 등불이 박살났다.

"미안해유. 나는 아직 죽고 싶지 않어유." 뱃사공 노인네가 비명처럼 지르고는 강물 속으로 뛰어들었다.

이우가 얼떨결에 장대를 잡았다. 뗏목은 갈피를 못 잡고 이리저리 휘청댔다. 여울을 휘돌다가 솟아난 바위에 부딪혀서 뒤집힐 뻔했다.

"저리 비키세요!" 추얼이 이우를 밀치고 장대를 빼앗았다.

견우와 직녀 만난다는 칠석, 오작교에 불 밝히듯 은하수가 환한 밤이었다.

이우가 소리 질렀다. "이럴 때면 나는 참 쓸데없는 사람이라는 생각이 드는구나. 장대질도 못 하고!"

이우에게 여남은 개의 표창이 빗발쳤다. 이우의 한복 자락이 찢겨나갔다.

사마귀가 지청구했다. "입 닥치시고 목숨 잘 보존하셔."

뗏목이 지류를 벗어나 드넓은 남한강으로 들어섰다. 이우는 강가득히 수놓아진, 뗏목들이 밝힌 등불을 보고 탄성을 질렀다. "참 아름답구나!"

사마귀가 혀를 찼다. "낭만적이셔."

장대질도 필요 없이 뗏목은 시원시원 흘러갔다. 하루키의 뒤를 따르던 뗏목 여섯이 옆으로 퍼져 학익진 모양새를 갖췄다. 그쪽 뗏목들에 노련한 사공들이 있는지 빠른 속도로 내려와서는 이쪽 뗏목을 삼면으로 둘러쌌다. 그쪽 뗏목들에는 일본도를 빼어든 사내가 두셋씩 타고 있었다.

추얼은 장대를 창처럼 세웠다. 이우도 통나무 사이에서 작대기를 찾아내서는 곧추세웠다.

그쪽 뗏목들이 이쪽 뗏목에 박치기해서 붙었고, 놈들이 동시에 건너왔다. 추얼과 사마귀의 활약으로 사무라이들이 하나씩 강물 속으로 빠졌다. 이우가 장대질은 못 했지만 무예는 수련해 온 가락이 있어 제법 싸웠다. 두 놈이나 해치웠다.

추얼은 이우를 집요하게 노리는 두 놈을 한꺼번에 잡아채서는 강물 속으로 뛰어들었다. 최후까지 남은 사마귀와 하루키는 치고받다가 서로의 멱살을 잡은 채 강물에 빠졌다. 뗏목에는 이우만 남겨졌다.

이우는 눈을 떴다. 햇살이 눈부셨다. 드넓은 한강을 수백 뭇의 뗏목이 가득 채웠다. 얼마를 더 가자 뗏목들이 일제히 한 방향으로 흘러갔다.

광나루였다. 북한강과 남한강을 타고 온 뗏목들의 집결처였다.

경찰 열 명과 곤봉을 쥔 반도의용대 스무 명이 나루터에 대기했다. 뗏목에서 내린 떼꾼들을 줄 세우고는 찟찟이 살펴본 뒤에 이쪽 혹은 저쪽으로 가라고 가리켰다. 꾸물거리면 엉덩이를 뻥뻥 찼다. 나무를 사고파는 중개인들과 상인들도 이미 붙잡혀 어디론가 팔려 갈 짐승처럼 분류되었다. 떼꾼들은 황당했지만 총칼을 들이댄 경찰이 시키는 대로 할 수밖에 없었다.

저쪽에 모인 이들은 어디 한 군데씩 성한 데가 없었다. 팔 한짝이 없거나 다리 하나가 없거나 눈이 한 개 없거나 곱사등이이거나.

이우를 검사한 경찰이 으스댔다. "이것 보라고! 이렇게 건강한 놈이 아직도 많다니까. 나루터로 오기를 잘했지." 이우는 말짱한 사람 쪽으로 분류되었다.

촌티가 잘잘 흐르는 청소년이 울먹였다. "우리는 전쟁터에 끌려간대유. 쟤들은 공장 같은 데로 간다는디, 우리는 몸 성한 죄로 총알받이로 간대유. 이럴 줄 알았으면 손가락이라도 하나 분지를 걸 그랬슈."

의용대 완장을 두른 사내가 이우 곁에 다가와 속삭였다. "어째 여기에 계신 겁니까?" 부산 건달두목 정진용이었다.

"자네야말로 어째 여기에 있는가?"

"말씀하신 대로 애들 열 명을 데리고 상경하기는 했는데, 말짱하게 생긴 놈은 사정없이 잡아가니 별수 있나요. 일단 두한이패에 의탁하고 있었죠. 의용대가 요새는 이런 일을 하고 있답니다. 왜경놈들 시다바리죠."

"김두한이는 만나봤나?"

"감옥에 들어가 있습니다. 한달 전에 부민관이 날아갔잖습니까. 그 사건 때문에 조금이라도 불량한 놈들은 다 들어가 있더라고요."

이우는 꿍꿍이가 있는 듯 통겨주었다. "자네만 믿겠네."

정진용은 엉뚱한 구석이 있는 이우가 무슨 예기치 않은 일을 벌일는지 걱정이 앞섰지만 고개를 선선히 주억댔다.

지체할 시간이 없다! 이우는 더 이상 고민하지 않기로 했다. 이우는 벌떡 일어났다.

이쪽이든 저쪽이든 조선 사내들은 나무 그늘 아래 시르죽은 몰골로 웅크렸다. 이우는 조선 사내들을 선동했다. "내 말을 좀 들어보시오. 우리가 저들보다 스무 배는 많거늘, 이대로 가만히 있어야 한단 말이오?"

사내들은 웬 미친놈이 헛소리하냐는 눈빛으로 쳐다보았다. 정진용은 '뭔일을 벌이셔도 참 대책없이 벌이시는군!' 곤혹스러운 낯꼴이 되었다. 의용대 하나가 "죽을라고 환장했나!" 냅뜨며 휘두른 몽둥이가 이우의 뒤통수를 강타했다.

이우는 아픔을 꾹 참고 천막을 향해 뚜벅뚜벅 걸어갔다.

순사부장이 놀라서 물었다. "넌 뭐 하는 놈이야? 무슨 할 말 있어?"

이우는 다시 조선인들을 돌아보았다. "보시오! 경찰은 고작 열 명밖에 없소. 뭐가 두렵소?"

순사부장은 헛웃음을 지었다. 이우는 순사부장을 덮쳤다. 다른 경찰들이 일제히 총을 뽑거나 겨누었다.

"씨팔! 모르겠다!" 진용이 가까이 있던 경찰을 때렸다. 부산 패거리 열 명도 욕지거리를 내뱉으며 경찰을 향해 달려갔다.

워낙 순식간에 일어난 일이라 경찰들은 총을 쏘지 못했고, 정신을 차린 뒤에는 동료경찰들이 건달들과 뒤엉켜 있어 쏘지 못했다.

용감한 떼꾼 몇이 총을 겨눈 채 어쩔 줄 모르는 경찰들의 다리를 붙잡아 넘어뜨렸다. 곧 용감하지 않은 떼꾼들도 달려들어 경찰들을 패는 데 한몫했다. 김두한의 패거리들은 처음에는 경찰 편을 들었는데, 분위기가 이상하게 돌아가는 것을 느끼고는 도망치거나 경찰을 패는 데 합세했다.

"그만들 하시오!"

누군가의 고함에 떼꾼들은 주먹질과 발길질을 멈췄다.

맨처음에 느닷없이 순사부장에게 덤벼들어 이 사태를 유발한 바로 그 남자였다. 이우는 떼꾼들 앞에 부복하더니 큰절을 했다.

다들 멍 때리는데, 누군가 대표해서 물었다. "미친 사람 맞지?"

"나는 미친 사람이 아니오. 나는 죄인이오. 여러분들께 사죄의 절을 올려야 하는 사람이오."

"누구시기에?"

"내가 누구인가는 별로 중요하지 않소. 자, 이제 하루만 버티면 되오. 여러분은 하루 동안 여기 광나루를 지켜야 하오."

"경찰을 아작냈는데 줄행랑쳐야지 지키기는 뭘 지켜?"

"여러분이 도망치면 어디로 도망치겠소? 다시 잡힐 수도 있고 다시 잡히면 크게 곤경을 당할 것이오. 도망치는 것보다 더 좋은 방법이 있소. 일제는 곧 항복합니다. 일제가 항복할 때까지만 여기서 버티시오!"

이우는 진심을 다해 최선의 방책을 제시한 것이었지만, 떼꾼들 귀에는 개짖는 소리처럼 들렸을 뿐이다. 이우는 떼꾼들이 제 말을 그럴 듯하게 들어먹은 것으로 혼자 착각하고는 신이 나서 구체적으로 일러주고자 했다.

"여러분, 바리게이트를 쌓으시오. 무장하시오. 저 일본경찰들은 여러분의 포로요. 포로가 있는 한 일본군대와 경찰은 여러분들을 함부로 공격하지 못할 것이오. 무엇보다도 지금 일제는 항복을 앞두고 있소. 여러분을 포위할 수는 있어도 진압할 수는 없소."

진짜 미친 놈 맞나보다, 미쳐도 저렇게 미치냐? 떼꾼들은 웃어댔다.

비로소 썰렁한 분위기를 감지한 이우는 언뜻 역정이 나서 나무라듯 했다. "징용으로 끌려가면 그 어디를 가든 죽을 목숨들 아닌가? 해방이 내일인데, 오늘 끌려가거나 붙잡혀서 고생할 이유가 없지 않소? 하루를 버틸 용기도 없으시오?"

누군가 웃어나 보자고 물었다. "내일 해방이 되지 않으면 어떻게 되는 건데?"

이우는 제 가슴을 쿵쿵 찧으며 외쳤다. "나를 믿으시오!"

"네가 누군데 믿으라는 거야."

"나는 황손 이우요. 광무제의 손자이며, 의친왕의 아들이요."

전하, 몰라뵈다니 죽을 죄를 지었나이다! 하고 넙죽 엎드린 놈은 단 한 명도 없었다. 미친놈이 미친 소리 하는 게 틀림없다고 확신한 듯, 모두들 박장대소했다.

정진용이 나섰다. "나무꾼과 떼꾼 양반들, 이분이 그 유명한 이우 왕자님이란 말이야. 신문 보면 가끔 잘생긴 사진도 나오시고 그랬잖아. 에이, 신문 구경도 못 해본 촌사람들이라 모르겠구만. 이분이 누군가가 뭔 상관이여. 우리는 이미 경찰을 반 두름이나 잡아놨어. 빼도 박도 못 하게 되었다고! 지금 떠들고 있을 시간이 없어. 간단히 정리합시다. 도망갈 사람은 빨리 도망가시고, 여기 남아서 개개볼 사람은 남고! 자, 남아서 개개볼 사람은 뗏목을 날라. 뗏목을 저기 언덕바지와 왜놈 새끼들 타고 온 트럭 사이에다가 쌓자고. 쌓으면 웬만한 성벽 빰칠걸. 경찰놈들한테 빼앗은 소총이 열 자루 권총이 두 자루고 결정적으로 기관총이 한 정 있어. 이 정도면 백 명 정도는 막아낼 수 있다고! 총 쏠 줄 아는 사람은 앞으로 나오시고, 나머지는 뗏목을 나르셔."

떼꾼들은 고개를 끄덕이고 손뼉을 치며 옳소 동의하고 열광했다. 진용의 말이 끝나자마자, 백여 명의 사내가 일제히 뗏목을 향해 달려갔다.

이우는 진용을 다시 보게 되었다. "자네는 장군감이네."

"장군 시켜주면 되잖아요."

"암, 자네 같은 사람이 장군이 되어야지! 그럼 장군만 믿고 나는 가보겠네."

"광나루 밖에 경찰놈들이 깔렸을 텐데요, 배를 타고 가시죠."

진용은 제 수하 중에 뱃사공 출신을 붙여주었다.

이우는 조각배에 오르기 전에 진용에게 큰절을 했다. "고맙네. 나를 믿고 따라줘서."

진용은 황망히 맞절했다. "젠장, 왜 이러십니까. 내일 운동장에서 뵐 건데요."

이우는 진용을 끌어안고는 힘주어 말했다. "그래야지, 내일 꼭 보아야지."

하루키의 말을 다 듣고, 조선총독부 요네야마 경시총감은 너털웃음을 터트렸다.

"이우가 살아 있다? 살아 있을 뿐만 아니라 뭔가 대형사고를 칠 작정으로 활개치고 돌아다니고 있다? 그걸 나더러 믿으란 말인가?"

"내가 궁내성이 보낸 암살자라는 건 믿나?"

"믿으니 만나고 있지 않은가. 대일본제국의 진정한 권력자는 천황폐하가 아니시지. 육군 해군 장성들도 아니고, 내각의 장관들도 아니지. 그분들이지. 그 정도는 나도 알고 있네."

"이우공이 숨어 있는 곳을 알아."

"동대문시장인가? 수일 전부터 동대문시장에 수상한 무리들이

들끓는다는 보고를 받았네."

"알면서 왜 가만히 있었던 거지?"

"나에게는 조선땅에 있는 일본인 팔십만 명을 무사히 귀국시켜야 될 의무가 있어. 패전을 눈앞에 두고 있네. 이 상황에 무슨 일을 하라는 건가?"

"내가 하지. 백 명이면 충분. 백 명만 줘."

"백 명이 총을 들고 나가면, 그리고 수상한 무리들이 저항한다면, 전쟁 상황에 준하네."

"수상한 무리들의 왕이 이우란 말이야. 이우가 무슨 일을 일으킬지 걱정되지 않나?"

"설령 이우가 살아 있대도 무슨 일을 벌일 수 있겠는가?"

"경시총감께서 일본에 무사히 돌아가실 수 있을는지 모르겠지만, 일본에서는 무사하지 못할걸. 그분들은 당신을 용서하지 않을걸."

"내 한 목숨보다 팔십만 명의 목숨이 더 중요하네."

하루키는 납득이 안 돼서, 요네야마의 초연한 얼굴을 멀거니 바라보았다.

동대문시장으로 돌아온 이우는 거사의 제반사항을 검토했다. 거사 후 배포할 '대한국신문 제1호'에 게재될 「대한국독립선언문」을 썼다. 각국 정부에 천명하고 공포할 조서도 작성했다.

두 아들이 무척 보고 싶었다.

찬주와 추얼도 보고 싶었다.

어머니들도 보고 싶었다.

거사를 앞두고 자식과 여자를 생각하는 자신의 소심함에 화가 났다. 결사항전의 자세를 다잡고자 전쟁터에 나갈 때 스스로 처자를 참한 영웅들이 무수하다. 하거늘 나란 놈은 전쟁터에 나갈 놈이 처자를 마음에서라도 죽이기는커녕 그리워하느라 나약해져 있구나. 이래서는 안 된다!

이우는 마음을 굳건히 하려고, 제 뺨을 호되게 때렸다.

산언덕 움막촌 우물가에서 추얼의 앞을 가로막는 자가 있었다. 추얼은 그가 뗏목에서 격투를 벌였던 일본놈이라는 걸 알아보았다.

"네놈은 왜, 전하를 못 죽여 안달이냐?"

하루키가 희롱하듯 지껄였다. "네가 이우공을 못 지켜 안달하는 이유와 같지."

추얼은 격정에 차서 윽박질렀다. "전하는 지킬 만한 가치가 있는 분이다. 나는 그 가치를 위해 희생하겠다는 거야. 너에겐 도대체 무슨 대의가 있는 거냐?"

"이우공을 죽이는 것, 그것이 내 대의다."

"대의는 그런 게 아니야."

"나를 단순히 암살자로 보나?" 하루키는 이제야 제 진심을 들어줄 여자라도 만났다는 듯 뽐내었다. "나는 그들의 의지를 실천하는 무기다."

"그 새끼들이 누군지는 모르겠지만 그 새끼들의 하수인이라는 말이잖아."

"하수인이라면 또 어떤가. 나는 살인에 성취감을 갖고 있다. 나는 아직까지 임무를 완수하지 못한 적이 없어. 살인이 주는 쾌감, 희열 그런 걸 너는 모를 거야."

"나도 사람 죽여본 적이 있지만, 기분이 아주 더럽던데……." 추얼은 자신이 죽였던 일본인들의 얼굴을 떠올리고는 끔찍하여 말끝을 흐렸다.

"살인은 고도의 예술이거든. 이우공을 못 죽이면 내가 아주 수치스럽게 생겼어."

"미친 새끼구나!"

"이 움막촌에 한 백 명 살더군. 불쌍한 노인네들과 아이들뿐이지만. 전하가 이곳으로 나오도록 해라. 나오지 않으면 어떻게 될는지는 아실 테지."

"미친놈!"

"농담이 아니다. 움막촌이 한방에 날아가는 걸 보시게 될 거다. 너 따위는 죽거나 말거나 신경 쓰지 않겠지만, 아이들은 신경 쓰시겠지. 인정 많으신 분이니까…… 나의 인내심을 시험하지 마라."

하루키의 졸개들이 길을 비켜주었으나, 추얼은 선뜻 움직이지 못하고 미친 일본놈을 곤혹스레 노려보았다.

추얼은 이우가 간절히 보고 싶었다. 만나게 된다면, 하루키의 말도 안 되는 협박을 전할 수밖에 없을 것이다. 이우는 아이들을 구하겠다고 나설 사람이다.

큰일에 희생은 따르기 마련이다. 이우의 거사가 성공한다면 더욱 많은 아이들이 구원을 받는다. 움막촌에서 죽을 아이들은 수십 명이지만, 이우가 건설한 나라에서 행복하게 살아갈 아이들은 수백만 명이 될 것이다. 움막촌 아이들을 모른 체해야 한다.

어떻게 모른 체할 수 있단 말인가. 그들도 소중한 생명이 아닌가. 최선의 방법은 움막촌의 아이들도 죽지 않고, 이우의 거사도 성공하는 것이다. 안타깝게도 그 방법이 없질 않은가. 역시 움막촌 아이들이 희생되어야 한다. 그녀는 자신의 잔인한 마음에 치를 떨며 울었다.

추얼은 주저앉았다. "차라리 나를 이 자리에서 죽여라!"

하루키가 그럴 줄 예상했다는 듯 뱉었다. "이년도 처넣어."

새벽 한시, 조선군사령부에 비상이 걸렸다. 이백여 명의 일병이 트럭에 나눠 타고 출동했다. 일병들은 동대문시장을 포위했다.

이백호가 요네야마 경시총감을 맞이했다. 불 꺼진 가게들 안에는 광무사와 어중어떠중이가 총을 붙잡고 있었다. 일병이 진입한다면 맞서 싸울 것이었다. 거사 예정시각은 열 시간 넘게 남아 있었지만, 일병이 총격한다면 바로 그 순간이 거사의 시작이 될 것이었다.

이백호가 불을 밝혔다.

이우는 지하가 아니라 책전에 의연히 앉았다. 요네야마는 이우를 뚫어져라 보았다.

"정말 살아 계셨구려."

"그렇게 됐소."

"전하, 무슨 일을 꾸미시고 계신 겁니까?"

"정오가 되면 알게 될 것이오."

"정오는, 전하의 영결식입니다. 성대한 영결식이 될 겁니다. 저녁쯤엔 전하가 땅속에 묻히겠죠. 그게 순리입니다."

이우는 농담이라도 들은 것처럼 미소지었다. "나는 영결식에서 되살아날 것이오."

요네야마가 위협조로 말했다. "전하, 엊그제만 되었어도 밖에 있는 병력을 들이쳐 이 시장을 초토화시켰을 겁니다. 전하도 무사하지 못했겠죠. 또 한 번 죽을 뻔하셨습니다."

이우가 예측했다. "천황이 항복했군요."

요네야마는 침통히 보고하듯 했다. "연합국에는 통보를 했습니다. 천황폐하께서, 금일 정오에 발표하실 겁니다. 별로 안 기뻐하시는군요?"

"내가 고대한 것은 해방이 아니니까. 내가 고대한 것은 해방이 아니라 자주독립이오." 이우는 진심으로 기원했다. "모쪼록 일본인들이 무사히 돌아갈 수 있기를 바라오."

"여운형을 만났습니다. 미군이 38도선 이남 조선을 점령하러 올 때까지, 우리와 협조하여 남조선을 안정되게 유지할 사람으로 여운형을 선택했습니다. 여운형에게는 미흡하나마 건국동맹이라는 조직도 있고……."

"잘한 결정이오. 지금 남한에서 믿을 만한 사람은 여운형과 건국동맹밖에 없소."

"그렇지요. 모든 게 순조롭습니다. 그런 마당에 전하는 대체 무슨 일을 꾸미시는 겁니까?"

이우는 으스대듯 말했다. "나에게도 조직이 있소. 건국동맹보다 더 큰 규모요. 농민, 상민, 노동자, 학생, 교사, 부녀자, 건달, 거지, 부랑자, 똥지게꾼, 물장수, 징집기피 청년들…… 모두 뜻을 모았소."

"잡것들을 긁어모아서 뭘 어쩌겠다는 건데요?"

"잡것이라니! 대중이오. 조선의 대중에게 치안책임을 맡길 생각은 없습니까?"

"자본가들과 사회지도급 인사들은 전하와 잡것들을 무척 싫어하는 모양이던데요."

"나도 그 친일매국노들을 무척 싫어합니다."

요네야마가 진지한 체 떠들었다. "그들의 생각과 우리 일본 정부의 생각은 똑같습니다. '우리가 지배하던 식민지 조선을 미군에게 현 상태 그대로 전달한다.' 조선에게, 독립은 없어요. 일본 식민지에서 미국 식민지로 바뀌는 것뿐입니다. 전하에게 치안책임을 맡긴다는 것은, 말도 안 되는 거죠…… 전하가 영결식과 함께 이 세상에서 사라지기를 바랍니다. 스스로 목숨을 끊어도 좋고, 깊은 산속 어딘가에 숨어 화전민으로 살아가셔도 좋겠지요. 원하신다면 밀항을 시켜드릴 수 있습니다. 전하는 이미 죽은 사람입니다."

이우는 결연히 받아넘겼다. "나는 살아 있고, 아무도 나와 조선 대중을 막지 못할 것이오."

요네야마는 못 박았다. "만약의 사태에 대비하여 시장을 포위했습니다. 미군이 올 때까지 동대문시장은 개장하지 못합니다. 개미새끼 한 마리 시장에 들어가지도 못하고, 시장에서 나오지도 못하게 할 겁니다. 전하에게는 두 가지 선택이 있습니다. 여기에 갇혀 있거나 멀리 떠나거나. 멀리 떠나신다면 기꺼이 편의를 제공해드리겠습니다…… 아, 움막촌 아이들을 구하러 갈 수도 있겠군요."

"움막촌 아이들이라니?"

"하루키라는 자가 다이너마이트를 깔았답니다. 전하가 오지 않으면 터트리겠답니다. 사이코죠. 그자는 우리 조선총독부와 상관없습니다. 우리는 아무런 소란이 없기를 바랍니다. 그 어떤 소란도! 우리 조선총독부는 미군에 항복절차를 마칠 때까지 일본인이나 조선인이나 평화롭기를 바랍니다."

"정오에 보겠소."

"명심하십시오. 그 어떤 분란이라도 일으켜서 일본인의 목숨을 위협한다면, 우리도 가만히 있을 수가 없습니다. 제발, 사라져주기를 간청드립니다. 평화를 위하여!"

이우는 스스로에게 다짐두듯 고함질렀다. "나도 평화를 위해 그대로 사라질 수가 없는 것이오. 이대로 멍청히 해방을 맞이하면, 조선에 진정한 평화는 없소!"

이백호는 노파심에 물었다. "설마 움막촌에 가실 생각은 아니시겠지요? 전하, 대의를 생각하셔야 합니다. 소설 속의 신파 영웅들을 닮아서는 안 됩니다. 아이들을 구하겠다고 대의를 저버리는 못난이들 말입니다."

이우는 비정한 체했다. "소설과 현실은 다르오. 이천만 조선 대중을 위한 봉기가 아닌가. 어찌 아이들 수십 명에 연연하여 일을 그르칠 수 있단 말인가."

요네야마는 이우의 영결식을 오후 세시로 늦추기로 했다. 이우가 무슨 일을 획책하고 있는 것은 분명했다. 천황폐하의 라디오방송이 예정된 정오가 거사시각일지도 모른다. 시장에 이우를 붙잡아두고, 영결식을 세 시간 정도 늦추면, 혹시 무슨 일을 일으킬지도 모르는 불온한 무리들이 저절로 와해될 것이라고 판단했다.

백호당 지하실에서부터 시장 바깥의 배오개숲까지 연결된 지하통로가 있었다. 광무사와 어중이떠중이는 새벽에 시장을 빠져나갔다. 헌병대는 빈껍데기를 포위한 꼴이 되었다.

여덟시. 이우는 민둥산 자락에서 잠시 쉬었다. 산비탈에 두더지집들이 위태롭게 깃들었다. 이우는 아무에게도 말하지 못했지만 오장육부가 온전치 못했다. 방사능에 오염된 장기는 이상징후를 보였다. 누구에게도 내색하지 않고 근 열흘을 굳건히 버텨왔다.

이우가 가까스로 우물가에 이르자, 하루키가 반겼다.

"전하, 와주실 줄 알았어요. 그날 원자폭탄에 맞고 바로 가셨으면, 전하나 나나 고생을 안 했을 텐데 말이야."

"그대는 왜 나를 죽이려고 하는 건가?"

"몰라서 묻습니까? 그분들은 전하를 싫어해. 전하가 이 평화로운 세상을, 대중의 세상 어쩌고 하면서 끊임없이 혼란스러운 세상으로 만들고자 하니까 그분들이 아주 화난 거지. 게다가 천황폐하께 까불었다면서?"

"나는 새 조선을 자유롭고 평등한 나라로 이끌어갈 작정이다."

"글쎄, 그분들은 그런 나라를 싫어한다니까. 전하를 지금 죽이지 않겠어. 정오에 방송이라도 듣게 해드려야지. 그렇게도 기다리셨던 조선 해방의 순간 아닌가."

이우가 유언하듯 외쳤다. "내가 기다린 것은 조선 해방이 아니라 자주독립이다. 도둑처럼 찾아온 해방이 아니라, 우리 대중 스스로의 힘으로 쟁취한 독립!"

하루키는 야유했다. "해방으로 만족하셔."

추얼은 정신을 차렸다. 하루키는 이우를 기다리는 초조감에 발광할 정도로 애가 타면, 움막으로 들어와 그녀를 구타했다. 세 차례나 흉포한 매타작을 당했다. 실신했던 그녀는 싸리나무 지붕 사이로 뚫고 들어온 햇살에 눈을 떴다. 애초에 묶여 있었지만 된통 맞는 사이에 줄이 풀어졌다.

만신창이 추얼은 구멍문께로 엉금엉금 기어갔다.

이우가 보였다.

추얼은 이우에게만 신경쓰는 하루키 패거리의 눈을 피해 구렁이처럼 움막과 움막 사이를 기어다녔다. 다이너마이트를 찾아내서 심지를 뽑아 못 쓰게 만들었다. 움막에서 만난 머리통 굵은 아이들에게는 용기를 불어넣어주고 돌멩이를 모아두게 했다.

정오. 경성방송국 라디오에서 천황 히로히토의 말이 흘러나왔다. "짐은 제국 정부로 하여금 미, 영, 소, 중 4국에 대하여 그 공동선언을 수락할 뜻을 통고케 하였다……."

집에서 라디오를 들은 사람도 있었지만, 대개는 스피커가 설치되어 있는 공공장소에서 들었다. 일제는 갸륵하게도, 공공장소에 조선인들을 불러모아 방송을 다 같이 듣게 해주었다. 동시에 마음에 안 드는 행동을 한다면 즉시 진압하겠다는 듯, 무장병력으로 빙 둘러쌌다.

일왕의 말을 단박에 알아들은 조선 사람은 별로 없었다. 천황의 궁중 일본말을 못 알아들었고, 알아들었다 해도 천황이 떠들어댄 소리가 '해방'을 의미한다는 것을 이해하지 못했다. '포츠담선언을 수락할 뜻을 통고케 하였다'가 해방과 동일한 뜻이라는 것을 전해 듣고도 믿기지가 않아서 한참을 긴가민가했다. 저렇게 일본군과 일본경찰이 엄연히 총칼을 번뜩이고 있는데, 해방이라니.

대다수 조선 사람은 뜨거운 정오에, 어리둥절하게, 해방을 맞이했다. 만세를 불러야 하나? 일병의 총이 무서웠다. 조선인에게는 직접 겪었든 말로만 들었든 만세를 부르다 총알세례를 당했던

1919년의 기억이 아로새겨졌다.

"축하드립니다. 조선 해방을." 하루키는 소형라디오를 껐다.

"나를 보내주게." 이우는 애절한 낯빛으로 하루키를 바라보았다.

하루키는 냉정하게 끊어내듯 질책했다. "애초에 여기로 오지 말았어야지. 그깟 애새끼들 때문에 죽으러 왔던 말이야? 그래서 무슨 큰일을 하겠다는 건지. 내가 그래서 큰일 하겠다고 나대는 놈들을 죽이면서도 죄책감을 가져본 일이 없어."

"내 목숨이 아까워서 그러는 게 아니다. 대중을 위한 거사란 말이다. 공산주의자, 무정부주의자, 민족주의자, 임시정부 투사, 자본가와 지주 등등이 서로 싸우다가 이 나라가 영영 전쟁으로 파국으로 치달을까봐 진심으로 걱정하는 사람들, 그들의 거사란 말이다. 그들에게는 왕자 이우라는 상징이 필요하다! 내가 가서 그들 대통합 세력의 상징적인 구심점이 되어야만 한다. 나를 놓아주거라!"

"미안하오. 나의 사명을 완수해야 한다니까!" 하루키가 권총을 이우의 머리통에 겨누었다.

추얼은 움막을 뛰쳐나갔다. "나부터 죽여라!" 하루키는 피식 웃고는 총구를 추얼에게 옮겼다. 총소리와 함께 추얼이 나뒹굴었다.

움막의 아이들이 일제히 돌을 던졌다. 하루키의 졸개들이 칼을 뽑아들고 아이들을 죽이겠다고 뛰어갔다. 이우는 방심한 하루키의 얼굴에 주먹 한 방을 먹였다. 하루키의 오른팔을 붙잡아 비틀었다. 하루키가 총을 털어뜨렸다. 이우와 하루키는 치고받았다. 하루키를 당해내지 못하고 이우는 난타당했다. 피범벅으로 기어온 추얼이 하루키의 종아리에 단도를 찍었다. 하루키는 이우를 버려두고 추얼을 짓밟았다. 아이들이 달아나던 쪽에서 나타난 사마귀와 척결단은 하루키의 졸개들을 제압했다. 사마귀는 나는 듯이 달려와 하루키의 모가지를 찼다. 사마귀는 격투 끝에 하루키의 숨을 끊었다.

이우는 죽어가는 추얼을 바라보며 후들댔다. 추얼은 애써 미소 지으려고 했다. 이우는 간신히 말했다. "먼저 가 있거라……."

하나의 소문이 기세 좋게 퍼져나갔다.

'경성운동장에서 천지개벽이 일어난다!'

경성운동장이라면 이우 왕자의 영결식이 예정된 장소가 아닌가. 그곳에서 하늘과 땅이 뒤바뀔 일이 벌어진다는 것이었다.

라디오방송 이전의 조선인은 얼굴에 핏기가 없었고 고양이 앞에 쥐처럼 쫄았다.

라디오방송 이후 조선인의 얼굴은 활짝 펴졌다.

대중은 삼삼오오 동대문 경성운동장으로 향했다. 누가 시킨 것도 아닌데, 자연스럽게 그곳으로 움직였다.

일병들은 무서웠다. 그들은 전쟁이 끝났다는 것을 안 동시에, 자신들이 과연 무사히 일본으로 돌아갈 수 있을 것인가를 걱정했다.

저 무서워진 조선인들은 어디로들 몰려가는 것인가?

오후 세시, 경성운동장 안에는 조선의 특권층이 죄다 모여 있었다.

일본인들(총독 아베 노부유키, 정무총감 엔도 마류사쿠, 제17방면군 사령관 고쓰키 요시오 등을 비롯한 조선총독부의 관리들, 조선군사령부의 장교들, 사업가……), 조선인들(왕족들, 부자들, 귀족들, 관료들, 경찰들, 지주들, 기업인들, 종교지도자들, 문필가들…… 해방 이후 친일매국노로 죽지 않기 위해, 살기 위하여, 친미매국노가 될 자들이었다).

이우의 영결식에 참석한 사람들 치고 내일을 예상하고 장담할 수 있는 사람은 아무도 없었다.

몇 사람이 이우의 삶을 기리는 연설을 하였다. 해방이 되었음에도 불구하고, 그들의 연설은 「매일신보」에 실렸던 기사와 마찬가지로 이우의 생애를 왜곡하고 모욕했다.

일왕이 보낸 칙사가 푸른 소나무를 관 앞에 놓았다.

경성운동장의 동서남북 문이 동시에 격파되었다.

보초를 서던 일병들은 홀연히 나타난 의병에 까무러쳤다. 총을 든 의병 뒤에는 무수한 조선인이 뭐 하나씩 들고 있었다. 돌멩이, 몽둥이, 삽, 낫, 괭이, 죽창. 의병들은 보초병들을 삽시간에 제압했다.

의병과 일병 사이에 교전이 벌어졌다. 준비가 착실했던 의병은 오 분 만에 소수의 일본병을 사살하거나 포로로 잡았다. (경성의 일본군은 곳곳에서 있을지 모르는 소요에 대처하기 위해, 소규모로 뿔뿔이 흩어졌다.)

조선의 특권층은 얼이 빠졌다. 의자 밑에 숨어서 벌벌 떠는 자들도 있었고, 오줌과 똥을 지리는 자들도 있었고, 아예 혼절한 자들도 있었다.

삼백여 명의 의병이 특권층을 둘러쌌다. 의병 뒤에는 수만 명의 조선인들이 있었다.

대중 사이에서 한 사람이 걸어나왔다. 그는 단상으로 올라갔다.

이우는 자신의 죽음을 모욕했던 자들을 내려다보았다.

이우가 선언했다. "우리는 대한대중공화국의 의병이다! 우리는 외세가 던져준 해방을 거부한다. 우리는 자주적으로 독립하기 위하여 궐기하였다!"

의병이 하늘에 총을 쏘았다. 만세를 불렀다. 대중이 따라 불렀다. 거대한 만세 소리가 운동장을 들어서 하늘로 띄우는 듯했다. 특권층의 공포는 극에 달했다.

좌중이 일순 고요해지자, 이우는 방점을 찍듯 덧붙였다. "이미 대한국의 독립전쟁은 개시되었다. 아베 총독은 즉시 항복하여 조선내 팔십만 일본인의 안전을 도모하라!"

아베 총독이 떠들었다. "이우, 이 무슨 어이없는 연극이란 말인가? 이런다고 뭐가 될 것 같아? 국제정세를 몰라도, 너무 몰라. 소비에트군이 이미 북한땅을 점령했다. 남한땅은 곧 미군이 점령하러 올 것이다. 우리는 미군에게 항복할 뿐이다."

"대한국과 조선 대중은 더 이상 외세에 영향 받지 않을 것이다. 우리는 너희의 항복을 받고, 북쪽의 소비에트군도 물러가게 할 것이다."

"꿈같은 소리 하는군! 소비에트와 미국이 네 마음대로 하도록 놔둘 거라고 생각하는 건가?"

"아베 총독, 현실을 직시하라. 내 명령 한마디면 내 영결식장에 모인 일본인들은 다 죽는다. 조선 내 팔십만 일본인들도 며칠 이내에 모두 죽게 될 것이다. 우리는 유혈 참극을 원하지 않는다. 조선 대중이 지난 삼십육 년간 당한 바를 생각한다면 너희 모두를 당장 죽여 없애야 마땅할 것이다. 그러나 대한국 정부는 조선 대중께 아량을 부탁할 것이다."

"우리를 죽이면 일본에 있는 조선인들은 무사할 것 같으냐?"

"지난 삼십육 년간의 일은, 평화적으로 해결하고자 한다…… 총독, 당신네는 지금 전쟁포로라는 것을 깨닫기 바란다."

이우의 말 한마디 한마디마다 열광하던 대중의 분위기가 약간 식었다. 대중은 일본인을 모조리 죽여버려도 속이 풀리지 않을 상태였다. 아량이라니?

사실 이우를 완전히 지지하는 대중은 얼마 되지 않았다.

소문에 이끌려, 어떤 기류에 이끌려, 경성운동장으로 몰려왔고, 거기서 뜻밖에도 죽었다는 이우 왕자가 살아 있는 것을 보았지만, 아무리 극적인 상황일지라도, 단박에 이우의 충성스러운 지지자가 된 조선인은 거의 없었다. 다만 사태에 편승하여 이우 왕자를 지지하는 분위기였는데, '아량'이라는 말은 군중심에 찬물 끼얹는 소리와도 같았다.

조선의 일본인이 죽는다면 일본의 조선인도 죽는다는, 냉정한 인식이 대중을 자중시켰다.

이우는 확인 사살하듯 일렀다. "총독, 진정으로 항복하고 용서를 구하는 길만이 팔십만 일본인이 무사히 귀환하는 방법이 될 것이다. 조선 대중의 인내심은 바닥에 닿아 있다. 대중은 스스로의 외침을 들을 것이다. 조선 대중이 너희를 죽이라 외치기 전에 항복해 주기 바란다. 다시 말하건대 우리는 유혈참극을 바라지 않는다."

대중이 노래를 불렀다. 〈대한대중공화국 건설가〉는 배우기 쉬운 노래였다. 처음에는 의병들만 불렀지만 몇 번 되풀이되자 모든 대중이 불렀다.

조선 사람들의 자랑스러운 나라
대한 대중 공화국!
대중이 서로 돕고 사랑하는 나라
대한 대중 공화국!
모든 외세를 물리치고 자주 독립 번영하는 나라
대한 대중 공화국!
자유와 평등으로 만인이 공존하는 나라
대한 대중 공화국!"

노래는 멀리멀리 퍼져나갔다.

노랫가락 사이에서 거대한 폭발음이 들렸다. 조선총독부와 조선군사령부와 동양척식주식회사에 설치된 폭탄이 일제히 터지는 소리였다.

그 시각, 대한국 의병은 경성방송국과 경성전화국과 매일신보사를 동시에 점령했다.

대한국 선전부는 접수한 모든 매체를 활용하여, 일성으로 '대한대중공화국'의 자주 독립을 천명하고, 각국 정부에 포고했다.

—소비에트는 북조선에 대한 점령행동을 즉시 중단하고 한반도 밖으로 물러가라.
—미국은 남조선에 대한 어떠한 점령행동도 획책하지 마라.
—일왕과 일본군부는 삼십육 년 강제통치에 대하여 사죄하라.
—조선인의 새 나라는 조선인 스스로의 힘으로 건설할 것이다. 이를 방해하는 어떤 외세와도 성스러운 전쟁을 불사할 것이다.

또한 모든 매체를 활용하여, 국내외 조선 대중에게 호소했다.

—국내, 해외의 독립운동가들은 사상과 이념을 떠나 새 나라 건설에 동참해달라.
—각계각층의 조선 청년은 새 나라를 건설하고 수호하는 데, 위대한 힘을 보태달라. 대한국의 의병이 되어달라!

꿈같은 일이 폭발적으로 전개되었다.

작가의 말

일제강점기 조선어 신문에 '이우공' 검색으로 찾을 수 있는 기사는 다음과 같다.

「매일신보」(1917. 6. 25~1945. 8. 14) 99건

「동아일보」(1920. 6. 23~1940. 8. 9) 93건

「조선일보」(1920. 12. 12~1939. 9. 29) 21건

「조선중앙일보」(1933. 12. 13~1936. 4. 30) 9건

「중앙일보」(1931. 12. 31) 1건

「중외일보」(1928. 6. 14) 1건

대부분의 기사는 단신으로 이우의 행적을 보도한 것이다. 장문의 기사는 몇 건 되지 않는다.

『영친왕비의 수기/이건공의 수기』(신태양사, 1960)는 제목 그대로, 이우의 숙모 영친왕비 이방자 여사의 수기와 이복형 이건의 수기를 묶은 책이다. 두 분은 요절한 이우에 대한 추억 몇 가지를 기록해놓았다.

『인간 이은』(김을한, 한국일보사, 1971)은 영친왕 이은을 중점적으로 다룬 첫 책이라고 할 수 있다. 대한제국 황실의 후예 및 관련 인물들(방자 여사, 이구, 의친왕, 김덕수, 덕혜옹주, 이건, 민갑완, 줄리아)에 대해서도 짧은 분량이지만 선구적으로 언급했다. 이우에 관련해서도 그 유명한 '조선여자 박찬주와 결혼하기 위한 저항 및 투쟁' 에피소드를 정리해놓았다. 또 1945년 여름 운현궁에 찾아가 이우를 직접 만나고 들었다는 내용을 되새겨놓았다. 이 책은 『조선의 마지막 황태자 영친왕』(페이퍼로드, 2010)으로 재출간되었다.

『비극의 군인들—일본육사출신의 역사』(이기동, 일조각, 1982)는 부제 그대로 일본육사를 나온 한국인들의 생애를 추적한 다큐멘터리 평전이다. 이중에 이우의 생애를 상당한 분량으로 다룬 「이우공, 저항의 생애」는 70년대 모 잡지의 '미발표다큐멘터리/현대사의 발굴' 코너에 발표될 때는 「비극적 종말을 맞은 저항의 생애」였다. 김을한의 이우 관련 짧은 기록을 확대하였고, 학습원으로부터 육군사관학교 육군대학을 거친 후 장교생활에 이르기까지 군인으로서의 생애도 풍부하게 조명했다. (김을한과 이기동은 자료의 최초 출처를 밝히지 않았다.)

『나의 아버지 의친왕』(진, 1997)은 의친왕의 따님이자 이우의 이복 여동생인 이해경 여사가 아버지의 생애를 기록한 책이다. 이우 관련해서도 몇 가지 에피소드를 소개했다.

대한제국 황실의 후예 및 관련인물을 다룬 책들 중에 높이 평가받는 책들—『왕조의 후예』(강용자, 삼인행, 1991), 『마지막 황태자 1~4』(송우혜, 푸른역사, 2010~2012)—에서도, 이우의 결혼이야기는 짧지만 강렬하게 이야기되어 있다.

대한제국 황실의 후예 및 관련인물을 다룬 책들은 대개, 다큐멘터리소설의 형태를 취하고 있다. 역사적 사실로 공인받은 기록만 가지고 이야기로 엮어 쓴 것이다.

『제국의 후예들』(정범준, 황소자리, 2006)은 근현대 신문자료로부터 그 이후의 모든 자료 및 문헌을 취합하여 철저히 분석해서 객관적으로 종합한 '대한제국의 후예들 및 관련인물들'에 대한 최고의 평전이다. 이 책의 7장 「원폭에 희생된 미남 황손 이우」는 이우에 관한 거의 모든 기록을 종합하고 완전분석해놓았다. 이우의 실제적이고 객관적인 생애를 읽고픈 독자에게는, 이 책을 강추한다.

사이버북 『흥선대원군과 운현궁 사람들』(서울역사박물관, 2007)에는 이우의 장남 이청 선생이 친필한 「나의 아버지 이우공」이 실려 있다. 아드님의 글답게 이전까지 알려지지 않았던 이우의 생전 모습에 대한 생생한 에피소드들이 실렸다. 그전에 정설처럼 회자되던 이우 에피소드들의 진위를 뒤집는 말씀도 기록했다.

광복절 특집 〈조선황족 이우, 그는 왜 야스쿠니에 있는가?〉(KBS, 2007년 8월 14일 방영)는 이제까지의 자료를 종합하여 이우를 객관적으로 조명하려고 노력한 다큐멘터리다. 이우를 조명한 방송물 중 가장 객관적인 듯하다.

현재 인터넷에 떠도는 이우 관련 글들의 요지는 크게 두 가지다. '조선여자와 결혼하기 위한 저항과 투쟁' '독립운동 이야기'. 지금까지 소개한 책의 저자들은 이우가 독립운동까지 했었으면 하는 바람은 간절하지만 그것을 증명할 자료가 전무하기에 '결혼 이야기'만 조명했다.

『일월오악도』(안천, 교육과학사, 1998~2011)는 여러 장에서, 이우의 숨겨진 아들이라고 스스로 주장하는 이초남 씨의 진술에 기대어 '이우(자금마련)와 유정순(자금운송)의 독립운동'을 찬양한다. 이초남 씨의 주장은 지상파방송에서도 고증없이 프로그램을 만들 정도로 매력적인 듯한데, 인터넷에 퍼져 있는 이우 이야기의 80퍼센트는 바로 그 이초남 씨의 구두진술을 유일한 자료증거로 한 안천 교수의 책에서 비롯된 듯하다. (이초남 씨는 DNA검사 결과 이우의 친자가 아닌 것으로 판명되었다고 보도한 중앙일간지 기사가 있다.)

2009년 12월 4일~13일에 남산예술센터에서 공연된 연극 〈운현궁 오라버니〉(연출 이성열, 극본 신은수)는 이우의 21세 때(1933년)를 조명했다.

이 모든 것들을 집약한 이우의 생애 연보 및 정보를 '위키백과사전'에서 열람할 수 있다.

원자폭탄을 당한 히로시마의 이모저모는 주로 『카운트다운 히로시마』(스티븐 워커, 황금가지, 2005)를 참고했다.

의친왕 이강의 망명 실패담은 『대동단실기』(신복룡, 선인, 2003)의

4장 「탈출」을 참고하여 재구성했다. (이강은 망명에 실패했지만, 그가 썼다는 유고, 친서, 선언서 등이 상해 임시정부 기관지 「독립신문」에 게재되었다.)

『일본문서해제선집』(국가기록원)에는 「경비관계철—이강공비 양전하 관계」뿐만 아니라, 「경위관계철—이우공 전하 귀선(내선)에 관한 건」도 있다. 이우 역시 일제경찰로부터 철저히 감시당했음을 증명하는 자료다.

이우, 이형석의 육군사관학교 생활은 『비극의 군인들』(이기동)을 참고했다.

이왕직 장관 한창수와 이우의 대화는 김을한의 기록을 재구성한 것이다.

택시운전사 이정옥 이야기는 《전영선의 오토뮤지엄》 〈허니문 카의 효시가 된 이정옥의 최고급 '뷰익'택시〉(세계일보, 2011. 1. 18일자)를 참고했다.

소화 천황 히로히토에 대한 구체적인 묘사는 『히로히토 평전』(허버트 빅스, 삼인, 2010)을 참고했다.

'작전도로 철회사건'은 인터넷에 떠도는 글을 참고하여 꾸며낸 것인데, 원래 출처를 알아내지 못했다.

'보광당' 청년들은 대하소설 『지리산』(이병주, 한길, 2006)을 참고했다.

이우의 최후 모습은 「나의 아버지 이우공」(이청)을 참고했다.

각종 역사사전을 참고했다.

일제강점기 「동아일보」 참고는 '네이버 뉴스 라이브러리' 덕분에 가능했다.

일제강점기 상해 임시정부 「독립신문」, 조선총독부 기관지 「매일신보」 등 고신문의 참고는 한국언론진흥재단의 미디어가온(기사통합검색) 덕분에 가능했다.

이외의 참고 도서 및 자료 목록은 생략한다.

이우는 1945년 8월 15일, 경기도 남양주시 화도읍 창현리의 운현궁 가족 묘지에 안장되었다. 사후 흥영군(興永君)에 추봉되었다. 이 소설이 역사 속에 망각된 이우 왕자의 생애가 발굴되고 조명되는 데에, 약간의 보탬이라도 되기를 바랍니다. 삼가 이우 왕자의 명복을 빕니다.

유의사항: 본 소설의 거의 모든 에피소드는 전적으로 꾸며낸 것입니다. 본 소설의 에피소드를 역사적 사실이나 진실로 오해하시면 절대로 안 됩니다.

왕자 이우

초판 1쇄 발행 2014년 1월 13일
초판 8쇄 발행 2016년 9월 1일

지은이 김종광
펴낸이 김선식

경영총괄 김은영
사업총괄 최창규
책임편집 백상웅 **디자인** 문성미 **크로스교정** 김현정
콘텐츠개발2팀장 김현정 **콘텐츠개발2팀** 백상웅, 김정현, 문성미, 윤세미
마케팅본부 이주화, 정명찬, 이상혁, 최혜령, 양정길, 박진아, 김선욱, 이승민, 김은지
경영관리팀 송현주, 권송이, 윤이경, 임해랑, 김재경

펴낸곳 다산북스 **출판등록** 2005년 12월 23일 제313-2005-00277호
주소 경기도 파주시 회동길 37-14 3, 4층
전화 02-702-1724(기획편집) 02-6217-1726(마케팅) 02-704-1724(경영관리)
팩스 02-703-2219 **이메일** dasanbooks@dasanbooks.com
홈페이지 www.dasanbooks.com **블로그** blog.naver.com/dasan_books
종이 한솔피엔에스 **출력·인쇄** 갑우문화사 **후가공** 평창P&G

ISBN 979-11-306-0112-0 (03810)

• 책값은 뒤표지에 있습니다.
• 파본은 구입하신 서점에서 교환해드립니다.

• 이 도서의 국립중앙도서관 출판시도서목록(CIP)은 서지정보유통지원시스템 홈페이지(http://seoji.nl.go.kr)와 국가자료공동목록시스템(http://www.nl.go.kr/kolisnet)에서 이용하실 수 있습니다. (CIP제어번호 : CIP2013028839)